スピアヘッド

あるアメリカ戦車兵とその敵、戦時下での生命の衝突

アダム・マコス
竹内規矩夫 訳

HOBBY JAPAN
軍事選書

Hobby JAPAN

スピアヘッド

あるアメリカ戦車兵とその敵、戦時下での生命の衝突

アダム・マコス

竹内規矩夫 訳

CONTENTS
目次

カバーイラスト
黒川健史

装丁
貫井孝太郎（貫井企画）
［NUKUI & Co., Ltd］

図版
リパブリック
［Republic］

監修
後藤 仁

編集協力
石井栄次

新世界の〝力と強さ〟で旧世界を奪還した、
勇敢なアメリカの戦車兵たちに

序

一か八かで始まる物語もある。

私がペンシルベニア州アーレンタウンにあるレンガ造りの家に赴いたのは、2012年の日曜日の朝だった。労働者階級が住む一帯は静かで、誰も私に注意を払っていなかった。

私はある話を追いかけていた。

大学の同級生ピート・セマノフが、ここに住む第二次世界大戦の勇者を紹介してくれた。ピートは、この勇者には語るべき体験があり、本にすることができるのではないかと言っていた。彼は、おそらく第二次大戦で最も伝説的な戦車戦のひとつに参加した戦車の砲手であり、その状況は従軍カメラマンによってすべて撮影されていた。

しかし彼は、自分の話を誰かに伝えたいと思っているのだろうか？　そして、戦車に関する本を読みたいと思う者がいるのだろうか？　ブラッド・ピットが、映画『フューリー』の撮影のために、3本ベルトの戦車兵用軍靴を履くことになる前であり、ゲーム「World of Tanks」が大流行する前のことだった。

そして私の心には、他にも疑問が浮かんでいた。彼は第3機甲師団〝スピアヘッド〟に所属していた。歴史愛好家の多くは、パットン将軍が率いた第3軍傘下の、〝スクリーミング・イーグルス〟や〝ビッグレッドワン〟は知っている（監修者注：スクリーミング・イーグルスは第101空挺師団、ビッグレッドワンは第1歩兵師団の愛称）。

しかし、第3機甲師団はどうだろうか？

私がこの師団に関して知っていたことは、冷戦中に西ドイツに派遣された第3機甲師団に所属する兵士のことだけだった。彼の名前はエルヴィスといった（監修者注：戦後も徴兵制度が続いていたアメリカゆえに、当時ロックの帝王と呼ばれていた歌手、エルヴィス・プレスリーは徴兵されて西ドイツに派遣され、第3機甲師団に配属された。後にこの体験を背景とした名曲GIブルースが生まれ、同名の映画も作られている）。


携帯にメモしていた住所と家の番地を照合した。ここがその場所だ。

ドアをノックするとクラレンス・スモイヤーが出た。88歳の彼は、驚くほど背が高く、シンプルな青いポロシャツを着ていた。厚い眼鏡は、目を小さく見せていた。クラレンスは笑顔で私を中に迎え入れ、食卓で椅子を勧めてくれた。そこで私は分かった。

すべては、本当のことだった。

この穏やかな巨人は、第二次世界大戦最後の偉大な秘話のひとつの鍵を握り、すでに私に話す用意ができていたのだ。


私は戦場を題材とする本について書く前に、いつもその戦場に赴いていた。「ハイアー・コール」では、シチリア島の埃っぽい飛行場に向かった。「ディボーション」は、私とチームを北朝鮮の霧深い山々に導いた。

この本の核心となる、歴史的な細部の描写を読者に伝えるために、私たちが行なった調査において、新しい領域に踏み込んだ。今回、私たちは歴史を作った男たちと一緒に、第三帝国の戦場を縦走したのだ。

2013年、クラレンス・スモイヤーと他の3人の退役軍人は、私たちと一緒にドイツを訪れ、かつて戦った場所でインタビューを受けることを許してくれた。彼らの話を録音し、なにを言い、なにを聞いたか、覚えていることを記録した。次に詳細な調査を行ない、彼らの行動を検証した。

我々はアメリカにある4カ所の公文書館と、イギリスの1カ所の公文書館で記録を検証した。さらに答えを求めて、ドイツのコブレンツに置かれた連邦公文書館も訪れた。そして見つけたのは、驚くような事実だった。オリジナルの命令書、戦いが、激しさを増している間に行なわれた、我らの英雄と従軍記者たちとの貴重なインタビューもあった。そして戦車長同士の交信記録により、彼らの行動を分単位で検証することができた。毎日の天気リポート、そしてもっと多くの事実が。

さあ、ページをめくる準備をしよう。

あなたはこの本の短い各章で、〝最も攻撃的な〟アメリカの師団のひとつであり、間違いなく戦車部隊で最高の〝軍馬〟であった第3機甲師団と、ドイツ軍との戦いを見ることになるだろう。

オマール・ブラッドリー将軍でさえ、クラレンスと彼の仲間に特別な何かを見ていた。彼の部隊の個性を評価するように求められた時、パットンの戦車部隊が彼の〝戦術〟を採用したと記している。

シンプソンの第9軍は、〝陽気な明るさ〟で知られていた。では第3機甲師団は？　〝真剣で、激しい強さ〟でヨーロッパ中の戦闘行動を主導した。

まじめで、いかめしい。それがあなたが、本書のなかで一緒になる人だ。

しかし、単なる機械の話ではなく、ある戦車が別の戦車に対して、いかに戦ったかの話だ。これは人間の話なのだ。

私たちはあなたを、クラレンスと、アメリカ中から集められた人間が乗って、家族になった戦車の中に誘おう。

私たちはあなたを外に連れ出し、機械化歩兵が進路を切り開くために戦っている、敵の砲火の中に送り出そう。

そして、ひとりのドイツ戦車兵と、戦闘の板挟みになった二人の若い令嬢の足跡をたどり、その反対側を探求しよう。

最終的には、人生が衝突し、半世紀以上経った今もなお、傷が癒えた今でも震えが残る生存者に、何が起こったのかを知ることになるだろう。

世界は戦車についての本を受け入れてくれるだろうか？

調べる方法がひとつだけある。

ハッチを閉じて、あごのベルトを締めろ。

動き出す時が来た。

アムステルダム
オランダ
パーダーボルン
ドイツ
ガイエン
ケルン
ブラッツハイム
シュトルベルク
マールブルク
ベルギー
レマーゲン
グラン・サール
ルシュ
バストーニュ
ルクセンブルグ
ルクセンブルグ
ハイデルベルク

イギリス
ロンドン
英国海峡
アントワープ
ブリュッ
モンス
フランス
ムールムロン・ル・グラン
N
パリ

第一章　優しい巨人

1944年9月2日
第二次世界大戦中、占領下のベルギー

田舎の十字路に黄昏が訪れた。

周囲の青い野原の虫の声と、何かの機械的な音だけが聞こえていた。長い運転の後にようやく停止した、熱いエンジンが発するカチカチという音だ。

静寂の中、戦車の乗員たちは、空から最後の色が消え去る前に、消耗したM4シャーマン戦車に弾薬と燃料を補給するために働いていた（監修者注：基本的に戦車の乗員は、簡単な整備や弾薬と燃料補給、そして清掃などを行なう必要があった）。

左端に停車した戦車の砲塔の後ろにしゃがみ込んだクラレンス・スモイヤー伍長は、75㎜砲弾を砲塔内で待ち受ける装填手の手に、注意深く渡した。少しでも音がすると、敵に位置を悟られてしまうため、慎重に作業する必要があった。

クラレンス・スモイヤー

21歳のクラレンスは、背が高く細いローマ鼻で、ニット帽の下はカールしたブロンドの髪。青い目は用心深く、穏やかだった。背は高かったが、戦士ではなかった。喧嘩を好まなかったのだ。ペンシルベニアの家では、一度だけウサギ狩りをしたことがあるが、それも気が進まなかった。3週間前、車長に次ぐ副指揮官である砲手に昇進したが、それは彼が望んだ昇進ではなかった。

小隊は所定の位置についていた。クラレンスの右側には、さらに4輌の〝オリーブドラブ〟に塗られたM4シャーマン戦車が、それぞれ18mの間隔を開け、弓状になって散開していた。視界の向こう側の北方には、産業革命によって発展したモンスの街があった。

左側の戦車と並行して未舗装の道路があって、暗くなった畑を通り抜けて森の尾根まで続いていた。その木陰の向こうに陽が沈みつつあった。

ドイツ軍はそこにいたが、その人数や、いつ到来するのかは、誰も分からなかった。ノルマンディー海岸への上陸から3カ月近く経ち、今、クラレンスと彼が所属する第3機甲師団の将兵は、敵軍の背後にいた。

すべての砲は、西を向いていた。

総勢390輌の戦車を擁するこの師団は、敵とモンスの間に指揮下のすべての戦車を分散して、到達可能なすべての交差点を封鎖させていた。

その夜の生存は、チームワークにかかっていた。クラレンスの所属中隊の司令部は、彼の所属する第2小隊に対して、単純だが重要な任務を与えていた。それは道路を守り、何も通過させないことだった。

クラレンスは車長のハッチから、身長180cmの体を砲塔内に滑り込ませた。そして砲尾の右側から砲手席に腰を沈め、照準ペリスコープを覗き込んだ。自分用のハッチは備えられていなかったので、この12・7cm幅のプリズム式ペリスコープと、その左側に備えられた倍率3倍の直接照準望遠鏡だけが、外の世界への窓だった。

これで前方視界は整った。

その夜は、車外に出ることはできなかった。排尿すら危険すぎた。これが彼らが専用の空薬莢を持つ理由なのだ。

クラレンスの足下は、砲塔内部と同じドーバー海峡のような、白いエナメル塗料で塗られた内壁に、3個の半球灯を備える戦車の車台が広がっていた。前部には、左側に操縦手、右側に機銃手兼副操縦手がいて、座席の背もたれを後に倒して、彼らが一日中乗っていた場所で眠っていた。

クラレンスが収まる砲尾の反対側では、装填手が砲塔の床に寝袋を伸ばしていた。戦車は油や火薬、そして更衣室のような匂いがしていたが、その香りは馴染みがあり、心地よいものだった。ノルマンディー上陸以来3週間、陸軍が備える2個の重戦車師団のひとつである、第3機甲師団第32機甲連隊傘下のE(イージー)中隊に所属するM4A1シャーマンが、彼らの家だった。

今夜は、すぐに眠りにつくだろう。男たちは疲れ果てていた。

第3機甲師団は、18日間にわたり、第1軍の先陣となって、他の2個師団を従えて突撃し、フランス北部を横断していた。パリはすでに解放され、ドイツ軍は1940年に通った道を敗走していた。第3機甲師団はその韋駄天ぶりから、〝スピアヘッド(急先鋒)〟師団と呼ばれるようになった。

そして、新しい命令が通達された。

偵察により、ドイツの第15、17両軍(原文ママ)が北に向けてフランスからベルギーを急速に移動し、モンスの多くの交差点を通過しようとしているのを発見したからだ。そこで第3機甲師団は急転身して北に向かい、2日間で172km進撃して、待ち伏せ態勢をとるのに間に合うように到着した(編注:アメリカ第1軍によってモンス近郊で閉じ込められたドイツ軍はエーリッヒ・シュトラウベ歩兵大将が指揮する第58装甲軍団、第74軍団、第81軍団、第1SS装甲軍団、第2SS装甲軍団の残余。ほとんどが第7軍所属で、壊滅状態だっ

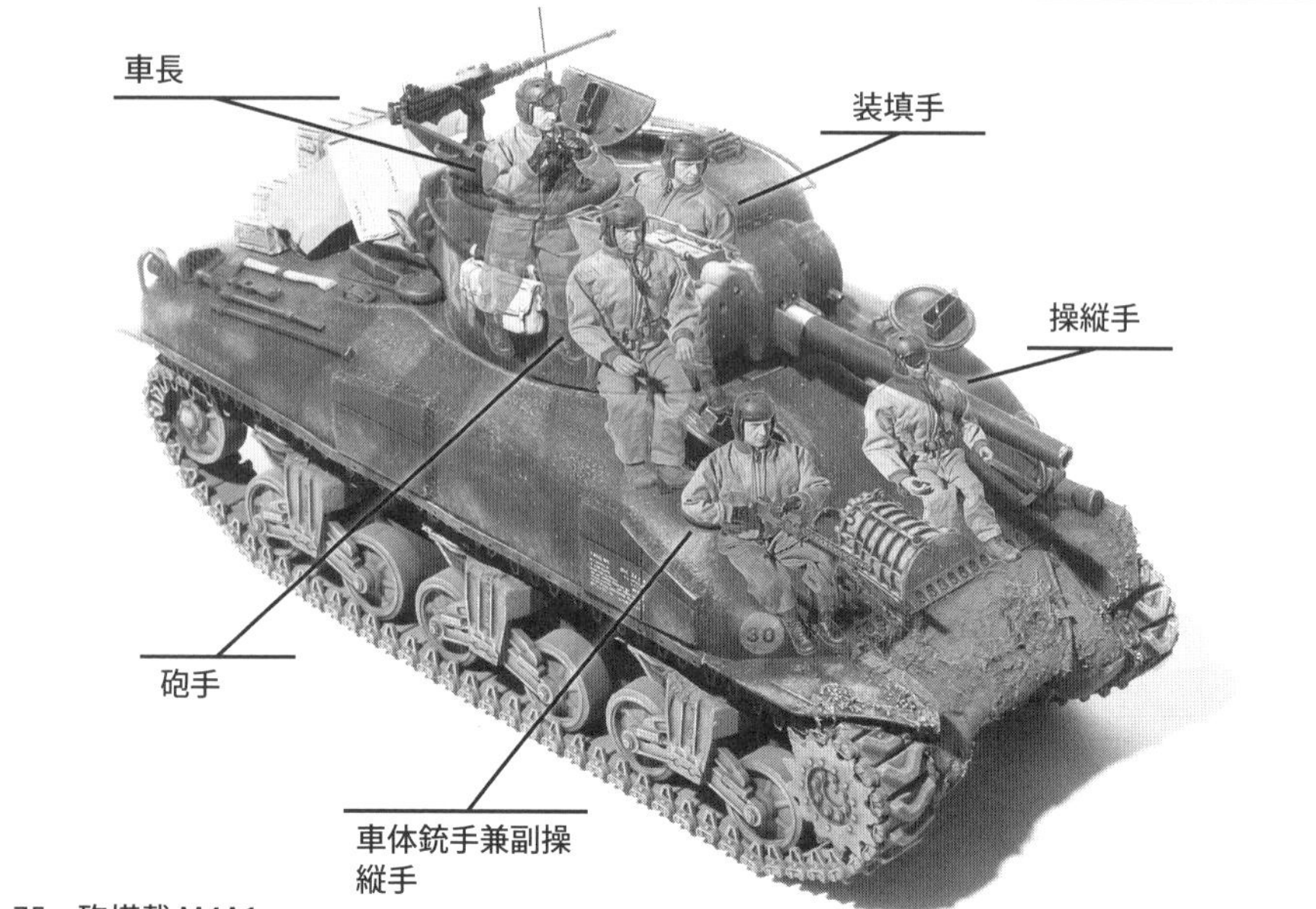

75㎜砲搭載 M4A1
シャーマン中戦車

た)。

車長は砲塔の中に身を潜め、ハッチも空気が通るだけの隙間を残して下げていた。彼はクラレンスの後ろの座席に座り、まだ幼さの残る顔にはゴーグルの跡が残っていた。フロリダ州ジャクソンビルのポール・フェアクロス軍曹は21才で、寡黙でのんびりしていて、頑強な体格、黒髪、オリーブ色の肌をしていた。

ポール・フェアクロス

フランス人かイタリア人だと思った者もいたが、彼は先住民であるチェロキー族とのハーフだった。ポールは小隊軍曹として、他の乗員をチェックし、夜の見張りを采配していた。普通は小隊長がこれを行なうが、彼らの小隊長は新たに配属された中尉で、まだ学んでいる途中だったからだ。

ポールはこの2日間、指揮官の立場で振る舞っていた。彼は車長席に立ち、開いたハッチから肋骨のあたりまで上半身を出して、ここから隊列の動きを予測して操縦手の操縦とブレーキ操作を助けた。他車の乗員が戦車から投げ出されたり、泥濘にはまり込んだとき、ポールは常にまっさきに戦車から出てそれを助けた。

「今夜は自分がやりますよ」とクラレンスは言った。「君の分も見張りますよ」。

その申し出は思いやりだったが、ポールはすぐには頷かない。クラレンスは、ポールが両手を上げて彼が席を譲るまで待った。ついにポールは席を移動し、砲手席で目を閉じた。

クラレンスは、車体のより高い席である車長の位置に立った。ハッチは、ドイツ兵の手榴弾を防ぐのに十分な位置まで閉められていたが、前面と後面をよく見るための隙間は十分にあった。昇る月明かりを通して、隣のM4シャーマンが見えた。M4A1戦車の風船状の砲塔は、廃品回収場から持ってきた部品をつなぎ合わせたかのような、背が高い角ばった車体の鋭い外観に対して不釣り合いに見えた。

クラレンスは砲塔の内壁からトンプソン短機関銃を取ると、薬室に銃弾を装填した。これからの4時間は、敵の歩兵が懸念だった。ドイツの戦車兵が、夜に戦うのを好まないことは誰もが知っていたのだ。

クラレンスの時計が、暗闇の中で機械的にコチコチと動いていた。

月が雲に覆われ、何も見えなかったが、並木道の尾根を越えて移動する、車列の音が聞こえてきた。

動いては止まり、また動いては止まる。

砲塔の内壁にある無線のスピーカーは、空電の雑音を静かに鳴らし続けていた。空を照らす照明弾の明かりはない。第3機甲師団は後に、3万名の敵軍がそこにいたと推定しており、そのほとんどがドイツ国防軍の兵士で、その中には空軍と海軍の兵士も含まれていたが、師団は追撃や攻撃命令を出さなかった。

それは敵軍のボロボロになった残存兵が、道路の封鎖を迂回する方法を探すことで、貴重な燃料を消費させるためであり、〝スピアヘッド〟師団は彼らを放浪させることに満足していた。敵はジークフリート線として知られる、ドイツ国境に沿って配置された18000個を超える堡塁を持つ、頑強な西方防壁の安全圏に必死に逃れようとしていた。

もしこの3万名の兵士が、そこでアメリカ軍を待ち構えることになれば、ドイツとの戦争を長引かせることになる。そのため彼らを、ここモンスで阻止せねばならなかった。師団にはそのための作戦があったが、それは夜明けまで待たなければならなかった。

午前2時頃、戦車の履帯が発する特徴的な叩くような音が、遠くから聞こえてきた。

クラレンスは音を追った。戦車が前の道を下ってくる。彼は出された命令を知っていた。何も通過させないと。しかし疑いも持っていた。友軍の偵察隊が戻ってきたのか？　それとも誰かが道に迷ったのか？　この地域では、イギリス軍ではあり得なかった。彼らが誰であろうと、友軍に引き金を引くつもりはなかった。

闇で黒く塗りつぶされたM4シャーマンのそばを、3輛の戦車がポンポンと音を立てながら次々と通り過ぎていき、クラレンスは再び息を整え始めた。

戦車の1輌が排気を吐き出した。その戦車は旋回をはじめ、履帯からキシキシと潤滑油を必要としているかのような音が聞こえた。その音は紛れもないものだった。金属製の履帯だけがそのように聞こえる。M4シャーマンの履帯はゴムを用いていた。

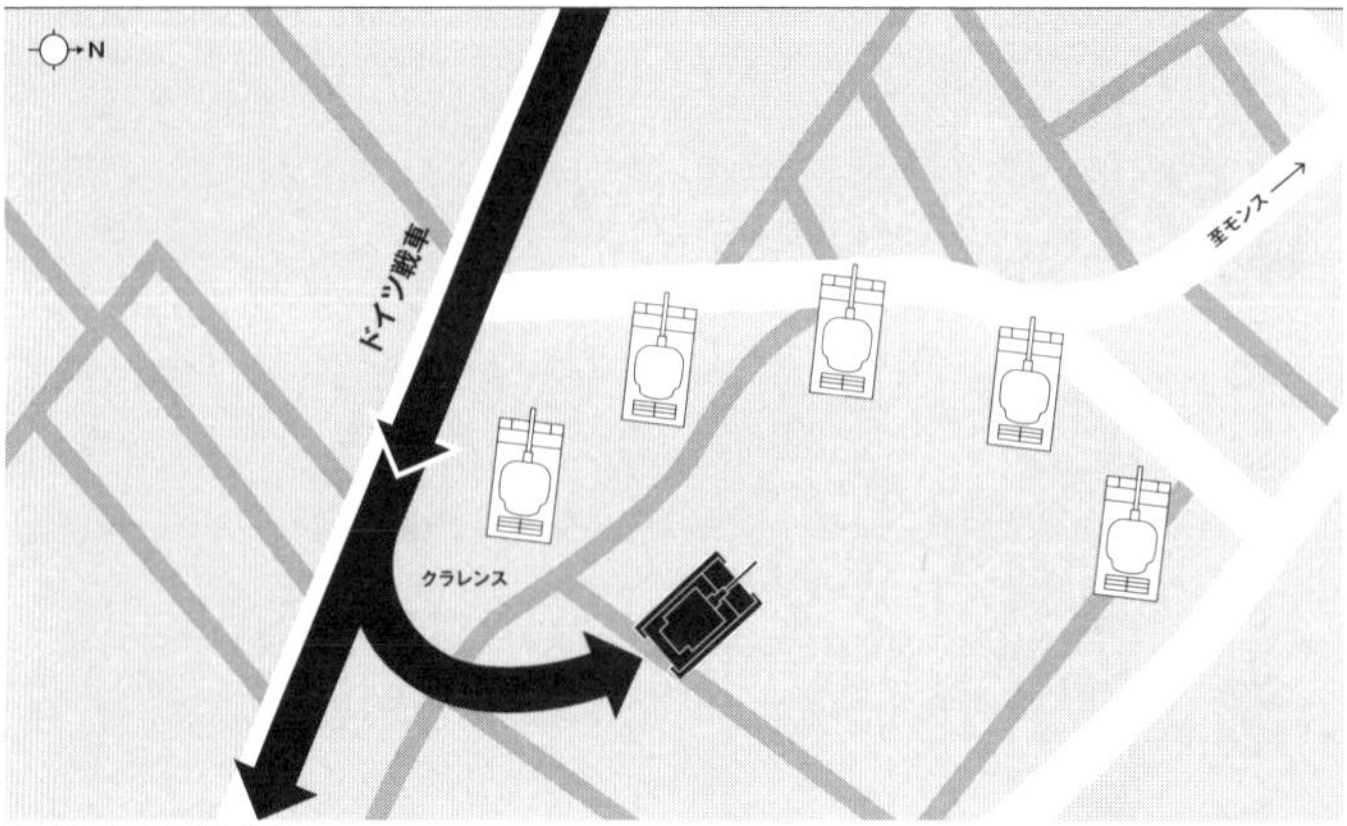

1944年9月3日

戦車はドイツ軍の車輌だった。

クラレンスは動かなかった。戦車は彼の後ろを回って、速度を落として音を立てながら、弓状に配置されていた、M4シャーマン群の真ん中で軋みながら停止した。クラレンスは閃光と、自分を飲み込むだろう炎に身構えた。ドイツの戦車は、横でアイドリングしていたのだ。その砲声が彼に聞こえることはない。ただ消滅するのだろう。

ささやき声がクラレンスを麻痺から解き放った。ポールだった。何も言わずにクラレンスは砲手席に戻り、ポールが彼を引き継いだ。

クラレンスは、戦車兵のヘルメットを被った。ファイバー樹脂製のヘルメットは、フットボール用と保護ヘルメットを掛け合わせたような形で、前面にゴーグルを備え、ヘッドホンが革製の耳覆いに縫い付けられていた。

彼は咽喉マイクを首にかけ、インターコムにジャックを差し込んだ。*

砲塔の反対側で装填手は立ち上がり、目から眠気を拭った。クラレンスがドイツ戦車という言葉を口にすると、装填手は完全に目を覚ました。

ポールはハッチの中でクラレンスの右肩を叩き、砲塔を右に向けろと合図した。

クラレンスは躊躇した。旋回すると砲塔は音を発する。もしドイツ兵がそれを聞いたら、どうするんだ?

ポールは再び叩いた。クラレンスは慎重にハンドルを回し、

＊第二次世界大戦における戦車兵のヘルメットは、実際には1930年代のフットボール用ヘルメットを模しており、ローリングスやAGスポルディング＆ブラザース、ウィルソン・アスレチック・グッズなどのスポーツ用品会社の製品スタンプが押されていた。

砲塔はギアが噛み合って鳴り響き、主砲は暗闇を掃いた。

主砲が横を向いたとき、ポールはクラレンスを止めた。クラレンスは、ペリスコープから外を見た。空の淵から下は、すべてが真っ黒だった。

クラレンスはポールに何も見えないと言い、バズーカ砲で戦車を撃破するために機械化歩兵を呼ぶように具申した。

しかしポールは、慣れない兵士が間違って味方の戦車を攻撃することは避けたかった。彼はその形状から、ポークチョップと呼ばれる無線機のハンドマイクを掴み、無線を小隊の周波数に合わせて、他の小隊員に敵の戦車が陣形内に入っていることを伝えた。当時のM4シャーマン小隊では、小隊長と小隊軍曹の戦車しか送信ができなかったので、他の誰もが聞くことしかできなかった。

「音を立てるな、タバコも吸うな」とポールは命じた。「我々が、敵戦車を始末する」。俺たちが始末するって？　クラレンスはぞっとした。彼は昼間ろくに主砲を射撃していなかった。ポールは真っ暗闇の中で何を射撃しろと言うのだろうか？　音をか？　見えない敵に？

心の中で彼は、元の装填手に戻ることを望んだ。装填手は何も見ないし、たいした仕事もない。戦車の乗員のうち装填手は、ほとんど乗っているだけなのだ。それは彼が好きな仕事だった。穏やかな巨人であるクラレンスは、誰も殺したり自分自身が殺されたりすることなく、戦争をすり抜けたかっただけなのだ。

しかしそのための時間はない。ドイツ戦車の乗員は、おそらく今では自らの過ちに気付いているはずだから。

「砲手、準備はいいか？」

慌てて、クラレンスは振り返り、ポールのズボンの裾を引っ張った。

ポールはいらだって砲塔に潜った。クラレンスは動揺し、口に出した。「自分が外した場合はどうなるんです？」

「もし砲弾が偏向して、味方の戦車を撃ってしまったらどうします？」

ポールの声は、クラレンスを落ち着かせた。「誰かが撃たなきゃならないんだ」。

まるでドイツ兵が聞いていたかのように、突然エンジンを停止させた。熱いエンジンがシューッという最後の音を立てて、それから沈黙し静寂が訪れた。

クラレンスは、安堵した。それは一時的な猶予だった。おそらくポールは怒りで、唇を噛んでいたに違いあるまい。なぜなら最初彼は、何も言わなかったからだ。最後に彼は乗員に、夜明けまで射撃を待たなければならないことを告げた。

クラレンスの安堵は薄れてしまった。自分の優柔不断さが、彼らが持っていた優位性を帳消しにしてしまったのだ。ドイツの戦車、特に悪夢の戦車である、パンターと対峙した場合では、あらゆる利点が必要だった。

一部の兵士たちはパンターを「ドイツ国防軍の誇り」と呼び、噂ではパンターは1輌のM４シャーマンを撃ち抜いて、2輌目までも貫通でき、そしてその正面装甲板を撃ち抜くことは、極めて困難だといわれていた。

その年の7月、アメリカ陸軍は何輌かの捕獲したパンターをノルマンディーの野原に置き、クラレンスのM４シャーマンと同じ75㎜砲で射撃した。この試験でパンターは、側面と後方からの攻撃には脆弱なことが判明したが、正面への攻撃はまったく通用しなかった。パンターの正面装甲板は、どんな射距離でも1発すら貫通できなかったのだ。

クラレンスは夜光時計をチェックした。おそらくドイツ兵も、同じことをしているだろうと思ったからだ。秒読みが始まった。そして誰かが死ぬことになるはずだ。

装填手は主砲の左側で眠りに落ちた。

午前3時、そして午前4時になった。

クラレンスとポールは、冷たいコーヒーの入った水筒を、前後で回して飲みあった。

彼らはいつも、自分たちはイワシの缶詰に閉じ込められた家族だと冗談を言っていた。そして家族のように、いつも意見が合っているわけではなかった。戦車の外の誰かを助けるために、いつも駆け出していたポールとは違って、クラレンスが気にかけたのは戦車の中にいる家族、つまり彼と乗員だけだった。

これは子供の頃から、彼のやり方だった。ペンシルベニア州の工業地帯のリーハイトンで育ったクラレンスは、川沿いの長屋に住んでいた。壁はとても薄っぺらで、隣人の声が聞こえてくる。両親は、いつでも家族の生活のために外で働いていた。

父は、市民保全部隊として働く肉体労働者で、母は家政婦だった。

家族の生活が苦しくなっていたので、クラレンスは働くことを決意した。他の子供たちがスポーツをしたり、宿題をしたりしていたとき、12歳のクラレンスは野球場の売り子の箱にキャンディーバーを積み上げ、リーハイトンの町で訪問販売をしていた。ただの子供だった彼は誓った。誰も私たちの世話をするつもりはないので、私は自分の家族の世話をすると。

クラレンスはペリスコープを確認した。東にはかすかに紫がかった色が、地平線を彩っていた。

約46ｍ離れたところに箱状の形が現れるまで、目をペリスコープのガラスに押し当て続けた。

「見えた」と、彼はささやいた。

ポールはハッチから身を乗り出して、周囲を見た。それはまるで、隆起した岩のように見えた。クラレンスは照準を微調整するために、主砲のハンドルを回した。

ポールは彼に急ぐように促した。自分たちが敵を見ることができれば、敵も彼らが見えるからだ。

クラレンスは、照準器を見ながら岩の中央に十字線を固定し、準備完了と伝えた。すでに彼のブーツは、足元に設けられている主砲射撃ボタンの上にあった。

「撃て」とポールは言った。

クラレンスの足が、射撃ボタンを踏みつけた。外では、M4シャーマンの砲口から盛大な閃光が噴き出し、同じ方向を向いているオリーブドラブのアメリカ戦車と、サンドイエローのドイツ戦車を、瞬間的に照らし出した。

暗闇の中で火花が飛び散り、金床を叩くような轟音が野原に轟いた。砲塔の中は、換気用のファンが作動していなかったために、発砲煙が充満した。クラレンスの耳はガンガンし、目はチクチクとしたが、敵戦車から目を離さなかった。

装填手は新しい砲弾を素早く薬室に入れ、クラレンスは再び引き金の上に足を置いた。

「何も動いていない」と、ポールは上から言った。この距離で側面射撃？　それは間違いなく、必殺の一撃だった。

インターコムは安堵の声で生き返り、クラレンスはボタンから足を離した。

ポールは小隊に無線で報告した。彼らの任務は終わったのだ。

クラレンスはペリスコープを通して、暗い雲の下で空が暖

IV 号戦車
（監修者：撃破された、48 口径 7.5㎝砲を装備する IV 号戦車Hもしくは J 型）

かくなるのを感じ、Ⅳ号戦車の箱形車体と、長さ３・５６ｍの砲身が見えてきた。

アメリカ軍に、マークⅣ戦車として知られているこの戦車の設計は古く、１９３８年から配備が開始されており、新型のパンター戦車に取って代わられるようになったこの年の８月まで、敵の主力戦車だった。しかし、もはや主力ではなかったとしても、Ⅳ号戦車は依然として十分強力な戦車だった。その75㎜砲は、クラレンスのＭ４シャーマンより、25パーセントほど強力だった。（監修者注：正しくは、Ⅳ号戦車の最初の生産型Ａ型の生産が始まったのは１９３７年10月からで、パンターが最初に実戦に投入されたのは、１９４３年７月からだった）

より明るくなると、戦車の濃い緑と茶色の迷彩と、側面に描かれたドイツの国家標識である鉄十字が見えた。クラレンスは、その鉄十字を狙って撃ったのだ。

「彼らは中にいるのかな？」乗員の誰かが、Ⅳ号戦車のハッチが開いていないのを見て質問した。

クラレンスは、血を流しうめき声をあげている乗員だらけの戦車を想像し、乗員が夜の間に脱出していることを望んだ。彼はドイツ兵が好きなわけではなかったが、人間を殺すという考えは嫌いだった。彼は、自分が仕留めた最初の戦車の中を見ようとはしなかった。車内は狭い空間であり、破片が車内をピンボールの玉のように跳ね回ることがあり、彼は以前に整備兵が清掃のために戦車の中に入ったとき、天井に飛び散った脳漿を発見して、泣いて出てくるのを見ていた。「私が行く」ポールはヘルメットの無線プラグを抜いた。

クラレンスは、彼を思いとどまらせようとした。中を覗いて、ドイツ兵に頭を吹き飛ばされるのはごめんだったからだ。

ポールは心配を払いのけ、小隊に砲撃を控えるよう無線連絡した。

クラレンスはペリスコープを通して、ポールがⅣ号戦車の車体を登り、トンプソン短機関銃に銃弾を装填した状態で、砲塔に向かって忍び寄るのを見た。片手で銃を安定させた状態で、ポールは車長のハッチを開き、トンプソン短機関銃を内側に向けた。

何も起こらなかった。

彼は前かがみになり、じっと見た後、銃を背負った。

ポールはハッチを閉めた。

第二章　洗礼《バプテスマ》

その同じ朝、1944年9月3日
ベルギー、モンス

前夜の緊張した膠着状態の後、戦車は動きだしていた。昇る太陽を背にして、1輌または2輌ごとに移動するM4シャーマンの中隊がいくつもモンスの田園地帯に展開し、師団の支配地域を広げて、ますます敵を締め付けていた。

すべての田舎道、すべての農道が封鎖されなければならなかった。つまり、E中隊も今日はそれぞれの戦車が独自に行動し、乗員たちは単独で戦闘を行なうことになるだろう。

ゴーグルを下げたポールは開いたハッチの上に頭と肩を出し、ジャケットが風になびいていた。33tの戦車が彼の下でうごめき、霧の野原を時速32㎞で、上り坂の道をたどって進んだ。

砲塔からぶら下がっているヘルメットと雑具袋、取り付けられた7・62㎜軽機関銃、そこかしこに固定されていた予備の転輪と履帯、すべてが振動しており、戦車は生きているようだった。

戦車はギアを変えるたびに、咳払いした。そのパワーの中心にあったのは空冷星型9気筒エンジンで、一晩寝かせてしまうと、手動で始動しなければならなかった。

このシャーマンは75㎜砲を搭載していたため（75）と呼ばれていたが、クラレンスの乗員は「イーグル」なる愛称を与えており、誰かが車体の両側面にイーグルヘッド（鷲の頭部）を描いていた。識別のために、E中隊に所属するすべての戦車は、Eの文字から始まる愛称を持っていた。

ポールは双眼鏡を目の前に上げ、前方の地形を調べた。戦車は、夜の騒ぎの源である並木道の尾根に向かっていた。

隣のM4シャーマンは、1輌ずつ姿を消した。彼らは森の窪地に突っ込んだり、野原の端で滑ったりしながらも、砲口は敵に向け続けた。

クラレンスと車内の乗員たちは、強力な力がまだ彼らを取り囲んでいると思っていたが、ポールは自分の戦車が単独であることを知っていた。今や、揺れる木や、変化する影はすべて、敵意の存在を感じさせていた。

ポールは進路を保った。命令は、前夜にドイツの戦車が現れた並木道の尾根の上に、障害物を設置することだった。

彼の乗員だけが、ひどい戦闘を経験したわけではなかった。ある野営地では、疲れたMP（憲兵）がM4シャーマン用の駐車スペースに道路を外れたパンター戦車を誘導していた。ドイツの戦車兵は自らの間違いに気づき、手を上げて出てきた。

戦車が尾根に向かって突進したので、クラレンスはインターコムでポールに噛みついた。「本気ですか?」クラレンスは前夜と同じように、砲手用の腰掛けから尋ねた。

ポールの話は一貫していた。「心配するな。彼らは皆脱出した」。

ポールはクラレンスに、ドイツ兵は生きてⅣ号戦車を脱出したことを保証したが、クラレンスは、友人が自分を守ろうとしているだけではないかと疑っていた。ポールは以前に同じことをしていたからだ。

それは、1943年9月に、部隊が海外に出兵する前に行なわれた、最後の一時外出の後で起きた。クラレンスはペンシルベニア州レディングの公園でデートをしていて、若い女性ととても楽しんでいたので、基地に戻るバスに乗り遅れてしまった。ヒッチハイクして帰隊した時には、彼は脱走兵と宣告されていた。

E中隊がイギリスのコッドフォード村に到着したとき、クラレンスの罰が下された。毎晩の食事後、クラレンスは中隊に用意された3つの兵営周りの草を、彼が持っている携行食器のバターナイフだけで刈るように命じられた。毎晩7時頃から11時まで、彼はひと握りの草を取って刈り取り、そして次の草地に移動した。

ポールは地元のパブに頻繁に行ったり、ロンドンへ出かけたりする人間ではなかったので、兵営の前に座り、クラレンスが仕事をしている間、クラレンスと一緒に仕事をした。

3ヵ月の間に、彼らは話した。クラレンスは、ポールの父親がジョージア南部鉄道の技術者であったこと、母親が純血のチェロキー族で、福音主義のキリスト教に改宗したことを知った。

ポールが6年生のときに父親が亡くなったため、母親と姉妹を助けるために学校を辞め雑貨店の店員になった。ポールが数字に強いことに驚いた店主は、すぐに彼に簿記をやらせるようになった。

中隊の数人の戦車兵は、クラレンスの罰を面白がって、クラレンスが刈り取る予定だった兵営の裏の草に排尿した。ポールは彼らを呼んで、「動物と自分たちを隔てているのは、トイレで用を足すって事なんだ」と言った。それで終わった。

尾根の頂上で、力強い戦車の鼻先が道路からせり上がると、クラレンスのペリスコープの視界は空だけになった。彼は向こう側に何があるのか、見ることはできなかった。

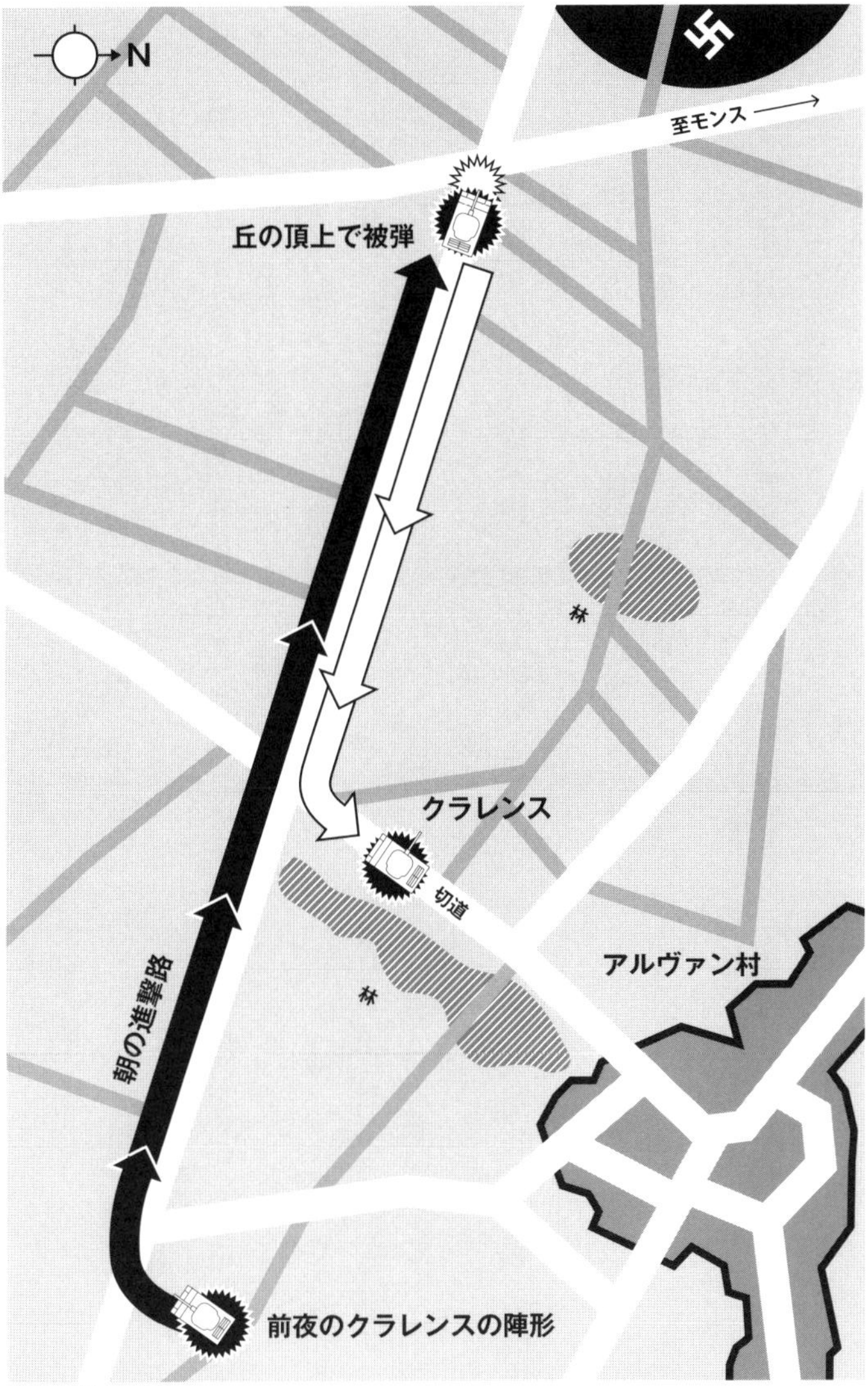

1944年9月3日

戦車が水平に戻ると、砲身が火花を吐きながら炸裂した。クラレンスは、即座にペリスコープから目を離した。被弾した！ 鋼鉄の壁にゴングのような音が響き渡った。

ポールは砲塔に潜り込み、操縦手に後退するように叫んだ。ギアが噛み合い、戦車は傾いて下り坂を後退した。ポールは、丘の麓で戦車の上部だけが見えるようになるまで、木々が並ぶ陥没した道へと操縦手を誘導した。

ポールとクラレンスは、損害を調べるために砲塔から出た。頭上の抜けるような青空の中、雷鳴が轟くような轟音に、彼らは凍りついた。

近くの丘の向こうで、戦いが激化していた。煙が空に立ち上り、P-47Dサンダーボルト戦闘爆撃機が頭上を飛び、ドイツ軍が「美味しい交通渋滞」に巻き込まれたと報告されている場所に向かっていた。

クラレンスは心配しながら、砲身に目を向けた。砲弾は側面を直撃し、砲塔をそれる前に金属の塊をえぐり取っていた。右にさらに数センチずれていれば、砲弾が彼の望遠照準器をまっすぐに打ち抜き、即死していたはずだ。おそらく、戦車砲の射界に突っ込んだのだろう。敵戦車は2発目を射撃するために移動したに違いない。

クラレンスはポールに、悪い報告を伝えた。砲身は内部で破損した可能性があり、もし発砲した場合、砲弾が詰まり、その後方への爆風が砲塔内を襲い、乗員を一掃する可能性がある。

それで決着がついた。発砲するには危険が大きすぎた。安全な砲塔の中に戻って、ポールはE中隊本部に撤退の許可を求めて、無線を送った。反対側で断続的に轟く爆発音は、ドイツ軍が広い前線にわたって攻撃しており、前線の穴を探っていることを伝えていた。状況は非常にきびしいものになっており、事務要員や兵站要員が戦うために送られてきていた。

ポールへの命令は、「現在地を維持しろ」という断固としたものだった。ポールは誰でもいいので援軍を求めた。

乗員の士気を高めるために、送受信は常に車内に放送されていたので、状況が絶望的であることは誰の目にも明らかだった。クラレンスは装填手に、下から同軸機銃用の補充弾薬を取り出してくれるように頼んだ。装填手の側にあり、銃身が防盾から突き出た7・62㎜機関銃は、主砲が向けられた場所ならどこでも発射できるように固定されていた。同軸機銃は足元の主砲の引き金ペダルの左側にある発射ペダルで射撃される。

ポールは乗員の役割を見直した。彼とクラレンスは並木道の尾根を見張り、車体銃手は車体の前面装甲から突き出た7・62㎜機銃を用いて戦車の前方射撃を担当した。操縦手は、エンジンを動かし続けた。

ポールはハッチから立ち上がると、回転式のハッチ基部に取り付けられた12・7㎜機関銃を回した。

砲塔が右に旋回するとすべてが彼を中心に回転し、砲塔は横を向いて停止した。主砲と同軸機銃は尾根に向けられた。わずかに開いたハッチの隙間から、ポールは狙いを定めた。

約200m離れた尾根の上に、男たちの輪郭が現れた。十数人の兵士が、緩やかな斜面を慎重に降りてくると、彼らの後ろにさらに多くの兵士が現れた。散開し、陣形を作って野原の傾斜を下った。100名ほどの彼らは、ドイツ軍が多用する青灰色の軍服を着ている者もいれば、緑のスモックを着ている者もいた。日光が彼らの顔を照らしていた。

砲塔がポールの下で旋回し、クラレンスも彼らを追った。敵はすでに、機銃の射程内に入っていた。

ポールは機銃の引き金を握りしめ、銃口から弾丸が吐き出されて火花が飛び跳ねた。遊底が空薬莢を吐き出し、彼は銃身を左右に振った。クラレンスの同軸機関銃も、耳をつんざくような轟音を加え、その硝煙がポールの前に立ち上った。

ドイツ兵は大勢が倒れ、その多くが殺されたり、重傷を負った。無傷の兵士は、身を隠すために浅い窪みに潜り込んだ。数名が反撃し、銃弾がポールの周りの空気を切り裂いた。

戦車の中でクラレンスは、倍率3倍の望遠照準器に目を当て続けた。殺すか殺されるか、彼らか家族か。クラレンスの足が下がり同軸機銃が火を吹き、ハンドルを回すと電気モーターが唸りをあげ、レティクル（照準器の十字）を次の目標に向けて砲塔を回した。

小銃の遊底を操作するドイツ兵。無線機に向かって叫ぶ将校。逃げる兵士。クラレンスの足が再び下がった。彼は無意識に、素早く行動した。

現れたのとほぼ同じ速さで、敵は丘を越えて前進することを止めた。

「撃ち方止め！」ポールは叫んだ。

クラレンスは足を上げて、息を整えた。砲塔の上から、ポールは虐殺を見つめた。十数名以上のドイツ兵の死体が斜面に点在し、生存者は負傷者を引きずり、よろよろと逃げていった。敵の攻撃は組織化されてはおらず、必死だが不完全に見えた。しかし、それは終わった。クラレンスはそう願った。

30分もしないうちに、M4シャーマンの後方からエンジン音が聞こえてきた。

アメリカ軍のM3ハーフトラック装甲兵員輸送車が並木道を上ってきて、37㎜砲を搭載した装甲偵察車M8グレイハウンドが続いた。機械化歩兵の分隊がハーフトラックから飛び降り、射撃姿勢をとった。第一次世界大戦で、〝ダウボーイ〟と呼ばれた歩兵たちに敬意を表して、戦車兵から〝ダウ〟と呼ばれている彼らは師団の歩兵部隊で、ハーフトラックや戦車に乗って、戦闘に投入されることも多かった。ポールが要請した援軍が到着したのだ。

軍曹がグレイハウンドの天井がない砲塔に立ち、機銃を握っていた。

ポールが援軍に状況を説明しようとした時、まるでシャンパンの栓を開けるような弾けた音が、尾根から聞こえてきた。

「迫撃砲！」の叫び声が、窪んだ道路に響き渡った。歩兵たちは身を隠した。ポールは砲塔内を守るため、ハッチを閉じた。クラレンスは座席で、砲弾が落下するヒューという音を聞いた。爆発音と榴散弾の破片が、戦車の鋼鉄の表面を叩く。M4シャーマンが退路を封鎖したことに対する、ドイツ兵の返礼だった。

弾着の混沌の中で、骨の髄が凍るような悲鳴があがった。恐ろしい音が、隙間から砲塔内に漏れてきた。クラレンスは、耳を塞いで頭を埋めたいと思いながら、座席の上で身をよじった。外では何か酷いことが起きている。悲鳴は非人間的な叫びに変わり、砲弾は炸裂し続けた。

手がクラレンスの肩を揺さぶった。「クラレンス、お前が指揮をとれ！」

クラレンスが振り返ると、ポールが戦車兵のヘルメットを、歩兵用の鉄製ヘルメットに換えていた。彼は車外に出ようとしていた。

ポールはトンプソン短機関銃を掴んで、ハッチを開けた。車内に、戦いの不協和音が殺到する。

クラレンスは座席から飛び出して、ポールの足を掴み、必死になって無謀な行為を抑えようとした。自身の命を捨てる価値があるほどの他人はいなかった。

「あいつらを助けなきゃ！」ポールは叫び、クラレンスの手を蹴り飛ばした。

クラレンスは砲塔から立ち上がり、ポールが暗い煙の中を叫び声の方に向かって走っているのを見つめた。

グレイハウンドは砲塔に直撃弾を受け、中の乗員たちは苦しんでいた。

迫撃砲の砲弾が降り注いで、空が笛を吹いていた。

クラレンスは大声で叫んだ。「戻ってこい、ポール！」しかしポールは振り返りもせずに、自分ができる限りの命を救おうと真っ黒な霞を駆け抜けていった。

暗い稲妻がオレンジ色に炸裂し、煙を伴った衝撃波とともに道路を叩く。別のオレンジ色の炸裂が道路から飛び出し、さらに別の炸裂が噴き出した。クラレンスは、爆風から逃れようと身をかがめた。爆風は非常に強く、周囲の木々から葉を吹き飛ばした。彼は目線を、ポールに戻した。迫撃砲弾がポールの右側に着弾したとき、彼はグレイハウンドに到達しようとしていた。爆発はポールの足を地面から引き剥がし、煙の中に吹き飛ばした。その光景を目の当たりにしたクラレンスの足は力が抜け、砲塔内に倒れ込んだ。

爆煙はすぐに消えた。クラレンスは立ち上がり、必死に友人を探した。

ポールはほとんど逆さまになって、土手に叩きつけられていた。爆風は彼の腕を粉砕し、右脚は膝の下で完全に千切れていた。

クラレンスは恐怖に怯えながら、じっと見ていた。

こんなことが、あるはずはない。

彼は無線のマイクを手に取って中隊司令部を呼び出し、つっかえながらも必死に衛生兵の派遣を懇願した。

クラレンスがポールの救助に向かう前に、小銃が吠えた。その後、さらに多くの小銃が加わり、爆竹のようにパチパチと音をたてた。〝歩兵〟たちは、尾根に現れた新たな人影に向けて、猛烈に発砲した。タイミングは悪くなかった。ドイツ軍は、再びやる気になったのだ。

インターコムで、クラレンスは乗員がパニックに陥っているのを聞いた。今や彼は、車長に替わって任を負う者となった。乗員は、何をすべきか知りたがっていた。

クラレンスは、それまでほとんど認識していなかった感情が湧き出してくるのを感じた。ポールをちらっと見た。友人は、もうもがいていなかった。

砲手席に戻ると、クラレンスは乗員に、「俺たちはどこにも行かない」と言った。

彼は砲塔を回した。

ドイツ軍は戦術的に行動しており、数メートルごとに地面に伏せながら前進を繰り返していた。クラレンスの足が、射撃ペダルを踏んだ。同軸機銃が弾丸を吐きだし、4発ごとに発射される曳光弾が、彼の怒りをさらに掻き立てた。

教範は砲手に対して、連射ではなくバースト射撃するように指示していたが、クラレンスは、まだ以前の装填手の本能で考えていた。彼は敵兵をなぎ払うように掃射した。人影が多すぎて、ずっと機銃のボタンを踏み続けた。

装填手が弾薬を次々と持ってきたので、機銃は弾薬ベルトを消費し続けた。クラレンスがようやく足を上げたときも発砲は止まらず、数秒おきに発射を続けた。彼の射撃は機銃を過熱させてしまい、真っ赤な銃身から弾丸を発射し続けたのだ。

「弾薬ベルトをねじれ！」クラレンスは装填手に叫んだ。装填手は弾薬ベルトを捻じって、弾丸を詰まらせた。

クラレンスは「銃身を換えろ」と叫んだ。石綿の手袋を使用することで、装填手は銃身のネジを緩めることができるが、時間がかかる。敵の猛攻撃に直面している状況では、そんな時間はなかった。

クラレンスは車長のハッチから身を乗り出し、ハッチに取り付けられた機銃での射撃を行なうことにした。

戦場の真ん中で、ドイツ兵が狙いをつけていた。クラレンスは、彼らの迷彩スモックやヘルメットの偽装網、そして命令を叫んでいる顔や、恐怖でゆがんでいる顔を見ることができた。

クラレンスは銃把を握り、今度はバーストで射撃を再開した。

ドイツ兵は倒れた。銃弾は土を吹き飛ばし、彼らを貫いた。命中したのか、隠れているのかを見分けることは不可能だった。

機銃はリズミカルに、機銃架を揺らした。弾薬ベルトは、弾薬箱が空になり、機銃が静かに煙を吐くまでどんどん下に沈んでいった。クラレンスは無線のマイクを掴んだ。彼は同軸機銃を必要としていたが、装填手はまだ時間がかかると言い返した。

ドイツ兵はこの小康状態を利用して反撃に出た。弾丸が戦車に当たり、砲塔が音を立て始め、クラレンスはハッチの下に潜ることを余儀なくされた。

必死の声が、クラレンスの注意を引いた。弾丸が沈んだ道路の上の空気を引き裂いている最中、二人の若い兵士が戦車の後ろに伏せていた。彼らは、戦車の床下に隠れる許可を求めた。

「いいぞ」とクラレンスは言ったが、言わなければならないことがあった。

「もしエンジンが動いたら、すぐにそこから出ろ！」

兵士は戦車の床下に消えた。

ドイツ兵は、立ち上がって突撃してきた。彼らが戦車に向かって突進してきたとき、装填手はインターコムから伝えた。

「同軸機銃の準備完了」。クラレンスは砲手の席に戻り、ペリスコープに目を向けた。敵は70m、55m、45m……と、それまでないほど接近してきた。

下のほうから、声が聞こえてきた。エンジンのアイドリング音と銃弾のバチバチする騒音の中で、どういうわけか、声は戦車の床下から聞こえていた。床下の若い兵士が、ただ自分たちをお救い下さいと、神に祈っていたのだ。

クラレンスは射撃ペダルを激しく踏んで、銃声で彼らの祈りをかき消した。


戦車の前の野原は、墓場となっていた。

朝は午後になり、戦いの不協和音は薄れていた。

ドイツ兵の死体が、尾根に向かう斜面に散らばっていた。

動かない青灰色と緑色の塊の中で、生き残った兵士たちは、投降するために下に降りる途中、倒れた仲間を必死に踏み越えていた。

「アメリカ兵は、戦いを望んではいない。ただ私たちを虐殺したいだけだ」と、ある捕虜は言った。

このような状況が無数に、モンス全体で繰り広げられた。

「まるで宿命的な魅力によって街に引き寄せられたかのように、ドイツ軍は第3機甲師団の封鎖道路に押し寄せ続けた」と、部隊史は記録した。「戦車と戦車駆逐車は、短い野外戦闘を楽しんだ。乗員は砲身が燻るまで、主砲を打ち続けた」

モンスでのアメリカ軍の勝利は、響き渡った。

第1歩兵師団〝ビッグレッドワン〟が、第3機甲師団が始めたことを終わらせるために進撃し、モンスに後退してきた3万名のドイツ兵のうち、将軍3名とフランス西部の港町から退却してきた下級水兵を含む27000名が、アメリカ軍の捕虜になった。

「おそらく戦争の歴史の中で、これほどの大きな部隊が、これほどの短時間で潰滅したことはないだろう」と、第3機甲師団の部隊史は締めくくっている。


クラレンスが車長のハッチから半身を出し、窪んだ道路に目を向けたとき、砲塔の床は、弾丸の空薬莢で滑りやすくなっていた。

より多く兵士が増援として到着してきたが、もはや手遅れだった。ポールの亡骸は、衛生兵の足元に横たわっていた。

クラレンスは、友人が咳をしたり、身をすくめたり、生命の兆候を見せたりするよう、心で静かに懇願した。

時が過ぎていった。

衛生兵たちは先に進むために、荷物を纏めていた。「彼を連れて帰ってもいいですか？」クラレンスは砲塔の上から、震える声で尋ねた。

衛生兵たちは同情的だった。「遺体処理部隊《グレイブスレジストレーション》はもうすぐ来るよ」。

その言葉で、クラレンスは袖に顔を埋めた。ポールの遺体。野原で死んだドイツ兵。彼は砲塔に潜り込んで、ハッチを閉めた。


Ｍ４シャーマンは、煙を吐き出して窪んだ道路から動き始め、野営地に向かった。

砲塔の中でクラレンスは、車長席にふさぎ込んで泣いた。前の晩、彼とポールは冷たいコーヒーの水筒を一緒に飲んでいた。そして今、ポールは死んでいた。まだ24時間もたっていなかった。だが、スピアヘッド師団の戦車兵にとっては、これは第３機甲師団が第82空挺師団や第１０１空挺師団よりも多くの戦死者を出し、第二次世界大戦中で最も多くのアメリカ戦車を失った、過酷な戦役の一日に過ぎなかった。

ドイツには、まだ辿り着いてはいなかった。

第三章　赤ん坊《ブービ》

5日後の1944年9月8日
そこから南東137km　ルクセンブルク

ルクセンブルク市の西部郊外にあるメルル村に、重砲の砲撃音が鳴り響いた。

田舎道の緑豊かな木々の下で、若いドイツの戦車兵が、バランスを取りながら、食べ物を詰め込んだ5個の飯盒を運んでいた。

砲弾が彼の左側の野原で破裂し、炎を上げながら気化した土を、朝の光の下にまき散らした。

グスタフ・シェーファー二等兵は、畏敬の念で爆発を見ていた。野原を囲む森をはるかに超えて、アメリカ軍は闇雲に発砲していて、何も壊さず、彼のためだけに花火を上げているようだった。

グスタフ・シェーファー

グスタフの身長はかろうじて152cmで、戦車兵の迷彩つなぎ服に身を包んだ姿は、まるで子供のようだった。17歳の彼は、金髪で四角い顎、話すとき唇がほとんど動かない、とても静かな気質だった。彼の暗い目が、代わって話をした。

この日、彼が戦闘に参加した最初の日、その目はすべてを語っていた。近くで砲弾が炸裂しているにもかかわらず、グスタフは楽しんでいた。

雷鳴は、着弾が近づくにつれて大きくなった。

グスタフはペースを上げて早歩きをしたが、走ることは控えた。彼は車体の機銃手も兼ねる無線手で、食料の調達や戦車への燃料補給も担当しており〝何でも屋の娘〟と呼ばれていた。グスタフはその仕事と〝肩書き〟をなんの不満もなく受け入れていた。

飯盒の中で、戦車兵たちのその日の粗末な食事である温かいシチューが揺れていた。一滴もこぼすことはできない。

道路を100ヤード（約90m）ほど上った先の生け垣の日陰に止めていた戦車に、乗員たちが走って戻ってきた。手で折られた小枝で偽装されたことで、パンターの鋭角的な外見をさらに覆い隠していた。車中に姿を消す前に、乗員たちはグスタフに急げと叫んだ。

また雷鳴が響き渡った。これは衝撃波がグスタフの頬を叩くほど、そばに着弾した。褐色の蒸気を帯びた土の雲が、以前より近くに浮かんだ。中でバシャバシャするシチュー入りの飯盒を高く持ち上げながら、慌てて走り出した。さらに雷鳴が、彼を押した。熱を感じ、硝煙の匂いがした。

戦車が視界の中で揺れた。もうすぐそばまで来ていた。あと14ヤード（約37m）ほどしかない。そうすれば安全だ。乗員たちの食料と共に戻ってきたヒーローになる。しかし、戦車に辿り着く前に、左側の野原が爆発した。

目がくらむような閃光。耳をつんざくような炸裂音。見えざる手が彼を拾い上げ、道路の向こうの溝に放り込んだ。

グスタフが目を開けると、土の雨が降ってきた。鼓膜は痛みでズキズキし、胸が焼けるように痛んだ。

やられた！

つなぎ服を触ると手が濡れていたので、さらに大きく動揺した。飯盒からシチューがにじみ出ているのを見て、自分が何を感じていたかを知った。別の衝撃波が頭上を襲った。食事と心中する前に、移動しなければならなかった。

黒の戦車帽を拾い上げて、グスタフは戦車に向かった。25m、18m、9m……。

運動選手の跳躍のように、彼は砲身を掴み前面装甲板に飛び乗った。ジャンプして偽装の小枝をかき分け、ハッチを開けて車内に入った。

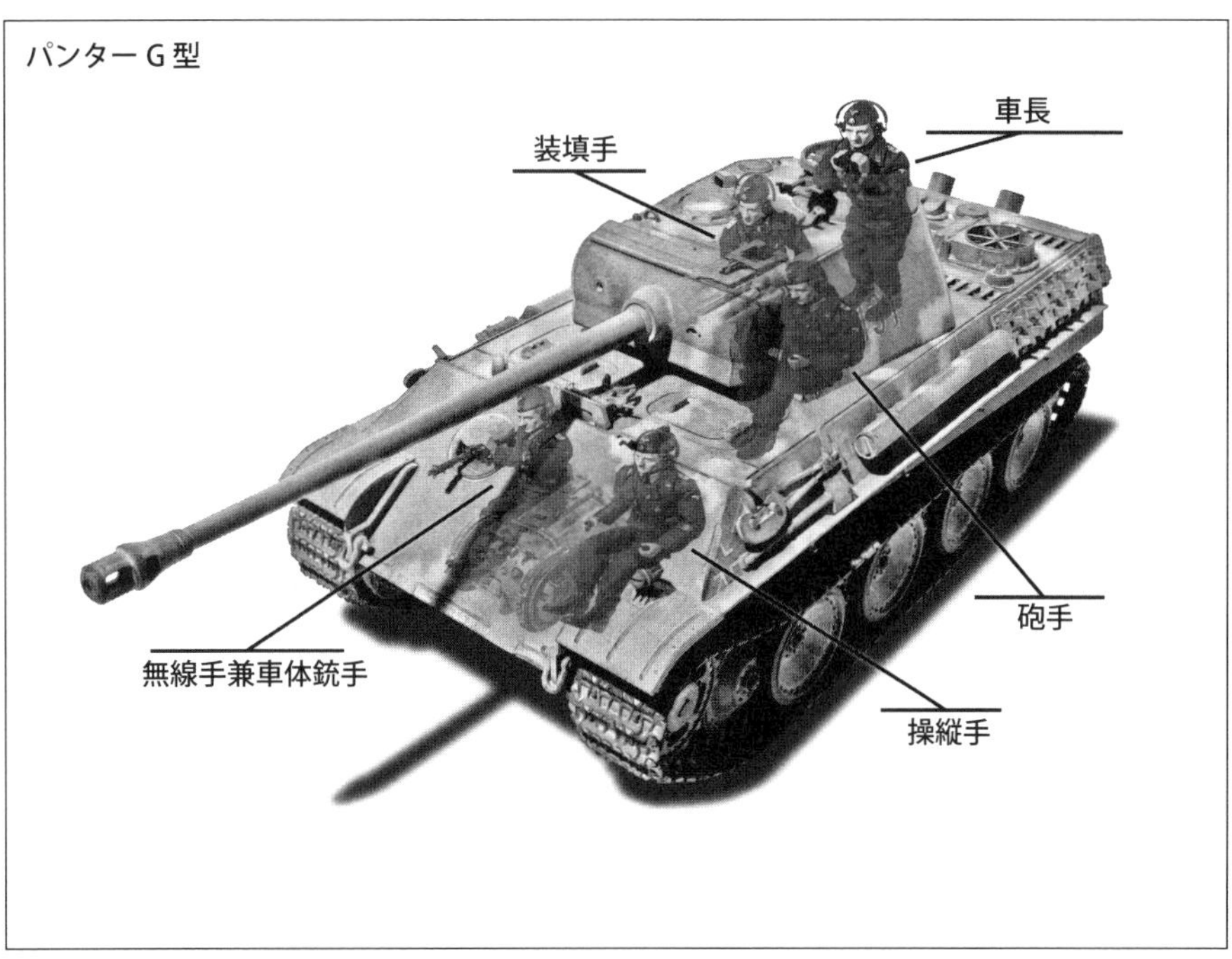

オイルのにおいが漂う、狭くても安全な場所で彼は、機銃に向い倒れこんだ。他の乗員は、彼を見ることができなかった。車内の左右に設けられた弾庫には、弾薬が水平に収められ、中央の変速機を挟んで左側には操縦手が座り、さらに多くの砲弾が後方の砲塔バスケットにいる3名の乗員を見えなくしていた。恐怖を見せるのは、まだ早かった。

彼らは皆、グスタフを〝ブービ〟、または少年として認識しているベテランだった。東部戦線で壊滅的な損害を被った彼らの部隊は、グスタフのような新人とともに新たに編成された第106装甲旅団の第2中隊に配備され、ドイツ国境の西19㎞に位置するルクセンブルク市に展開した。

旅団への命令は、47輌の戦車（パンター36輌と、Ⅳ号戦車／70（V）11輌）をもって、どんな犠牲を払ってでもアメリカ軍の前進を遅らせろという、絶望的なものだった（監修者注：第106装甲旅団〝フェルトヘルンハレ〟は、軍団直轄の独立部隊としてパンター戦車を基幹とし1944年7月22日付で新編された。その編成はⅣ号戦車HもしくはJ型、または固定式戦闘室のⅣ号戦車／70（V）装備の1個中隊と、パンター装備の3個中隊で編成された。いずれの中隊も、3輌で編成される小隊3個と、中隊本部2輌、そして旅団本部3輌を定数としていたので、パンターの装備数は36輌となるわけだ。これに偵察中隊や牽引式火砲中隊、そして自走対空戦車小隊などが加えられた、ミニ装甲師団とも呼べる諸兵科合部隊だった）。

海中のUボート潜水艦の乗組員のように、乗員たちは鳴り響く爆発音を聞いていた。グスタフは、いつ破裂するのかと思いながら、車体天井を見ていた。彼は、ドイツ北部の風の吹きすさぶアレンカンプにある、自分の農場に戻れるのならば、何でもしようと思った。

グスタフの家は、ろうそくに照らされた質素な牧場で、入り口には馬小屋があり、中にはツバメが羽ばたいていた。彼の父は民間伝承の伝統に従い、いつも屋根に穴を開けていて、鳥が中に巣を作り、家族に幸運をもたらすことができるようにしていた。

両親は片方の寝室を使い、グスタフと弟はもうひとつの寝室を祖父母と一緒に使っていた。彼のいちばんの友は、祖母のルイースだった。金髪をお団子にまとめた、背が低く勤勉な女性で、グスタフがお気に入りの「雪白と薔薇紅」などのおとぎ話を兄弟に読み聞かせてくれた。質素な生活だったが、戦車の中よりもはるかに良い暮らしだった。

砲撃が次第に収まった後も、誰も話さなかった。終わったのか？

グスタフがずっと隠れていられるほど、戦車は十分な大きさではなかった。遅かれ早かれ、乗員はグスタフが朝食を〝かぶって〝いることに気づくだろう。

直感は、グスタフに炊飯車の要員を非難するようにささやいていた。彼らは自分たちの命を守るために、戦車から80mほど離れた場所に駐車していたのだから。

しかし、彼の感情は育ちの良さには勝てなかった。「常に謙虚でありなさい」と祖母は教えてくれた。「いつでも正直でいなさい」と。もはや自分の感情を抑えることができなくなり、グスタフは沈黙を破って「なくしました……、大事な朝食をダメにしてしまった！」と叫んだ。

わかっていたことだが、男たちは激怒した。「俺たちの煙草はどうなんだ？」一人が尋ねた。

グスタフはポケットから、5つの小さな煙草の箱を取り出した。それぞれに4本ずつの煙草が入っていたが、倒れたことでクシャクシャだった。グスタフは、その箱を弾薬ごしに渡したが、これで新たな罵声を浴びることになった。

グスタフは、座席の横に置いていた布製バッグから木箱を取り出した。中にはたくさんの煙草の箱と、葉巻の袋が入っていた。彼はしわくちゃの煙草を中に放り込み、箱をバッグに戻した。

乗員が不満を漏らす中、車長は彼らを安心させた。「こいつに罰を与えないとな」。

午後の陽ざしで影が動くと、偽装していた小枝が取り除かれた。

パンターは未舗装の道路でエンジンをアイドリングさせていた。その安定したうなり声は、メルルの野原に立つ家の間に響き渡っていた。

パンターG型はサンドイエローに塗られ、緑と茶の迷彩が施されていた。前面が傾斜した砲塔はスマートな車体の上に載り、長さが車体長の半分以上ある長い主砲を搭載していた。大きく傾斜した重量2tの車体前面装甲板から後方に伸びている斜めの部分はすべて、〝上部斜堤〟として知られていた。前面装甲板は80㎜厚で、M4A1（75）シャーマンの前面装甲厚51㎜を、大きく上回っていた。*

パンターが唸りを上げた。

起動輪が回転を始め、鋳造製の履帯が動き出し、左右16枚の千鳥式転輪が回った。戦車が前方に走って離れると、道路に横たわったグスタフが現れた。そばにはハンマーと工具が転がっていた。

小さな無線手は、戦車が彼の顔に吹きかけた土埃で咳きこみながら起き上がった。通常、走行の後には、履帯を結合しているピンを打ち付けたり交換したりするのは、操縦手の仕

＊装甲板は、斜めに置くとさらに厚みが増大する。例えば、パンターの車体前面装甲板は、垂直に立てたときの厚さは80㎜だが、55度の角度の場合は、145㎜厚換算となる。本書では、換算厚で表記している。

事だった。今日は、その作業をグスタフが罰として行なっていたのだ。工具を布で拭いたとき、手は油でべとべとで、指先は血まみれになっていた。

車長はパンターの前に立ち、夜に停車する納屋に向かって操縦手を誘導した。予備部隊の第2中隊は、12輌のパンターをメルルに散開しており、車体を隠すことができるあらゆるところに隠れていた。戦車が停車した後、車長がグスタフに近づいて来た。

ロルフ・ミリッツァー下級軍曹は、背が高くて太っていた。黒い戦車帽の下、顔は長く、指揮のストレスで強張っていた。戦争は彼を26歳をはるかに超えて老け込ませていた。

ロルフは、グスタフの高さまでにしゃがみこんだ。先のグスタフの事故にもかかわらず、彼の暗い目は優しかった。それよりも大きな懸念があったのだ。その朝の早い時間に、彼らの姉妹中隊3個は、国境を越えてフランスに入り、アメリカ軍の前線に突入していた。それ以来、彼らとの連絡は一度も取れていなかった。この沈黙が意味することは、すでにアメリカ軍がルクセンブルクの玄関口にいて、次にここに来るということだった。

「皆に非常食の使用を許可したので、彼らは君を調達係から解放するだろう」と、ロルフはグスタフに告げた。

戦車兵は各々中に豚肉やビスケット、カフェインを注入したショカコーラ（ダークチョコレート）が入った携帯糧食を持っており、非常時以外開けることは禁じられていた。

グスタフはホッとし、車長に謝罪した。

「もっと注意しろ」とロルフは言った。「これ以上無理をする必要はない。大事なのは生き続けることだ」。

ロルフはグスタフを困惑させて、去っていった。

彼らはもはや敗戦寸前のドイツ兵であり、ロルフはすでに生き延びることに考えを切り換えているのだろうか？

グスタフは幻想を抱いておらず、もはや勝利は不可能だと思っていた。１９４３年秋のある日、軍に申告するために母が彼を連れて駅に行ったときに、それを知っていたのだ。

第6軍はスターリングラードで壊滅し、アフリカ軍団はチュニジアで降伏した。それでもドイツは全世界と戦争を継続していた。勝ち目はなかった。

しかし彼らの「義務」はどうだったのだろうか。

グスタフは工具を戦車に戻しながらも、ロルフの忠告が脳裏から離れなかった。

今一番大事なのは、生き続けることだ。

戦場で鍛えられた職業軍人から投げかけられた言葉は、何だったのだろうか？

第四章　戦場にて

翌朝、1944年9月9日
メルル

戦車を隠した農場の中庭で、グスタフが髭を剃ろうとしていた午前7時頃は、涼しく静かだった。

　頭上では空が、辺りを暖めている。グスタフは椅子に座り、井戸に立てかけた鏡に向かって身を乗り出し、石鹸で顔を泡立て剃刀を冷たい水の入ったバケツに浸しながら、満足そうに自分を見つめていた。水を用意してくれた農夫は、剃るような無精ひげがほとんどない小さなドイツ兵を、心の中で笑ったに違いあるまい。

　今日はグスタフ18歳の誕生日で、これは自身への贈り物だったのだ。

　彼はこのことを、他の乗員に話そうとはしなかった。姉妹中隊に起きたことの後では、誰もそんな雰囲気ではなかったからだ。生存者たちは、前夜、足を引きずりながら大虐殺の話を持ち帰ってきた。

　彼らは暗闇の混乱の下、誤って森の中のアメリカ軍の前線に迷い込んで包囲され、初日にして部隊の半数に近い21輌の戦車と自走砲を失ってしまった。それでもグスタフは、アメリカ軍と戦うことに違和感を覚えていた。少年時代、カウボーイやインディアン、そしてミッキーマウスなどの本を読むのを楽しんでいた。故郷では、ほとんどの農家が、新世界に移住した親戚がいたか、養う口が多すぎて、口減らしのために子供を新世界に送っていた。祖母の家族も移住しており、グスタフもそれは十分知っていた。

　グスタフがかろうじて剃刀をあてたとき、ロルフを探して伝令が中庭にやってきたので、グスタフの気は滅入った。その意味はただひとつ、戦いの時がきたのだ。

　力強いエンジン音を立てながら、パンター12輌はメルルの野原を西に向かって前進した。

　柔らかい大地をゆっくりと旋回しながら、機械は走ることを熱望しているように見えた。排気筒から煙が立ち上り、エンジンの唸り声があたりに轟き渡る。

　戦車は組み立てラインから出たばかりだった。* 砲塔には

＊グスタフが乗るパンターG型は、大戦中に生産された6000輌を超えるパンターの一型式であり、連合国の組み立てラインから送り出された49234輌のM4シャーマンよりも、生産数ははるかに少なかった。彼の戦車の砲塔識別番号は、残念ながら不明だ。

くっきりとした黒い数字が並んでおり、磁気吸着地雷を無効化するためのツィメリットコーティングと呼ばれる、刻みが彫り込まれたコンクリートで覆われていた。

しかし、新品でさえパンターには、気になる欠陥があった。その強固な装甲が、戦車をノーズヘビーにして駆動系を摩耗させた。また複雑な交互配置式の転輪は簡単に泥が詰まり、1枚の転輪が詰まるとすべてに影響が生じるのだ。1年前に200輌のパンターが、東部戦線のクルスクで初めて戦場に投入された際、5日間の戦闘で多くを消耗し、稼働数がわずか10輌だけという状況に陥った（監修者注：1943年7月7日、東部戦線における乾坤一擲の反攻作戦〝チタデレ〟で、第10戦車旅団傘下の第39戦車連隊第51、52戦車大隊にそれぞれ96輌ずつと、加えて連隊本部に8輌が配備され、総数200輌で初陣を迎えた。しかし早急な実戦化を目指したため十分な試験を行なうことなく生産が開始され、生産中に改良を加えるという強引な手法が採られたのに加え、30t級戦車として開発されたエンジンをそのまま用いたことで、機関系を中心として様々な問題を露呈することになり、多くを機械的な問題から失うことになった）。

グスタフと操縦手は、ハッチを開いたままで乗車していた。

彼らの背後のルクセンブルク市からは、煙が上がっていた。すでにドイツ軍の上級司令部は、市内の電話網や水道、その他の主要施設を破壊して逃走していた。その過程でグスタフの第106装甲旅団は、作戦上必要とする各種機材を持たないまま行動することになった。

グスタフは首に通話用の咽喉マイクを、頭にレシーバーを装着していた。左の変速機の上に置かれたFU5無線機からは、ゴロゴロとした音が聞こえていた。彼は無線手として、車内通話と中隊通話の周波数を同時に聞いていた。

ロルフは、つばがペリスコープに当たらないように帽子を後ろに向け、砲塔後部に設けられた座席に立っていた。彼の後ろでは、無線アンテナが揺れている。

中隊のパンター群は、遠くの森に向かって前進し、そこでアメリカ軍の到着を待つつもりだ。アメリカ第5機甲師団が、近づいてきていた。クラレンスが所属する第3機甲師団よりも戦車数が32％少ない〝標準師団〟であるが、今や歴史的な偉業を成し遂げようとしていた。

イタリアの連合軍部隊は、フィレンツェの北にあるドイツ軍のゴシック防御線と対峙していた。ソビエト軍はポーランドのヴィスワ川の前で足止めされている。そして第3機甲師団が予期せずモンスに迂回したことで、図らずも第5機甲師団が最初にドイツ本土に到達する位置にあった。後はルクセンブルク市に突入し、ドイツの国境に飛び込むだけだった。

第2中隊はたった12輌のパンターで、第5機甲師団の進撃を阻止せんとしていた。

グスタフの耳に「戦闘爆撃機！」の声が飛び込んできたとき、パンター群は未だ1・6㎞も進んではいなかった。グスタフの頭上2時方向に、機首が赤に塗られた航空機の編隊が右から旋回していた。アメリカ軍第50戦闘群に所属するP‐47サンダーボルトだった。

飛行機が翼を水平に戻し、自分に向かって来るのを見てグスタフは、畏敬の念を抱いた。

ロルフは砲塔の上から姿を消し、操縦手は車内に沈みこんでハッチを閉じた。しかしグスタフは、動かなかった。彼は魅了されて、戦闘機を見つめた。まるで催眠術のように、プロペラが回っていた。飛行機が彼に近づくにつれ、翼がどんどん広がっていくように見えた。風防ガラスには、日光が反射していた。

「ブービ！」ロルフはインターコムで叫んだ。「ハッチを閉めろ！」

グスタフはトランス状態から醒めて、彼の座席に落ち、発射された弾丸が戦車を横切ってかすめる直前にハッチを閉じ、車内に反響する甲高い命中音を聞いた。

グスタフは自分の愚かさを、ひっぱたきたくなった。

無線機から、中隊長の散開命令が鳴り響き、すべての乗員が聞いた。マイバッハ製のエンジンが、戦車の後部で大きな唸りをあげると、700馬力が床を駆け抜け、グスタフの前の車体が振動した。

外では戦車が野原を加速し、それぞれの戦車が間隔を広げ、飛行機にとって攻撃しづらい標的となろうとしていた。

ロルフのパンターは、陣形の左側に位置していた。排気管からは、煙が吐き出されている。履帯はコーヒーミルのように、野原の土を噛み砕いて後方に吐き出した。転輪は地形に合わせて上下しながら起伏を吸収し、砲身は水平に保たれて戦闘に備えた。*

時速30㎞でパンターは疾駆したが、すぐにアメリカ軍機は彼らに追いついてきた。耳をつんざくようなエンジン音の唸り声の中で、グスタフは頭上でカチンカチンという音を聞いた。それからP‐47の雷鳴が頭上を引き裂きさいた。グスタフは思わず身を縮め、命がけで耐えた。戦車はまるで暴走列車のように、突っ走っていった。

P‐47は次々と上空を通過し、パンターの脆弱な機関室の吸・排気グリルを容赦なく狙った。しかし爆弾やロケット弾を搭載していなかったため、グリルのような小さすぎるものには、致命的な命中弾を与えることができなかった。P‐47は狩りを断念し、地平線に向かって飛び去った。

グスタフは、再び呼吸することができたが、長くリラック

＊平均的なアメリカ軍の戦車兵は、自分たちがドイツ軍よりも機動性が優れる戦車を装備していると信じていたが、実際にアメリカ陸軍が戦時中に実施した試験で、パンターは、整地と不整地の両方で、速度と機動性ともに上回ると判定されている。

スすることはできなかった。無線で「隠れろ」という新しい命令が伝えられてきたからだ。ロルフは操縦手に、パンターを左手の森の果樹園に向かって進めるように命じた。グスタフはハッチを開け、操縦手の操作を助けるために立ち上がった。戦闘の最中でも、彼の仕事は頭を外に突き出して、横からの攻撃に備えることだった。

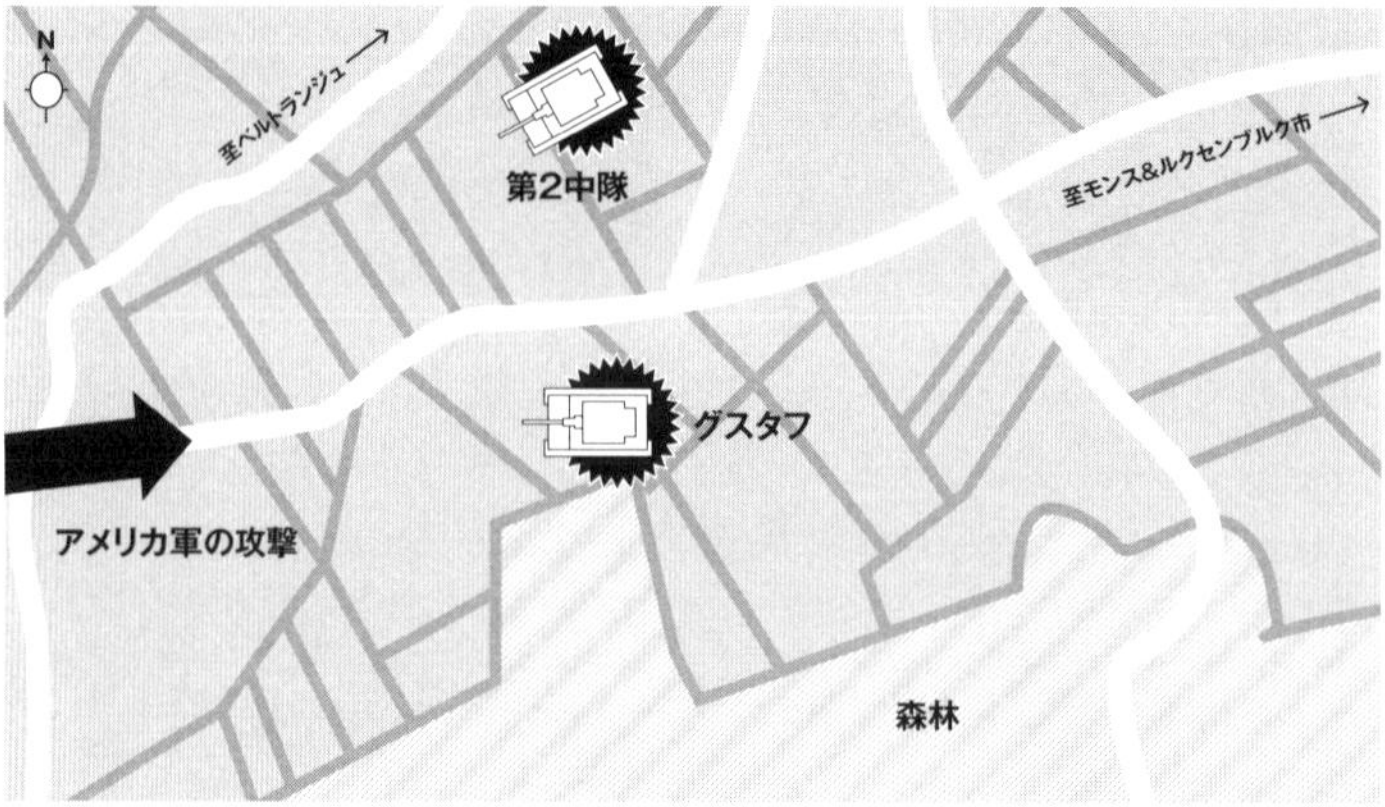

1944年9月9日

　森の端にある、トウヒの木の鋭い影を浴びながら、パンターはため息をついて停止した。ロルフがこの場所を選んだのは、隣接する森の木陰にある脱出路に近いからだ。車体はその脱出路に向かって、西を向いていた。

　パンターが止まると、ハッチが開いた。狭い車内に閉じ込められ、戦闘機からの命懸けの逃走の後で、皆が空気に飢えていた。

　グスタフは、彼らが中隊の他車よりも遠くまで走行していたことに驚いた。野原を挟んだ右手には、森の隙間に通じる道があった。他の車輌は、反対側に停止していた。道路の端には、木に隠れているパンターの砲塔だけが見えている。他の2輌のパンターが、起伏の木々の間に止まっていた。待ち伏せ態勢を採っている間、どのパンターも動かなかった。

　P-47の機銃掃射で、それまで無傷だったグスタフのパンターは損傷していた。弾丸はツィメリットコーティングを削ぎとり、砲塔番号が削られ、牽引ワイヤーを吹き飛ばしていた。

　ロルフは砲塔バスケットの床にしゃがみ込んで、グスタフと操縦手の間に向かった。「ブービ、お前のペリスコープのプリズムを貸してくれ」、「私のは弾で壊れたんだ」と言った。

　グスタフはペリスコープからプリズムを外し、ロルフに渡した。グスタフが外を見ることよりも、車長が外を見るほうがはるかに重要だったからだ。

　ロルフは謎の男だった。彼はドレスデンからの手紙を受け取っていたが、家族のことを決して口にしなかった。25回の戦車戦闘を生き残ったことの証しとして、銀の戦車章を身につけていたが、その体験を話すこともなかった。グスタフが確実に推測できたのは、彼は戦前に頭脳労働の職に就いていたということだけだった。なぜなら、彼は流暢な英語を話し、時には英語で歌を口ずさんでいたからだ。

パンターのエンジンは、巨大な戦車をアイドリングし続けた。1時間か、おそらく2時間が経った。グスタフは、時間の経過が分からなかった。時計を持っていなかったからだ。

戦車の間の畑では、男女の農民たちが手押し車を押し、ジャガイモを掘っていた。生活は続いていた。グスタフは、土にまみれたブーツを履いている男と女たちが羨ましかった。彼は昔から農作業が好きだったからだ。この光景を見ていると、家族が月の光を浴びながら時々行なっていた、このような畑で、鎌を使ってライ麦を収穫した懐かしい思い出を蘇らせてくれた。

グスタフは、消極的な兵士だった。1939年から、ヒトラー・ユーゲントへの入団が義務付けられていたので、入団せざるを得なかった。しかしキャンプや行進、スポーツを楽しんだが、他の少年のように兵士になりたいとは思っていなかった。グスタフの夢は、機関車の車掌になることだった。

毎週日曜日、教会の後で彼は自転車を漕いで自宅から遠く離れた場所で、ハンブルク～ブレーメン線を列車が通り過ぎるのを見ていた。戦争が始まってからは、機関車の製造工場にも応募した。それが、車掌への第一歩になると思っていたのだ。

しかし、父親が軍隊に徴兵されたことで家族は人手不足となり、グスタフの祖母は彼に農場にとどまるように頼んだ。一部の人間にとっては、難しい選択だったかも知れないが、彼にとってはたやすいことだった。グスタフにとっては、個人的な願望や欲望よりも、自分の義務が第一だったのだ。彼には家族に対する義務があった。農場に対してもだ。とても簡単なことだった。

1943年の秋、グスタフに軍の召集令状が届いたとき、戦争省に手紙を書き、収穫作業を手伝うために4週間の猶予を得た。家族への義務を果たしてから、国に奉仕するために列車に乗ったのだった。

グスタフが身体検査で軍医の前に立ったとき、医師は狭いスペースにぴったりの小柄な体をひと目見て、そのまま装甲部隊に送り込んだ。

受信機が、人の声とともにパチパチと音を発した。通信は聞き取りにくかったが、憂慮すべきものだった。

声はアメリカ人のものだった。グスタフはロルフに知らせた。敵の通信を拾っているのなら、敵は近くにいるに違いない。おそらく射撃できるほどの距離だ。

双眼鏡で辺りに目を光らせていたロルフを除いて、乗員は車内に入りハッチを閉めた。

ペリスコープのプリズムは、ロルフに召し上げられていたので、グスタフは銃床のない特別な車載用ＭＧ34機銃が備える照準器の、ゴム製保護リングに目を当てた。機銃の銃身と照準器は、傾斜した前面装甲板から突き出ているが、硬貨の直径以下の視野しか得られなかった。

戦車の中に逃げ込んだ乗員たちを見て、畑で作業をしていた地元の農民たちは怯え、農具を置き忘れて散っていった。まるでそれが合図となったかのように、Ｍ４シャーマンが３㎞ばかり離れた森の向こうの道路に現われた。

ロルフは砲塔から、射距離と方位を叫び、グスタフはそれを書き写して無線で中隊長に連絡した。

道路をたどり、アメリカの第34戦車大隊の隊列はためらうことなく野原になだれ込んできた。その日のうちに、ルクセンブルク市の解放を目指しているのは明らかだった。

グスタフの後ろで、砲塔の旋回モーターが唸った。砲手はüberlang（ウーバー・ラング）あるいはextralong（エクストラ・ロング）として知られている砲身長約５・２ｍの主砲で、車列を追尾した。砲塔は、苦しそうにゆっくりと動き、最後に砲身がグスタフの真上で止まった。その主砲は古いⅣ号戦車と同じ口径７・５㎝だったが、より長く、ほぼ91㎝長の砲弾を装填し、耳をつんざくような轟音とともに、超高速で砲弾を発射する。

「俺の合図を待て」と、ロルフは砲手に言った。敵は射程内にいたが、ロルフは彼らが後退できなくなるところに来るまで砲撃を控えようとしていた。

グスタフの顔から、汗が滴り落ちた。機銃を握りしめているので、指の関節が白くなっていた。機銃は戦車に対して役に立たないが、握っていると気分がよくなった。隔てるように積み上げられた砲弾の上から覗き込むと、操縦手がペリスコープを通じて前方を凝視していた。ガラスに差し込む光が、目の周りを照らしている。彼は完全にリラックスしているようだった。

Ｍ４シャーマン群は安全な森から出て、ロルフとパンターが待ち構えている場所に向かってさらに進んできた。彼らとの距離は、今やわずか１マイル（約１・６㎞）だ。しかしロルフは、もっと近くまで来て欲しかった。彼は東部戦線で、目標が８００ｍ以内に入るまで待ってから、列の最後尾の戦車を射撃し、次に先頭の戦車を撃破することで、前進も後退もできない致命的な状況を作り出すことを学んでいた。その後なら、簡単に狩りをすることができるのだ。*

突然、緑色の曳光弾が右から放たれ、先頭のＭ４シャーマ

＊パンターに搭載された長砲身砲の精度は、戦後の試験において射距離８００ｍで30㎝の円内に、すべての砲弾を命中させたことで立証されている。

ンに命中した。

グスタフはそれが信じられなかった。誰かがあまりにも早く発砲したのだ。M4シャーマンのハッチが開き、乗員が転がり落ちるのが見えた。

ロルフは呪った。彼は発砲の場所を辿り、それを見た。北側の丘の上の森に潜むパンターの砲口から硝煙が漂っていた。絶好の機会は、失われた。

M4シャーマンの隊列は停止した。砲塔が一斉に丘の上のパンターのほうに向きを変えて砲撃を開始し、射撃したパンターともう1輌のパンターを後退させた。

ロルフは行動しなければならなかった。彼は砲手に、2番目のM4シャーマンに目標を換えさせた。そのM4シャーマンは、射撃のためにほぼ横を向いたからだ。

パンターの主砲は、典型的な〝狙って撃つだけ〟の兵器であり、そのため照準を終えていた砲手は射距離を補正する必要はなかった。

グスタフは機銃の照準器から目を離し、主砲の射撃に備えた。ロルフは、そうするのが当然のように命令を出した。「撃て」。

耳をつんざくような轟音とともに、長砲身の砲口から炎が放たれ、7・2㎏の砲弾がやや下方を向いて砲口から飛び出した。（砲弾が放つ）緑の曳光はわずか2秒で、1・6㎞を飛翔した。砲弾が命中したM4シャーマンは、その衝撃でサスペンションが揺れた。砲撃の反動は、誰かに背中を押されたようにパンターを揺り動かした。

「命中」とロルフは言った。

グスタフは機銃の照準器に目を戻した。M4シャーマンが、機関室に開いた穴から炎をちらつかせている。グスタフは、野原で燃えているM4シャーマンから乗員が車外に逃れるのを見た。グスタフは、彼らが逃げるのを見て喜んだ。たとえ敵であっても、同じ悲惨な目に遭った戦車兵同士なのだ。*

空に向かって煙を上げる、2輌の残骸に遮られながら、残りのM4シャーマン群は、来たほうに後退していった。

グスタフは操縦手をちらっと見た。これで終わりなのか？グスタフは自問したが、いきなり砲弾が、パンターの前面装甲板に命中したことで、考えることを止めた。戦いは始まったばかりなのだ。

グスタフが砲弾の命中から立ち直ったとき、インターコムから罵声が飛び込んできた。グスタフが照準器に目をやると、戦車を包み込む鮮やかな白い雲が渦を巻いて、どんどん大きくなっていくのが見えた。燃えるような火花が弾けて踊った。煙は、上面に設けられたベンチレーターから車内に漂い、

＊驚くべきことに、第34戦車大隊がその日に失った2輌のM4シャーマンは、どちらも戦死者はいなかった。彼らの指揮官は、報告書で次のように記述している。「敵の巧みな戦術からすぐに明らかになったが、この交戦は、急遽計画された後衛行動以上のものであった」。

グスタフの目と鼻孔を刺し、舌で酸を味わった。「これは何です？」グスタフは、溢れた涙を拭きながら尋ねた。他の乗員たちは、誰もが咳き込んでいた。しかし白燐弾を知らなかったので、誰も答えられなかった。

それは連合軍が使用していた、煙幕を発生する焼夷弾だった。安全上の理由から、水中に保管されるほど揮発性の高い化学物質で、砲弾に詰められ着弾して空気と接触すると発火し、５０００度でほぼ1分間燃焼した。ワックス状の砕片は、人を骨まで燃やし尽くすことができるが、今はただの煙だった。

グスタフはまだ目を細めていたが、別の、より重い砲弾が大聖堂で鳴らす鐘のような音とともに、パンターの傾斜装甲板に激突した。

着弾の衝撃でパンターが後ろに動くと、その反動で機銃の照準器がグスタフの額を叩き、彼を背もたれに押しつけた。

ロルフは操縦手に後退を命じた。「ここから出るんだ！」

操縦手は変速機を操作して後退し、背後と左手にある森の中の木陰に向かって、ゆっくりと動き始めた。まだ耳鳴りがしていたグスタフは、額を撫でてから機銃の照準器に目を戻し、視察を再開した。照準器から目を離していた間に前進してきたのであろう、ある種の装甲車輌と思われる暗いシルエットが、視界に飛び込んできた。

それはアメリカ軍のＭ７自走砲で、大口径の１０５㎜砲を搭載していた。

イギリス軍が「プリースト」と呼ぶＭ７自走砲は、通常は自走野戦砲として上空からの攻撃（間接砲撃）に供されたが、現在その主砲はパンターを狙い、水平になっていた。

プリーストの砲口から、射撃の閃光が閃いた。グスタフは、砲弾が彼の顔の真正面で炸裂する前に、飛び下がった。衝撃で車内灯が点滅する。また耳鳴りがした。彼は恐怖の目で、内壁を見つめていた。クリーム色の塗料が剥がれている。

二発目の砲弾が、前面装甲板で炸裂した。そして三発目が。グスタフは耳を塞いだ。まるで彼の顔のすぐそばで破城槌を打ち込まれているようだった。前面装甲板の溶接部に、亀裂が上下に走っているのが見えた。

激しい砲撃にもかかわらず、操縦手はパンターを森の切通しの中に逃そうと、木の壁の向こうを目指して懸命に操縦した。ほんの一瞬だが、プリーストは旋回したパンターの側面を視野に収めた。敵はその幸運を逃さず、さらなる命中弾がパンターの左側履帯に命中した。着弾の衝撃で操縦手は車体側面側に、グスタフは内壁の反対側に叩きつけられた。

グスタフは肩を掴んだ。操縦手は混乱の中で操向レバーを握り、ロルフにおそらく左の履帯が切れたと報告した。

「走り続けろ！」と、ロルフは命じた。

パンターは、トウヒの木々の後ろの切通しの奥深くまで進み続け、そこで切断された左側の履帯が転輪から離れ落ちた。

プリーストは仕方なく、他の目標への射撃に切り替えた。スライドして開いたハッチから、ロルフは日陰に立った。太陽が照り付ける野原では、中隊のパンターが左右に退却していた。行動不能となった2輌はやむをえず放棄されていた。1輌は道路のそばに遺棄され、もう1輌は丘の上で燃えていた。

丘の上から柔らかな音が聞こえてきて、ロルフは虐殺から注意をそらした。

戦場の600m上空で、アメリカのL‐4観測機が片方の翼を傾けて旋回していた。「グラスホッパー（バッタ）」として知られるL‐4は、砲撃を管制するために使用されていた。

グスタフと乗員は、ハッチを握り、ロルフの命令を待っていた。彼らは逃げたくても逃げられなかった。命令なしに戦車を放棄することは、脱走に等しい。それはドイツ軍が、躊躇することなく射殺することができる犯罪だったからだ。1944年の終わりまでに、ドイツ軍は10000名の自国の兵士を処刑していた。

ロルフは「全員外に出ろ！」と命令した。

砲塔は数秒で無人になった。しかし、車体ではグスタフに問題が起きていた。ハッチが数㎝以上開かなかった。背中を突っ込んでみたが、うまくいかない。命中弾の一発がハッチのヒンジを動かなくしていたのだ。彼は車内に閉じ込められた。閉じ込められた場所が、急に窮屈に感じられた。

積み上げられた砲弾の反対側で、操縦手はぐずぐずしていた。「僕を待たないでいいから！」とグスタフは言った。操縦手はあっという間にいなくなった。

かすかな口笛のような音が戦車の中に伝わってきて、続いて砲弾の炸裂音が鳴り響いた。車外に砲弾が落ち始めた。グスタフは必死になって、袖板上の弾庫から14㎏の弾薬の固定帯を緩め、1発ずつ砲塔の床板に移して操縦席までの隙間を作った。彼は自由を求めて這った。

外に出るとグスタフはパンターの側面を転がり落ち、並木まであわてて這いあがって落ち葉の山に飛び込んだ。顔を上げて、自分の位置を確かめようとした。

戦車の後ろでは、操縦手はすでに180mほど離れていて、その後ろを砲撃の着弾が後を追っていた。グスタフの神経繊維すべてが、この森の土の上に釘付けにされたままでいたいと思っていた。ロルフだって「今は生き延びることが第一だ」と忠告していた。アメリカ軍はすぐにもやって来るだろう。グスタフは、捕虜になることを恐れてはいなかった。アメリカ人は、兵士の命を大切にしているように見えたので、自分に対しても、人道的であろうと思っていたからだ。

野原では、砲弾の炸裂がすべてを変えた。

操縦手はよろめいて倒れ、左膝を抱えて仰向けに転がった。砲撃は収まらなかった。グスタフの中で、カチリと歯車が回った。グスタフは、彼を置き去りにすることを躊躇しなかった戦友を、助ける義務があった。

グスタフは立ち上がり、燃えさかる木の炎から顔を守りながら、まだ煙が立ち上る炸裂孔を横切って、操縦手に向かって走り出した。他の乗員が、手押し車を押して反対側から近づいていた。操縦手が倒れるのを見たに違いない。彼らは同時に、操縦手のところに到着した。手押し車の後ろには、丸くて血色のよい顔で、少し短気な、ずんぐりしたベテランの砲手、ヴェルナー・ヴェーナー上級伍長がいた。

操縦手は悲鳴を上げていた。膝が裂けていた。ヴェルナーは、傷ついた動物の遠吠えのように痛みを訴える操縦手を、熊が抱擁するように掴みあげて、手押し車に入れた。ヴェルナーは片側のハンドルを掴み、グスタフは反対側のハンドルを取って、負傷した操縦手をメルルに向かって押し始めた。彼らは、砲弾が破裂し土が降り注ぐと、ひるみながらも、土の上でジュージューと音を立てている不発弾を避けながら押し続けた。

ついに、固い土の平らな場所に辿り着いた。その日の朝隠れていた同じ場所に戻ってきたのだ。肩越しに砲弾の炸裂音を聞きながら、パンターの履帯が残した跡を辿って逃れたので、手押し車を押すのは楽になった。

その皮肉には、グスタフも気づいていた。

彼らはパンターと、手押し車を交換したのだ。

第五章　襲撃

その同じ夜
メルルの西

真夜中、グスタフは木箱を握りしめ、ヴェルナーを追いかけ続けた。

月は地平線に低く横たわり、つぎはぎな起伏の野原を、青く染めていた。午後10時を回った頃、男たちは身をかがめて静かに動きはじめた。足を止めるたびに、ヴェルナーは地面に手を触れ、進路を確かめた。

箱はグスタフの腕の中で重くなっていった。夜は涼しかったが、つなぎ服の下は汗をかいていた。彼はこれから何をするかを知っている。

それは、狂気の沙汰だった。

眠れる竜を追う騎士のように、グスタフとヴェルナーは、自分たちが遺棄したパンターに向かって忍び寄っていった。パンターは森のそばに横たわり、ハッチは開いたままで夜風になぶられ、砲身は敵がいた方を向いたままだった。敵は今、いったいどこにいるのだろうか？

じっと立ったまま、ヴェルナーは耳を傾けた。左側の森では、葉がざわめいていた。アメリカ軍の罠なのだろうか？

グスタフの目は、その音のほうを凝視した。彼は拳銃を身に着けていたが、さほど安心できるような武器ではなかった。小銃を手にしたアメリカ兵と対峙した時、拳銃で何ができるというのか？

グスタフの中隊長は、彼とヴェルナーに放棄したパンターのところへ行けと命じたが、それは彼らの戦車だったからだ。後始末するのが彼らの義務なのだ。それに、残った乗員は自分たちだけだった。

衛生兵は治療のために操縦手を後方に移送した。ロルフと装填手はいまだ行方不明だった。ヴェルナーが最後にみたのは、砲撃中に、彼らが森に逃げ込んだところだった。そして今、ヴェルナーはグスタフと一緒におり、グスタフについて、この不安定な状況下で自分に責任があると感じていた。32歳のベテランは、部下を持つ機会を何度も与えられていたが、自分以外の面倒を見るという頭痛の種を避けるために、昇進をすべて断っていた。ヴェルナーが好き勝手にやれたなら、この任務も一人でやっていただろう。

グスタフはヴェルナーと一緒に、パンターに向かって急いだ。パンターの野原側に身を隠し、森からの銃撃に備えた。しかし驚いたことに、何も起こらなかった。

グスタフは個人的な理由から、自分の座席にすばやく忍び寄ろうとした。

ヴェルナーの手は彼を止めた。

「座席の横にバッグを置いているんです」とグスタフはヴェルナーに囁いた。中には日記や祖母からの手紙、そして煙草入れが入っている。

「忘れろ」

グスタフの気分は沈んだ。

ヴェルナーは機関室に登り、グスタフに「ここに来い！」と言った。

「でも、僕の物なんです！」と、グスタフは抗議した。

ヴェルナーには、もっと大きな懸念があった。北に800mほど離れた丘の上で、パンターがくすぶっていた。退却する際に、その車長はこの戦車の脆弱な側面と後方を敵に晒したので、簡単に撃破されたのだ。

野原の向こう側の道路の先には、砲塔だけが見える別のパンターが遺棄されていた。これはP-47が撃破した車輌だったが、部分的に使用可能だった。

これは問題だった。捕獲されたパンターは、戦争中あらゆる戦線で再利用される危険性があった。東部戦線では、ソ連軍は、キリル文字で取扱説明書を印刷するほど十分な数のパンターを捕獲していた。イタリア戦線では、カナダのシーフォース・ハイランダーズの一大隊がやすやすとパンターを捕獲し、イギリスの王立機甲軍団第145戦車連隊に引き渡した。同隊は〝脱走兵〟号なる皮肉な愛称を付けて使用した。すぐ近い例では、オランダで、イギリス軍の王立コールドストリームガード連隊が、納屋で放棄されたパンターを捕獲して、〝カッコー〟の愛称を与え、戦闘に用いていた。

グスタフとヴェルナーは、そんな状況をルクセンブルクで生じさせる訳にはいかなかった。

グスタフは慎重に木箱をヴェルナーに手渡してから、自分も乗り込んだ。二人の男はパンターの砲塔へ消えていった。彼らは一瞬、我が家に戻った。ヴェルナーは、砲塔の左側（アメリカ軍がいるのとは反対側の場所）に置かれた座席に座り、手回しで砲塔を旋回させた。弾薬を手にしたグスタフは装填手を務めた。

外では、砲塔が右にゆっくりと動いた。その動きはほとんど感じられなかった。砲塔は、砲身が道路の向こう側のパンターに向いたところで停止した。

砲口から、電信柱くらいある長い炎が噴き出し、放棄されたパンターの砲塔番号の部分を貫通した。その音は、教会の鐘のように野原に響き渡った。しかしパンターは炎上しない。同士討ちの砲撃に耐えているようにみえた。10秒後、グスタフとヴェルナーは弾薬を再装填し、もう一度緑色に光る砲弾を放った。この砲撃で、ヴェルナーは目的を達成した。

砲塔に開いた二つの穴の中に輝きが現れ、燃え上がった炎が砲塔のハッチから吹き上がるまで、どんどん明るく脈打っていった。

放棄されたパンターの炎が、野原と森を明るく照らした。

グスタフは戦車から飛び降りて走り出し、ヴェルナーも後に続いた。敵の位置はまだわからなかったが、この夜中の2発の射撃は、自分たちの存在を敵に明らかにすることは確実だったからだ。ヴェルナーは、グスタフが持ってきた箱から爆薬を取り出し、主砲の薬室に滑り込ませてから導火線に点火していたのだ。男達はこれから間違いなく起こる爆発を予期し、地面に伏せて頭を覆った。

30秒が1分になり、そして2分となった。しかし、期待していた爆発は起こらなかった。

二人は頭を上げた。沈黙。

グスタフは信じられなかった。今日は終わることはないのか。

戦車は火薬庫のようなものだったが、爆発するのだろうか?

緊張した時間が20分ほど続いたが、爆発しなかった。森の反対側から聞こえてきた新しい音で、静けさは破られた。そこにはM4シャーマン戦車が停まっていた。ちょうどハッチが開き、アメリカ兵は少し前にパンターが発砲したのを聞いていなかったかのように、話をしていた。

「ナイフを持ってきたか?」ヴェルナーは尋ねた。

「はい?」

ヴェルナーが何を考えていたとしても、グスタフはそれが気に入らなかった。

グスタフとヴェルナーがパンターに戻ったとき、グスタフの足は鉛のように重かった。ヴェルナーが戦車の前で姿を消している間、彼は待っていた。爆薬が内部でくすぶっていないことを願いながら、怯えた目で砲塔を見ていた。自分のバッグのことはもう気にしていなかった。

ハンマーで叩く音や木が割れる音が、アメリカ軍がいる森の中から伝わってきた。彼らはおそらく履帯を修理したり、木製のケースから弾薬を取り出したりしているのだろう。彼らが何をしていたとしても、距離が近すぎたので、安心することはできなかった。

ヴェルナーが操縦席の革張りの座席クッションを持って戦車の中から出てきた。グスタフはナイフを使ってクッションを切り開き、ヴェルナーは羊毛の詰め物を捻じり、1・8mの即席ロープを作った。ヴェルナーはエンジンデッキに登り、ロープを燃料タンク注入口から中に差し込んで、燃料に浸した。片方の端を燃料タンクに残し、もう片方の端をグスタフに渡した。グスタフはそれを尻尾のように、注入口から垂らした。

ヴェルナーが降りてきて、ライターを弾くと、炎がロープを駆け上がった。

　グスタフとヴェルナーは、戦車の後ろの野原へ向かって、全力で走って逃げた。彼らが安全な場所に辿り着いたちょうどそのとき、パンターの機関室から轟音とともに火山が爆発したような炎が吹き上がり、夜空を舐めた。炎の熱が、薬室に押し込んだ爆薬を誘爆させ、砲身が雷鳴のような轟音とともに破裂した。グスタフとヴェルナーは並んで、彼らの戦車が黒焦げになるのを見ていた。弾薬が熱で焼かれ始め、ポンポンと破裂しシューという音を立てた。

　グスタフは身震いした。友達を失ったようなものだった。この戦車は、ルクセンブルク市から6・4㎞ほど離れた場所の住民によって、砲弾が空中に跳ね上がっているのを見たと報じられるほど暴力的な砲撃を6発受けても、彼を守ったのだ。

　戦争の初期なら、ドイツ軍の戦車兵は、命を危険にさらして戦車を破壊するよりも、戦車を牽引して、修理のため後方に下げていただろう。

　グスタフは、空中偵察や砲兵の支援を欠き、行動不能となった戦車を回収するための回収車さえもなしに、旅団にルクセンブルク市に急行しろと、みずから命じたヒトラーを、心の中で非難した。

　甘く香ばしい香りが、グスタフの鼻孔に飛び込んできた。気のせいかも知れないが、箱に入っていた煙草が燃える匂いだと思った。彼はそれを、贈り物にするつもりだった。

　父親は、補充兵として東部戦線に送られた主計兵で、馬車で必需品を運ぶ任務に就いていた。手紙の中でグスタフに、良い煙草が手に入らないことを嘆いていた。何カ月もの間、グスタフは配給の煙草を隠し、見つけた葉巻も購入していた。今や、日記や郵便物と一緒に、父に送る小包も失われてしまった。旅団はグスタフのために、新しい戦車をあてがうことができるのか、それとも歩兵部隊に送られるのか？

　グスタフは泣きたかった。

　ヴェルナーは、若い無線手には何らかの励ましが必要だと思ったに違いない。彼はグスタフをそっと肘でつつき、開いた手を差し出した。揺らめく光の中で、二人は任務の成功に震えた。


　グスタフとヴェルナーが、パンターに乗ってメルルに戻ってきたとき、真夜中の月は高かった。

　中隊長は、木の切り株を警戒して、戦車の前を歩いていた。戦車は彼のものだが、戦車の指揮権を移譲していた。

　帰りの道では、グスタフが車長を務めた。ヴェルナーは砲身を持って戦車の前部に座り、グスタフはレシーバーを帽子に被せ、車長の座席に立っていた。中隊長がグスタフを代理にした理由は、誰も思い出せなかった。それはご褒美だったのか、出撃者名簿を見たのかもしれない。あるいは誕生日のプレゼントだったのかも。しかしはっきりしたことが、ひとつだけあった。グスタフはその一瞬一瞬を、楽しんでいたということだ。

砲塔のキューポラに収まり、エンジンが機関室の中で高速回転して、パンターが突き進む中で、グスタフはこの戦争で初めて、もしかしたら人生で初めて重要さを感じていた。彼は49ｔの機械の手綱を握っていたが、それには責任が伴った。操縦手がエンジンに燃料を送り過ぎないようにしなければならなかった。パンターは燃料を過剰供給すると、排気口から青い炎が立ち上がり、位置がわかってしまうからだ。しかしそれは、さほどの問題ではなかった。アメリカ軍はすでにドイツ軍を発見すべく目を凝らしていた。

彼らの後ろではパンターが、油井のように炎を上げていた。

月の光が届かない高架の下で、グスタフは機関室の上に毛布を広げた。

疲れ果てた彼の目は、瞼が垂れ下がっていた。立っているのがやっとだった。メルルは午前2時近くになっていた。他の乗員は食料を探しに行ったり、次の行動を計画していた。夜明けとともに、旅団は西方防壁目指して後退し、その後再編成のためにトリエルの街に向かった。

アメリカ軍はすぐに追撃してきた。その日の朝、アメリカ軍のＭ４シャーマンがルクセンブルグ市に突入すると、歓喜した地元住民は、チョークで車体に愛国的なメッセージを書きこんだのだった。そして、翌日の9月11日、戦争は新たな局面を迎えることになった。

その日、第5機甲師団の偵察部隊は、ドイツ本土に最初の足跡を印し、防壁に設けられたトーチカと対峙した。

その日、ノルマンディーに上陸した連合軍は、南フランスに上陸した連合軍とともに、ベルギーの海岸からスイスまで伸びる、長大な人間と機械の戦線を構築した。そして、連合軍総司令官ドワイト・アイゼンハワー将軍は、「ドイツの中枢と軍隊の破壊を目的とした作戦を遂行する」という命令を実行に移すことを決定したのだ。

グスタフはパンターの機関室の上で丸くなり、毛布を体の上に引っ張りあげた。連合軍の7個軍が、大挙して押し寄せつつあることに気づかず、至福の時を過ごした。まだ残るエンジンの熱気が、エンジンデッキを暖めていた。

誕生日は過ぎ去り、軍服だけが残った。しかし、それで十分だった。義務を果たし、生き残ったのだ。これからの日々はもっと楽になるだろうと確信していた。これ以上悪くなることがあるだろうか？　グスタフは、すぐに眠りについた。

第六章　防壁の向こう

８日後の１９４４年9月14日早朝
メルルから北１２０㎞、ドイツ

Ｅ中隊に所属する十数輌のＭ４シャーマンが、シュトルベルクから西に約６・４㎞離れた田舎道の脇に停車した。

乗員は降りてこない。車列の横には、暗い農家が立っていて、二階の窓から白いシーツが風になびいていた。あたりの空気は緊張に満ちていた。強風が静まり返った周囲の森の上で、渦巻いている。

ミネソタ州ファウンテン出身のボブ・アーリー軍曹は、パイプを歯に挟み、指揮戦車の砲塔に彫像のように立っていた。29歳のアーリーは、若者が多い戦車部隊の中では、年長者だった。黒い髪は後退し、平たい顔の禁欲的な風貌で、しばしば目を細めていた。彼は戦死したポール・フェアクロスの後任だった。

ボブ・アーリー

アーリーの鋭い視線は、農家に注がれていた。家の中で、ロウソクがちらつくことはなかった。

後ろでは、他の車長たちが機関銃の射撃準備を終え、低く身構えていた。ここはドイツで、敵の本拠地なのだ。乗員が上着を脱ぎ、足を伸ばしてひと息つく前に、誰かが農家を調べなければならなかった。

車列の約３㎞後方に煙が立ち上っていた。前日、第３機甲師団は西方防壁を突破してドイツへの扉を開き、さらにドイツの街を占領した最初の連合軍部隊になった。しかし勝利の翌日、Ｅ中隊は戦いの爪痕を見せることになった。中隊の定数戦力は、16輌のＭ４シャーマン（戦車5輌の小隊3個と、中隊長用の戦車）だったが、戦車5輌と乗員を失っていた。

もっと酷いことになっていたかも知れない。彼らがモンスで２７０００名のドイツ軍を阻止しなかったら、西方防壁を突破することは「ほぼ不可能」だったであろうと、上層部は判断していた。

農家の扉が開いた。６挺の機関銃がその動きに合わせて向けられた。そして、白い布を持った手が現れた。小柄なドイツ人農夫が、外に出てきた。白髪で、疲れた顔に白い無精ひげが生えていて、70代のように見えた。農夫は、車長たちが機銃の後ろから睨みつける視線の中で、話しかけてきた。戦車兵はエンジン音で彼の声を聞くことができず、例え聞こえたとしても、言葉を理解することはできなかった。

「スモイヤー！」

隊列の最後尾に位置する中隊長の戦車からの声が無線機から聞こえた。

アーリーは砲塔の中に向かって話し、トンプソン短機関銃を手にエンジンデッキに降りた。彼は銃を握りしめ、農夫に目を光らせた。

アーリーも自分の戦車を割り振られていた。彼の戦車は、M４A１シャーマン後期生産車（76）として知られる新型のM４A１シャーマン後期生産車だった。主砲は以前よりも90㎝長く、口径が１㎜大きく、より強力な76㎜砲弾を発射することができ、それまでよりも装甲貫通力が24・５㎜以上あがっていた。第３機甲師団では、各中隊に概ね５輌の（76）を配備して、能力の優れた乗員に与えていた。

乗員から「イーグル」と名付けられていた戦車の中でクラレンスは、心の中で不平を漏らした。自分がドイツ語を話すことを、誰かが漏らしたのだ。軍の規則では、戦車の外では常に鋼製ヘルメットの着用が義務付けられていが、彼は気にせずニット帽をかぶって降りた。他の誰も、この仕事ができなかったので、注意することはできなかった。

クラレンスは、ホルスターからM１９１１（１９１１年製）45口径拳銃を引き抜き、銃弾をチャンバーに装填してから、ホルスターに戻した。白旗を無視して、クラレンスは銃把に

M4A1（76）シャーマン
（監修者注：76㎜砲を備えるM4A1（76）のなかでも、車体前面の装甲傾斜角を強くして操縦室の容積を拡大し、併せてハッチも大型化された後期仕様車体）

手を置いて、農夫に近づいた。

E中隊は予備とされ、戦車と歩兵で編成された複合戦闘単位である任務部隊（コンバット・コマンド）に後続していた。E中隊の兵士にとっては、前進を止め、補充や修理をするための小休止であったが、それは、ここや他の場所が安全だからだということを意味しなかった。しばしば、敵は防御が甘くなった後続部隊を攻撃するために、最初の部隊を通過させていたのだ。

次の曲がり角で、待ち伏せがあるだろうか？ もし誰かがそれを知っているとすれば、それはこの農夫だろう。

クラレンスは小柄な農夫の前に立った。農夫は、長い戦車内の活動で汚れている、オリーブドラブのズボンにスパッツ、戦車兵用のニットの襟がついたカーキ色の丈の短いジャケットをまとった大男、クラレンスを見ていた。

クラレンスが見たのは、疲れた老人だった。クラレンスはドイツ語で挨拶した。農夫の顔が生気を帯びた。

「あなたはドイツ人ですか？」彼は希望をもって尋ねた。

「いや」クラレンスは言った。両親がペンシルベニアのオランダ人であることを説明した。「子供の頃、両親は私に何を言っているのか知られたくないときに、ドイツ語を話したんですよ」。

農夫は笑い、クラレンスも微笑んだ。雰囲気がよくなり、近くの芝生で煙草を吸ったり、くつろいだりするために、乗員が降りてきた。

「ドイツ兵はどこにいる？」クラレンスは尋ねた。

農夫は、アメリカ軍が来た方を向を指さした。クラレンスは納得しなかった。ちょうど前日に、敵の狂信主義を見たのだ。頑強な堡塁に立てこもったドイツ軍の守備隊に、最後の降伏勧告を与えたが、彼らの指揮官は「地獄に落ちろ、我々は戦い抜くぞ」と叫ぶだけだった。そこで、何輌かの戦車が堡塁の周りをまわり、無防備な出入り口を砲撃した。その結果は？「ほどなく12名の兵士が出てきた。堡塁に飛び込んだ砲弾の炸裂で意識が朦朧となり、目がくらんでほとんど見えない状態だった」と師団史には記述されている。

クラレンスは、尋問を続けた。いくつか質問すると、農民はどんどん語気が荒くなった。「ここにナチスはいない、ただの農民だけだ」と彼は言った。

そのやりとりの見通しがあまりにも馬鹿げていたので、クラレンスは笑いをこらえなければならなかった。こんなところまではるばるやってきたのに、ナチに逃げられたのか？

おそらく、農夫の隣人はもはやナチスではなかったのだろう。解放が目前となった近くのランガーヴェーエ村では、住民はすでにドイツ軍に反旗を翻していた。ドイツ軍の第89擲弾兵連隊の兵士が村を行進したとき、住民は「お前たちは、アメリカ軍を止められないだろう」と嘲笑していた。

このドイツ人農夫が自分たちよりも知っていることが多く

ないことにようやく満足して、クラレンスは農夫に礼を言ってその場を離れるため振りかえった。すると、骨ばった手が伸びてきてクラレンスの腕をつかみ、彼の足を止めた。クラレンスは腕を振って農夫の手を振りほどき、身を守るため拳を握りしめた。が、老人の目に涙が溢れているのを見て、クラレンスは表情を和らげた。

農夫はクラレンスに、ナチスを憎んでいると言った。二人の息子が東部戦線にいて、もう1年間も連絡がなかった。「元気ないい子たちなんだよ」、涙が頬を伝いながら、農夫は言った。「元気でいい子たち」。

顎を大きく下げて、すすり泣いた。戦車兵の何人かは、目をそらした。

クラレンスは、それまで戦闘で殺したドイツ兵を、顔のない単なる兵士だと考えていた。彼らの安否を心配している父親や母親がいる息子ではなかった。

彼が老人の目に、恐ろしい現実を見たのは、今になってからだった。

戦争は、誰にでも訪れるのだ。

クラレンスは農夫の肩に手を置き、寄り添った。「あなたの子供たちのことは、気の毒だった」と言った。「俺たちも、何人もいいヤツを失ったんだ」。

クラレンスは、片足を戦車の転輪に乗せ、体を引き上げて戦車に乗った。砲塔から、まだ涙が乾いていない農夫を、ちらりと見返した。クラレンスは彼に叫んだ。「イェッツ・ヴィルト・アレス・グット・ヴェーデ」

農夫はうなずいて、手を上げて別れを告げた。

アーリーの目は、「何と言ったんだ?」と聞いていた。

「何事もきっとうまくいくよ」と言ったんです。とクラレンスは告げた。

アーリーは了解した。アメリカ人がここにいる今、それだけは真実だった。

クラレンスは砲塔の中に姿を消した。

1〜2週間後、ドイツのシュトルベルク

ここが今のところ、旅の終わりだった。

丘の中腹に点在する家のそばに散開していたE中隊の戦車は、夕暮れの淡い光の中、砲身を斜面に向けていた。

M4シャーマンの後ろには、おとぎ話に出てくるような谷が広がっていた。谷の中心部には城があり、曲がりくねった小川で中央が分断されているラインラントの町シュトルベルクの真ん中に位置していた。

9月下旬の寒さが空気を引き締め、葉の色は変わり始めていた。夏の間に西ヨーロッパを横断した後、第3機甲師団は西方防壁の内側を10㎞ほど前進した後、ここで止まっていた。

この丘の中腹の、沈黙した戦車部隊が最前線だった。シュトルベルクは、膠着状態に陥っていた。ドイツ軍の第12歩兵師団が、E中隊の反対側にある丘の東側を占拠していた。彼らはときおり、E中隊の近くまで偵察隊を送っていたが、それは消極的なものだった。

やがて狙撃兵の照準器を見にくくするくらいに、辺りは薄暗くなった。

ひとりの戦車兵が、「イーグル」号の後ろに隠れるため、戦闘で損傷した家から、飛び出してきた。跪いて戦車の下に潜り込み、前進した。車体の床板には脱出用ハッチがあり、乗員は気付かれずに乗降することができるのだ。

しばらくして、クラレンスが戦車の下から這い出してきた。彼は立ち上がって、家に飛び込んだ。追いかけてくる銃弾はなかった。

クラレンスはアーリーと合流し、休息のため家の中に入った。他の乗員は、詰め物をした椅子や長椅子の上に倒れていた。家は砲弾の炸裂で、廃墟のようになっていた。窓は木製の平板で塞がれ、屋根も壊れて雨漏りしていた。

乗員たちは、それぞれ自分の戦車に一番近い家に避難していた。避難所として最適とはいい難かったが、それでも何もないよりはましだった。

誰も話す気分ではなかった。男たちはホームシックで、何もできないことに苛立っていた。ただそこに座っているだけでは、戦争は終らない。家から引っ張り出した雑誌のピンナップガールを見たり、あるいは連合軍のラジオでお馴染みの歌を聞いたりするような簡単なことでさえ、癇癪を起こさせることができた。

「ハニー、ロウソクとランプの明かりが、どうロマンチックなのか俺にはわからないんだ」と、ある戦車兵は書いている。「それを見ていると頭がおかしくなりそうだ。もういちど明かりの付いた部屋が見たい」。

クラレンスは、台所で戦車兵用の小さなコールマンストーブに火をつけ、携帯食料の缶詰を温めた。食器棚から割れていない磁器の皿を1枚手に取り、夕食を皿に盛ると、居間のテーブルに座って、黙々と食べた。

戦前のクラレンス・スモイヤーには、今の自分を理解することは難しいだろう。故郷のリーハイトンにいた頃は、何よりもローラースケートが好きだった。グレイバーのスケートリンクに行き、50セントの入場料を払って、ローラーを靴に取り付け、オルガンの演奏に合わせて巨大な壁画の前を、閉店まで何時間も滑り続けていた。

今、もしドイツにスケートリンクがあったとしても、食べ物をかき集めるのに精一杯で、一周も滑ることができなかっただろう。

蔓延する疲労感と、境界線の憂鬱感が、〝スピアヘッド〟師団全体に感じられた。

師団史によると、師団は「前進を競い、ドイツの補給と通信網を無力化し、戦意を削いで予備軍の編成を阻止する」ことを目的として編成されたが、今や4輌の戦車のうちせいぜい1輌だけが、戦闘準備ができていたに過ぎなかった。「戦車は、まるでワイヤーで結ばれているかのようだった」と、「サタデー・イブニング・ポスト」紙は書いた。「戦車兵は、人間が備えた持久力の限界まで追い込まれていた」。

補給線は非常に細く伸び切っており、超人的な努力によってのみで持ちこたえていた。ある日には、主にアフリカ系アメリカ人の運転手が乗車する〝レッドボール急行〟と呼ばれた約6000輌のトラックが、ノルマンディー海岸から480㎞以上離れた前線に、物資を輸送した。夜になると、その前照灯はフランスからドイツへと続く、長い光の川を形作った。

第3機甲師団が復活するには、時間と、そして何か特別なものが必要だった。

紛れもないジープの音が、乗員の倦怠感をかき消した。エンジンが止まり、誰かが戦車を叩き、声が聞こえた。しばらく経ってから家のドアが開かれ、中尉が中に入ってきた。

彼は、乗員の前に立った。身長175㎝、体が細く、長い顔、灰色の目をしていた。彼のことを乗員は陰で〝ハイ・ポケッツ（高い地位にいながらそれにふさわしい能力の無い者の意）〟と呼んでいた。彼は大学に1年間通い、演劇を学んでいた。こんな時代では、そのようなわずかな資格でさえ、彼を上官とするのに十分だった。

乗員たちは、立ち上がった。ハイ・ポケッツの目が前後に動いて、彼らを数えた。誰が戦車にいて武器を操作しているか、誰かがシュトルベルクへ抜け出して無断で休息していないかを抜き打ちで検査するために来ていた。クラレンスは、ハイ・ポケッツに指揮されている第1小隊の男たちに同情した。

丘の上から、どこからともなく甲高い笛音が聞こえてきた。その砲声は、ドイツ側に19㎞ほど離れたライン川の方向からきていた。

ハイ・ポケッツは目を見開き、頭上に響く音を追った。最初の砲弾は、丘の下に着弾したが、それに続く砲撃は、着実に上に向かって雷鳴を轟かせ、どんどん自分たちの方に近づいてきた。家が震えた。乗員たちは呪った。ハイ・ポケッツが、この攻撃をもたらしたと確信していた。彼のジープが、ドイツ軍の砲兵観測員の目を引いたのに違いあるまい。

この家には地下室がなかったので、アーリーたちは台所に飛び込み、レンガ造りのコンロの後ろに隠れた。ハイ・ポケッツは床に伏せ、両腕で頭をかばった。クラレンスは、テーブルに座ったところで腕を組んだ。なんといっても、彼が見てきたことや、やってきたことの後では、何が起こっても気にならなかった。

家は、爆風のたびに跳ね上がり、水と石膏が上から降り注いだ。クラレンスの夕食が、目の前の皿で跳ねた。窓の平板が吹き飛ぶ。まるで外を、貨物列車が轟音を立てて通り過ぎているように聞こえた。

ハイ・ポケッツは、長椅子の下で這おうとしたが、思うように動けず、行き詰った彼は床板を引っかき始めた。クラレンスはハイ・ポケッツの長い脚が、自分の後ろでバタバタしているのを見たとき、こらえることができなくなってしまった。外の爆発にもかかわらず、彼は、抑えきれないほどの笑い声を上げた。

砲撃は、始まったのと同じように突然終わった。

アーリーたちは、体の埃を払いながらコンロの後ろから出てきた。ハイ・ポケッツは、長椅子の下から出て、息を切らして立っていた。

士官が振り返ると、クラレンスが何事もなかったかのように、ふつうに食事をしているのが見えた。

「私はここにいるというのに、あなたはそこで死ぬんですね」とクラレンスは言った。ハイ・ポケッツは彼を睨みつけ、ジープで立ち去った。

アーリーたちは、大きな笑い声をあげた。

クラレンスは食事を終えると、汚れた皿を取り後の窓を開けた。外には壊れた陶磁器が、山積みだった。この家に来てから数日は、乗員たちは「今夜は烹炊兵の仕事はないぞ!」と叫んで皿を外に飛ばしていたが、そのジョークは古くなって、誰もやっていなかった。クラレンスは窓から皿を投げ、山の上で粉々になるのを見た。

第七章　休息

1ヵ月後、1944年10月29日
シュトルベルク、ドイツ

歓喜の声が、シュトルベルクの住宅の静けさを破って、轟いていた。

E中隊のビール宴会は、ちょうど終わったところだった。夕方の薄明かりの中、クラレンスとアーリーは興奮した声の後を追うように、城の南側近くを歩いていた。彼らはドイツの樽から注がれたビールが2本ずつ分配されていた。アーリーは棄権して割り当て分をクラレンスに渡した。どうにかこうにか、クラレンスはまだ立っていた。

その週は、彼らに与えられた休暇の週だった。E中隊はG中隊とのローテーションを開始し、それぞれの部隊は1週間を丘の中腹の戦車の中で過ごし、その後谷間で一週間休養した。秋の天候は気まぐれになっていた。ほぼ毎日憂鬱な霧雨が降り、その雨でラインラント一帯の道路は「粘り気のあるリボンのような泥」に変わっていた。誰もがいつでも外に出ようとはしなかったが、クラレンスはそれでよかった。

シュトルベルクは「我が家」のように感じられ始めていた。

E中隊が駐屯していた通りには、高い木々と、ポーチがある背の高い家が並んでいた。乗員が2人ずつ、それぞれの家で寝泊まりしていた。家は、フランスやベルギーで見たものよりも近代的で、風呂ではお湯が使え、寝袋を置く床は乾いていた。

クラレンスとアーリーが歩道を歩いていると、ある二等兵、が通りかかった戦車兵を脇に引き寄せて、何事か耳元でささやきながら、彼の寝起きする家に案内していた。何を言われたか分からないが、彼らは躓きそうになりながら中に入っていった。

クラレンスとアーリーは、小隊の戦車兵であるその二等兵のところに近寄った。彼は将校がいないかおどおどしながら周囲を見回した。大丈夫と確認した後で、金髪の美しいフロイライン（お嬢さん）が中にいると二人に伝えた。

「彼女は誰とでも話すんです」。

クラレンスは困惑した。

「彼女はGI（アメリカ兵）とセックスしたいんですよ！」と二等兵はいった。

アーリーはあざ笑った。彼は故郷の女性に忠実だった。クラレンスは信じられなかった。二等兵は、シュトルベルクの男たちが何年もの間、徴兵されて戦っていることを思い出させた。その結果、一部の女性は愛情を切望していたのだ。二等兵はそのお嬢さんを、〝爆弾のような女〟と言った。

クラレンスは見届けたくなった。二等兵はクラレンスに、後悔しないと保証した。アーリーはクラレンスに注意した。ドイツ人と話すだけで罰金が科せられるし、同じ屋根の下では逮捕される可能性さえあるからだ。

その一ヵ月前、軍は、外国人との交際禁止を命じていた。それは、戦争を終わらせることを熱望していた多数のシュトルベルク住民を「少し驚かせて落胆させ」、心を離れさせる政策だった。

すべてはアメリカ兵と笑顔のドイツ民間人の写真が、アメリカの新聞に掲載された後のことだった。すぐにホワイトハウスに、この写真を不快に感じる市民からの苦情が殺到したのだ。

クラレンスはアーリーに、迅速に調査を終えると約束した。二等兵は微笑んで、クラレンスを案内した。

家の中では、主催の戦車兵が態勢を整えていた。軍曹がクラレンスを迎え、二階へと続く階段のほうへと誘導した。その行為は、家の裏側近くにある一階の寝室で行なわれていた。

クラレンスは、驚いて階段の下で立ち止まった。少なくとも6人の男たちが階段に並んで淫乱の巣窟に入るチャンスを待っていた。軍曹はクラレンスに、列の後ろに並ぶように突っついた。クラレンスはそれに応じた。彼はもう引き返すつもりはなかった。

しばらくして、戦車兵が部屋を出て階段に近づいてきた。彼は額をぬぐい、シャツをまっすぐに正し、「いい娘だぜ！」と列に並んでいる男たちにそう言った。

クラレンスは眉を上げた。何かがおかしい。だらしなさそうな男たち。外の二等兵。部屋を仕切っている軍曹。彼らは、皆同じ戦車の乗員だったのだ。なぜ彼らは、あんなに親切なのだろう？

軍曹は、列に並んでいる次の男、大きく逞しい戦車兵に、寝室に入るための許可を与えた。クラレンスは並んでいる場所から、寝室の中をちらりと見た。部屋の中は暗く、天井から下がっている電球が、光を投げかけていた。逞しい男はドアを閉め、反対を向いてベッドにひざまずいている人物を見た。長い金髪。透けたレースの夜服。すべすべな肌。彼が近づくと、その人影は彼の方を向いた。膨らんだ赤い唇。煙のような目と黒いまつ毛。

部屋は突然、一気に光の帯で溢れた。クローゼットの扉が開き、5人の戦車兵が飛び出し、笑いをこらえながら、逞しい男の顔を懐中電灯で照らした。男はショックを受け唖然としていた。〝お嬢さん〟は渦巻く光の帯とは別の懐中電灯を照らした。逞しい男は近くで見た。お嬢さんではなかった。振り返ったのは金髪のかつらをかぶった若い戦車兵で、濃い化粧を施してキスをせがむ顔をしていた。

逞しい男は、頭に血が上った。

本来ならば、主催者は、後ろの窓から彼を放り出していたずらを続けるはずだったが、逞しい男はドアから飛び出し、まだ並んで待っている男たちに警告しようと、階段に突進した。主催者の一人が、彼の口を押えて秘密を隠そうとしたが、逞しい男は、そうはさせなかった。恥をかかされた彼を沈黙させるのに失敗し、彼が最初の拳骨を繰り出すと、いたずらは霧散した。

主催者たちが戻ってきた。逞しい男の仲間が、階段から彼を守るため駆けつけた。混乱の中、いたずらの被害者と思われる男たちが参戦するため外からさらになだれ込んできた。戦車兵同士の戦いは家中で激しくなった。

クラレンスはこれまで殴り合いをしたことがなく、この無意味な乱闘が彼の最初の喧嘩になる必要はないと考えた。自分の家族はアーリーとその戦車の乗員で、この部屋にいる男たちではなかった。乱闘騒ぎが周りで渦巻く中、彼はこっそりと出口に向かった。自分の力で外に出る前に、襟がしっかりと掴まれて後ろに引っ張られ、玄関に向かって引きずられた。アーリーだった。

「俺はまだ、新しい砲手を雇うつもりはないぞ」と、車長は呟いた。

すんでのところで、喧騒の中から外の安全な場所に出て、アーリーはクラレンスを宿舎に連れて行った。彼らの背後で警笛が鳴り響き、薄暗くなる中、憲兵が騒動を収束させていった。

数日後、クラレンス、アーリーとE中隊の他の隊員は、家々の裏手の野原にある中隊の野営地で隊列を組んでいた。

身長1・8mの将校が、男たちと戦車の間を歩いていた。戦車は、カバーを掛けた砲身を水平にして、横に並んで停められていた。それは恐るべき、機械式の殺戮部隊のように見えた。

数日の間、首謀者たちはこの悪ふざけを繰り返していた。戦車兵をだまして、懐中電灯の光で照らすだけだったが、今はそれどころではなかった。

中隊長のメイソン・ソールズベリー大尉は激怒した。彼はまだ24歳で、角ばった少年のような顔は、若さを反映していた。彼は金髪の巻き毛の上に、外国製の帽子を被っていた。

ソールズベリーは、ロングアイランドの上流社会の出身だった。1942年にイェール大学に通っていた彼は、学業は無論のこと、サッカーの選手、グリークラブをやめて、陸軍に入隊した。彼は前任者が重傷を負ったとき、

メイソン・ソールズベリー

西方防壁で指揮を執っていたので、この役職にも部下にもまだ慣れていなかった。E中隊を指揮する前は、7月にパンターの射撃試験をした部隊の副官を務めていた。

ソールズベリーは、第2小隊の前で立ち止まった。彼らは、すぐそばで彼のとても黒い目から見つめられた。クラレンスとアーリーは、彼のまっすぐな厳しい視線を浴びながら立っていた。憲兵からは辛くも逃れることができたが、小隊は罰せられるのだろうか？

ソールズベリーは、女性とセックスするために列に並び、同じ女を巡って喧嘩をするという行動の問題について話した。加害者たちは、かすかな希望を持って、互いを見つめた。ソールズベリーが、部下のひとりが女装していたことを知ったら、彼らはもう生きていないだろう。

「私はお前たちを、軍法会議にかけるべきなのか？」と彼は言った。

ソールズベリーは彼らに、そのような女性の道徳性について、熟考するよう訓示した。「彼女が、性病に罹っているのではないかと考えなかったのか？*」

本当に女の子だったと思っているのか？　クラレンスは思った。

このおふざけに加わった何人かは、女性を演じた若い戦車兵に目を向けた。その戦車兵は、ニヤリと笑った。

ソールズベリーは、部下がすでにこのおふざけを恥じていると思っていたので、親交を理由とする罪での軍法会議は必要ない、と伝えた。「この女性を再び見かけたら、小隊長に報告するように」と、話を締めくくった。

犯人の顔は、笑いをこらえるために引きつった。上級軍曹が部隊を解散させた後、それまで我慢していた笑い声が、中隊中で爆発した。クラレンスでさえ、思わず苦笑したほどだ。

アメリカ陸軍の基準によれば、彼らはひどく困難なことを罰せられることなくやりおおせただけなのだ。

6週間後、1944年12月初旬

クラレンスは、暗闇に紛れてE中隊が徴用した宿舎を抜け出し、通りを横切った。丘の上に向かって石畳の坂道を辿っていく彼は誰にも見られなかった。

しつこく肌寒い霧雨の対策として、マッキントッシュ社のコートを身に着け、小包を抱えていた。ガス灯はすでに消えていたが、彼はその道を知っていた。

城は闇に包まれ、彼の後ろのシュトルベルクは静かだった。仲間の戦車兵は、懐中電灯を手に夜の映画や催し物を見

＊後に「ヤンク」誌は、性病（VD）感染の予防のため、アメリカ兵に、ヴェロニカ・ダンケシェン（「V.D.」）という「ぽっちゃりしていて、三つ編みのおさげ髪でザワークラウトが好き」な女の子の誘惑を避けるよう、注意を促す風刺漫画を掲載している。

に行ったりしていた。

生活は改善されていた。11月に、第104歩兵師団〝ティンバー・ウルフ〟が前線を突破して、（スヘルデ川河口域の）砲撃を終わらせ、すでに奪取されていたベルギー北部のアントワープ港を開港したことで、待望の物資が大量に送り込まれてきたからだ。今や中隊の食堂では、バター入りのパンケーキやネスカフェ、チョコレートパイなどの贅沢品が、普通に出されていた。

クラレンスの小包には、烹炊兵がテーブルの下に隠していた残り物が入っていた。今夜の彼には、別の、しかし危険な任務があった。デートだ。

クラレンスは彼女が、家の階段に座っているのを見つけた。人との交際に飢えていた彼は、規則で禁じられているにもにもかかわらず、彼女に近づいた。戦場に復帰することへの恐怖から気を紛らわせるため、ほとんどの者が交際をしていた。

戦車兵たちは、最も美しい女性が住んでいる場所をつねに探していたので、もし空襲があったらどこに隠れるべきかを、正確に知っていた。ドノバンという名前の軍曹が、そこを利用しようとしたとき、女性がドアを開けると、そこにはソールズベリー大尉しかいなかった。ソールズベリーはドノバンに、永遠の沈黙の代償として、ウイスキーの瓶を与えた。しかしウイスキーの賄賂では十分でなかったようで、すぐに中隊全体にその話が知れ渡ることになった。

丘の上に広がる公園の向かいに、レンガ造りの住宅が並んでいた。その住宅のポーチに座ったレジ・ファイファは、傘を差して憲兵に目を光らせていた。彼女は穏やかな緑色の目で満面の笑みをたたえた18歳の少女で、いつも茶色の髪をお団子に結わえていた。

レジ・ファイファ

斜面はクリアーだった。

レジとクラレンスは、彼女の家の正面玄関から中に入った。デートは家の中に限定され、そこでは両親の監視下でボードゲームをしたり、クラレンスが持ってきた食べ物を二人で食べたりした。もし憲兵がドアを叩いたとしても、彼女の両親が、ここにアメリカ兵はいないと言ってくれるのだ。

交際をはじめたばかりのクラレンスにとって、これは何かを得るための素晴らしい第一歩だった。

皿を叩き割っていた日々は、彼にとってすでに遠い昔のように感じられた。

1～2週間後、1944年12月18日

室内にいるには、良い午後だった。冬の灰色の雲が、シュトルベルクの上空に垂れ下がり、今にも雪が振りそうだった。町の住民は、嵐に備えて身構えていた。若い母親と子供たちが、小さな荷馬車で森から薪を集めてきたり、砲弾で壊れかけた家から出てきた老夫婦が、あたふたしながら屋根を見ているのは、よく見かけることだった。

宿舎の中では、戦車兵たちがストーブを勢いよく燃やしていた。クラレンスは時計を見て、レジと再会するまでの時間を計っていた。彼女はもう、彼だけの秘密ではなかった。すでに彼の戦車の乗員は皆彼女のことを知っていた。

隅にはクリスマスツリーが1本立っていた。ツリーは、西方防壁に設けられた堡塁のそばの森から切り取られ、それにドイツのレーダーを混乱させるために爆撃機が撒いた、チャフと呼ばれるアルミニウムの細片を散らしていた。

希望の時間だった。小隊全員が、クリスマスの夕食用に牛1頭を買うために、2ドルずつ寄付していた。

それは信仰のための時間だった。戦車兵の何人かは、ドイツ人と一緒に教会に行き、同じ席を共有していた。

アーリーが正面玄関から勢いよく入ってきて「乗車準備！」と怒鳴った。「出発するぞ！」

クラレンスと他の乗員は一斉に立ち上がった。「ドイツ軍が、どこかを突破した」とアーリーは言った。彼が知っていたのは、それだけだった。

実際には、その「どこか」とはベルギーのアルデンヌの森だった。そこは〝疲弊した部隊のための静かな楽園〟であり、経験が少ない部隊を配備する場所とみなされていたが、そこにドイツ軍は奇襲攻撃を仕掛けてきたのだ。

アルデンヌからの情報は、第3機甲師団の幹部にとっても曖昧なものだった。師団の作戦地図には、「不確実な、接敵地域の全域」に、戦線が形成されつつあった。ドイツ軍はアメリカ軍の戦線を膨らませながら、まだ不明な目標に向かって西に突き進んでいた。

クラレンスは唖然とした。ドイツ軍はすでに崩壊しているはずだった。第3機甲師団がここにとどまっている間にも、空から、そして東方ではソ連軍からの打撃を受けていた。敵は複数の戦線で後退しているはずだった。

誰かがアーリーに、牛を殺して持って行くことができるかどうか尋ねた。クラレンスも、恋人に別れを告げることができるかと聞いた。どちらも、時間はなかった。

アーリーは乗員に、防寒服を集めるよう命じた。彼らは、雨具だけ支給されていたに過ぎなかった。そして、これからどこに向かうとしても、極寒の中での戦闘になるのは明らかだった。クラレンスには、ある考えがあった。余分な食料を持っていっても損はないので、彼は烹炊班の友人に近づいて、

声をかけた。誰もが、自分の仕事をこなすために散っていった。

シュトルベルクは大混乱に陥り、通りは男たちでごった返した。食堂からは戦車兵が消え、憲兵が突如発生した交通渋滞の中で、警笛を鳴らしながら手を振っていた。この混乱を利用して、あるE中隊の車体銃手は、近くの農場に向かい3、4羽の鶏を盗み、麻袋に押し込んだ。

師団の機械化歩兵もまた、荷をまとめていた。ある歩兵がハーフトラックに荷物を積んでいると、後方支援の兵が、「なんてこった、戦場にかけつけるなんて、まるで映画のようじゃないか!」と言った。

状況がどれほど絶望的であったのかを、正確に知る者は誰もいなかった。

アルデンヌでの戦闘はそれまでに二日間激しく続いていた。各地でドイツ軍はアメリカ軍を圧倒していた。敵は歩兵で3対1、戦車では2対1という、局所的には大きな優位に立っていた。彼らは野戦電話の回線を切断し、アメリカ軍の無線連絡を妨害した。そしてラジオ放送をドイツの町から打ち鳴らす鐘の音で一杯にした。

ドイツ軍の猛攻を遅らせるために、アメリカ兵たちは懸命に応戦した。道路に木を倒して車輌の通行を妨害し、トラックでチェーンを引きずり戦車の走行音のような音を出したり、バズーカ砲の弾薬を投げて大砲の代わりとするなど、あらゆることを試した。しかしドイツ軍の数は多すぎた。

駐車場は、慌ただしく出発準備を進める戦車兵たちでごった返していた。クラレンスはイーグル号の出発準備を終え、調達してきた食料の入った木箱を、車体にしっかりと締めていた。

M4シャーマンは、戦闘車輌に戻っていた。すぐにほどいて、雪原や泥濘の上に敷いて走行できるように、切り倒された丸太が側面にぶら下げられ、機関室の上には、丸められた黒い防水シートが固定された。ショベルやハンマー、予備の燃料缶などが、空いたスペースがあればどこにでも取り付けられた。さらに履帯には、ダックビル(アヒルのくちばし)と呼ばれた、ピン結合リンクが装着されて、幅を広げていた。このリンクは、雪原や泥濘地での接地圧減少のために、各履帯に固定された10㎝長のアタッチメントだ。

郵便兵がクリスマスメールの袋を持ってきて、名前を叫んだ。一人の男が、すでに酸敗したローストピーナッツの袋を手に戻ってきた。また別の男は、子供が病気になったことを知らせる手紙を受け取った。誰も、良い便りを受け取っていなかった。

「クラレンス・スモイヤー!」自分の名前を聞いたとき、クラレンスは怯えて立ち上がった。郵便物に殺到する男たちの中から戻り、パラフィン紙で包まれた箱を見て、自分の思い通りの物が入っていることを願った。

住民が通りに集まり、駐車場を見ながら囁き、指さしていた。クラレンスは、レジと彼女の両親に別れを告げなかったことに動揺していた。彼女の両親は、クラレンスを養子として、自分たちの息子同様に扱っていた。

戦車長たちは、前線へと出発する前に最後のブリーフィングを行なうために集まった。第3機甲師団の上部組織である第1軍は、損耗を食い止めるため、戦闘経験が豊富な師団を派遣しており、総数６０００名の救援部隊がすでに移動中だった。

「部下の誰かが負傷した場合、モルヒネを打ち、毛布を与え、タグを付けて道路沿いに置き去りにしろ」と、ある戦車長は言われた。「お前達の車輌が故障したら、後続の車輌が路外に押し出す。我々は、夜明けまでに前線に到着する」。

E中隊がシュトルベルクを通過する他の部隊と合流した午後5時30分には、すでに辺りは夜のとばりが迫っていた。戦車の前照灯が管制カバーを通して輝き、〝どこかわからない目的地〟に向けて出発した。ペリスコープの前に座ったクラレンスには、ドイツを離れるための地図は必要ではなかった。進路はシュトルベルクから南西にでて、ベルギーへと向かっていた。

隊列が角を曲がると、戦車兵たちは決して忘れられないであろう光景を目にした。歩道はあらゆる年齢のドイツ市民で溢れ、多くの人がランタンやロウソクを持っていた。敵の〝養子〟になった戦車兵は、クラレンスだけではなかったのだ。

群衆の間を戦車が前進する間、アーリーは砲塔の中に入り、代わってクラレンスがレジを探すため、車長席に立った。クラレンスは左右を見回し、無数の顔が視界を通り過ぎた。女性たちは感動のあまり目を閉じていた。男性たちは、ハンカチを振って彼らの幸運を祈っていた。そして、シュトルベルクの子供たちでさえ、隊列と一緒に走り、別れを惜しんでいた。もしドイツ軍が町に戻ってきたら、通りにいる誰もがシンパ、もしくは協力者の烙印が押される可能性があったが、それでも彼らは別れを惜しんで手を振っていたのだ。

クラレンスは、レジが自分を見つけてくれることを期待してヘルメットを脱いだが、人ごみはあっというまに過ぎ去ってしまった。戦車が町から暗い郊外へと進む中、彼は背後を見続けていた。住民たちは、他の隊員に手を振り、灯りは穏やかに揺れていた。シュトルベルクでの3ヵ月間で、クラレンスは自分自身を取り戻し、彼と彼の乗員には恐怖からの解放感を与えた。今、彼らはそれらをすべて捨て去って、遠く離れた冬の戦場へと向かっていた。

近くを走るM4シャーマンでは、車体銃手が盗んだ鶏の羽を急いでむしっていた。

第八章　4輛目の戦車

5日後の1944年12月23日
ベルギー南部

E中隊の戦車は、雪原に挟まれた道路の上を、指揮官車の後を次々と追いかけていた。

柔らかな雪が、M4シャーマンの各車に薄く積もっていた。エンジンは鼓動を打ち、白銀の中に排気ガスをはき出していた。極寒の「ロシア高気圧」が雲を一掃したことで、午後の太陽は明るく輝いていた。畑の向こうには、アルデンヌの森のギザギザした松が見えた。このアルデンヌにおける混沌は、今や「バルジの戦い」と名付けられていた。

4輛の戦車が隊列に戻ってきたので、アーリーはイーグルル号の砲塔に潜り込み、ゴーグルをつけた。厳しい寒さをしのぐため、マッキントッシュのコートを何枚も重ね着していた。隊列がN4高速道路をひたすら南下している間、排気ガスが冬の空気を満たしていた。

シュトルベルクでの気楽な滞在が終わった後、第2小隊は今や〝先鋒〟、つまり乗員の言葉で言うところの先導任務に就いていた。これには順番があり、各小隊が交代し、小隊内では、各車輛が順番に先頭を走った。それぞれの戦車は、車間距離48mの戦闘態勢をとった。先頭車が走行速度を設定し、その主砲は前方に向けられた。先頭車が何かを見落とした場合に備えて、2輛目の戦車は最先頭車の援護に回った。3輛目は右翼を守り、4輛目は左翼を見張った。

時が経つにつれ、彼らはマルシュの街を囲んでいるアメリカ軍斬壕線の安全から遠のき、アメリカ陸軍史上最大の戦いとなるであろう戦いの中に深く入り込んでいった。しかし、戦車兵は、自信を持っていた。ある戦車長は、1年の間に2度もベルギーからドイツ軍を蹴散らす必要があったことに、苛立っていた。勝利が全てではなかったが、その心情は、部隊史に誰かが書いていた「それは良い試みだったが、クラウツ（ドイツ軍）は負けたのだ」に現われていた。

4輛目の戦車の中で、クラレンスはイグルー（イヌイット族のドーム形の住居）の中に座っているような気分だった。M4シャーマンに欠如している装備のひとつに、暖房機材があった。手袋をはめた指で、壁を覆った霜に自分の名前を刻んだ。もし天井を拭いたら、砲塔内に雪を降らせそうだった。クラレンスはヘルメットの下に、中世の頭蓋帽に似た戦車兵向けの冬用フードを被り、肩にアメリカ兵の標準装備である毛布をかけてはいたが、ガタガタと音を立てる、歯の震えは止まらなかった。

クラレンスはペリスコープを通して、ベルギーの美しさに驚嘆していた。蕨が生い茂る小川。野原に立てられた不連続の柵。暗い森の隙間、雪に覆われて隠れている小道。それらは、冬のワンダーランドだった。

E中隊は、連合軍の前線の中で、〝膨らみ（バルジ）〟の最深部で戦うために派遣された。140㎞近い行軍の後、前夜に到着した任務部隊は、14世紀頃に建てられた、カトリック教会を囲む石畳の通りと小さな家が立ち並ぶ古代の町、マルシュの防衛の任に就いていた第84歩兵師団〝レールスプリッターズ〟と合流した。

バルジの戦いは、ここで起こることにかかっていると思われた。ヒトラーの軍は、強力な連合軍の増援部隊が到着する前に、マース川へと進出しようと競っていた。マース川の先には、ドイツ軍の最終目標である、アントワープ港への道が開いているのだ。ヒトラーは、ドイツ軍が連合軍の背後にくさびを打ち込み、港を占領するという衝撃的な敗北を与えられれば、敵を講和に引きずり出せるかも知れないと考え、賭に出ていた。

ドイツ軍の戦闘計画は、スピードに依存していた。

道路の曲がりくねったアルデンヌの森には、4カ所の主要な交差点路の街があり、ドイツ軍がその攻撃計画を実現するためには、これらの街を、早急に奪取する必要があった。ドイツ軍は、すでにラ・ロシュとサン・ヴィットを制圧し、第101空挺師団が守備するバストーニュを包囲していた。残ったのはマース川に最も近いマルシュだった。マルシュでの戦いは、ドイツ軍の攻撃を阻止するための最良の好機になりつつあった。

しかし戦いの決着は、街の外で決まることになる。*

マルシュから南に約4・8㎞。E中隊の前には、穏やかな丘陵が広がっていた。

約90ｍほど先に道路を挟んだ集落、エードレの灰色の屋根が見えてきた。先頭車が無線で停止を命じられ、かしぎながら停まった。

クラレンスは手袋を外し、シュトルベルクを出発するときに受け取った小包のパラフィン紙を開いた。中にはチョコレートキャンディが一杯詰まった白い箱が入っていた。その匂いを嗅いでから、ずっと楽しみにしていたおやつだ。

＊ドイツ軍が12月22日にバストーニュに降伏勧告を行なった時、彼らはすでにマルシュを占領したと偽り、次のような書簡を渡している。「戦争の命運は変わりつつある。バストーニュとその近郊のアメリカ軍は、強力なドイツの装甲部隊が包囲した。さらに多くのドイツ装甲部隊が、オルトゥーヴィル近くでウール川を渡り、マルシュを占領した。オンプレからシブレ、ティエを通過して、サンテュベールに到着している」。

リーハイトンの故郷で、スケートリンクの友人であるメルバ・ホワイトヘッドが、クリスマスプレゼントとして作ってくれたものだ。クラレンスは、前線に到達するまでは、小包に触れないと心に誓っていた。彼はここが十分前線に近いと考えて、そのキャンディを取り出したのだ。緊張のせいなのか、それとも一年以上あっていない故郷の思い出のせいなのかは定かではなかったが、これまで味わった中で、最高のキャンディだった。

　彼はチョコレートだけで生きることができたし、以前にしたことがあった。大西洋横断の初日、船酔いしたアメリカ兵が、クラレンスの食器に嘔吐した。その後、クラレンスを見た者はなかった。彼は食事をすっぽかし、ベッドは手つかずだった。やがて、ポール・フェアクロスが、上甲板の背の高い排気筒の下で眠っているクラレンスを見つけた。ハーシーのチョコレートバーの包み紙が、いたるところに散らばっていた。ポールは彼に、下の甲板に戻るよう促したが、クラレンスは、食事の列に並ぶ日々は終わったんだと固辞した。彼は日課を作っていた。船の購買が一日おきに開くとハーシーのバーを箱で買い、10日間はそれだけを食べていた。

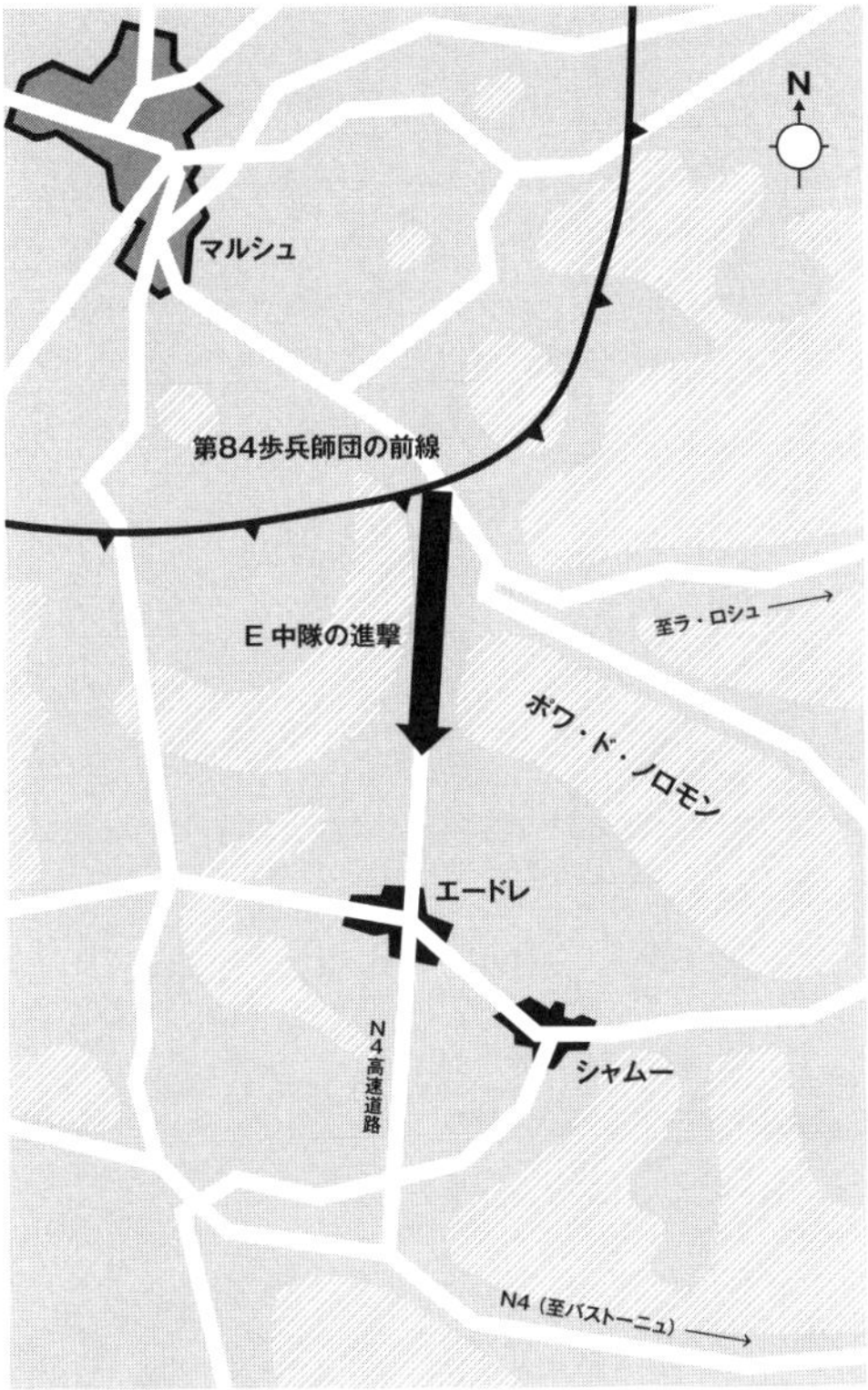

1944年12月23日

　停車し、冷たい外気を笛のように吸い込まなくなったので、戦車の中は暖かく感じるようになった。もっともそれは、キャンディの力だったのかもしれない。クラレンスはひと口ごとに、ゆっくりと味わった。

　陣形の4番目に位置することは、先頭とはまったく違う世界だった。それまで経験したほとんどの戦闘では、他の戦車が待機する間に、先頭車だけが戦闘を行なっていた。

　先頭車の砲塔の上では、痩せた若い車長が双眼鏡で地平線を捜索していた。彼が経験する最初の戦闘の日であり、〝教本どおりに〟慎重に行動していた。

戦車戦では、視界がすべてであった。先に発見したほうが先に射撃することが一般的で、イギリス軍の調査によると、先んじて射撃した戦車は、70%の確率で生き残ったという。

双眼鏡を見ていたのは、チャーリー・ローズ中尉だった。黒髪で22歳の彼は、顎が割れていた。彼が微笑むと、歯を見せるように唇を引く、完璧なアメリカ人の笑い顔になった。彼はシュトルベルクでは別の小隊に所属していた新米中尉だったが、今日、戦闘経験を積むために、第2小隊を率いていた。彼の人事ファイルは、まるで戦時国債の広告のようだった。

ローズは学校の人気者で、高校では学級委員長を務め、フットボール・チームのフルバックを務めるスター選手だった。卒業後、シカゴの自宅近くに住み、デポー大学に入学した。戦争が激化すると、彼は学校を後にして、株式仲買人の父親と一緒に軍に入隊した。ローズは故郷に妻と子供がひとりいて、戦争が終われば、シカゴでキャタピラー社の販売店を何件も所有していた義父と一緒に、トラクターを販売する計画を立てていた。

チャーリー・ローズ

しかしその計画は、後回しになければならなかった。彼は今日、敵の戦車を狩っていたからだ。

彼が受けた命令は、次の交差点への道を切り開き、敵の反抗を待ち受けることだった。

E中隊は、前日にマルシュを攻撃するためにやってきて、撃退されたドイツ軍の第2装甲師団がやってきた道と、同じ道を進んでいた。

彼らは今どこにいるのだろうか？　誰かが、捜索しなければならなかった。

その朝、第3機甲師団を率いるモーリス・ローズ少将（ローズ中尉とは無関係）は、指揮下に命令を下した。「我々は、断固としてここに留まるのだということを皆に印象づけるのだ。さもないと、戦争は最初からやり直しになり、我々がここで戦うことはできなくなるだろう」。

ローズ中尉の命令で、戦車はエードレに向かって走り出した。ウエハースのように石が積み上げられた民家は、植民地時代のニューイングランドのようだった。

クラレンスは渋々キャンディの箱を閉めた。凍てつく空気が戻ってきた。ローズの戦車が、最初の民家の前まで前進したとき、ドイツ軍の砲声が、ローズ中尉の戦車を止めた。鋼と鋼が上げる金属音とともに、ローズのM4シャーマンは懸架装置を揺らした。戦車からはシートの埃を払ったような雪の雲が吹き出していた。

彼らは、第2装甲師団を見つけた。しかし、それは第2装甲師団がE中隊を発見する前ではなかった。

「小隊長車がやられた」と、アーリーは言った。

クラレンスは砲塔を前に回した。

小隊軍曹が指揮する、2輌目の戦車の砲塔が左右に振られ、必死に敵を探しながら、集落の入り口で止まった。軍曹も彼の砲手も、その射撃を見ていなかった。

被弾の衝撃から立ち直ったローズと彼の乗員は、戦車から飛び降りて、側溝を通って戻ってきた。

ローズは乗員に、そのまま行けといって、一緒にはいかなかった。彼は2輌目の戦車に戻って、よじ登った。

砲塔の後ろに立って、小隊軍曹の視線を最後に敵の戦車を見た場所、前方左に向けさせた。小隊軍曹は砲塔に入り乗員たちに指示を出すいっぽうで、ローズは外で敵の動きを見張った。

前方から、ドイツ軍の燃えるような緑色の曳光弾が、凍った空気を切り裂き砲塔の前面に命中した。輝く榴散弾の塊が、ローズの腹部を直撃し、彼の体は半分に引き裂かれそうになった。彼は戦車の側面を転げ落ちて命を失った。

クラレンスはよろめき、貴重なキャンディの残りをこぼしながらシートに背を着けた。アーリーは砲塔の中に潜り込んで、砲弾の破片が頭をかすめたと呟いた。クラレンスはもう一度ペリスコープに目を当てた。何が起きたのだろうか？

小隊長は本当に戦死したのか？　はたして、ローズの遺体は真っ白な雪に赤い血を染み込ませていていた。小隊軍曹と彼の乗員たちは、損傷した戦車の中からわらわらと飛び出していた。

「状況報告！」ソールズベリー大尉が、隊列の後方から無線で連絡した。「状況報告せよ！」

前方からの返事はなかった。送受信能力を備える無線機を装備した戦車は、すでに放棄されていた。

クラレンスの視線は混沌とした光景の中を泳ぎ、パニック状態になっていた。シュトルベルクで過ごした3カ月近くが、反応を鈍らせていた。先頭の2輌の戦車は、もはや役に立たない鋼の塊となり、1輌だけが前方で行動可能だった。イーグル号を守ってきた相対的な安全性は、急速に低下していた。

アーリーは、砲塔の中で堂々と立っていた。「砲はそのまま向けておけ」とクラレンスに言った。「敵がパンターなら、何をすべきか分かっているはずだ」。

クラレンスは胃が冷たくなるのを感じた。アメリカ軍は、ようやくパンターの前面装甲に弱点を見つけたが、それは小さなものだった。近距離（230m未満）であれば、76㎜砲は、パンターの主砲防盾を貫通することが可能だった。ペリスコープを前方に向けて、クラレンスは敵の戦車が視界に入るのを待った。鼓動が聞こえてきた。

クラレンスの前にいる戦車の車長、フランク〝ケイジャン・ボーイ〟オーディフレッド軍曹は、もう我慢することができなかった。彼の戦車は右に曲がり、道路を離れて浅い峡谷に入っていった。

クラレンスは目を疑った。ケイジャン・ボーイは自分たちを見捨てたのか？

ケイジャン・ボーイは、ルイジアナ州バイユーからやってきた23歳のやんちゃな男で、彼のタフさはE中隊ではほとんど伝説となっていた。どういうわけか、彼はこれまでの戦車戦で、4回戦車を撃破されながら生き残っていた。今は、彼とその乗員だけが行先を知っていた。

クラレンスは、丘に照準器の十字線を合わせた。突然のことに、恐怖を覚えた。ついさっきまで4輌目の戦車だったのに、今や自分たちが先頭車になっていた。

さらに右を見ると、ケイジャン・ボーイの戦車が再び視界に現れ、今度は坂を上っていた。クラレンスは、彼の大胆さに驚いた。ケイジャン・ボーイは、敵戦車に側面攻撃を試みるために村の周りを周っていたのだ。

ケイジャン・ボーイのM4(75)シャーマンは、雪の中をゆっくりと動いていた。元砲手のオーディフレッドは、大胆にも、榴弾（HE）を薬室に装填していた。この弾薬は、通常は軽装甲車や建物、歩兵（つまり戦車以外ということだ）に対して用いられていたが、ノルマンディーの戦闘では、徹甲弾（AP）を用いる前に、まず榴弾を射撃し、ドイツ軍のIV号戦車乗員を失神させるか呆然とさせ、その後に撃破するという戦術が有効だった。

無線機が鳴り響いた。中隊長の声が、隊列のはるか後ろから警告を発した。「奴らは我々の側面を包囲している！」

乗員の一人が、左側の森で動きを見つけた。それはドイツの歩兵が、彼らの戦車が始めた仕事を終わらせようとして進撃してくる確かな兆候だった。

ソールズベリーは、中隊に対して後退を命じ、マルシュ周辺に戻った。戦車は無造作に向きを変え始めた。クラレンスの前でケイジャン・ボーイの戦車は、雪の中でゆっくりと反転し始めた。彼らは敵に背を向けざるを得なかった。

それは完全な混乱だった。その最中、ボブ・アーリーは、誰も主砲を丘に向けていないことに気づいた。ドイツの戦車が丘の端に移動すれば（間違いなくまだ上にいた）、退却するシャーマンを、逃げていく間に1輌ずつ撃破することができるはずだ。

アーリーはクラレンスに、後退する間、榴弾を使った制圧射撃の実施を命じた。「俺たちが、ドイツ野郎を怖がらせてやろう」

クラレンスは困惑した。ドイツ戦車の姿が見えなかったので、どこを狙えばいいのかわからなかった。「どこを撃てばいいんですか？」

「どこでもだ」。

アーリーは操縦手に、その場から離れるよう命じた。イーグル号のエンジンが唸りをあげ、雑な三点ターンをすると、他の車輌の後ろを疾走した。クラレンスは砲塔を後方に向け、集落の入り口を狙った。視界に敵が入らなかったとしても、命令は命令だ。彼の足は、射撃ペダルを踏んだ。

榴弾の炸裂は、丘の上の集落を揺さぶった。クラレンスは、移動しながら後方に対し、砲塔を左右に回して射撃を続けた。雪と土砂が道路から跳ね上がり、石壁は塵に変わり、木々は粉々になって放棄されたM４シャーマンの前に広がった。射撃するたびに、砲身がまるでピストンのように前後に動き、煙を上げている薬莢を吐き出した。装填手はすぐに新しい砲弾を装填し、クラレンスは照準し続けた。

クラレンスが射撃している最中に、道路沿いの茂みをかき分けて、ケイジャン・ボーイの戦車が再び現れた。

クラレンスは、丘の上に向かって撃ち続けた。照準機は役に立たなかったが、射撃の精度は問題ではなかった。彼らとドイツ戦車の間の世界は爆発していた。それはまるで上から落下してくる砲兵の弾幕のような、敵戦車が前進するのを阻む鉄の嵐だった。

そしてそれこそが、アーリーの狙いだったのだ。

ケイジャン・ボーイの戦車が、道路に戻ってきて後退に加わったので、クラレンスはようやく射撃を止めた。ここからはケイジャン・ボーイに任せれば良かった。

クラレンスの右隣の砲尾からは白い蒸気が上がっていた。アーリーは、放棄されたM４シャーマンが小さくなっていくのを双眼鏡で見ていた。

アーリーの作戦は、功を奏した。敵の戦車は、最初の２輌を撃破して、それ以上前進しようとはしなかったのだ。

クラレンスは、足を射撃ペダルから離して息を整えた。薬莢とキャンディが、床に散らばっていた。

第九章　希望

その日の夜、１９４４年12月23日
ベルギー、マルシュの南東数km

3輌のM4シャーマンは、雪に覆われた常緑樹の枝の下に、静かに停車していた。これまでのところ、静かだった。

月明かりに照らされて、凍った草原が輝いていた。戦車の後ろでは、ボワ・ド・ノロモンの森が暗闇に浮かび上がっている。その近くでは、1～2個小隊の兵士が車輌から降りて、木々の下に身を潜めていた。気温は、氷点下付近で上下していた。

戦車の乗員は、常緑樹の小枝を戦車に架けて、偽装を終えていた。車体に積もった雪が、凍える空気の中で固まっていた。頭上で輝く蒼い月光に照らされても、戦車はほとんど見えなかった。

野原を挟んで約64m、右手には小さなベルギーの村があった。村の家の窓からは、時おりロウソクの明かりが瞬き、乗員は暖かさを感じた。

3輌の戦車。第2小隊に残ったのはそれだけだった。ソールズベリー大尉は彼らに、この静かな脇道で動くものはすべて撃つように命令した。E中隊の大半は2・4kmほど後方にあり、N4号線を守っていた。マルシュの防衛では、すべての道路が重要だった。戦車は、陸地ならばどんなところでも走ることができるが、ドイツ軍は、進撃速度の増大を求めて、道路の確保に主眼を置いていた。

今は待つことしかできなかった。

厳しい寒さが、戦車の壁から伝わってくるようだった。イーグル号の砲手席で、クラレンスは毛布に身を包み、靴を履いたままで寝袋の中に入り、寝袋の端を首に巻いた。戦車が敵に撃たれたら、おそらく車外に出られないだろうが、気にしてはいなかった。

その日の出来事が、彼に重くのしかかっていた。何もかもむなしく感じた。彼が何をしたとしても、それは無駄なのだ。彼の乗るM4シャーマンの装甲は、ドイツ戦車の強力な主砲の敵ではなかった。

E中隊の砲手である、ジョン・ダンフォース二等兵は、アイゼンハワー将軍の机にまで届けられた書簡に、部隊の不満を記述していた。

「私は、乗っていたM4シャーマンが2回撃破されました……きっと戦車を設計している人たちは、ドイツ戦車の主砲の威力を知らないんだと思います。私は、ドイツ戦車の2つの建物を打ち抜いた砲弾が、M4シャーマンを貫通し、その後ろにある建物も貫通したのを見たことがあるんです」。

定期的に、クラレンスは、ペリスコープのガラスに息を吹きかけて、手袋をはめた指で曇ったガラスを拭った。無線機の音が小さくなった。冷たい風が、敵を警戒しているアーリーの座席のハッチから笛のように吹き込んできた。雪が、鋼鉄製ヘルメットを包んでいた。時折彼は、インスタントコーヒーの顆粒を口の中に放り込んだ。

マルシュの修道院に戻ると、カルメル会の修道女たちが、町を守っているレールスプリッターズ歩兵師団の兵士たちを温めるために、スープを出していた。修道院長が、その地域には大勢のドイツ軍がいるのかと兵士に尋ねると、彼は確かにいると彼女に答えた。

「私たちは、あなたたちのために祈ります」と、彼女は約束した。

「ありがとう」と兵士は言った。「そう、たくさん祈ってください」。

クラレンスの小隊の別のM4シャーマンはエレノアと名付けられていた。75㎜砲を搭載する旧型で、砲塔の片側にはノルマンディー上陸後の戦闘で受けた、深い凹みの傷跡があった。砲手席には思案顔のチャック・ミラー伍長が座っていた。カンザスシティ出身の陽気な中西部人のチャックは19歳で、頬は重くて目が細く、微笑んでいるときでも常に何か苦しんでいるような顔をしていた。戦車兵のヘルメットの下には、母親から送られてきたフード付きのスウェットシャツを着ていた。

チャックは、戦死したローズ中尉を雪の中に残してきたことが不満だった。

中隊が後退した後で、報告が入った。奇跡的な家族の縁故で、陸軍省は、ローズ中尉が父親になったことを知らせてきたのだ。

彼の息子、チャールズ・クレーン・ローズは、約1週間半前に誕生していた。この知らせは、誰もが深く心を痛めた。そしておそらく、チャックが最も深い痛みを感じていたであろう。父親は、息子を知ることなく戦死した。息子は、父親を知ることはない。チャックはこの悲劇の中で、彼自身の過去を思い出していた。彼は自分の父親の思い出が、ほとんどなかったのだ。

チャックがまだ子供だった頃、父親が母親を捨てた。残された母親は

チャック・ミラー

チャックと兄、5人の姉を仕立て屋の給料で育てることになった。彼女はチャックのヒーローだった。どうにかして一家を支え、今でもお金をかき集めて、戦いの合間に読むための冒険小説を送ってくれていた。

真夜中が過ぎた。今日はクリスマスイブだ。

チャックには計画があった。今こそ行動するときだった。

半月のまばらな光に照らされたジープは、白銀の野原を走り出した。

チャックは、ハンドルを握ってアクセルをゆっくりと踏み、柵の支柱を見張りながら体を左右に傾けた。援護を志願した歩兵が、思案げに小銃を握りしめ、助手席に座っていた。彼らはN4号線のシャーマン群を避けるために、路外に出た。ソールズベリー大尉は、この無許可の行動を知らなかった。彼らの移動した1・6～3・2㎞の短い道のりは、永遠のように感じた。地形が上り坂にかかると、チャックはジープを止め、車を降りた。

近くの農家から、クリスマスを祝うドイツ語の声が漏れてきた。それは兵士たちが、クリスマス気分でビールを飲み、歌っているように聞こえた。彼らは第2装甲師団に所属する阻止部隊だった。主力部隊はすでにマルシュの攻撃を断念し、西に迂回して町を回る道を探していた。

小銃に装填してから、チャックと兵士は前方に忍び寄り、2輌の放棄されたM4シャーマンまで道端の側溝を進んでいった。そこには雪で覆われたローズの遺体が横たわっていたが、積もった雪も引き裂かれた彼の腹部の傷を隠すことはできなかった。

彼が指揮したM4シャーマンでの戦闘時間は、わずか1日にも満たなかった。

遺体を動かそうとしたが、軍服が地面に凍りついていたので、ナイフを抜いて生地を引き裂いた。腕をローズの体に巻きつけて、チャックと兵士は遺体をそっと持ち上げた。

チャックはエレノア号に上って、砲塔をノックした。ハッチが開き、車長が外に顔を出した。車長のビル・ヘイ軍曹は、整えた細い口髭と割れた顎先で、映画スター、エロール・フリンに似ていた。

ビル・ヘイ

彼は逃亡者をかくまうかのように、チャックを砲塔内に入れた。チャックは青ざめた顔で、座席に座りぶるぶる震えた。長い間外にいたため低体温症になりかけていた。ビルはチャックを毛布で覆い、トーチランプを出すように命じた。戦車兵は通常、修理にトーチランプを用いており、乗員たちはそれをビルに渡した。ビルは火をつけて、トーチランプをチャックに渡した。チャックは炎に身を寄せて体を暖め始め、ビルの視線の下でゆっくりと蘇生していった。

28歳のビルは他の乗員よりも少し年上で、戦車を指揮するのはこれが初めてだった。彼は1カ月前に、自分の戦車を割り当てられたばかりだった。敬虔なメソジストである彼は、祈祷書を読んでいることが多く、とりわけ「そして神はそこにいる」と題された、兵士の詩が好きだった。

シュトルベルクでの停滞期に、ケイジャン・ボーイが、ガールフレンドのリルに書くことが思いつかないんだよと嘆いたとき、ビルは、その若い女性に中隊の近況を彼に代わって伝えることを買って出た。ケイジャン・ボーイが書いたように、意図しなかった効果がひとつあった。「彼は素敵な仲間だよ。ハニー。今では小隊のみんなが、俺に（君に）手紙を書いていいかと尋ねてくるんだ。君は兵士たちが、どんなものかは知っているよね」。

指揮官の属性の中で、チャックがその夜、最もありがたいと思ったのは、ビル・ヘイが秘密を守る男だったことだ。

夜は更けていった。クラレンスは寝袋の中でうたた寝をしていた。腰をかがめると、氷の滴が首の後ろに落ちた。ヘルメットにも飛び散った。

霜が溶けはじめていた。

砲塔バスケットの下では、車体右前部の機銃手席から、かすかな光とシューという音が聞こえてきた。そこには、ホーマー“スモーキー”デービスという名の小さな、気むずかしい喧嘩屋の二等兵が座っていた。20歳のスモーキーは、ケンタッキー州モアヘッドで、厳しい生活を送っていた。目の下の大きなたるみが、それを物語っていた。タバコを吸わない日はなく、いつでも戦車兵のフードを被っていた。

クラレンスは寝袋の中から、銃手席で影が踊っているのを見た。彼はそのわけを知っていた。スモーキーは個人装備のコールマンストーブを使って、暖を取っていたので、砲塔にも熱が上がってきていたのだ。クラレンスは、寝袋から座席に戻った。彼は、氷が滴る最も寒いところにいる友人を、気の毒に思った。

ホーマー“スモーキー”デービス

氷の滴りはずっと続いた。クラレンスの襟周りと肩は、びしょ濡れとなっていた。いずれ燃料が尽きるだろうと、彼は思った。

アーリーはポークチョップをつかんで、機銃手に不機嫌そうに言った。彼も同じようになっていた。「スモーキー」。

スモーキーの声が、弱々しく戻ってきた。「とても寒くて、もう我慢できませんよ」。彼は、足を動かす場所がないため足が冷え切っており、ブーツを脱いでストーブの炎の上で足を暖めていたのだ。

アーリーはスモーキーに、ちょうど前夜にドイツの装甲師団がこの道を進んできたときの、音と光の統制の必要性について思い出させた。「足の指を、少し失うぐらいの余裕はあるだろうに」。

ストーブの音は止まり、再び車内は暗くなった。

機械音が夜を揺るがし、3輌の戦車兵全員が目を覚ました。

クラレンスは、寝袋の中で準備した。彼の動きにつれて、皺が寄った。湿っていた上着は凍っていた。何かがそこにいる。照準器から霜を拭きとり、照準望遠鏡の内部を照らすスイッチを入れた。

アーリーがハッチを開くと、機械的な動作音が内部に響いた――エンジンの回転音、変速機の操作音、噛み合う履帯の音。それは左前方の森から聞こえてきて、徐々に大きくなってきていた。

薄暗い前照灯が森の中から光を放ち、戦車の前をしずしずと進んでいた。

クラレンスは寝袋から出て、震えながら照準望遠鏡に目を当てた。装甲偵察車が、森から出てきた戦車の隊列を先導し、クラレンスの視野の中を左から右に横切っていた。装甲偵察車だけが前照灯を点けており、前面に装着された遮光カバーによってその光は薄暗くなっていた。他の車輌は前照灯を点けておらず、月明かりだけでシルエットになっていた。

彼らはドイツ軍で、連合軍の戦闘爆撃機を避けて、夜間に移動していたのだ。

「追尾しろ、クラレンス」とアーリーは言った。

月明かりに照らされた影が次々と現われた。

キューベルワーゲンやオペル・ブリッツ貨物トラック、車体前面が尖っていないハーフトラックなど、ほとんどすべてのドイツ軍の軍用車が、その隊列にいるようだった。

各車輌が発する独特の音が、通過するにつれて上がったり下がったりした。そして、他のすべてを圧するような、轟音が響いてきた。きしむ金属製の履帯が道路を引っ掻くような音とともに、ドイツ戦車が走り、2輌目、3輌目が続いた。彼らのマイバッハ製V型12気筒エンジンが唸り、青い炎が排気筒から飛び出し、轟音とともに通り過ぎていった。それはまるで、地球が揺れているようだった。

クラレンスは照準器の十字線で、シルエットを左から右に追い、そして再び左に戻した。近くの村は、彼らが反対側に出るまで、隊列を丸ごと飲み込んだように見えた。

砲塔は電気モーターの唸り声とともに回転した。15秒で完全に一回転する早さだ。

「奴らに聞こえますよ！」スモーキーは、インターコムで囁いた。

彼の問いに、答えはなかった。

戦車は次々と通り過ぎていった。クラレンスは、彼らのまき散らす排気ガスの匂いが、嗅げるように感じた。

アーリーの目は彼らを追い続け、インターコムでクラレンスに、彼の合図で射撃するよう命じた。

クラレンスの心臓は、ドキドキと脈打った。今すぐに射撃したいと思った。敵はおそらく第2装甲師団の後衛で、主力に追いつくためアメリカ軍を気にすることなく、しゃにむに移動していたのだ。クラレンスは、自分が直面している車種を確認しようと、シルエットを調べた。何輌かの車体形状は鋭く、おそらくパンター戦車と思われた。また何輌かは箱状で、Ⅳ号戦車か、あるいは伝説のティーガー戦車かも知れなかった。ティーガーは、戦闘重量60ｔの巨体で、その大重量ゆえに大半の橋を渡ることができず、また幅が広いために鉄道貨車で輸送するには、履帯を狭軌型に換装する必要があった。

しかし今、クラレンスはそれらを撃破することができた。すべてのドイツ戦車は、側面からの攻撃に脆かった。

ローズ中尉の復讐ができるのだ。

「どうだ？」アーリーはクラレンスに尋ねた。車長の声は、躊躇しているかのように聞こえた。

クラレンスは、喉が詰まったように感じた。アーリーの問いかけに対する彼の答えで、状況が一変する可能性があるからだ。

月明かりに照らされたドイツ戦車は、遠ざかっていった。3輌のＭ４シャーマンはそれぞれ1輌、もしくは2輌の戦車を撃破できたし、歩兵はバズーカ砲で何輌かを屠ることができたかもしれない。しかし、ドイツ戦車の何輌かが、こちらを向いた場合はどうなるだろうか？　Ｍ４シャーマンの背後には、森が迫っていた。逃げる場所がなかった。被弾するわけにはいかなかった。敵の砲口からの閃光は、彼が見る最後のものになるだろう。自殺行為だ。

「よくないな、ボブ。数が多すぎる」。

もっと小規模の隊列であれば、何とかなるだろうが、しかし、今攻撃することは、熊を突くようなものだった。

アーリーは同意したが、他の誰かが射撃した場合は戦闘に加わるしかないと、クラレンスに言った。イーグル号の無線機は送信機能を備えていないため、ケイジャン・ボーイやビル・ヘイに射撃しないよう伝えるすべはなかった。

クラレンスが、ドイツ戦車の追跡を中止すると、砲塔のうなり声は止んだ。

彼はドイツ軍をこのように見過ごすことは嫌だったが、他に選択の余地はなかった。この闇の中では論理的な計算は異なっていた。突如として、鋼鉄の怪物が、何かを殺すために狩りをする男たちを乗せた機械でなくなった。

「行かせてやれ」。アーリーは、息を潜めて呟いた。

外では、アメリカの戦車と兵士の列が動くことはなかった。

〝戦いを選べ〟自身に言い聞かせた〝その日は、必ずや来るだろう〟

イーグル号の車中で乗員たちは、キューベルワーゲンに乗ってうろついているドイツ兵に、自分たちの声が聞かれているかのようにだまり続けた。次に自分たちの擬装を思いやった。擬装の木の枝を手抜きしていなかったか？

クラレンスは、これまで捕虜になることなど考えたことはなかった。

左隣にある袖板の上に置かれた箱の中に、クラレンスはフランスで手に入れたドイツ将校のルガー拳銃をしまっていた。噂では、ドイツ兵は捕らえた兵士がドイツ軍の拳銃を持っていたら、その銃身を口に入れて引き金を引くという。それをどこに隠せばいいのだろうか？

「見逃してやれ」

クラレンスは、冷たい外気が骨に沁み込んでくるのを感じ、震えが戻った。腕時計が、夕食を告げる鐘のように砲尾で時を告げた。彼は右手で左手首を掴み、音を止めた。

幼い頃、クラレンスは祈り方をまったく知らなかった。隣人が彼のために買ってくれたスーツを着込んで、定期的に教会に通うようになるまでは、他の人たちがしていることを真似ていただけだった。どのように祈るか、何を祈るかについての入門書を見ることなく、クラレンスは自然にできるようになっていった。彼はただ、神に話しかけていたのだった。

クラレンスは照準器から目を離し、腰を下ろして暖かさを求め、両腕を胸に引き寄せた。戦車が彼を包み込み、彼を縛りつけていた。ドイツ軍の隊列の轟音から、逃げたり隠れたりすることはできなかった。

静息を、クラレンスはこれまでの人生でこれほど強く話しかけたことはなかった。


太陽が地平線を割ると、ドイツ戦車の履帯で引き裂かれた、何もない道路が現われた。

3輌のM4シャーマンから、乗員たちが外に出てきた。悲惨な夜の後、クラレンスは新たな感謝の気持ちで、ペリスコープからの夜明けを見ていた。

ドイツ軍の隊列を通過するがままにしたことも、ローズ中尉の遺体が、不思議なことに司令部テントの外に停車したジープのボンネットに縛り付けられていたことも、中隊本部に伝える者は誰もいなかった。

そこにいなければ、それを理解することは決してできなかっただろう。

翌日、クリスマスの朝

戦車兵たちは、野原の戦車の後ろに、季節労働者のように集まり、エンジンの排気ガスで手を温めていた。午前11時を回った。冬の寒さで澄み切った空に野砲の射撃音が轟いた。雪の上には、太陽がきらめいていた。

E中隊に加えて、それぞれ2個ずつの戦車と歩兵の中隊が、隣接する野原に展開していた。この部隊は戦線後方に戻ることが命じられ、予備としてマルシュの北約9・6㎞に待機していた。ドイツ軍が戦線を突破した場合には、前線に呼び戻されることになる。

アメリカ軍工兵が、マルシュの町の入り口に地雷を敷設し、歩道も含めてすべてを一挙に爆発させる仕掛けを、用意していた。町の外では、極寒にもかかわらず上半身裸で、砲兵が果断なく射撃していた。彼らの射撃は、敵を混乱させるため、南方に向かって弧を描くように射撃していた。ムーズ川への進撃を再開した第2装甲師団に替わって、新しいドイツ軍部隊が到着していた。

手が暖かくなってくると、クラレンスは戦車の後ろから離れなくてはならなかった。排気ガスは素晴らしい熱源だったが、死んでしまうからだ。スモーキーは悪態をつきながら、辺りを歩き回っていた。凍傷の治療を受けたようとしたが、衛生兵がしたのは彼のつま先を温めてから、帰らせただけだった。もっと深刻な治療が必要な負傷兵が、たくさん待っていたのだ。

部隊史が述べているように、ここは「ヴァリー・フォージの宿営地」と呼ばれていた。「厳しい風がベルギーの白い丘に吹き荒れ、戦車兵たちは、彼らが乗っている鋼鉄製の馬車が、機械化された氷箱であることを確信した」。

今年のクリスマスは、歓喜や乾杯もない。クラレンスは、これほどまでに住む家がなく、忘れ去られたように感じたことはなかった。故郷のリーハイトンに戻れば、電柱にクリスマスを祝う電球が吊るされ町を照らし、一番街の店の窓が飾り物で溢れていることを知っていた。町にキリストの誕生を告げる鐘が鳴り響くなか、長いコートを着た家族が、教会から流れるように出てくるのだ。

子供の頃、クラレンスはダウンタウンのイーグルスクラブに行き、他の貧しい子供たちと並んで立っていた。サンタクロースと一緒にしばらく過ごした後、彼はもらった贈り物を持って帰り、それを公園に持っていった。そこでクリスマスのお気に入りである、キャンディの箱とオレンジを楽しんだ。

クラレンスが受けた教育は、彼に健全な考え方を培った。どんなに悪いことが起こったとしても、他の誰かはもっと悪い目に遭っているのだ。彼はポールの母親や、ローズ中尉の若い未亡人ヘレンのことを考えた。彼女たちは、どんなクリスマスを過ごしているのだろうか？

正午頃、戦車の後ろに貨物トラックが停車した。クラレンスは、トラックが彼らに弾薬を持ってきたかどうかを確かめるために、集団から離れてのぞきこんだ。

〝後あおり〟が下がると、クラレンスは目を疑った。弾薬よりもはるかに嬉しいものを持ってきたのだった。中隊の烹炊員が、熱々の食べ物が入った蒸気コンテナの後ろにしゃがんでいた。クリスマスの奇跡を起こすにはまだ遅くなかった。

クラレンスと乗員は、飯盒を持ちだし、混雑し始めた給仕の列に加わった。烹炊員は、順番が来ると、乗員ひとりひとりにメリークリスマスと言った。

クラレンスと乗員たちは、フェンダーに食べ物とコーヒーカップを置いて食べ始めた。骨付きもも肉や、スタッフィング、マッシュポテト、グレービーソース、さらにはスライスされた焼きたてのパンなど、すべてが揃ったクリスマスの正餐だった。

ひと口食べるごとに、クラレンスの気分は高揚した。要するに、誰かがまだ彼らのことを気にかけてくれていたのだ。

やがて、上空が賑やかになり始めた。

クラレンスと仲間は、何が音を立てているのかを見るために首を傾げた。アメリカの爆撃機の編隊が、西に向けて飛び、後ろに延びる飛行機雲が、空を掻き回して煌めいていた。

爆撃を終えた第8航空軍が、イギリスの基地に帰っていくのだ。

４００機近くのB‐24リベレーターが、ドイツ西部を爆撃し、鉄道操車場と道路の分岐点を、精密に狙った。この攻撃は、前夜に３００機を超えるイギリス空軍の航空機が、ドイツの輸送機が使用する飛行場に対して行なった襲撃の効果を、より拡大するように実施されたものだった。

この攻撃は、アルデンヌ戦区に対する敵の補給を断つことで、敵の地上軍を殲滅することが目的だった。そしてドイツ兵も間違いなく、これに気づいていた。ある戦車兵もこれを見ていた。「頭上では、爆撃機の洪水が帝国に向かって飛んでいる。心が重く、怒りで無力感に包まれ、絶望に満ちて、彼らをただ見ることしかできなかった」。

爆撃機の波は30分間に渡って通り過ぎていった。クラレンスと仲間の戦車兵がクリスマスの正餐を楽しんでいる間、凍てついた空に反響していた。

クラレンスは、数日ぶりに微笑んだ。彼らの後ろには、巨大な戦力が控えており、ようやく振り出しに戻ったのである。もはやこの戦いに、負けることはないだろう。

第一〇章　何か大きなもの

ほぼ2週間後の1945年1月7日
グラン・サール、ベルギー

E中隊に所属するM4シャーマンの隊列が、枯れ木のトンネルを抜けて坂を登っていくと、履帯はさらに激しくきしんだ。

午前8時半頃のことで、道路は氷のような雪で覆われていた。頭上から突き出す木の枝は、隙間だらけの天蓋のようで、いたるところから青い空が見えていた。

前方に何輌かの戦車がいて、イーグル号の乗員たちは混乱していた。フェンダーからはツララが垂れ下がり、凍った枝が無精ひげのように車体に張り付いていた。操縦手はハッチを開けたまま、33tの戦車の履帯が路面で滑って、近くの峡谷にずり落ちないよう努力していた。彼は左右の操向レバーを握り、どちらか一方を後ろに引いて、カーブを曲がっていた。

スモーキーはハッチから身を乗り出して、道を外れるまでの距離を測っていた。彼らはマルシュから東へ36マイル（約58km）のところで戦っており、車体のいたるところが汚れていた。「苗を植えることができるほど、俺たちは汚れていた」と、ケイジャン・ボーイは書いている。「これほどの汚れをこすり落とすには、どうすればいいんだろうと思うこともある」。

しかし、戦いの終わりは目前に迫っていた。

ドイツ第2装甲師団は、ムーズ川の5km ほど手前で進撃が止まった。マルシュは無事で、バストーニュは解放されていた。イギリス軍はラ・ロシュの奪取を進めており、サン・ヴィットの解放も間近だ。流れは変わりつつあり、膨らむように突出したドイツ軍を、押し戻す時が来たのだ。

丘の頂上から光がさし込んでおり、彼らは頂上のすぐそばにいた。

頂上では、第36機甲歩兵連隊A中隊の隊列のそばを通過した。兵士たちは、黒い木の幹の間に開いた蛸壺壕の周りに身を寄せ合っていた。周囲の雪が煤けていた。彼らは防寒のため、顔をスカーフと兵士用のセーターで覆っていたので、山賊のように見えた。

兵士たちは、先頭のエレノア号を止め、車長のビル・ヘイに、警告を発した。

前夜にIV号戦車に攻撃された彼らは、その戦車が村に近づく戦車や歩兵を攻撃するのではないかと、心配していたのだ。

エレノア号の砲塔で、ビルはゴーグルをかけて立っていた。彼は、まるでカリアー＆アイヴス製のクリスマスカードに出てくるような、のどかな風景に見とれていた。白い雪に覆われた床のような道がグラン・サールの村まで伸び、向こうの丘の上に整然と並んでいる青灰色の木々まで伸びていた。畑には、干し草の俵が点在していた。これがどこか他の世界であったら、それは美しい眺めだっただろう。

E中隊は、森や渓谷、野原、丘のジグソーパズルの中で、この孤立した場所を、ドイツ軍から奪取し、保持することが命令されていた。すでに敵の粘り強さは、説明が付かないものになっていた。あるドイツ兵の日記に書かれている「町はすでに廃墟となっているが、俺たちはこの廃墟を守り抜く」という言葉が、それを如実に示していた。*

中隊の先頭車となるのは、今度はビル・ヘイの番だった。12輌以上のM4シャーマンが、野原に進んできた。一部の車輌は、白の塗料で塗られた応急の冬季迷彩が施されていた。他はイーグル号のように、まだオリーブドラブのままだったが、雪が積もって自然の迷彩になっていた。E中隊はマルシュからここまでに、2輌を失っていた。1輌は砲撃で、もう1輌は横転だった。

ビルはエレノア号を、野原の先まで進めてから、グラン・サールに向けて旋回し、雪の中でエンジンを暖機した。さらに3輌のM4シャーマンが、その隣に並んで止まった。今日は第2小隊が、〝先鋒〟を務める番だった。森に一番近い左側を支えるのは、イーグル号だった。クラレンスは、60㎝にも達する深さの雪だまりの中での射撃を心配しながら、座席に座って照準を合わせていた。雪だまりの最上層はサラサラなパウダースノーで、76㎜砲の発射ガスがかなりの雪煙を噴き上げてしまうに違いない。通常の地形では、巻き上がった土煙が最大30秒に渡って視界を遮ってしまっていた。

イーグル号の操縦手は、ミシガン州の出身で19歳のアイルランド系アメリカ人、ウィリアム〝ウッディ〟マクヴェイ技術伍長で、クラレンスの心配を分かち合うことはなかった。鋭い目をした黒髪の彼は、いつも戦闘前に行なうルーティンを開始した。真面目を装って、彼は乗員たちに一緒に祈るか尋ねた。彼らは頭を下げないことを、よく知っていたのだ。「主よ、大きな弾丸を私たちから、遠ざけてください」。厳粛なひとときの後、彼は「アーメン」で締めくくった。

戦車の中に、笑い声が響いた。彼が緊張をほぐすのに、失敗したことはなかった。

＊厳密に言えば、ドイツ軍がムーズ川まで到達していたのはバルジの戦いのさなかだった。12月下旬にイギリス軍の兵士たちが、川沿いの道で地雷を踏んだアメリカ軍のジープを発見した。乗員はアメリカ軍の野戦服を着ていたが、その下にはドイツ軍の制服を着ていた。彼らは第2装甲師団の偵察部隊であると信じられている。

ウィリアム“ウッディ”マクヴェイ

エレノア号の狭い車内に押し込められているチャック・ミラーは、フードを被って座席に座っていた。

彼は状況が、少しも気に入らなかった。前進しろと命じられた1830mといえば、1マイル（1600m）以上だ。味方の援護もなく、敵の射撃を受ける可能性が高い。その距離では、75mm砲の低い初速がアキレス腱になる。

M4シャーマンが1942年初頭に生産を開始したときは、75mm砲は十分な能力を備える砲だった。レンドリース法に基づき、17000輌を超えるM4シャーマンを受け取ったイギリス軍は、初めてエルアラメイン戦でドイツ軍のⅣ号戦車G型と対峙したとき、「大変満足」と報告した。しかしそれは、2年も前のことだった。

その後ドイツ軍は、戦車の装甲厚と砲口初速を強化したが、M4シャーマンが備える75mm砲の初速は変わらず、比較的に低いままだった。＊

「これはよくない戦法ですね」とチャックは言った。

ビルは同意してくれたが、命令を変更する力はなかった。乗員の中にはあざわらう者もいた。操縦手に付けられたあだ名が彼のことを強調していた。

操縦手は、ファールニという名の大柄な伍長で、チャックのことを気にかけていたからかも知れない。それはチャックが、7人兄姉の末っ子だと言っていたからかも知れない。あるいは、給料日の儀式のせいかも知れなかった。チャックは給料を受け取るたびに、キャンディを買うためのわずかな金以外は、残りすべてを母親に送っていた。しかし、どんな理由にせよ、ファールニは、チャックに「ベイビー」というあだ名を付け、瞬く間に中隊中に知れ渡ったのだった。

ファールニは、略奪行為を働くときはいつも、チャックのために、人形を持ってきていた。

中隊は出撃準備が整った。ソールズベリー大尉は攻撃開始の命令を無線で送った。

＊M4シャーマンは、歩兵の前線突破を支援し、敵の背後に混乱を招き、砲兵として榴弾射撃を行ない、そして他の戦車との戦闘に供することなど、あらゆる用途に対応できるように、1941年から開発が開始された。第一次世界大戦では、ドイツ軍が20輌のA7V戦車しか製作しなかったため、戦車同士の交戦はほとんど発生しなかった。しかし、1940年のドイツ軍の電撃戦によって、今度は連合国が追いかける側に回ることになった。

ビルは、先頭車のハッチから身を乗り出し、手を上げてから前方に倒した。第２小隊が動き始めた。４輌の戦車は、雪の中に深い轍を残し、履帯はまるでベルトコンベアのように、雪の塊を前方に掻き出した。

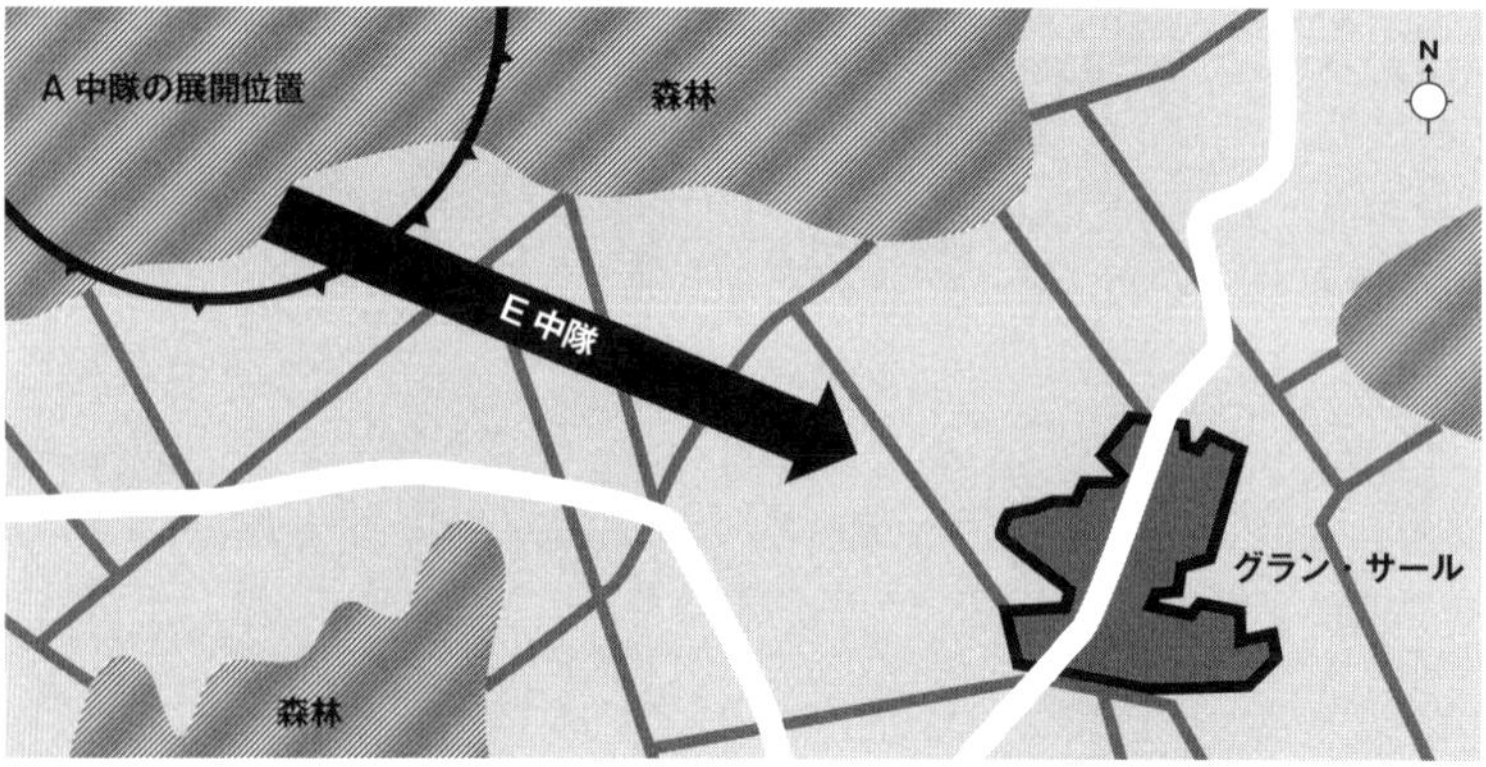

グラン・サール攻撃

別の小隊に所属する２列目の戦車が、第２小隊と70ｍほどの間隔になるまで待ってから前進を始めた。その後、３番目の横隊が、２番目と同じ手順で後に続いた。歩兵たちは、その背後から徒歩で歩き出した。

チャックはスイッチを押して主砲の安定装置を使用状態にした。アメリカ戦車の利点であるこの安定装置は、油圧を使用して主砲の上下動を制御し、走行中や急停車時の主砲の射撃時に、砲手の目標捕捉を補佐した。チャックは彼らが雪だまりにはまり込み、敵の射撃場に転がり込んでしまうことを恐れていたが、自分の役割が、何か大きなことのほんの一部であることも受け入れていた。

連合軍の反撃は、その週に始まったばかりだったが、すでに地図を塗り替えようとしていた。第１軍と第３機甲師団は北から、イギリスの第30軍団は西から、そしてパットン将軍の第３軍は南から、それぞれがドイツ軍を押し戻しつつあった。この現実世界のジグソーパズルの戦いでは、すべてのピースが重要だった。

チャックは、ペリスコープで辺りを探った。数ｍほどの前方の左側に、暗い塊が、ドイツ兵の死体があった。死体のパン缶からこぼれ落ちた、黒パンが見えた。しかし、彼はそこで何をしていたのだろう？

午前10時13分、村から機関銃の射撃音が聞こえたとき、戦車は１８３０ｍの距離のほぼ半分まで進んでいた。

ビル・ヘイは、ハッチの下に潜り込んで銃撃から逃れた。

ドイツ国防軍の第20装甲擲弾兵連隊と、第48擲弾兵連隊の残存兵が、仲間の退却を支援するためグラン・サールを守っていた。その背後では、ドイツへと向かう道路が、車輌と〝徒歩、自転車、馬〟ですり抜ける人員でごったがえしていた。

アルデンヌのドイツ軍は、上級指揮官たちへの信頼をすでに喪失していたが、多くの兵士は個人的な意欲から、戦い続けていた。後にドイツのある将軍は、「祖国と周辺地帯への、そこにある危機を認識していたからこそ、容赦ない敵と戦うため部隊を奮い立たせることができた」と回想している。

戦車群は、雪を蹴散らしながら前進した。

エレノア号の左手、2輛離れたシャーマンの下の雪が爆発した。爆風で戦車は黒雲に包まれた。

「地雷だ!」ビルはポークチョップに叫んだ。

真っ先にファールニは、操向ブレーキのレバーを後ろに引っ張った。しかし、すでに手遅れだった。

左側の履帯の下で地雷が爆発し、その衝撃で車体前部が地面から数㎝ほど持ち上がってから、地面に叩きつけられた。戦車のサスペンションが揺さぶられた。黒煙がファールニの罵声と混ざり合い、砲塔内に入り込んできた。ビルは負傷者の報告を求めた。

チャックは、ペリスコープにぶつかって血まみれになった鼻を掴んだ。しかし、怪我していることを認めてファールニを満足させるつもりはなかった。彼は、無事だと報告した。

彼は〝ベイビー〟ではなかった。

爆発の余波をうけ、中隊の各戦車は状況を把握するため、その場で停止していた。

彼らは、雪の吹きだまりの下に埋設された地雷原に、入り込んでしまったのだ。誰もが、同じことを考えていた。引き返すべきか?

クラレンスは、砲塔を回した。どの戦車にも、彼の仲間がいるのだ。

隣の戦車の下に、汚れた穴が開いていた。中隊長のソールズベリー大尉と、ドイツ人女性との顛末を目撃した、ドノヴァン軍曹の車輛だった。

ドノヴァンと乗員は、唖然とした表情で戦車からよろめき出てきた。幸いなことに、負傷した乗員は1人だけだった。

3輛分離れたところのエレノア号の周りにはまだ煙と雪が舞っていた。クラレンスは、友人のチャックのことを考え、無傷なことを切望した。

戦車兵たちは、次に何が起こるのか知るよしもなかった。

ビル・ヘイは、地雷原に飛び降りた。

彼は手と膝をついて、エレノア号の損傷を調べ始めた。爆風は数枚の履帯のゴムパッドを剥ぎ取り、懸架装置の車輪2個はふたつとも真っ二つになっていた。しかし、車体自体はどうにか無傷だった。

車体の床下に設けられている、脱出ハッチも破損は見られなかった。地雷の爆発で脱出ハッチが吹き飛び、車内に被害を与えることが知られており、これにより砲手が死亡することもあった。

ビルは砲塔に戻った。難しい選択を迫られていた。もし後退したとしても、誰も彼を責めないだろう。しかし、彼はあきらめようとはしなかった。ハッチから手を上げて、「前進」と合図した。

エレノア号の履帯は再び動き始め、渾然一体となった。後続する3輌は、動き出した先頭車の直後に続き、地雷を踏む危険性を小さくした。数分が数時間のように感じられた。他の誰かが、再び地雷を踏む可能性があったからだ。

ビルは砲塔に立ち上がり、次の脅威の発見に努めた。グラン・サールは、バルジの戦いにおけるパズルの1枚に過ぎなかったが、それは彼らの1枚だった。そして彼らは、仲間の戦士たちを失望させるつもりなど、一切なかった。

ビルは握り拳を上げ、3個小隊の戦車を停止させた。双眼鏡で何かを見つけた。「チャック、敵の戦車が来るぞ」と、彼は冷静に言った。

チャックは、左肩が軽く叩かれたのを感じ、砲塔をその方向に向けた。

「着実に仕留めろ」と、ビルは言った。

ビルの狙いどおりに主砲が向いたとき、彼はチャックを止めた。「ここだ！」

射距離は約900mと見積もった。チャックは敵を見つけた。小さな木造納屋の後ろから白く塗られた長い砲身が突き出ていた。砲身の長さがわかったので、彼らを狙っていないことは明らかだった。しかしそれは、他の戦車を狙っていることを意味していた。チャックの仲間の1輌だ。他の戦車は、誰も発砲していなかった。送受信が可能な無線機を装備していなかったので、ビルは警告を与えることはできなかった。

チャックは、木造納屋の後ろに隠れた敵戦車が正面を向いているか側面を向けているか分からなかったので、砲身を後ろに向け、砲塔があるはずの木造の納屋に照準を定めた。数cm厚の木では、徹甲弾は防げない。彼は、射撃ペダルを踏みつけた。

砲口が雷鳴し、砕け散るような轟音とともに、砲弾が納屋の壁を粉砕した。薬室からは空薬莢が飛び出し、刺すような白い煙が砲塔内に立ち込めた。チャックは咳き込んで手を振り、煙を吹きはらって頭を振った。砲塔のベンチレーターは、ノルマンディーで壊れて以来、修理されていなかったのだ。

チャックは、照準器にとりつき、納屋の後ろから、ローマ時代のロウソクのように炎が立ち上るのを見ようとした。何も見えなかった。弾かれたのか、命中したのか？　ドイツ戦車は、無傷のようだった。

「出てくるぞ！」と、ビルは言った。

ドイツ戦車は納屋の後ろから飛び出てかしぎながら停止し、砲身をエレノア号に向けた。

チャックは狙いを合わせようと動いたが、遅かった。敵の長い砲身は見えなくなり、今やまっすぐ彼を狙っていた。

砲口が光った。

チャックは、緑色の曳光弾がスローモーションのように、自分に向かってゆっくりと飛んでくるのを見た。突然砲弾は速度を上げ、ペリスコープのすぐ上を飛んで行った。砲弾が砲塔を叩き、戦車は痙攣した。赤い閃光が目に入り、チャックは後ろに吹っ飛ばされた。

ビルが首をすくめる時間は無かった、跳ね返った砲弾は彼の戦車ヘルメットを、V字形に切り裂いた。彼はチャックの肩の上に倒れ、若い砲手に血と脳漿を浴びせた。チャックは悲鳴を上げてもがき、車長は砲塔の床に倒れ落ちた。M4シャーマン車長としてのビル・ヘイの在職期間は、わずか8日間だった。

戦車は停止した。車体からの慌てふためいた声がインターコムに響いた。装填手はビルの遺体を、恐怖の表情で見つめていた。

時間はなかった。

「外に出ろ！」チャックはインターコムで叫んだ。「戦車を捨てろ！」敵は戦車が炎上するまで、射撃を続けることで知られていた。

ビルの遺体を避けて、装填手は、戦車の中を這って進み、車体ハッチから外に出て、車体銃手の後を追った。

出るんだ！

チャックは倒れた車長の遺体を避けて、砲塔のハッチから身を乗り出した。

出るんだ！

エンジンデッキに転がり出ようとしたが、砲塔を左に向けていたため、砲塔後部が雪の上にでているのを忘れていた。チャックは、何も掴むことができないまま、ほぼ2・7m下の雪の中に顔から落ちた。

彼は呆然としながら立ち上がった。雪が彼の血まみれの鼻と、戦車服にほつれダマのようについていた。彼は、森へと脱出しようとしなかった。銃弾が、動かなくなった戦車にビシビシあたっていた。グラン・サールのドイツ軍が彼を狙っていたのだ。隠れようとして彼はエレノア号の後ろへと這っていったが、助かったのはほんの一瞬だった。

不思議なことに、エレノア号が生き返ったのだ。

車体後面の2本のマフラーが唸り声をあげ、チャックの顔に熱い排気を吹き付けた。彼は、履帯が後方に動き出す前に、紛れもない変速機の作動音を聞いた。

チャックは右に転がり、戦車に押しつぶされるのを危うく免れた。

戦車が後退すると、やや左を向いていた砲身が、中央位置に戻った。それはまるで、幽霊に操られているかのようだった。エレノア号が止まるとハッチが開き、ファールニが車体の横を滑って地面に降り、怒りを爆発させた。

ファールニを見たとたんに、チャックはすぐ自分の過ちに気づいた。砲塔を左に向けたままで脱出したため、砲身が操縦手のハッチを塞いでしまい、ファールニだけが車内に閉じ込められてしまったのだ。

しかし、M4シャーマンは、戦車が動いているとき、自動的に砲身を中央位置に戻す機構を備えていた。閉じ込められたファールニは、それを利用して逃げ出したのだ。

乗員たちは、凍った小川に隠れた。ファールニが追いついたとき、彼がチャックに罵声を浴びせることはなかった。チャックはファールニを無視し、土手から覗き見ると、納屋から後退しているドイツ戦車が垣間見えた。履帯で雪を舞い上げながら、野原を横切って疾駆していた。白塗料が塗られているので識別が難しかったが、ここバルジでは、ほぼ1／3の確率でパンターの可能性が高かった。

この戦術は、パンターがしばしば見せる戦法と酷似していた。砲撃後、800mほど後退して隠れて掩護を受け、攻撃を再開する。戦車は村を盾にして、一番近い森の中に身を隠した。

E中隊は、グラン・サールに近づきつつあった。彼らは前進しながら砲撃していた。

遠くには暗雲が立ちこめており、新たな吹雪の兆候が近づいていた。

ただ見ているだけでは何も得られないので、チャックと乗員たちは、放置してきた戦車の安全を確保することなく、残った足跡を辿って元の森に向けて歩き出した。

A中隊の歩兵が長い防寒コートを揺らしながら、森のはずれから姿を現して、攻撃に加わった。通常、彼らはハーフトラックに乗車して行動するのだが、操縦手は雪に覆われた地雷原での走行を嫌がった。

歩兵たちは、4名のしなびた戦車兵を横目で見て、約束された暖かい家を目指し走り去った。

午後5時7分、グラン・サールは完全に解放され、兵士たちは近づきつつある嵐から逃れることができた。

血まみれなチャックの鼻を見た衛生兵が、若い戦車兵に話しかけた。

「どこを撃たれた？」

「自分のじゃない」と、チャックは言った。どこにも傷はないと保証した。

衛生兵は歩き出したが、疑わしそうにちらりとふりかえった。

チャックは、フードから息を吹き出しながら、森の木々に、安全に向かってとぼとぼと歩いた。頭の中では、乗員たちに降りかかった一連の出来事を、ゆっくりとふり返っていた。

狙いが高過ぎたのか？　短かすぎたのか？　チャックは自問自答したが、一生、真実を知ることはできないだろう。

〝ケイジャン・ボーイ〟オーディフレッドは、ヘイが手紙を書き続けていた自分のガールフレンドに、このニュースを伝えるため手紙を書いている。

「悲惨なことに、何週間も寒い日ばかりが続いている……今は、眠る必要があるんだ。昨日は、足をほとんど上げることもできなかった……ところで愛する人、もうビル・ヘイに手紙を書かないでね。理由は、言わなくてもわかるだろう」。

攻撃後のいつか

吹雪が、暗闇の中で吠えていた。

戦禍を被ったベルギーの農家の窓から光が漏れ、家の横で舞っている雪の風花を照らした。

マルコム〝バック〟マーシュ二等兵は家の裏口から出て、渦巻く雪の中に足を踏み入れた。彼はヘルメットを目深に被り、黒目の下までスカーフを引っ張り上げて、尖った顎と目立つ頬を覆っていた。バックは、もう二度と遊びで雪玉を作らないことを誓っていた。愛想のいい21歳の南部人は、道路が戦車によって封鎖されている少年たちに同情していた。少なくとも彼と他の兵士たちには、歩哨任務の合間に体を暖める場所があった。

バックの後ろには、少し背が高く逞しい兵士が続いている。上等兵のボブ・ジャニツキは、頭を下げて襟を立て、目を閉じて引き締まった頬と顎までを覆っていた。ジャニツキはバックの蛸壺壕の相棒で、それまでの戦闘は23歳の彼を老けさせ、10～20歳ほど年上に見せていた。

まもなく真夜中で、午後10時からの7・62㎜機銃座の防御任務を交替する時間だった。

バックは、装填を終えたM1小銃を構えて暗い森への道を先導した。彼は背が低いので、防寒コートの裾が膝まで積もった深い雪に触れていた。バックは19名の補充兵の一人として、アルデンヌ戦区に展開していたA中隊に配属された。配属されたばかりの彼は、まだ恐怖心を抱くことができなかった。村は解放されたものの、辺りの森はまだドイツ兵が潜んでいるかも知れない、危険な場所だった。

マルコム〝バック〟マーシュ

ボブ・ジャニツキ

バックと彼の仲間

の兵士は、グラン・サールで37名のドイツ兵を捕虜にしたが、大半のドイツ兵は森に逃げてしまった。逃げたドイツ兵たちは、森の中を彷徨いながら、彼らを匿うことがことができるベルギー人を探した。

バックは、ヘルメットの縁ごしに、2人の男がよろめきながら彼に向かって歩いて来るのを見つけた。どうやら彼らは、農家に戻ることが待ちきれなかったようだ。長い防寒コートを着込んだ男たちは、バックたちに目もくれずに通り過ぎていった。寒すぎるために、立ち止まって話をする気にはなれなかったのだろう。

バックとジャニツキは、森のはずれに到着し、兵士2名が機銃座で身を寄せ合い、寒さをしのいでいるのを見た。

バックは戸惑った。自分たちは、交替スケジュールを見誤ったのか？

兵士たちは、立ち上がって置いていた装備をまとめ始めた。彼らは、バックが先に出会った2名の兵士たちと同じように、早く家に戻りたかったのだ。バックは、離れた農家の輪郭に目を向けた。そのときに彼は、数分前に見たものが何だったのか気づいた。

「ああ、くそ」バックは他の兵士たちに注意を促した。彼は2名のドイツ兵が、目の前を通り過ぎて行くのを見ていたのだった。

ジャニツキは、肩から小銃を降ろして、「さあ、行くぞ」と言ったが、その声は低く、不安にさせた。

バックはジャニツキに続いて、農家に向かった。古参兵は焦りを少しも見せずにてくてくと歩いた。銃声は聞こえなかった。分隊は家の中にいたし、ドイツ兵との人数差は圧倒的だったのだ。

「そう急ぐなよ！」そういいながら銃座の兵士たちは、バックとジャニツキの前に回り込んで、道をふさぎ、自分たちの任務を思い出させた。この兵士たちは寒さの中で待つよりも、敵との戦闘を望んでいたのだ。

バックとジャニツキは、不気味な黒い森の前での任務に就くため、銃座に入って身をかがめた。バックは機銃の後ろに座り、夕方にドイツ軍と遭遇した時のことを思い出すのをやめられなかった。さっきの彼らがドイツの特殊部隊だったら？　彼は、アメリカ軍の軍服を着た英語を話すドイツ兵が、バルジの戦いの開始時に前線を越えて侵入したと聞いていた。敵の斥候や妨害工作員を特定する唯一の方法は、野球や女優のジンジャー・ロジャースについての質問を除けば、ズボンの下にドイツ製の下着をはいているか、調べることぐらいだったろう。

ジャニツキは、心配しているように見えなかった。彼の目は、いつでも辺りを反射するガラスのようで、彼の目が輝くのは戦闘の時だけだった。故郷のイリノイでは、オートバイの整備士として働いていた。今、彼が望んでいたのは、妻のルースの元に帰ることだけだった。

バックは、アラバマ州フローレンスのはずれにある、南部の大きな家で裕福に育った。陽気で親しみやすく、高校の同級生たちは彼を〝最高の性格を持つ少年〟賞に選んでいた。

蛸壺壕の仲間が言ったように、このふたりは奇妙なペアだった。

交替要員が到着するまでに、2時間分の雪がバックのヘルメットに積もっていた。次の兵士はバックとジャニツキに、降伏する場所を探していた2人のドイツ軍脱走兵が、ドアをノックし、中にいた寝ぼけた兵士が彼らを捕虜にする前に「小便をちびりそうになるほど」驚いたことを話した。

これを聞いたバックは、大きな安堵を感じて笑った。

彼らが農家に戻ると、ロウソクに照らされた台所の薪ストーブの上で、コーヒーがとろとろと煮えていた。バックは思わず、二度見した。壁際の椅子に、2人のドイツ兵が座っていたのだ。彼らは長いコートを着て、ヘルメットはなく、つばのある柔らかそうな山岳帽を被っていた。彼らがヘルメットを投げ捨てたとき、戦いは終わったのだ。

ひとりの兵士が台所のテーブル席から、ドイツ兵を見張っていた。分隊の残りは、パチパチと音を立てる居間の暖炉のそばで寝ていた。

ドイツ兵たちは痩せていて青白く、痒みがあるようで、おそらくシラミに食われていた。一人は大柄な年寄りで、黒い顎髭を生やしていた。もう一人は華奢な金髪で、明らかに痛みを感じていた。彼はひどい状態で、長靴を脱ぐと、凍傷を負った足の一部が一緒に剥がれ落ちた。

ドイツ人だけが、どれだけの時間、森から彼らを見ていたのかを知っていた。

ジャニツキがヘルメットを取ると、頬に長く赤い傷跡があった。その秋に彼は、焼けるように熱い榴弾の弾片を浴びたのだ。彼は捕虜を見ても何も感じないようで、火のそばで眠りについた。

バックは壁に小銃を掛け、台所のテーブルに警備の兵と一緒に座った。コーヒーを飲みながら彼は、毎晩の日課となっている日記を書いた。これは、几帳面にも、テネシー工科大学工学部の学生時代から、ずっと継続していたことだった。警備の兵士は疲労で眠そうだったし、バックは今日の出来事で興奮しすぎて眠れそうにもなかったので、捕虜を見張ることをかってでた。バックの気が変わる前に、警備兵は急いでベッドへ向かった。このような振る舞いはバックにとって、珍しいことではなかった。彼は誰にも言わなかったかったが、ジャニツキのような古参兵になることを望んでいて、しばしば他人の期待に応えようと、身の丈を越えるような行動をしていたのだ。

目覚めているのは、バックと大きい方の捕虜だけだった。

バックは捕虜たちが、1・5mほど離れた椅子に座っているのを見ていた。足に包帯を巻いた兵士は、石の壁に顔をつけて眠っていた。時々、彼は痛みで呻いた。黒髭の大きい方が、バックにより近かった。彼の疲れた目は、若いアメリカ兵と、自分の不確かな将来を警戒していた。

ナチスの命令は、負傷もせずに捕虜になった兵士は「名誉を失い、扶養家族は国からの支援を受けられない」ことを、明文化していた。親衛隊の帝国指導者であったハインリヒ・ヒムラーは、第5降下猟兵師団にメッセージを送ったとき、脱走兵についての考えを明確に記述している。「兵士が脱走を目的として部隊を離れた疑いがあり、戦闘力が低下した場合、その兵士の家族（妻）を射殺する」。

夜が更けると、バックは個人装備の収容袋から携帯食料を取り出して、箱の中身をテーブルに広げた。食べ物を見て椅子に腰を下ろしていた顎髭のドイツ兵は活気づいた。バックは好きではないプロセスチーズの缶を脇に置き、豚肉の缶詰やビスケット、キャラメルなど、チーズよりもましな食材を探した。彼が食べ終わった後、チーズの缶はまだテーブルに置かれたままだった。

顎髭を生やしたドイツ兵が、眉を上げて身振りで缶を指した。

バックは、その手の動きを見て考えた。はたして俺は、捕虜に食べさせてもいいのいだろうか？　居間では暖炉の火が消え、兵士たちが眠っていた。そうしたいのか？　なんといっても彼らは敵だ。

外では風が吠えていた。周りのロウソクは、溶けてなくなっていた。バックはひとりで、大きな敵兵士と一緒だった。しかし捕虜は、従順そうに見えた。

「いいよ」バックは彼に、チーズの缶詰を投げた。

ドイツ兵は缶詰を受け止めて微笑み、感謝の言葉を呟いた。

バックは、食事の片付けを始めたが、かすかな音で動きが止まった。

それは、金属製の鞘からナイフが抜ける、間違うはずもない音だった。バックの心臓は大きく波打ち、目がゆっくりと動いた。

ドイツ兵は、長靴から抜いた20㎝のナイフを持っていた。バックは壁に掛けている、M1小銃に目を向けた。それは腕の長さだけ離れていたが、撃つには安全装置を解除しなければならず、今の状況では壁まで1マイル（1・6㎞）もあるように感じた。彼は、ゆっくりと手を小銃に近づけた。ドイツ兵の長靴が、椅子でかがんだときに動いた。もうすぐだ。

バックが小銃に突進する前に、ドイツ兵はナイフの刃を缶詰に差し、蓋を鋸刃の部分で切り始めた。

バックは、呼吸を整えた。

ドイツ兵はチーズを半分に切ってから、若い仲間を起こしてチーズとナイフを渡した。二人はチーズを素早く平らげ、何も残さなかった。彼らは明らかに飢えていた。

補給が数週間も途絶えていたため、ドイツ兵が頼れる唯一の食料源は、ベルギーの家から略奪することだった。ある農家では、兵士たちにすべてを奪わせないでと女性が懇願したが、ドイツ軍将校は彼女を横に押しのけて警告した。「部下は8日間食べていない。彼らが先だ」。

顎鬚を生やしたドイツ兵はズボンでナイフを拭ってから、柄を先にして、バックに手渡した。

「ありがとう」バックは言った。

ドイツ兵は頷いて座った。

バックは、ヒトラーユーゲントのナイフを見て驚いた。幅の広い刃と黒い魚の鱗のような柄、中央にスワスチカを配した、赤と白の象牙細工が施されていたからだ。手のひらにナイフの重さを感じたバックは、震えを感じた。

いつかどこかで、別のドイツ兵がその刃を自分の腹に刺したかも知れない。彼が、第3機甲師団の兵士として生き残るためには、まだまだ長い道のりがあることを、バックは知った。

〝最高の性格を持つ少年〟賞は、ここでは何の役にも立たなかった。

第二章　アメリカのティーガー

1ヵ月後、1945年2月8日
ドイツ、シュトルベルク

冬はまだこの地域にしっかりと根付いていたが、それでも谷間には春の気配が漂っていた。

戦車兵と兵士たちは、アルデンヌから戻った最初の朝に、シュトルベルクを精力的に動き回った。兵士たちは、ドイツ人の彼女や養子縁組した家族と、早く会いたかったのだ。シュトルベルクは、再び彼らの「家」になった。少なくとも今のところは。

彼らは以前、緊急命令で出動した。この休息と補充を目的とした休止の後、また同じようなことが起こるだろう。問題は、それがいつかということだ。

クラレンスは、レジの家に向かって丘を駆け上がった。彼は彼女に会って、自分たちの将来について一緒に話す必要があったからだ。

彼はアルデンヌでの経験を、まだ引きずっていた。彼は連合国が、強い意志と犠牲によって、バルジの戦いで勝利するのを見てきた。当時の戦術は、戦車隊を凍った道や雪原での特攻任務に送り出すというものだったが、それでもまだ戦車兵たちは戦車に乗り死を覚悟して前進していたのだ。

第3機甲師団は、撃破した戦車よりも失った戦車の方が多かった。アメリカ軍の戦車兵がパンターと主張する31輌を含めて108輌のドイツ戦車と自走砲を撃破したのに対して、それよりも多い163輌の戦車を失った。そして、アメリカ陸軍は、この大きな損失を補填するために、イギリス軍から350輌のM4シャーマンを借りる始末になった。その結果、クラレンスは無論のこと、第3機甲師団に所属する多くの戦車兵たちは、自分たちの道具の仕様に、不満を抱くようになった*。

〝星条旗〟紙の記者は、アルデンヌから帰ってきた陸軍のもうひとつの重戦車師団、「ヘル・オン・ホイールズ（荒くれ者たち）」の名で広く知られる第2機甲師団の戦車兵たちを

*アイゼンハワーへの手紙の中で、第3機甲師団を率いるローズ将軍は、アルデンヌでの戦闘において師団は〝過剰な数の〟死傷者を出し、M4シャーマンはパンターより〝劣っている〟と報告していた。では彼の師団は、なぜ勝利することができたのか？「その答え」とは、「劣った装備を、砲兵と航空支援、効率的な部隊機動によって補うということであり、最終的な分析では、我々の装備を敵と対等のものとする大きな一歩は、自身にとってもっとも有利な位置を占めるまで機動し、砲撃をし続ける個々の戦車兵と砲手たちによってもたらされる」と記している。

捕まえ、ようやく話を聞くことができた。

「ティーガー戦車は砲弾を〝弾く〟と古参戦車兵は語る」という記事の中で、彼らの言葉を記述している。

車長:「俺たちの戦車は足りてないし、武装が不十分なだけだ。ただそれだけだ。戦車の装甲が脆弱ということは、火力が貧弱なのと同じくらい気にしていないよ。しかし、ドイツ戦車の前面装甲板は、忌々しいことに俺たちの砲弾を弾き飛ばすんだ」

車体銃手も同意する:「俺たちを誤解しないでくれよ。俺たちが求めているのは、もっと強力な主砲なんだ。どんな戦車にも対処できるよう準備している」

彼らの中隊長:「我々の戦車が世界をリードしているなんていう与太話が新聞に載らなかったら、私たちの士気はもっと向上するんだがね。我々は4、5輌の戦車を失ったが、脱出した戦車兵たちは、再び出撃する戦意は失っていないんだ」。

ある小隊軍曹は、最後にドイツ軍のパンターをいやいやながらほめたたえた。「もしドイツ軍が俺にマークV戦車（パンター）をくれるなら、俺はどんな奴でもやってやるぜ」。

　レジがドアを開けたとき、彼女はクラレンスが生きていると信じられなかった。

「帰ってきたのね！」通りから丸見えのなか、彼女は彼を抱きしめてキスをした。

　部屋に入ると、レジは、感情的になってラジオで聞いたニュースをクラレンスに話した。「ヒトラーは、第3機甲師団を殲滅したと言ったのよ」。

　その荒唐無稽な宣伝文句に、クラレンスは大笑いした。

　再会した二人は一緒に座った。レジはとても饒舌だったので、クラレンスはほとんど話すことができなかった。彼は彼女へ話すことを準備していたが、話し始める糸口が見つからなかった。

　レジの母親は、黒髪できちんとした身なりの女性で、クラレンスが戻ってきたことを明らかに喜んでいた。町の商人である、のん気な性格の父親とは違って、彼女は、クラレンスを脅した。彼女は、クラレンスと個人的に話をしなければならなかった。台所に着くと、レジの母親は声を下げ、ささやきかけるようにつぶやいた。「ドイツはもう、駄目なのよ」と彼女は言った。「ここにはレジにとって、良いことなど何もありはしない」。

　クラレンスは同情した。その感情は広く浸透していた。アーヘン近郊の女性は多くの人の気持ちを代弁して、ひとりのドイツ兵に語りかけた。「私たちは5年間騙され続けました。黄金の未来が約束されていたというのに、私たちはいったい何を得たというのでしょう」。

　しかしクラレンスは、さらに何かが続くのを感じた。

「今すぐ、レジと結婚しなさい。そして彼女を、アメリカに連れて行ってほしいのよ」「私たちは、まだ話してもいないんです」クラレンスは言った。「私は彼女と結婚することはできません。そんなことをしたら、私は刑務所に入れられます」。

　母親は顔をしかめた。彼女は娘の将来を保証することなく、再びシュトルベルクを去るのを見たくはなかったのだ。彼女は片方の手でクラレンスを掴み、もう片方の手でレジも掴んで、レジの寝室に連れて行った。そして二人を中に入れ、ドアを閉めた。

　玄関のドアがバタンと閉まった。母親が出ていく靴音が、外の石畳で響いた。彼女の意図は明らかだった。彼女は、二人だけにしておけばクラレンスの性欲が勝って、結ばれるのではと考えたのだ。

　若い二人は、並んでベッドに座った。しかしもはや会話は、さっきのようには進まなかった。レジはその気まずさに、ぎこちなく笑った。

　クラレンスは彼女を見た。彼女は若かったが、彼は年老いて疲れを感じていた。彼の絶望感とは裏腹に、彼女は陽気だった。そして何よりも彼女は忠実で、彼が別れを告げずに去った後も、彼を待っていてくれたのだ。

　他の男たちは、それほど幸運ではなかった。

　小隊への便りが彼らに届いたとき、何人かの戦車兵は落胆する知らせを受け取った。「戦車兵の多くは、妻と恋人に二股をかけられているんだ」と、ある戦車兵は書いている。「手紙はおそらく、呪われた呪文のように彼らを襲ったことだろう。そんな心配をしなくてすむように願っている。仲間たちは、戦後に帰国しても、そこにどんな女がいるのかわからないんだ」と書いている。

　レジは、クラレンスにキスをしようとした。しかし驚いたことに、彼は後ろに下がった。

　クラレンスは、彼が考えていた言葉を、ついに口にすることになった。二人が一緒になってはいけない理由があった。それは、次の戦いで、戦争が彼をどこに連れて行くのか、そして彼が生き残る可能性があるのか否かは、まったくわからないからだ。

「僕は、戻ってこれないかも知れないんだよ」とクラレンスは言った。

　涙がレジの頬を伝った。彼女の手を握ると、クラレンスも感情が昂ぶった。

　アルデンヌから戻った彼は、自分の運命を自覚していた。そして彼は、レジを抱きしめたとき、最大の恐怖を口にした。

「僕は、死ぬかも知れないんだ」。

　レジは彼に腕をまわして、すすり泣いた。クラレンスは、彼女を優しく抱きしめた。クラレンスは、これが二人のために正しいことだと信じていた。戦争はすでに、多くのことをレジから奪っていた。そしてクラレンスは、遅かれ早かれ彼のM4シャーマンが霊柩車になると確信していたのだ。レジの涙が乾くと、クラレンスは彼女の手を取って、寝室から連れ出した。

彼女のためにも、二人は別れるしかなかった。

2週間後、1945年2月22日

その日は、撮影日和だった。

シュトルベルク北東の丘の上で、戦車兵たちが1輌の戦車の周りに集まっていた。連隊じゅうから多数の戦車兵が、砲撃展示のために集まっていた。ある戦車兵は、「聞こえてくるのは〝国に帰りたくなるような素敵な日だ〟という言葉ばかり」と書いている。

真昼の陽光に照らされた彼らの下には、広大な谷間が広がっている。戦車兵たちは、規律に従ってヘルメットを被っていたが、前線は優に13㎞も離れていた。

ラインラントは水浸しだった。淡い緑の野原は、浸水して湿地となり、枯れ木の林がその上に島のように立っていた。雪解けは問題の一部ではあったが、その責任の大部分はドイツ軍が負うべきものだった。彼らは連合軍の進撃を鈍らせるために、突然北部のダムの水門を開き、ラインラント一帯を水浸しにしたのだ。ラインラントが干上がるまで、ぬかるんだ土地を移動できない第3機甲師団はどこにもいけなかった。アメリカ軍の装甲部隊にとって、この猶予は天の恵みとなった。

戦域のいたるところで、兵器将校や整備兵が走り回っていた。これからの戦闘で生き残るために、M4シャーマンを改修する必要があった。解決策は？　自家製の装甲板だ。

第7軍では、M4シャーマンの車体と砲塔に土嚢を収めた金属製のラックを取り付けた。他の人気がある解決策は、車体前面にコンクリートを流し込んで強化する方法だった。

第9軍は、車体前面に履帯を装着して溶接し、網で固定された土嚢を加えた。

またパットン将軍は、第3軍のM4シャーマンの車体前面に、戦場に放棄されたアメリカ・ドイツ両軍の戦車から切り取った装甲板を使用することを命じていた。

そして第1軍では、第3機甲師団の一部の車輌に対して、増加装甲板の装着と車体前面へのコンクリート塗布が実施された。しかしそれらは、あくまでも応急的な解決策に過ぎなかった。アメリカ軍は、より本格的な解決策を持っていた。

クラレンスと乗員たちは、射撃準備を進めている戦車のほうに歩いていった。アーリーの袖には、真新しい参謀軍曹の袖章が縫いつけられており、最近彼が小隊軍曹に昇進したことを示していた。彼らが群衆から離れて戦車に近づくと、ざわめきが起こった。それはM4シャーマンではなかった。

尖った楔形の前面装甲板が、幅広の履帯を備える滑らかな車体に溶け込んでいた。砲塔はこれまでの戦車よりも前方に置かれていて、まるでその戦車が何か問題を探しているかのように見えた。主砲は車体とほぼ同じ長さだった。この戦車こそ、ティーガーに対するアメリカの回答として誕生した、T26E3パーシング重戦車だった。

秘密兵器であるパーシング重戦車は、まだアメリカの納税者には存在が明らかにされていなかった。最初に生産された40輌は、フィッシャー戦車工廠の組み立てラインから出てきたばかりで、その半数はフォートノックスでの試験に供され、残りの20輌はヨーロッパに送られて、究極の実験場である実戦に投入されることになったのだ。

2日前に、ソールズベリー大尉はクラレンスと乗員たちを呼んで、新型重戦車パーシングの1輌を君たちに託すという朗報を告げた。26の生産番号が記入されたその車輌は、工場からロールアウトしたばかりだった。

乗員たちは、M4シャーマンを譲り渡すのに何の問題も無かった。

パーシングは、単なるわずかな前進ではなかった。戦車技術を飛躍的に進歩させたものだった。大口径長砲身の90㎜砲に加え、高速で戦車を後進させることができる自動変速機が搭載されていた。傾斜角を加味した装甲厚はM4A1（76）の約2倍、重量は9t重く、戦闘重量は46tと、パンターより3tほど軽量にまとめられていた。

パーシングの乗員に選ばれたことに、クラレンスは困惑していた。なんで俺達が？　個人的には、中隊一の射撃の名手として知られるダンフォースという名の砲手と、その乗員たちが選ばれるべきだと考えていた。

クラレンスは、連隊の兵器担当将校に、その決定がどのように下されたのかを尋ねた。多くの重要な決定と同様、それは戦場から遠く離れた会議机の上で決められたことだった。「誰もがアーリーたちに、新型戦車を委ねるのが最適だと考えていたんだ」と将校は言った。

しかし、何が彼らを最良としたのだろうか？　アーリーは自論を持っていた。「俺たちは、ただ撃破されなかったからだ」。

クラレンスと乗員たちはパーシングに搭乗し、その様子を記録カメラマンたちが撮影した。

パーシングの前部フェンダーには、E7の記入があった。このため乗員たちは、新しい戦車を「イーグル7」と名付けた。

機関室の上に立ったクラレンスは、押し寄せる不安を感じていた。すべての視線が、彼に向けられていた。初めて射撃される90㎜砲は、第32連隊全体のデモンストレーションになるだろう。古参の戦車兵たちは、M4シャーマンに代わるこの新型戦車が、彼らの希望となるか否かを確かめに来ていた。

E 中隊に引き渡された T26E3、イーグル 7
（監修者注：この E 中隊に引き渡された T26E3 の生産第 26 号車には、30119836 の登録番号が与えられていた）

パーシングは、ドイツ軍が戦場に投入するすべての戦車を射抜ける、有効な兵器なのか？

パーシングの車内は、真新しい白の塗料で塗られていた。クラレンスは、「これまで戦車に搭載された中で、最も強力な火器」と陸軍が謳っている90㎜砲の横に座った。強力な倍率6倍の照準望遠鏡が、ペリスコープ取り付け部の中に設置されており、照準器の視界とペリスコープの視界の変更を、瞬時に行なうことができた。

クラレンスは最後にもう一度、メモ帳をめくった。この展示射撃が行なわれる谷の目標は、事前に準備されており、弾着地帯に建つすべての家は放棄されていた。メモ帳が、手の中で震えた。もう一度、クラレンスは座席の座り心地を確かめた。

民間人の専門家が、主砲操作の基本手順を教えたが、それは机上のことであり、そもそも彼は砲手としての正式な訓練を受けていなかったことから、完璧に習得することは難しかった。

どちらかといえば、クラレンスは偶然その任務を命じられたに過ぎなかった。

１９４３年秋、大隊は長距離射撃訓練のためにイギリス南西部の海岸に派遣され、砂丘の高い位置に置かれたテーブル大の目標射撃を撃破する訓練に参加した。

砲手の訓練後、砲手が行動不能となった緊急時に、代わって主砲を操作できるように、装填手たちが順に実弾射撃を行なった。将校たちは2個中隊間で競争をすることを考え、勝者への賞品として、ウイスキーの大瓶を与えることにした。

クラレンスは外すべきだった。９００ｍほど離れたところに置かれていた目標に対して、彼は労せずに8個すべてに命中させ、誰もが秘訣を知りたがった。その夜、乗員たちがウイスキーで祝杯を挙げているとき、車長のポール・フェアクロスは、次にチャンスがあれば、クラレンスを砲手に任じることを打ち明けた。

パーシングの後方に立っていた戦車兵たちは、将校の一団に場所を譲った。

中央の将校を除いて、全員戦車兵の上衣と乗馬ズボンに茶色の長いブーツを押し込んで、膝丈のマッキントッシュコートを着ていた。

モーリス・ローズ

第３機甲師団長であるモーリス・ローズ少将のヘルメットには、少将の証である２個の小さな銀星が並んでいた。彼は45歳で驚くほど背が高く、毅然とした目の上で、黒い眉毛が弧を描いていた。デンバーに移住したポーランド人ラビ（聖職者）の息子であるローズは、17歳のときに軍に入隊し、階級を上げてきた。

彼はすでに、北アフリカで第1機甲師団〝オールド・アイアンサイド〟、続くシチリア戦では第2機甲師団〝ヘル・オン・ホイールズ〟で戦車部隊の指揮を執っていた。そして今、ドイツに来て、〝世界で最も偉大な戦車部隊〟と呼ばれる戦車と戦車兵の集団、〝スピアヘッド〟と彼が名付けた第３機甲師団の指揮を任されていた。

シカゴ・トリビューン紙は「彼は部下を送るところならば、どこへでも一緒に行く」と、書いた。ローズの部下たちは彼を慕い、ほとんどどこでも彼と行動をともにした。

ローズ将軍と彼の側近たちは、パーシングの砲身と並ぶように、左側に立った。これまでパーシングの砲撃の威力を見た軍人は、ここには誰もいなかった。パーシングを最前線に配備したアイゼンハワー元帥や、その半分を第３機甲師団に引き渡したオマール・ブラッドリー将軍でさえ、まだ見ていなかったのだ。

ローズは、砲と砲手の能力を評価しようと、熱心に見守っていた。彼の計画の完遂には、パーシングが不可欠だった。そこから48㎞ほど離れたところには、ドイツの「女王の都」と呼ばれるケルンがあった。ライン川を背にして立つ、壮大な双子の尖塔を備えるゴシック様式の大聖堂があり、この街はドイツ領の象徴的な守護者だった。

そこはローズが、第3機甲師団の投入を考えた場所だった。もし師団がケルンを奪取し、ライン川を渡河すれば、彼らはドイツの中心部に深く進撃し、敵を屈服させることができる。

ケルンをめぐる戦いが、この戦争における最後の戦いになるという噂が広まっていたが、ローズの存在はその噂を裏付けているようだった。しかし、その前にローズは、パーシングが喧伝されていることすべてが正しいということを、確認する必要があった。

「誰がここにいるのか信じられないだろう」と、アーリーは砲塔のキューポラ内に収まって言った。

彼はクラレンスに、ローズ将軍が15m離れたところに立っていると伝えた。

クラレンスはうめきたくなった。その新事実は、さらなる重圧を感じさせた。90㎜砲は操作を習っただけで、頭の中で撃っただけだった。彼は90㎜砲の〝感触〟を持っていなかった。今、将軍が見ているのか？　自分たちはパーシングを与えられたが、彼らはこの戦車を取り上げることができるのだろうか？

アーリーは命令を発した。いよいよショーを始める時が来た。

装填手は長さ90㎝の徹甲弾を持ち上げ、それを薬室に滑り込ませた。重量48㎏の閉鎖機がガチャンと閉まった。２人の民間技術者が、耳栓をして機関室の上にうずくまっていた。

双眼鏡を覗きながら、アーリーは、クラレンスに目標を指示した。「右に旋回」

クラレンスは、６倍照準器に目を当てて、ピストルグリップ状の旋回装置を右に捻った。砲塔が旋回を始めると、２・８７ｍの砲身が空気を割いた。砲口には、フットボールのようなマズルブレーキが装着され、射撃で生じる爆煙を左右に放出させることで、砲手の照準の妨げを減らしていた。

小さな集落の屋根が、クラレンスの視界に浮かんできた。破損した農家が照準の十字線いっぱいに捉えられたとき、旋回を止めた。

アーリーは射距離を測った。「ヒト、フタ、ヒャク」と戦車兵用語で１２００ヤード、約三分の二マイル（１０９７ｍ）と言った。「煙突だ」

クラレンスは、敗北感に降参したくなった。

レンガの煙突を撃てというのか？　これは戦車砲であって、狙撃銃じゃないぞ。

「準備ができたら撃て」と、アーリーは言った。

クラレンスは、照準を微調整した。

M４シャーマンで用いられていた射撃ペダルは姿を消していた。その代わりに旋回装置に付けられた赤い引き金にかけられたクラレンスの人差し指が、緊張した。

外すなよと、自分に言い聞かせた。射撃の秘訣は単純なものだった。それは、他の乗員を失望させることへの恐れだったのだ。

深呼吸をした。もう後戻りはできない。クラレンスは引き金を絞った。

まばゆいばかりの閃光が彼の視界に広がって、轟音とともに砲弾が砲口から飛び出し、46ｔの戦車が大きく揺れた。

クラレンスの視界は、燃焼した高温の推進剤の霞で覆われた。

戦車の外では、マズルブレーキから横に噴出した爆煙が、ローズ将軍と側近たちの足元を吹き飛ばした。戦車兵たちは、オレンジ色に輝く曳光を引きながら、ものすごい速度で飛び出した11kgの砲弾が、弧を描くことなく、まっすぐ煙突に飛んでいくのを見た。赤レンガの破片がもんどり打つように宙を舞った。

砲塔の中でクラレンスは、耳を塞いだ。砲声は、アイスピックで鼓膜が突き刺されたかのように耳に響いた。再び聞こえるようになってくると、クラレンスの後ろで悪態をつく声が聞こえた。振り向くと、アーリーが自分の顔に手を当てているのが見えた。

誰も警告する者はいなかったし、もし知っていたとしても、薬室から飛び出した薬莢と一緒に、熱い推進ガスが吹き出すのは変わらなかった。ガスは、開いていた車長ハッチを通って上に噴き出し、火の玉がアーリーの顔をなでて眉毛を焦がしていた。

前方では、ハッチを開けたマクヴェイが、ハッチを閉めて突然笑いだした。

彼は、ローズ将軍と側近が「ボウリングのピンみたいに吹き飛ばされてる」と言った。それを聞いたスモーキーは、見てみたくなり、実行したあと笑いの合唱に加わった。ローズと彼の側近が、じめついた地面から立ち上がったとき、乗員たちは笑いをこらえて堅くなっていた。

「第二目標」アーリーは任務に戻った。

クラレンスは、砲塔をさらに右に旋回した。今度の目標は、先の目標から1・4㎞離れた別の農家で、戦車から約1・6㎞離れていた。この農家には、2本の煙突があり、1本は手前側に、もう1本は遠くにあった。クラレンスは、「まず、近い方を狙います」と言った。2本の煙突のうち、白い石造りの煙突のほうが狙いやすかったからだ。

アーリーは砲塔の壁を背にして座り、準備ができたと言った。クラレンスの指は、引き金の前でためらった。砲の凄まじい破壊力と、射撃による気圧の著しい変化が、実際に90㎜砲を撃つことに対して怖じ気づかせた。

外すなよと、クラレンスは自分自身に言い聞かせた。

彼は、再び引き金を引いた。

耳をつんざく雷鳴が轟き、砲弾が前方に飛び出して砲身が後座した。装薬の霞がクラレンスの視界から消えたとき、標的の煙突は崩れ落ちていた。煙突が立っていた場所には、白い粉の雲がかかっていた。

外の歓声が、砲塔に流れ込んだ。

この砲はいいな！　とクラレンスは思った。

外から聞こえる歓声が、アーリーを励ましてくれた。「あの小さいのが見えるか？」彼はクラレンスに聞いた。

農家の裏側に見えている、おそらく食料や食器を収容する小屋に立っている小さなレンガ造りの煙突は、天辺だけが見えていた。

クラレンスは、気に入らなかった。約1・6㎞ほどの距離で、兵士の頭から、ヘルメットを撃ち落とそうとするようなものだからだ。クラレンスは、自分たちが勝っている間にやめたほうがいいと思った。的を外してみんなを失望させるよりは、ましだろう。

「さあ撃てよ」アーリーは言った。「やってみろ」

クラレンスは、渋々照準器に目を当てた。煙突は鉛筆の先のように細く、当てるには特別な何かが必要だと思った。彼は煙突に、十字線を合わせた。才能のない砲手ならば、そこで止めたはずだろう。しかしクラレンスは、ペリスコープと照準器は、砲身から60㎝ほど右に離れて備えられていると推定したので、手動ハンドルを回し、狙いを目標の少し右にずらして補正した。

外すな。

クラレンスは、引き金を絞った。再び耳を刺すような轟音を発し、予測弾道に沿って砲弾を毎秒853ｍで送り出した。煙突は、赤い粉塵となった。クラレンスは信じられない気持ちで、標的に目を向けた。煙突に命中させただけでなく、蒸発させたのだ。

戦車の中では、乗員たちが、賞賛の声で彼を褒めたたえた。

アーリーは前にかがんで、クラレンスの背中を叩いた。

クラレンスは、大きな拍手が沸き起こる中で、アーリーに続いて戦車から外に出た。歓声に応えて、照れながら微笑みを浮かべ、恥ずかしそうに手を振った。

ローズ将軍と彼の側近たちは、泥だらけだったが、他の戦車兵と一緒に堂々と拍手していた。ローズ将軍はすぐに、アイゼンハワー元帥に次のような書簡を送るだろう。「私の心には、もはや疑問の余地はありません。我々の砲術は、ドイツ軍よりはるかに優れています」。

地上では戦車兵たちが、クラレンスやアーリーたちを取り囲んでもみくちゃにしていた。ソールズベリー大尉は部下に近づき、アーリーの焦げた眉毛を見て、大笑いした。

荒くれぞろいの戦車兵たちは、今や小学生になってしまっていた。これまでなかったほど虚勢を張って背中をたたき合い、「気をつけろヒトラー、俺たちがそこに行くぞ！」と気勢を上げた。みんな最終的には死ぬか、体がバラバラになることを覚悟していたが、今は希望に満ち溢れていた。

クラレンスは、賞賛してくる者たちに「軍は早急に、この新型戦車をここに送り込む必要がある」と言った。

乗員たちは、急いでシュトルベルクに戻ってビールを飲んだり、女性と戯れたりする代わりに、ここにとどまった。クラレンスは、カメラマンが写真を撮っている間、戦車と一緒に写真を撮ろうとポーズをとる男たちを見ていた。アーリーやマクヴェイ、スモーキーは、パーシングの車内を見せていた。彼らの熱意は、十分伝わっただろう。遠くの霞の中に、クラレンスはケルンの尖塔を思い浮かべていたが、もっと重要なことは、尖塔を越えた先のどこかに、戦争の終結があることだった。

シュトルベルクは、クラレンスがヨーロッパにいた間、最も〝家〟に近い場所だった。今、ここに到着して以来初めて、彼は立ち去ることを躊躇していた。

彼と仲間たちは、仕事に戻る準備が整った。

第一二章　2マイル

4日後の1945年2月26日
ゴルツハイム（ドイツ）

ドイツのゴルツハイム村の横を走る高速道路上で、E中隊の戦車が待機していると、小雨が降ってきた。

霧が周囲の穴だらけの地形に漂い、戦車の砲身からは雨が滴った。

ブリーフィングから戻ってくるアーリーを待ちながら、車長ハッチに立つクラレンスの腰のあたりで、パーシングは振動していた。乗員たちは賭けをしていて、その結果を明かすことができるのはアーリーだけだった。

今日、彼らの運命がその結果にかかっているかもしれないのだ。

前方の高速道路では、工兵戦車が丸太の道路封鎖物を脇にどけていた。丸太の先には開けた高速道路が続いており、両サイドには木々が整然と配置されていた。クラレンスはあくびをしながらその光景を眺めた。師団は早朝にシュトルベルクを出発し、東に向かい、第1軍の前進と協調しながらケルン平原を横断、任務部隊を展開していた。

クラレンスの「X任務部隊」は、〝ティンバーウルフ〟師団のおかげで、ここまでの16マイル（26㎞）を一発も撃たれることなく、順調に進撃することができていた。隊列の左側では、濡れたヘルメットに泥だらけのスパッツを履いた歩兵が、前夜に村を確保した後、ゴルツハイムの水たまりの間を動きながら、移動の準備をしていた。

ゴルツハイムは、ケルン平原のすべての町と同様に、前年の秋から要塞化されていた。師団史によると、「各大通りはバリケードで封鎖され、車は横転し、建物は廃墟の中でくすぶり続けていた。〝鉤十字の旗、ナチス政府の公文書、散乱した十字架のマークのついた私物など、帝国の崩壊による異教的な遺物〟に取り囲まれたドイツ人の死者が道端に倒れていた」。

戦車長たちが、地図ケースを抱えて戻ってきた。クラレンスはその中にいるアーリーの姿をよく見るために身を乗り出した。クラレンスと乗員たちは、任務がどれほど危険なものであるかは、アーリーのパイプの風見鶏の動きで予測できると信じていた。しかし、時には知らない方がいいこともある。

アーリーが咬んでいるパイプが上下すると、不規則な煙が上に流れていく。クラレンスは砲塔の中に身を沈めた。口にするのに勇気がいった。「跳ねてるな」。

乗員のうめき声が外に聞こえた。アーリーがイライラしていたら、彼らは大変な目に遭っていただろう。

高速道路はダメだとアーリーは言った。工兵は地雷が敷設されている可能性が高いと考えていた。そのため、戦車は荒涼とした不毛の地を横切って、一列に並んで横断しなければならない。E中隊は道路から扇状に広がり、戦車はゴルツハイムに背を向けて一列に並んだ。

クラレンスはペリスコープに近づいた。レンズには水がかかっていた。2マイル東、枯れ木の壁の向こうにあるブラッツハイムの町は、ケルンへの道中にあるもう一つの要塞地帯だった。ケルンまでの距離は後12マイルだった。空中偵察では、街を囲むように敵の塹壕があることが確認されていたが、クラレンスは楽観視していた。今回はE中隊が先頭に立っていなかったのだ。

3輌のM5スチュアート軽戦車が移動開始地点に並んだ。今日はE中隊とその姉妹戦車中隊2個が連合し、総力を挙げて攻撃することになっていた。B中隊の数輌のM5スチュアートが先行し、塹壕を越える場所を偵察する。そしてF中隊のシャーマンにより左翼を守られつつ、E中隊がブラッツハイムの玄関口に向かって中央部を直進するのだ。

E中隊の隊列には、側面に〝エヴァーラスティング〟と書かれたM4シャーマン(76)がいた。砲手席にはチャック・ミラーが座っていた。ペリスコープ越しに、誰もいない原野、海綿のような地形を見ていると、トラウマがフラッシュバックしそうになった。グラン・サールの二の舞になる。

チャックは砲手を必要としている車長の元へと転属してきていた。どんな戦車でもエレノア号よりましだった。グラン・サール陥落の後、チャック、ファールニら乗員3名は、ボロボロになった古い戦車をベルギーの倉庫に運び込んだ。戦車の洗浄は通常は整備兵の役割だったが、このときはチャックと乗員が担当した。血まみれになった無線機や砲弾を降ろし、白い内壁を洗った。チャックはそのときばかりは、他の人間が拒否した仕事を引き受けた。彼はビル・ヘイの脳内物質を車長席から取り除いた。

師団は制服を纏ったビルをマットレスで覆って埋葬した。急ごしらえの葬儀の後、軍は彼の遺品、住所録と祈祷書を母親のラウレッタに送った。

通常、戦車に乗っていた者が戦死した場合、部隊は別の中隊にその車輌を移す。軍は残された兵士がタイミング悪く死んだ仲間の亡霊を目にすることを望まなかったからだ。しかし、なぜかエレノア号はE中隊に残り、ファールニは車長に昇進した。チャックはすぐには逃げられなかった。

道路を迂回した後、出発した。3輌のスチュアートは、キャデラック製エンジンから排気ガスを噴出させながら、くさび形の隊列を組んでブラッツハイムに向かって走っ

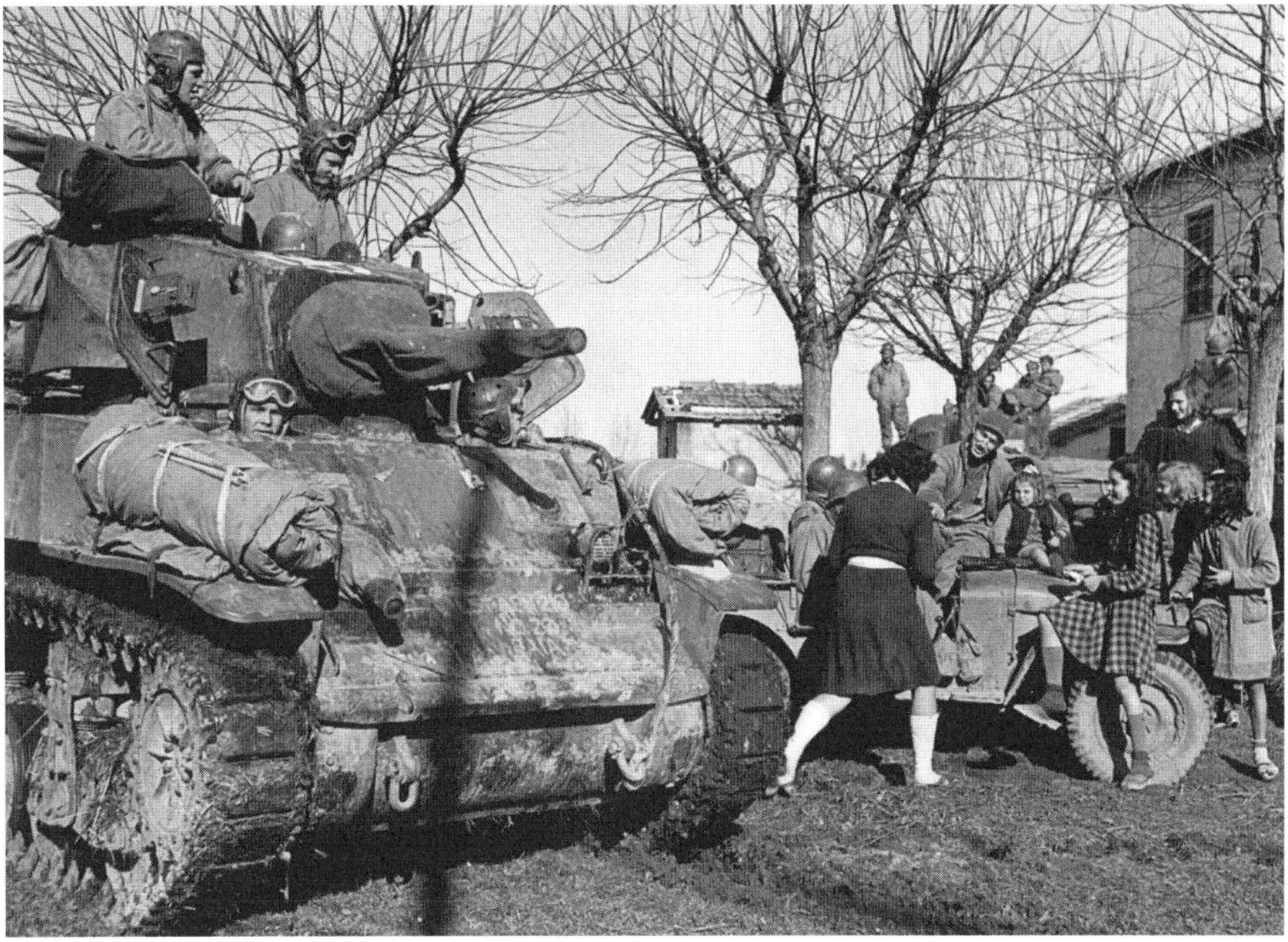
M5 スチュアート軽戦車

ていった。

チャックの目には、この箱型の小さな戦車はただのエサにしか見えなかった。

時速40マイル（約64㎞）で走行可能なことを除けば、スチュアート戦車は、「戦闘用戦車としてはあらゆる面で時代遅れ」だと、〝ヘル・オン・ホイールズ〟師団を指揮していた将軍は語った。

驚異的技術を持つ新型のパーシング戦車とは異なり、スチュアートには37㎜砲しかなく、有効装甲厚が1・5インチ（約3・8㎝）しかない弱い前面装甲しかなかった。さらに、その底面はとても薄く、もし地雷を踏んでしまうと、爆風が床に穴を開け乗組員の足を負傷させてしまうかもしれないほどだった。

戦場を約3分の1ほど横切ったところで、スチュアートは急停止した。先頭戦車の砲は、どこか遠くの干し草の山の方を向いていた。

「やめてくれ！」と、チャックは遠くの戦車に懇願した。敵が見ていたら、少しでも停止していたら致命的なことになるからだ。

先頭戦車の車長は目的を忘れて、干し草の山に穴を開けてしまった。もう一発撃とうとしていた時、ドイツ軍の砲弾が彼を正気に戻した。左側から緑色の曳光弾が伸びてきて、スチュアートを貫通して反対側に飛んでいった。戦車からは不

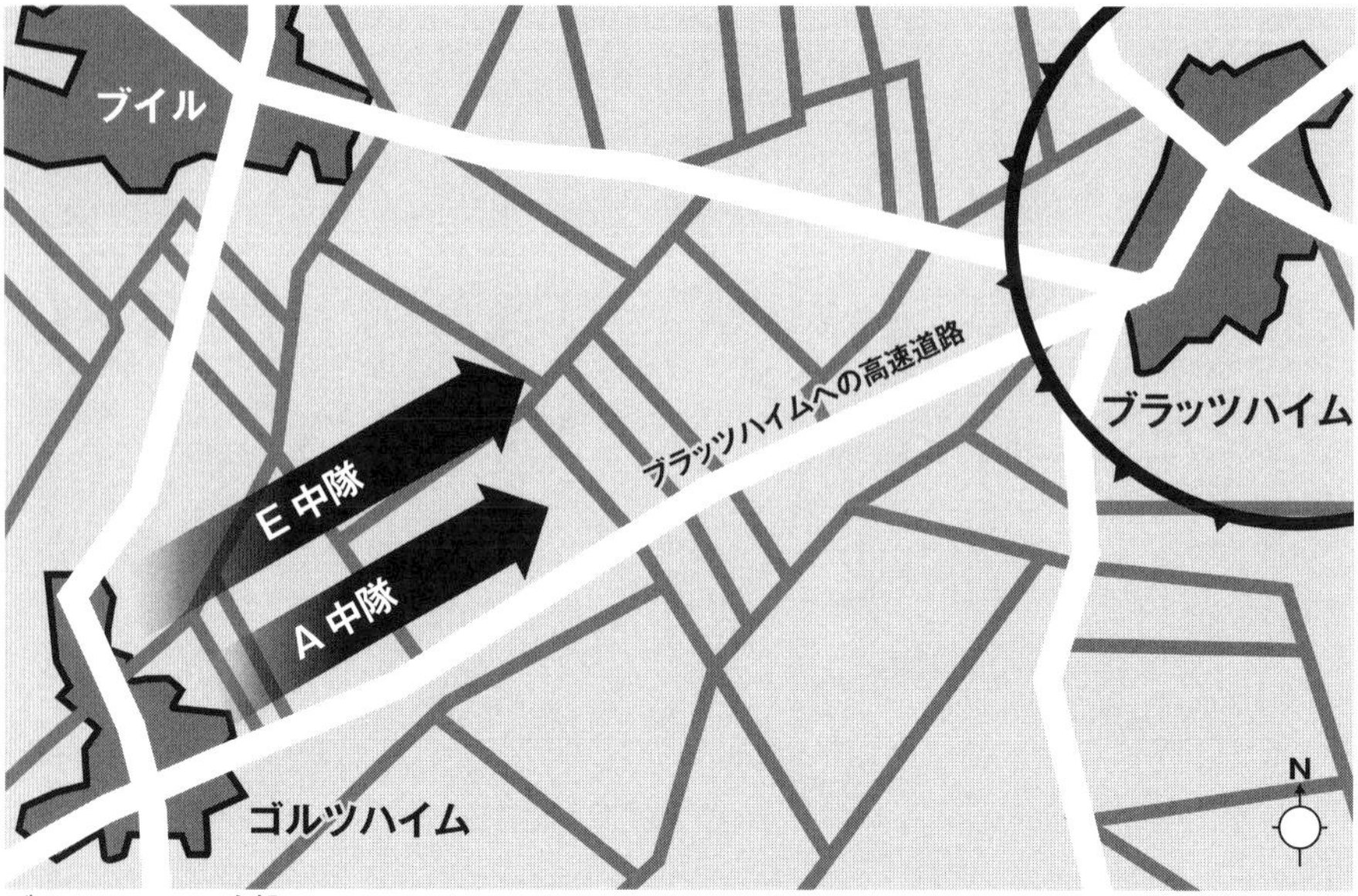

ブラッツハイム攻撃

吉な黒い輪の形をした煙が立ち上り、負傷者が横に転がりでた。残ったスチュアートは急速に転回して戻ってきた。

チャックはその砲撃を1マイル（1・6㎞）ほど北にある農場まで辿った。

それは警告のように感じられた。

スチュアート戦車による不運な始まりの後、E中隊の番になった。戦車はいつものように三列に並んで、ぬかるんだ野原に入ってきた。

ペリスコープの前でクラレンスは安堵した。マクヴェイは「主よ、どうか大きな砲弾を遠ざけてください」と彼らの初陣を祝福したが、その祈りはすでにかなえられていた。

パーシング戦車は取り囲まれていた。クラレンスがどこを見ても、他の戦車の回転する履帯と、排出される排気ガスでいっぱいだった。

5輌のシャーマンが前に出て、5輌が後に続き、彼の小隊がパーシングの側面を囲んでいた。先頭の戦車は、やや遅いパーシングが陣形を維持できるように速度を抑え、時速20マイル（約32㎞）で走行した。さらに保険として、A中隊の歩兵も彼らと一緒に高速道路に沿って徒歩で前進していた。また、万が一の時のため、B、C中隊の歩兵も予備として待機していた。

ソールズベリーは、パーシング戦車を中堅の位置に置いた。

新型の戦車が初陣で不必要に苦戦するのを見たくなかったのだ。

クラレンスは不満はなかった。パーシングには守る価値があった。砲塔が長くなったおかげでシャーマンよりも余裕があったし、大きな砲でも砲の後ろから装填手側に抜け出したり、車体銃手の位置に逃げ込んだりするためのスペースがあった。砲塔への出入りのための足かけがきちんと配置されていたのも悪くなかった。

陣形は、燃えながら鋼鉄の肌が雨でジュージューと焼けているスチュアート戦車を避けるために分裂した。アーリーは、スチュアートの横を通り過ぎていく時、顔を覆って熱気を避けた。

今度は彼らも準備ができていた。

先導のシャーマン群は、先ほどの砲撃のあった農場に向かって砲を旋回した。まるで、ドイツ軍にもう一度撃ってみろといっているようだった。

ドイツ軍は喜んでこの誘いに乗った。左から、別の緑色の槍が戦車に向かって飛んできた。その槍はかろうじて逸れ、泥土に埋もれた。

歩兵たちは泥に飛び込み、操縦手は操向レバーを引いた。陣形が止まると、エンジンの鈍い音が戻ってきた。クラレンスは恐怖を感じた。これは威嚇射撃ではなかった。さらに75㎜対戦車砲と思われる緑色の槍が空を切り裂いた。続いてもう一発。

先頭の戦車の列が応戦した。砲身は撃つたびに反動で砲塔にめり込んだ。その砲弾は農場とそこから攻撃してきた者たちを粉砕した。正面から別の砲声が聞こえてきたとき、すべての視線は横の敵に向けられていた。緑の稲妻が、巨大な牛追いむちの音とともに陣形を貫いていった。

クラレンスは砲塔を前方に旋回させた。

ブラッツハイムから飛んできた緑色の稲妻は、最初はスローモーションのように見えた。しかし最後の瞬間、加速して陣形を突き抜けていった。クラレンスは座席の中でたじろぐ一方、アーリーは鞭の音から身をかわした。最初の一斉射撃はかろうじて全車外したが、その音は厄介な事実を明らかにした。ただの砲弾ではなかった。ドイツ軍は〝戦車殺し〟として有名な88㎜砲を発砲していたのだ。

それは口径88㎜の恐るべき砲で、あるアメリカ兵によると、88は〝万能砲〟だったという。対空砲として使用された場合、20ポンド（約9㎏）の砲弾を6・5マイル（約10㎞）上空に撃ち上げることができた。しかし、戦車を標的にした場合、さらに致命的だった。砲を水平にすれば、射程距離はさらに3マイル（約4・8㎞）延びた。

それまで統制されて沈黙していた無線機からは、今や罵声が飛び交っていた。

左側のドイツ軍の砲が射撃を再開し、E中隊は少なくとも

6門の砲の曳光弾が交差する砲火の網に捕らわれていた。

クラレンスは席に座って小さくなった。味方の戦車がパーシング戦車を取り囲んでいるので、彼は無力であった。自分にできることはただ見守ることだけだった。緑の稲妻が火花を散らしながら右前のM4シャーマン（76）に当たった。

ハッチが開け放たれ、乗員はあわてて逃げようとして互いに躓きそうになった。各々が自分のことを考えていた。

シャーマン戦車は、満載すると約80発の砲弾と170ガロン（約643リットル）のガソリンを搭載したが、これは敵の砲撃が命中した場合は大惨事になる。「戦車が撃たれたら、火の心配をすることになる」とある砲手は書いている。「命が惜しければそこから逃げ出すことだ」。

クラレンスは、友人のフーバート・フォスター伍長が無傷で砲塔から出てきたのを見てほっとした。大柄で足が大きく、肌の色がくすんだフォスターは、必死になってエンジンデッキに飛び出した。戦車の後ろから飛び降りるとき、彼は宙を走り続け、その足は地面に落ちるまで狂ったように自転車を漕ぎ続けた。

クラレンスは落ち着かなげな笑い声を上げた。

「何がそんなにおかしいんだ？」アーリーはインターコムで尋ねた。

「人が空中を歩いているのを見たんだ」と、クラレンスは言った。


アーリーにとっては、砲塔内の聖域の外は、ユーモアを言っている場合ではなかった。先頭の隊列は混乱していた。何輛かは前方を砲撃していたが、別の戦車は横に向けて撃っていた。後列の者は皆立ち往生し、停車したまま焦っていた。渋滞に巻き込まれたドライバーのような、怒りのジェスチャーをする指揮官もいた。

その上、電波も前方へのルートと同じように混線していた。移動司令部としてシャーマンを使用していたソールズベリー大尉は、ゴルツハイムから状況を把握しようとしていた。ある乗員は主砲が排莢不能になったと報告し、別の乗員は、機械的な故障により、無傷に見える戦車から脱出してきていた。

それは大混乱だった。

金属と金属がぶつかり合う音とともに、もう一輛のシャーマンが激しい衝撃を受けて爆発した。車体後部のエンジンカバーが吹き飛び、車長が真っ逆さまに空中に投げ出された。もう一人は、前部あたりからよろめき出た。腕があった場所でシャツが乱暴にはためいていた。

これで、前列で生き残ったシャーマンが2輛に減ってしまったので、ソールズベリーは撤退を要請した。アーリーは小隊に煙幕を張って仲間の戦車兵を掩護するように命じた。それぞれのシャーマンは、イギリスの発明品であるM3発煙迫撃砲（照明弾のようなもの）が搭載されており、装填手が砲塔の穴から発射した。発煙弾の瀑布が前列の2輛の戦車の上で弧を描き、ジュージューと音を立てて、巨大な白い煙の壁を噴出した。

12輌のアメリカ軍の戦車が泥沼の中でUターンをしている間、散発的に発生する緑の稲妻が、霧の中をらせん状に切り裂いていた。

まるでアルデンヌの再現だった。


戦車部隊が撤退しても、歩兵に伝えた者はいなかった。バック・マーシュはライフルを腰に当てて煙の中を歩き回っていた。ドイツ軍は発砲を止めていた。今は煙の中に、炎上したシャーマンのシューっという音だけが響いていた。

バックは濡れそぼり、寒さで歯をガタガタ言わせていた。霧の中から自分に向かって突進してくるドイツ兵の姿を想像して、歩みは遅くなった。彼は中隊に先駆けて単独で出発するよう選ばれた斥候だった。彼はこの任務を名誉なことだと思っていたが、ジャニツキがその甘い考えを正してくれた。第一斥候は普通、地雷を踏んだり、銃撃戦ではぐれてしまったり、真っ先に撃たれる人間になることが多いのだ。

バックは刺すような煙に目を拭った。ドイツ軍の塹壕に近づいているのだろうか？　混乱していた。人工の雲をかき分けながら、一歩一歩が遅くなっていった。

「バック！　進むんだ！」

肩越しに、彼の仲間たちよりも背が高い、１８０㎝の将校の心強い姿が見えた。ウィリアム・ブーム少尉が彼に手を振っていた。バックの小隊長は、前進することに躍起になっていた。

いつも少尉に喜んでもらいたいと思っていたので、バックはペースを上げた。煙が薄くなり、ブーツの下には緑の草木のかけらが見えてきた。右手には高速道路があり、ブラッツハイムはまだ1マイル先だった。まだ半分しか進んでいないのだ。一歩一歩進むごとに、バックの後ろに霧が立ちこめ、次々と他の歩兵が現れた。A中隊は１８１名の将校と兵士で構成されていた。

「進み続けろ、バック！」またもブームの声がチームメイトのように彼を励ました。ブームは元大学バスケットボールのスターであり、小隊長というよりはコーチのような存在だった。

第一斥候として、バックは本隊の１００フィート（約30ｍ）先に留まり、不規則な地形や敵の動きを監視することになっていた。煙に包まれなくなった今、彼は裸になった気分だった。手榴弾がハーネスの上で、背中でシャベルがジャラジャラ鳴った。手袋の中の手のひらが汗ばんだ。彼は高速道路沿いの溝に目をやった。暗い葉っぱでいっぱいだった。

何を待っているのだろうか、と考えていた。

きっとドイツ軍は88㎜対空砲の一種であるＦｌａｋ41の後ろから見ているのだ。この地域は、少なくとも２００門の88

㎜と砲兵でひしめき合う、対空砲横町だった。

祈るには良い時間だった。バックは50年間同じ教会の一席に座っていた南部の家庭で、長老派として育った。派兵されたばかりのときには定期的に祈っていたが、ジャニツキと蛸壺壕を共有したことで、それは変わってしまった。アルデンヌでは、迫撃砲の砲弾があちこちで炸裂する中、バックは声を出して神に救いを乞うために祈った。砲撃の後、ジャニツキは彼の方を向いて言った。「どうして神が助けてくれると思う？　この穴から出てドイツ兵を殺しに行くことができるのか？」

その時はいい答えがでなかった。今もまだ適切な答えが出ていないので、彼は心の中で祈りを捧げていた。

バックはゴルツハイムの方へ振り返った。戦車はただそこに止まっているだけだった。中隊が装甲部隊の支援なしに塹壕に到達したら、第一次世界大戦のように全滅してしまうだろう。

フランク″ケイジャン・ボーイ″オーディフレッド

バックは「何を待っているんだ！」と叫びたくなった。

E中隊は前進開始地点に戻って暖機運転をしていた。砲が故障した戦車は脱落し、残った11輌の戦車は動きだしたそうに振動していた。

M4シャーマン(75)の中では、フランク″ケイジャン・ボーイ″オーディフレッド軍曹が車長席から砲手の席に移っていた。太い黒髪に鋭い鼻、深く沈んだ黒目が特徴の、タフだが人当たりの良いこの戦車兵は、バイユー・カントリーのような風貌をしていた。軍に入る前は、放課後にウォーターモカシンという蛇を狩るのが趣味だった。オーディフレッドは照準器で外を見た。彼が見たものは上々なものではなかった。

歩兵はやみくもに前進していた。一方で、立ち往生した戦車の乗員は、砲弾の穴に隠れていた。一人の戦車兵は片足で飛び跳ねていたが、もう片方の足はなくなっていた。1マイル（約1・6㎞）先の左翼は、F中隊のシャーマン戦車が農場施設を攻撃していたが、その側面がクリアされるまで、E中隊はここに止まっている。

オーディフレッドは腰を落としてそわそわしていた。彼は傍観者として見るのは好きではなかった。砲手席に座るのも好きではなかったが、それは一時的なものだった。

その日の朝、ソールズベリー大尉は彼に頼みごとをした。大尉には、アルデンヌで負傷した後、B中隊から転属してきたばかりの新任中尉がついていた。ソールズベリーは、中尉に経験を積ませるために、オーディフレッドにその日の砲手を務めてくれないかと頼んだ。

オーディフレッドの後ろの車長席に座っていたロバート・バウアー中尉は、先ほどの攻撃でまだ震えていた。背が高く、青い目、茶色の髪、薄い顔色をした彼は、オーディフレッドには大学生のように見えたが、26歳の中尉は彼より5歳年上だった。バウアーはミュゼットバッグにチェスのセットを入れて持ち歩き、シャーマンについて何でも学ぼうとする少年のような熱心さを持っていた。彼はまた、このシャーマンがオーディフレッドの戦車であり、その日それを借りているだけだということを認めていた。オーディフレッドはすぐに彼を気に入った。

無線機がパチパチと鳴った。ソールズベリーがバウアーに説明しているのを、オーディフレッドは聞いた。

農場の複合施設は解放した。攻撃を再開することができる。第2小隊は完全戦力であったので、彼らが先頭に立ち、バウアー中尉が指揮を執ることになった。

ソールズベリーの命令は不吉な言葉で終わった。「もう後戻りはできない」。

バウアーとオーディフレッドの目が合った。「彼は本気なのか？」

オーディフレッドはうなずいた。例え死ぬことになっても、鞍にまたがり、前に進むのが自分たちの仕事だった。オーディフレッドは、今では自分の死に不安を感じなくなっていた。フランスでの暴風雨の時、彼の乗員は濡れるのもかまわず戦車の下で寝ることを選んだことがあった。しかしオーディフレッドはもっと良い方法を見つけた。畑の中で逆さに倒れていたP-47が尾翼で支えられて立っていた。地元住民は死んだアメリカ人パイロットを機体後部の下に丁重に寝かせていた。その空間は戦車の下よりもずっと乾燥していたので、オーディフレッドは死んだパイロットのすぐそばで一晩を過ごしたのだ。

出発の時になった。戦車が動き始めると、オーディフレッドのピストルが側壁に当たってガタガタと音を立てたので、左の腰に付け替えた。

バウアー中尉は小隊に無線連絡をしたが、その声は震えていた。

「砲撃が始まったら頭を下げていてください、中尉」とオーディフレッドはゆっくりとした南仏風の話し方で言った。「大丈夫ですよ」。

バウアーは、その助言に感謝した。

彼は何のためにいるのかが分かっていないのだとオーディフレッドは思った。

第2小隊の戦車が通過すると、取り残された戦車兵たちは歓声を上げた。さらに6輌の戦車がその後ろを続いた。

先頭の戦車と歩兵の間には何もなかった。

オーディフレッドのM4シャーマン（75）は左翼を固め、

パーシングは高速道路に近い安全な右翼に割り当てられた。中央にいるのはM4シャーマン（76）のエヴァーラスティング号で、砲手席にはチャック・ミラーが座っていた。がんばってみたものの、チャックはエレノア号から完全には逃れられなかった。このボロボロになった戦車は、左の位置に陣形を保っていた。

チャックの後ろの車長席には、親友のレイモンド〝ジューク〟ジュルフス軍曹が立っていた。ジュークはアイオワ州の小さな町の出身だった。22歳で、金髪に平らな黒眉の彼は、戦車の車長ではなく、野球場のダイヤモンドがふさわしい人物に見えた。

しかし、彼らはここにいた。

レイモンド〝ジューク〟ジュルフス

ブラッツハイムの88が発砲し始めた。チャックはペリスコープ越しに、緑の稲妻がヘルメットを削る前に、歩兵が地面にへばりつくのを見ていた。金属同士がぶつかる恐ろしい音が空気中に響いた。誰かが撃たれたのだ。

「エレノアだ！」ジュークが上から報告した。

「どのくらいやられた？」チャックが尋ねた。

ジュークはハッチを旋回させた。エレノア号は車体への一撃で停止していた。ファールニは砲塔から転がり落ち、他の生存者が操縦手の腕を持って引っ張りだしていた。彼は、シュトルベルクで鶏を盗んだピーター・ホワイトだった。両足はずたずたで、切断される運命にあった。

戦車は4輌になったが、小隊は進み続けた。

チャックはペリスコープを覗き込むのに必死だった。なんとか見てみると、ジャイロスタビライザーがあるにもかかわらず、レティクルが乱暴に揺れていた。彼は報復に飢えていた。しかし、荒れた野原で戦車が跳ねるたびに、座席から投げ出された。チャックが一発撃てたとしても、砲尾が激しく跳ねていては、装填ができない。

緑色の稲妻がエバーラスティング号に向かってビュッと飛んでくるのがちらりと見えた。チャックはそれをかわすかのように座席を横に傾けた。砲弾は地面に叩きつけられ、他の誰かにぶつかったかのように飛び去った。

ジュークによると、もう一輌のシャーマンが陣形から落伍したという。そのシャーマンは履帯が外れたようだった。

小隊は前進を続けた。目標が少なくなったので、敵は中央の戦車に狙いを絞ってきた。鞭の音がジュークの頭上で鳴り響き、緑の稲妻がエバーラスティング号の周りの土を耕していく。敵の砲弾が戦車の目の前に落ち、地面に煙のような穴が開いた。操縦手は操向レバーを引き戻そうとしたが、時間がなかった。

「踏ん張れ！」ジュークが叫んだ。

チャックは隔壁を掴んだ。シャーマンはクレーターの中に鼻先から飛び込んでいった。

履帯が飛び散り、エンジンは力強くうなり声を上げ、ついには停止してしまった。

ペリスコープにぶつかったヘルメットの下のチャックの頭はくらくらした。手足を動かそうとしたが、雪崩のように落ちてきた機材に挟まれて、金属の隅に固定されていることに気づいた。ぼうっとしている場合ではなかった。炎の音が聞こえてくるのを覚悟したが、それはいつ起こるかわからない悪夢だった。

「戦車を捨てろ！」ジュークが呼びかけた。

乗員たちはシャーマンから脱出しようと躍起になり、チャックを置き去りにしてしまった。連合軍の戦車兵は、シャーマンが火薬庫であることを知っていた。イギリス軍には「トミー・クッカー（携帯コンロ）」、自由ポーランド軍には「バーニング・グレイブ（ポーランドの伝統的ろうそく入れ）」、アメリカ軍には「移動オーブン」、さらには「車輪付き火葬場」と呼ばれていた＊。

チャックは火花が出るのを防ぐため、砲の電気スイッチを切った。ヘルメットのプラグを外し、弾薬ベルト、薬莢、地図、その他の残骸から自由になるために掘り始め、日の光を求めて登った。チャックは砲手席からジュークのハッチに飛びつき、外に出て騒音の世界に身を投じた。後続の戦車の列が、エバーラスティング号の周りを回って前に出ようとしていた。

チャックは車体を滑り落ちてクレーターの中に入り、藁で覆われたジャガイモの山の後ろに避難していた乗組員に合流しようと必死になった。彼はジュークの隣で土にぶつかった。ジュークたちは、目を白黒させ、鼻血を出していた。爆発のたびに、男たちはヘルメットをかぶった頭を土に押し付けた。ここにはいられなかったが、ゴルツハイムまで走っても生き延びることはできるのだろうか。

チャックは、障害になった戦車や、避難している男たちを振り返った。戦車兵の集団に砲弾が着弾した。渦巻く土煙の中から、一人の戦車兵が狂乱状態で飛び出してきた。チャックは、その男の足取りが遅くなっていくのを、恐怖に怯えながら見ていた。最後の一歩を何度か踏みとどまった後、息を

＊シャーマンが燃えやすいと言われているのは、初期の（75）型で、砲弾が脆弱な側面に沿って積み上げられていたためだった。砲弾が貫通すると80％の確率で発火した。それ以降の型では、弾薬は車体床の、不凍液を入れた容器に移された。この「湿式保管」により、火災の発生率は約15％にまで低下した。しかし、戦車兵にとっては、〝火薬庫〟の評判は忘れがたいものだった。

引き取った。彼には顔がなかった。

チャックが前を向くと、ジャガイモの前で閃光が炸裂した。雷が地上に落ちたような音が響く。衝撃波が肺からすべての空気を奪った。耳鳴りがして、息が上がり、意識が朦朧とした。埃が空気中に舞っていた。操縦手のジョー・カゼルタ伍長は、肩をつかみながら痛みに悶えていた。

チャックはジュークの方を向いて言った。「ここから出よう！」

しかし、ジュークは動こうとしなかった。チャックが友人を揺さぶると、ジュークの頭はぐったりと彼に向かって転がってきた。ヘルメットの上にできた黒い榴散弾の穴から煙が上がっていた。

ジュークは死んでいた。妻のダーリーンや、まだ会ったことのない息子ジミー・レイのもとに戻ることはなかった。チャックは信じられなかった。親友が死んでしまったのだ。周りの戦車兵は傷つき、気絶していたが、砲弾は鳴り続けていた。こんな時、他の男なら泣き崩れたかもしれない。

しかし、チャック・ミラーは違った。「行くぞ」と叫び、負傷しているが、まだ歩行可能なカゼルタを抱えた。チャックは怪我をした友人の肩を支えながら、ゴルツハイムに向かい、他の者たちを先導した。

わずか2輌の戦車にまで減らされていたにもかかわらず、小隊は前進を続けていた。

オーディフレッドのシャーマンはパーシングと並んで突進していた。残りはあと800ヤード（約730m）だった。戦車の中で、オーディフレッドは独り言を言い続けていた。バウアーが理解できるかどうかは問題ではなかった。バイユー訛のゆったりとした言葉が車内を満たしていた。

彼は目標から目標へと砲を振り回していたが、砲撃の閃光を見た場所に照準を合わせるたびに、レティクルが跳ねまわって目標を見失っていた。オーディフレッドは肩越しにバウアー中尉の様子を確認した。バウアー中尉は、オーディフレッドの助言に従い、砲塔の中で身をすくめて、塹壕に突入して行動を開始する瞬間を待っていた。

その時が来ることはなかった。

砲弾が鐘の音とともに砲塔を襲い、溶けた鋼の爆風が装填手の側面を突き破った。爆発は装填手とバウアー中尉を飲み込み、オーディフレッドを側壁にぶつけて気絶させた。

数秒後か、数分後、オーディフレッドは意識を取り戻し、落ち窪んだ目を開いた。砲塔の中は黒々とした煙が充満し、暗闇の中でホタルのように火花が舞っていた。オーディフレッドの耳には鼓膜が破裂したような衝撃音が響いていた。彼はまだ座っていたが、戦車が動いているのかどうか分からないほど麻痺していた。

被弾した。

身体の左側は裸だった。タンカージャケットの袖とズボンの足が完全に燃え尽きていた。体のあちこちにある破片の穴から血が滲んでいた。ミート・テンダライザー（肉たたき）で殴られたようだった。顎がヒリヒリして頭がかゆかった。オーディフレッドが指で頭皮をなでると、黒髪が束になって抜け落ちた。砲尾が目のあたりを覆っていたが、体の中でそこだけが無傷だった。

中尉だ。

オーディフレッドは振り返った。かつては将来有望な〝大学生〟がいた場所には、水ぶくれになった死体が砲塔の床に横たわっていて、頭蓋骨は見分けがつかないほどに砕かれていた。

戦車の外に出ると、オーディフレッドは土の中にひざまずいた。24歳の若さで、5輌目の戦車を失ったばかりだった。オーディフレッドは周囲を見回した。彼は一人で、戦車から出た記憶がなかった。敵の砲弾はまだ炸裂している。オーディフレッドは本能的に左腰に差し替えていたM1911拳銃を抜こうとした。しかし、革製のホルスターには深い傷があり、拳銃を引っ張らないと抜けなかった。

下を見下ろすと、その理由がわかった。拳銃のスライド部にギザギザになった榴弾の破片が挟まっていた。スライドは銃身部で支えられていた。拳銃は動脈を守り、彼の命を救ったのだ。

オーディフレッドが土の中に倒れたのはその時だった。痛みが追いついてきた。

パーシングは今や単独で先頭に立っていた。

後続のシャーマンは、撃破された戦車と立ち往生した乗員の渋滞に巻き込まれて、後れをとっていた。

戦車の中では、爆発が巨大な戦車を揺らす中、クラレンスはペリスコープに釘付けになっていた。

彼はまだ一発も撃っていなかった。

砲塔の反対側では、ジョン・デリッジ伍長が砲弾を手に、再装填に備えていた。20歳の装填手は若きロバート・ミッチャムのような顔立ちで、黒地にたっぷりとした革製の耳当てが付いているフランス製の戦車帽をかぶっていた。これは彼が交換して手に入れたものだ。

ジョン〝ジョニー・ボーイ〟デリッジ

ペンシルベニア州スクラントンのイタリア系アメリカ人の家庭で育った彼は〝ジョニー・ボーイ〟と呼ばれていた。その理由は、彼のいたずらで「ジョニー・ボーイ、お前を捕まえたら……」と両親が叫んだからだ。しかし、いつも楽しそうにしていたデリッジは、今は目と耳で外の砲弾を追うほど真剣になっていた。これ以上耐えられなかった。彼らの周りの戦いは激しさを増しており、クラレンスは反撃していなかった。

「何とかしてくれ！」と彼は砲塔の向こう側で叫んだ。「全滅しちまう！」

クラレンスは癇癪玉を破裂させ、「撃てないんだ！」と言いかえした。敵の砲は地面の下に潜っていて、ほとんど見えなかった。

5人の兵士が隠れ場所を求めて高速道路に向かって逃げ出した。しかし、それは叶わなかった。爆発が彼らの体を吹き飛ばし、アメリカ兵のヘルメットが野原を20フィート（約6m）ほど転がっていった。

クラレンスが見分けたところ、ほとんどの閃光は、高速道路が町と交わる場所、ちょうど木の真下からだった。

木だ。

敵は塹壕線を木の傘の下に掘って隠そうとしていた。

クラレンスは、安定した射撃態勢を確保するために、戦車を止めるようにアーリーに頼んだ。デリッジたちは、それは自殺行為だと抗議した。戦車を止めればカモにされてしまう。

クラレンスはそれを無視してアーリーのほうを向いた。「戦車を止めろ、撃つぞ！」

アーリーはクラレンスがあんなに燃えているのを見たことがなかった。彼は操縦手に戦車を止めるよう命じた。マクヴェイはアクセルを緩め、レバーを戻した。

クラレンスはデリッジのほうに向いた。「WP（白燐弾）！」

デリッジは困惑した様子だった。白燐弾は通常、目標の目印に使うのだ。

「やれ、この野郎！」クラレンスはペリスコープに体を寄せた。

デリッジは薬室の砲弾を灰色に塗られた弾頭のものに交換した。

パーシングが停止すると、ドイツ軍の緑色の稲妻がそこに集中した。野原から土の間欠泉が飛び出し、四方から土のシャワーが浴びせられた。

クラレンスはこの混沌を無視して、高速道路が町と合流するところを見た。騒音を遮り、一本の木の幹に照準を合わせた。

外すなよ。いつもの激励の言葉だったが、今回は生死がかかっていた。クラレンスは引き金を引いた。90㎜砲が吠え、灰色に塗られた特殊な砲弾を目標に向けて発射した。

木の幹はマッチ棒のように砕け散ったが、砲弾はさらになにかを産み出した。木が立っていた場所に白い雲が立ち上り、1000度で燃える白い燐の粒子がキラキラと輝いた。光り輝く触手が塹壕に流れ込んでいった。

クラレンスはペリスコープで結果を見た。その延長線上で、88の砲撃が止まった。

うまくいった！

クラレンスはうれしさのあまり泣いてしまった。希望はあったが、喜んでいる時間はなかった。敵の砲弾は近くにどんどん着弾していた。クラレンスが再び発砲する前に、アーリーは操縦手に「後退しろ！」と言った。

ほぼ一瞬にして、パーシングは後方に動き、戦車がいた場所で砲弾が炸裂した。再び静止すると、クラレンスは引き金を引き、別の木が粉々になり、白燐で別の砲が無力化された。クラレンスはさらに砲弾を要求し、その間にアーリーは敵の砲手が狙いを定められないよう、戦車を前後に機動させ続けた。

クラレンスが木から木へと砲火を放っている間、90㎜砲の薬室からは次々と薬莢が飛び出したので、アーリーはその火の玉を避け続けた。

塹壕の上には地上の霧のような淡い霧が漂っていた。ドイツ軍の砲はほとんど閃光を放たなくなっていった。アーリーは後続の戦車に無線で連絡し、白燐弾を持っている戦車は皆、彼らを仕留めるのを手伝うよう指示した。

塹壕から安全な距離にいたA中隊は、アメリカ軍の砲弾が頭上を飛び交う中で、土を踏みしめていた。


バックは耳の上のヘルメットを深くかぶって、その〝全てを飲み込むような騒音〟から身を隠していた。

ようやく砲撃が収まったとき、彼は頭を上げた。白い燐の霧が消えていた。小隊から小隊へと伝令が走っていった。敵の塹壕に突入する時が来たのだ。

ブーム少尉の叫び声を受けて、バックは自分の足で立ち上がった。十分なスタートをきったバックは他の者よりも先んじていた。視界にはブラッツハイムの茅葺き屋根と石造りの教会が浮かんでいた。気がつくと塹壕にたどり着いていた。塹壕に手榴弾を投げ込むと、土が盛り上がって爆発するのが見えた。斥候の仕事は敵を見つけることであり、バックは文字通りその任務を果たした。彼は塹壕に飛び込んで敵を見つけた。

右側20ヤード（約6ｍ）のところには砲台があり、そこには白燐の使用でまだ呆然としていたドイツ軍の砲兵隊がいて、88を囲んで身を寄せ合っていた。一人のドイツ兵がバックに気づくと、他の4、5人のドイツ兵が武器を下ろしてバックの方に向かってきた。バックはそれに応えてライフルで狙いを定めた。彼は固まり、彼らも固まっていた。バックは引き金に指をかけた。全員の目が恐怖で一杯だった。誰かが引き金を引く前に、A中隊が塹壕に突入した。次から次へと歩兵が泥だらけの床に飛びおり、ドイツ兵の顔に銃口を向けた。他の者はライフルを蹴り飛ばしたり、震える手から機関短銃を引き抜いたりして強引に武装を解除した。

塹壕のあちこちで、何名かのドイツ兵がヘルメットを脱ぎ捨てて降伏した。砲台のうち5つには、放棄された88㎜砲があった。しかし、もっと多くの砲が牽引されて、それぞれの砲台の後ろにある逃走用の通路を通って、いなくなっていた。

バックは塹壕の泥の床に座り込んでしまった。口の中に綿が詰まっているように感じたので、水筒からひと口飲んだ。水は何の役にも立たなかった。

ドイツ兵の捕虜がバックの足をまたぎ越え、歩兵が彼らを追い越していった。A中隊は173名の捕虜を捕らえたが、そのほとんどが第12国民擲弾兵師団の年配の男性で、「無条件防衛」の協定を守るために作られた徴兵者の集団だった。

ジャニツキはバックを助け出し、分隊が集まってきた。この10人は第3小隊の第2分隊で、3／2（スリーツー）と呼ばれていた。

他の分隊員たちはバックが生き残ったことに驚いていた。彼らにとって彼は〝ショーティ〟（チビ、若造）だった。彼（ショーティ）についての諺もあった。「ショーティは自分が透明人間だと思っている！」バックはそれを聞くたびに、「透明」（invisible）と「無敵」（invincible）の違いを知っているのかと疑問に思っていた。今、彼らを正すつもりはなかった。彼らは堅物のベテランであり、自分はそうではなかった。そして今日を境に、自分は彼らの仲間入りをするのは、これまで以上に遠くなってしまったと感じていた。

ジャニツキたちが武器を下ろしたとき、バックも同じように銃を下ろした。彼はそこに居たいと願っていたが、ブラッツハイムでは銃声が響き渡っており、大通りでは丸太でできた通行止めを排除しなければならなかった。

ベテランたちが先導してくれた。

パーシングの転輪は不整地の上で上下し、その軌跡は塹壕地帯の中を蛇行していた。

ブラッツハイムの端で、パーシングは戦闘疲労のため、ため息をついて停止し、生き残った6輌のシャーマンがその周りに無造作に停車した。シャーマンの側面に吊るされた丸太は、割れたり、剥がれ落ちていた。ハッチが開き、乗員が飛び降りた。近くには宗教的な聖堂があり、銃弾の痕が残っていた。

クラレンスはパーシングを背にして体を預けた。戦闘後の光景を目の当たりにして、気分が悪くなりそうになった。中隊の4輌のシャーマンと1輌のスチュアートが、主砲を幻の標的に向けて固定したまま野原に放置されていた。壊れた戦車が数輌、ゴルツハイムに牽引されていった。それはただ機械的な殺戮だった。人員の流血はさらにひどかった。16人の負傷した戦車兵はもちろんのこと、負傷した歩兵の手当てのために医療用ジープが駆けつけていた。

死者は？　彼らはまだ冷たい鋼鉄の石棺の中にいた。

戦場の真ん中で、トルフィンという名の戦車長が弾着跡（クレーター）から立ち上がって、ゴルツハイムに戻るシャーマンに手を振った。

トルフィンは自分の戦車を失っていたが、自分のために助けを求めていたわけではなかった。

シャーマンが停止すると、トルフィンは気絶した〝ケイジャン・ボーイ〟オーディフレッドを弾着跡から運び出した。乗員の助けを借りて、トルフィンはオーディフレッドをフェンダーの上に乗せ、シャーマンが轟音を立てて走っていく中、横に座って彼を支えた。


野戦病院で、軍医はオーディフレッドの太ももに拳銃の形の打撲跡を見つけるだろう。しかし、数日後にフランスの病院で目を覚ましたケイジャン・ボーイが、真っ先に思い浮かべたのは自分の幸運ではなく、それは二番目ですらなかった。代わりに、彼はたったひとつの思いに取り憑かれていた。あの哀れな中尉！

ロバート・バウアー中尉のシャーマンでの戦闘時間は2時間だった。

無事にカゼルタを野戦病院まで搬送したチャック・ミラーは、ゴルツハイムの街の縁石までよろよろと歩き、腰掛けた。どこからともなく足首に新鮮な痛みが走ってきたのだ。

チャックは右のブーツを脱ぎ靴下を下げると、足首の外側の穴から血が滲み出ていた。衛生兵が来て、いろいろと探してみたが、榴弾の破片が深く刺さっていて取り出せなかった。彼は傷口に包帯を巻いて担架を呼んだ。

2輌の戦車と2人の戦車長を失ったチャックは、シュトルベルクに送られて治療を受け、補給軍曹として新しい仕事に再配置されることになった。第3機甲師団に関しては、チャック・ミラーはもう十分に見聞を深めていた。


日が暮れて、クラレンスと乗員たちがパーシングの補給をしている間に、影が野原を覆った。煤けたマズルブレーキ、泥まみれの履帯、砲弾で付けられた無数の爪痕など、戦車は頑強で無骨な姿になっていた。

通りすがる歩兵たちは、この〝スーパータンク〟を見て、鹵獲されたドイツ軍の戦車なのかと聞いてきた。E中隊の戦車兵が乗員をからかうために寄ってきて、パーシングは戦場では「（スピードが）遅すぎる」と文句を言った。

「お前達が俺たちを追い越そうとしているのを見たことがないな」。クラレンスはそう言うと、彼らは黙った。

折をみて、アーリーはクラレンスを脇に連れて行き、白燐を使った素早い機転を褒め称えた。

アーリーはクラレンスの変化にも気づいていた。アーリーの指揮下に入ってから初めて、クラレンスは自身の職務の気質である、自信と力強さを発揮したのだ。

アーリーは友人の目を見た。

「これからは撃ちたい時に撃て」とアーリーはクラレンスに言った。「もう俺を待たなくていい」。

クラレンスはこの言葉をうれしく思い、失望させないことを約束した。

彼は個人的には、パーシングのおかげで助かったと思っていた。自動変速機、90㎜砲の精度……戦車はもはやただの戦車ではなく、クラレンスにとって唯一重要な任務である家族の安全を守るためのパートナーだったのだ。

しかし、その夜、ある人物はパーシングを違った目で見ることになった。

ソールズベリー大尉は自分たちの損失にうんざりしながら、中隊の周りを不機嫌そうに歩いていた。5名死んだ。彼の中隊は、目標としていたケルンですらないドイツの小さな町を1つ奪うために5名の兵士を失ったのだ。

ソールズベリーは部隊の死傷者、とくに戦死者を気にすることで知られていた。彼にとっては、一人の死は、誰かの母親への個人的な失敗につながるのだ。今、彼は5通の弔問の手紙に署名し、戦死者たちの持ち物と一緒に送り返さなければならなかった。その中には、ライター、指輪、宗教用品、27枚の記念硬貨、チェスのセットなどが含まれていた。

彼は、このような事態を招いた原因を自分自身に求めた。彼はパーシングを守ることを選んだ。中隊でスーパータンクを取り囲んだが、パーシングがパンチを放つ前に、シャーマンが壊滅してしまうのを見ただけだった。

もう二度はない。

1945年2月のことである。苦渋の選択だったが、ソールズベリー大尉は決断を下した。自分の中隊が戦争の終わりまで生き延びるためには、残りの乗員を守るために一組の乗員を危険にさらす必要があったのだ。

これからはパーシングが先頭に立つ。

第一三章　狩り

4日後の1945年3月2日
ドイツ・オーベラウセム近郊

バックはブラッツハイムから北東に約7マイル（約11・2km）ほど行った、寒くて枯れた森の中の小道を軽やかに歩いていた。

木々の樹冠の中には雪の粒が浮かび、白樺の木が風に揺れていた。昼過ぎ、冬が春への道を作ろうとしていた。

A中隊の全員が一列になってバックの後に続いた。今回は彼は第一斥候に指名されたわけではない。志願したのだ。

戦車が道路にとどまっている間に、歩兵はオーベラウセムに向かって森を切り開いていた。この町はケルンへの進軍途上にある要塞化された町だ。ケルンまであと8マイル（約12・8km）のところだった。

バックは実際のところ第一斥候の役割を楽しんでいた。敵の後をつけて、撃たれる前に敵を撃とうとしたときの興奮は、何物にもかえがたかった。それは彼が大好きなカウボーイ映画のようなものだった。

ある面では、バックは牛の大群を見たことがない中隊の大半の都会人より、はるかに多くの訓練を受けていた。彼は森に慣れ親しんでいた。テネシー州のダムやアラバマ州北部の高速道路の建設を監督していた彼の父親は荒っぽい野外活動家で、12歳になったばかりのバックに初めてライフルを持たせた。あっという間に、バックと弟たちは、森の中に小屋を建て、そこで遊びや狩りをして過ごしたのだった。

森はしだいに閑散としてきた。バックは歩調を緩め、木漏れ日の音に耳を傾けた。角を曲がった先に何があるのかは分からない。それはスピアヘッド師団の偵察隊が決して忘れることのない教訓だった。

兵士達は納屋の中で悲惨な光景に出くわした。父親、母親、10代の娘のドイツ人家族全員が、垂木に吊るされていた。忠実なダックスフントの犬までもが足元で首を絞められていた。争った形跡はなかった。狂信的な信仰に取り憑かれたこの家族は、アメリカ軍が到着する直前に自ら命を絶っていたのだ。

偵察隊の男たちは、この光景を冷静に受け止めていた。彼らはもっとひどいものを見てきたし、その上、世界からナチスが3人減ったからだ。

師団司令部のジャーナリストが、ある男の反応を記録していた。〝一人のアメリカ軍兵士が困惑しながらその集団を観察し、指を鳴らした。「わかったぞ！」彼は言った。「その犬が嫌気がさして、家族を吊るして、自殺したんだ！」〟

バックの前の森には、細い歩道橋があり、そこには小川のせせらぎが流れていた。反対側の石造りの狩猟小屋の裏庭には、大きな樫の木が立っていた。樫の木の根元を囲むように土が盛られていて、まるで戦闘態勢にあるように見えた。木の影で灰色の何かが動いていた。

ドイツ軍のヘルメットだ。

バックはライフルを頭上に振りかざして「敵を発見した」と合図した。彼の後ろで中隊が土に伏せた。バックは一番近い木の後ろに隠れて敵の配置を調べた。

一人のドイツ兵が視界に入ってきた。彼はバックに横顔を向けて、左の森を覗き込んでいたが、その後、視界から消えてしまった。

数分後、銃座から射撃の炎が上がった。機関銃の銃弾は空気を引き裂き、バックが隠れていた木立からさらに先にある、森の中の誰もいない場所を撃ち砕いた。

ドイツ兵は怯えているに違いなかった。見当違いの方向に撃っているのだ。

その銃から再び射撃音が聞こえてきた。銃声が止むと、何かに当たったかどうかを確認しようと、射手が立ち上がった。バックはM1ライフルを一番近い木の枝の上にバランスよく置き、男のヘルメットに照準を合わせて、耳当ての曲がったところのすぐ上を狙った。

銃が吠えた。銃声が森の中を響き渡り、ヘルメットが視界から消えた。アドレナリンが出てきて、バックは残りの弾を銃座に向けて発射した。

森の中は不気味な静寂が広がっていた。

ブーム少尉はバックの後ろを這うようにして、木立の途中で止まった。大学のバスケットボールのスター選手だったブーム少尉は、今でもその面影を残していた。23歳の彼はがっしりとした体つきで、寄り目で、大きく立った耳が特徴的な細い顔をしていた。彼とバックはスポーツ好きという共通点で結ばれていた。バックは大学のテニスチームのキャプテンを務めており、ブームはアリゾナ州立大学で4年になるまでバスケットボールをしていたが、入隊するためにやめてしまっていた。

バックは、小川にかかる短い橋の向こうにある銃座を友人に示した。

ウィリアム・ブーム

「確かに当たりました」とバックは言った。

ブームは双眼鏡を覗き込んだ。バックが射

手を一人殺したとしても、別の射手が簡単に機関銃を引き継ぐことができる。どれほどの数の敵が銃座の中に隠れているのか、彼らにはわからなかった。

ブームは、橋を渡って小隊を行かせる代わりに、迫撃砲の支援を要請した。数分後、暗くぼやけた稲妻が絶え間なく空からひゅーっと落ちてきて、オレンジ色の炸裂音とともに、小屋と樫の木に叩きつけた。小屋の屋根の破片や樫の木の枝が雨のように降ってきた。

銃座が十分に静かになったことに満足したのか、ブームは分隊長たちを召集した。

ブームが役割を与えている間、隊員たちは膝をついていた。すべてブームは小隊をスポーツチームのように運営していた。すべてでは〝我々対敵〟の勝負であり、この試合では勝者は一人しかいなかった。とはいえ、彼の激励の言葉の最後には、ほとんど余談のように、冷静な言葉で締めくくられることが多かった。「誰も撃たれないように気をつけろ」

「よし、行こう」とブームは言い、円陣は解散した。ブームは狭い橋を渡って走り出し、バックたちが追いかけることになった。

ブームと他の兵士たちが慎重に銃座を取り囲んでいく中、バックは無謀にも、自分の射撃の結果を見ようとそのまま銃座に飛び込んだ。しかし、驚いたことに、そこはもぬけの殻だった。ドイツ兵もおらず、機関銃もなかった。ここが最近まで使われていた唯一の証拠は、狩猟小屋の壁に続いている脱出用の溝だけだった。

バックは信じられない様子でブームに向き直った。「誓ってひとりやっつけたんです！」

「お前がこの戦争を生き抜けたら、勲章をもらう資格があるぞ」ブームは面白がって言った。

バックは塹壕の中に血の跡を見つけた。小屋の外壁に沿って、角を曲がって地下の階段まで赤い雫を追いかけた。後ろには、ブームも含めた他の兵が進んでいった。気心の知れた軍曹が、これは将校の仕事ではないと念を押した。ブームは自分の身の安全を顧みない行動で知られていた。時折、彼は自分を殺そうとしているのではないかと思えるほどだった。

バックは先導して地下室の階段を下りていった。彼は、〝ジョーティは自分のことを透明人間だと思っている〟という、自分の評判通りに生きていた。バックは手榴弾を持って先頭に立つように促されたが、民間人が地下室に隠れていることもあり、彼らを自分の手で殺すようなことはしたくなかった。

階段を降りたところで、バックは「待て」の合図をしてドアを開けた。銃声が聞こえないので、薄暗い地下室に足を踏み入れた。

そこにはドイツ兵が立っていた。8人の敵兵が彼に背を向けて何かの周りに集まっていた。バックが叫ぶと、兵士たちは降伏するために手を挙げて振り向いた。兵士たちの顔には皺が寄っていた。バックは彼らが何を隠しているのかが分かるように、彼らを遠ざけるように指示した。兵士たちは一歩下がり、床に横たわっている若いドイツ兵がみえた。

バックは近づいていった。

その兵士は金髪で青い目をしていて、バックと同じ、22歳くらいにみえた。息はしていたが、頭の両側の穴から血まみれの灰色の脳内物質がにじみ出ていた。バックは、吐きそうになった。聴力が失われ、時間が止まっているように感じた。バックは気絶してしまうのではないかと思うほど、頭がぼうっとした。これは彼の犠牲者であり、他の誰も発砲していなかった。バックは自分が撃った銃弾の結果を間近で見たのは初めてのことだった。

バックが他のドイツ兵に目を向けると、悲痛な表情を浮かべていた。涙をぬぐう者、今にも泣き出しそうな者。彼らはおそらくただの兵士ではなく、同じ町から集められた部隊に所属する、長い付き合いのある友人だったのだろう。

バックは衛生兵を呼んだ。

階段をおりてきた兵士が部屋に入ってきて、ライフルを左右に振り回して威嚇した。しばらくしてブームが衛生兵を連れてやってきた。

衛生兵は若いドイツ兵の上にひざまずいた。バックは目をそらすことができなかった。負傷した男はまぶたがびくびくし、呼吸も浅い。衛生兵は首を振った。このドイツ人青年は死ぬのだ。

バックは息苦しく、胸が締め付けられた。

ブームはバックの苦悩を察したのか、上の階の小屋を捜索するように命じた。バックは歩きだし、元通りになってほしいと願いながら肩を落とした。

意識が朦朧としながら、バックは狩猟小屋の喧騒の中をあてもなく漂っていた。

天井の木の垂木の下では、兵士が銃ケースの周りに群がって、ライフルを吟味したり、敵の最高の標本を自分のものにしたりしていた。

ジャニツキはバックがこの無秩序な喧噪に無関心であることに気付き、彼を脇に連れて行った。バックは今見たことを話した。

「彼は俺たちに銃を向けることを躊躇しなかっただろう」とジャニツキは言った。「たまたまお前が先に撃っただけだ」

バックは、命を救えたかもしれないのに、確実に命を奪ったということを受け入れようとはしなかった。バックの気を紛らわすために、ジャニツキは彼を銃ケースに案内し、分隊のハーフトラックにはライフルを隠すスペースがあることを思い出させた。

バックは、上に16ゲージの散弾銃の銃身が2本、下に.44口径のライフルの銃身が付いた、三連装の散弾銃とライフルの組み合わせを取り上げた。ジャニツキはバックにこの銃を弟に送ってはどうかと提案し、バックはそれがいいと思った。

バックは片方の肩にM1を、もう片方の肩に3連装の武器を持って小屋を出発した。ジャニツキの懸命の努力にもかかわらず、バックの目は遠く、心は別の場所にあった。引き金を引いた瞬間のことが頭を離れなかったのだ。彼の人生は永遠に変わってしまった。

私は彼の頭上を撃つべきだったのか、それとも樫の木に撃ちこむべきだったのか。

彼は銃を捨てて逃げただろうか？

バックは背後の小屋で何が起こっていたのかを振り払うことも、友人が死ぬのを見ているドイツ兵の顔を忘れることもできなかった。彼は教会で、神は人の髪の毛一本まですべて知っていると聞いたことがあった。そして「息を引き取るとき、主はあなたと共にいる」。

肩越しに見ていると、バックは寒気がしてきた。神はおそらく今頃、あの地下室にいるのかもしれない。

ベテランになることを急ぐあまり、マイナス面を見落としていた。戦争は、熟練するには醜いビジネスなのだ。

第一四章　西方火消し部隊

一両日後の1945年3月上旬
約130マイル、南ドイツ

四方八方の田園地帯が暗闇に包まれる中、ドイツ軍の列車はオーデンヴァルト山脈と平行して北上していた。

戦時機関車は懸命に働いていた。主連棒が圧縮運動し、動輪を回転させながら、四拍子のリズミカルな音を立て、時速30マイル（約48㎞）で走っていた。

灯りを消して走っているが、列車を隠すことは難しかった。煙突から火花が次々と暗闇の中へと飛び散っていた。燃え盛る火の粉が後方に流れ、ドイツ軍の戦車を積んだ平台貨車を照らしていた。グスタフはゴーグルを下げて、前から3輌目のⅣ号戦車の無線手席に乗っていた。

金髪が風になびいて、ハッチの上で列車のリズムに合わせて頭が跳ねた。石炭の匂いが心地よく、冬の故郷を思い出させてくれた。

ハイデルベルクの北側の田園地帯がぼんやりと見えて、グスタフは微笑みを禁じ得なかった。

自分が行きたいと思っていた場所にいるのだ。

他の乗員たちが規則を守って貨物車に乗っている間、彼は戦車に乗るため逃げてきた。グスタフは、少なくとも数時間は、車掌のようにレールを見るチャンスを逃すつもりはなかった。祖母が鉄道員になるという夢を叶えてくれていれば、毎日のようにこんなことをしていたかもしれなかった。

夜明けが近づき、丸みを帯びた山の奥から光が忍び寄り、上空の雲がピンク色に染まってきた。しかし、野原はまだ黒く、近くの村々は眠りについていた。

汽車は暗闇を追いかけ、車輪はレールの継ぎ目を越えるたびに子守唄のような安定した振動を奏で、グスタフを眠りに誘った。

誕生日の戦い以来、戦闘は残忍なものとなっていた。

第106装甲旅団は、ドイツ南西部の激戦地アルザス地方に派遣された。アルザス州は戦前までフランス領だった。ドイツ軍が領地を奪還した後、最初にアメリカ軍、次にフランス第1軍が領地を奪還するために戦った。

バルジの戦いでは必要不可欠と判断された第106装甲旅団は、前線に穴が空けばどこへでも急行したので、〝西方火消し部隊〟と呼ばれていた。

この称号は大きな代償を支払うものだった。

任務で壊滅的な打撃を受けた後、旅団は最近解隊され、バラバラに北に再配置された。ボロボロになった1個中隊はボンの橋頭堡を守るために前線に向い、2個中隊はラインラントに送られた。そして今、第106装甲旅団の残余がその運命に向かってレールに乗っている。

グスタフの後ろの平台貨車の上には、第二中隊の約7輌の戦車が鎖でつながれていた。第二中隊の戦車は、パンターが3輌、Ⅳ号戦車が3輌、Ⅳ号駆逐戦車の故障車が1、2輌分の混成となっていた*。

グスタフのパンターに乗っていた日々は終わりを告げた。砲手を務めることが多かったアルザスでの部隊の消耗後、来るべき戦闘のためにⅣ号H型に乗ることになった。濃い緑と茶色の迷彩が施されたこの戦車は、解隊した部隊から譲り受けたものだった。両側面のシュルツェン（スカート装甲）は剥ぎ取られており、砲塔の周りを取り囲む装甲だけが残されていた。

空の暖かさが増してきたのは、トラブルの兆候だった。機関士はすぐに列車を停車しなければならないだろう。西部ドイツの上空は5000機の連合軍の戦闘爆撃機がパトロールしていたので、昼間に鉄道を利用するのはあまりにも危険すぎた。

グスタフは座席から身を乗り出して機関車の周りを見回した。トンネルは近頃列車にとって唯一の聖域だった。トンネルが近づいて来ているのだろうか？

最初、グスタフは列車の後部にある2輌の貨車のうちの1輌に乗って旅を始めた。30人の男たちがそれぞれの車輌に乗り、干し草のベッドの上でトランプをしながら列車は進んでいた。しかし、車輌の天井と壁は木製で、空からの攻撃の可能性が高まっているなか、ほとんど身を守ることはできなかった。そこでグスタフは戦車の中で生活するために、こっそり前の貨車へと移った。各停車駅では集合時間に合わせて戻ってきたので、グスタフがどこにいたのかは誰も気にしていなかった。

列車のブレーキ係がグスタフにこう打ち明けた。「故郷を通り過ぎたら、結果はどうあれ、乗務員車から飛び降りるつもりだ」。彼は列車がどこに向かっているか知っていて、それに関わりたくなかったのだ。

列車はドイツの〝要塞都市〟ケルンに向かっていた。ドイツ国防軍はアメリカ軍の猛攻に備えて、街の対空砲を増強するために88㎜を送り込んでいた。徴兵されていない少数の年配の男性で構成されていた国民突撃兵は、対決が近づくにつれ、路面電車で地下道を塞いだり、公園を掘りおこして陣地化していた。グスタフの中隊にも命令が出された。

中隊は戦車を用意するのだった。

＊パンターは、機械的に脆弱で、「62マイル（約100㎞）を超える道路移動は、サスペンションに激しい摩耗を与える」と、ドイツ軍が警告を発したため、通常は鉄道で移動しなければならなかった。

乗務員車から、ブレーキ係がブレーキを踏んで機関士に合図を送った。彼はまだ列車を見捨てたわけではなかった。機関士は機関車から身を乗り出して、列車の後ろを見た。暗い空に何かが見えて、彼は驚愕した。給炭士に向かって叫び、運転室に戻った。

戦時機関車の笛が血も凍るような悲鳴をあげた。

給炭士が石炭を投入するために火室を開けるたびに、機関車からオレンジ色の光が放たれ、風景と機関車の赤い下腹部を照らした。

機関士がスロットルを開けると、動輪が一瞬空転して、列車は時速35マイル、おそらくは40マイル（56～64㎞）まで加速した。耳をつんざくような轟音とともに、煙突から火花が飛び散った。彼らは何かから逃げているのだが、グスタフにはそれが何なのかわからなかった。慌てて肩越しに見たが、砲塔が視界を遮っていた。

グスタフは座席に腰を下ろした。戦車が鎖で揺れ、平台貨車は彼の下で傾き、揺れた。総重量６００ｔ以上の列車が、ドイツの傷だらけの線路を疾走していた。彼はしっかりと掴まっていた。

機関車は光を放っていた。グスタフにはそれが燃え盛っているように見え、まるで前にいた全員が死んで列車が暴走しているように思えた。

グスタフの後ろから遠吠えのような音が聞こえてきた。それはまぎれもなく空冷エンジンの中を空気が吹き抜ける音だった。これでグスタフは、自分たちが何から逃げているのか、連合軍の戦闘爆撃機が追ってきていることを知った。グスタフは戦車の中に入り、ハッチを閉めて暗闇の中に身を置いた。

機関銃の音が響いた。暗闇の中に曳光弾が斜めに光った。銃弾は列車の後ろから前に向かって、木製の車輌を噛み砕き、金属を叩きつけながら弾着していった。その音はグスタフの鋼鉄製の天井の上で舞い、進み続けた。機関車が悲鳴をあげた。２機目の戦闘機が頭上で轟音を立てて銃声を響かせ、機関車の悲鳴をかき消した。

飛行機は列車の前を低空飛行でまっすぐに飛び続けた。戦時機関車は走り続けたが、いつおしまいになってもおかしくなかった。ボイラーの厚さ約1／2インチ（約１・３㎝）のプレートが破裂すれば、爆弾のような力で爆発するだろう。

グスタフはハッチを開けて外の様子を窺った。行ってしまったのだろうか？

蒸気が機関車の配管から噴出し、広がって熱い霧となってグスタフの顔に当たった。捉えどころのない敵を見つけるのは難しくなった。しかし、グスタフは蒸気の中から敵を見つけた。空高く、遠くに、影のような2機のＰ‐47が、正面から回り込んで航過しようとしていた。

狼たちは、まだ自分たちを始末していなかった。

グスタフはハッチを閉め、身を小さくした。

最初の1機は、列車の神経中枢である機関車を狙ってきた。曳光弾が機関車の上面をなぞり、石炭車を切り裂いて、戦闘機の後に渦巻く黒い塵の雲を残した。

戦時機関車は息を荒くして出血していたが、戦わずして斃れることはなかった。

P‐47の攻撃は中途半端に終わった。2機目は、より高いところから、ゆっくりと襲いかかり、爆弾を投下して列車の前方に噴煙を上げた。

機関士は運転台の前窓からそれを見たに違いない。目の前の線路は寸断されていた。このまま止まらなければ、脱線の危機に瀕していた。

列車の勢いを止めようとするブレーキの悲鳴が響いた。ブレーキ機構から火花が流れ出て、船の航跡のように機関車の周りを流れていった。動輪がロックして火花を散らし、列車はレールの上を滑っていく。

列車は時速30（約48㎞）マイルまで減速した。そして20マイル（約32㎞）に。

グスタフの後ろでは、戦車兵が動いている貨車から飛び降りていた。この時点ではそのチャンスに賭けるしかなかった。列車が時速10マイル（約16㎞）で脱線すれば、約４００tの貨物が雪崩のような勢いで前方に激突することになるだろう。時速5マイルでも、足をすくわれる。

列車はほとんど停止状態になった。しかし、それだけでは十分ではなかった。汽笛が鳴り響き、残った戦車兵と乗務員に衝突を知らせた。グスタフは腕を伸ばして衝撃に備えた。

機関車は爆弾の破口を唐突に飛び越え、嫌な音を立てて穴の中へと落ち込んでいっだ。次から次へと貨車が激突し、戦車の重さで列車はアコーディオンのように圧縮された。グスタフは前のめりになり、顔が銃の照準器にあたった。

朦朧から戻るのに時間がかかった。

グスタフはハッチを開けて被害状況を確認した。機関車を除いて、すべての車輌が線路の上に止まっていた。破口からは蒸気の轟音が上がっていた。機関車の安全弁がボイラーの圧力を抜いているのだ。

P‐47は自分たちの仕事ぶりに感心したかのように、すぐに飛び去った。グスタフは、P‐47が他の獲物を追いかけて、その姿が遠ざかっていくのを見ていた。

大破した機関車からは誰も出てこなかった。このような事故では、石炭車が前方に飛び出して、熱せられたボイラーに男たちを押しつぶしてしまうことがよくあったのだ。

グスタフは祖母を抱きしめたいと思った。押しつぶされたのは自分だったかもしれない。

翌日の午後、10名ほどのドイツ軍の戦車兵の集団がハイデルベルク旧市街を散策していた。

グスタフは、色とりどりの装飾が施された古いバロック様式の建物に感嘆の声を上げた。歩道にはペイントされた看板が掛けられ、ビザンチン様式の教会のドームが一里塚のように立っていた。数本の通りを隔ててネッカー川が流れ、反対側には山と崩れかけた城が町に隣接していた。

最も注目すべきことは、街が完全に無傷のままであったことだ。ドイツ最古の大学があるハイデルベルクは、これまでほとんど爆撃を免れていた。街を歩いていると、グスタフは戦争は悪い夢にすぎないと思えてきた。

グスタフも他の戦車兵も元気だった。特に、鉄道路線での危機的状況の後では、ドイツの街に戻って意気軒昂だった。機関車に牽引されてハイデルベルクに戻った後、作業員が損傷を修理するまでの一時休暇が与えられた。

グスタフは、他の男たちについていくのを許されたことに驚いた。グスタフは最年少で、一等兵に昇進した後も、伍長と軍曹からなるグループの中では下っ端の兵士だった。

幸い、ロルフが彼を保証してくれた。

グスタフの車長は戻ってきて、生きて彼の横を歩いていた。ルクセンブルクで被弾したパンターから急いで脱出した時、ロルフと装填手は野原よりも森の方を選び、そこに隠れた。そして、旅団が彼らを置いて後退する直前に戻ってきたのだ。

当初の乗員の中で残ったのはグスタフとロルフだけだった。厳格なベテラン砲手であるヴェルナーは、負傷や戦争の必要性から、装填手と同様に中隊から転属していた。

通りを行き交う人たちは、戦車兵たちに広い間隔を空けようと、道路の反対側に流れていった。視線をそらす者もいれば、目をそむけずに睨みつける者もいた。

ハイデルベルク市民は、何か気に入らないものを見ていた。グスタフは仲間がその敵意を感じとっているのだろうかと思った。もしかしたら制服のせいだろうか？

油で汚れたカバーオール・コートを列車内に置いてきた彼らは、ドイツ空軍の整備兵のような黒一色の戦車兵用の制服に身を包んでいた。この色は、仕事で避けられない油汚れを隠すための実用的な選択だった。

問題は、恐れられていた親衛隊も黒い制服を着ていたことで知られており、グスタフのようなドイツ国防軍の戦車兵は、素人目には、ナチス党の私設戦闘部隊の兵士と混同される可能性があったことだ。

戦車兵の襟章もそうだった。グスタフの制服の襟には銀色の髑髏のパッチが付いていた。ブラウンシュバイク公国のドイツ騎兵が、ワーテルローでイギリス軍と共に戦ったときに同じ髑髏を帽章につけていた。髑髏は、自分の命よりも忠誠心を優先することを象徴していたが、ドイツ国防軍の戦車兵は、１９２０年代にヒトラーのＳＳが台頭したときに採用した髑髏の徽章とよく似ていたにもかかわらず、この髑髏は自分たちの伝統だと主張していた。

しかし、それは制服だけではなかった。それ以上の何かが働いていたのだ。

前線を離れていたグスタフは、最新のプロパガンダを知らなかった。「恐怖の物語」を聞いた事もなかった。恐怖心と闘争心を植え付けるために、ヨーゼフ・ゲッベルス宣伝相は国営メディアを利用して、ドイツが敗北した場合の国の将来について、ドイツ国民に恐ろしいイメージを植え付けていたのだ。

ゲッベルスは、アメリカ人がロシア人と取引をして、シベリアの収容所に捕虜を送ることにしたと主張した。ドイツに残された男たちは、都市から都市へと移動して、瓦礫をかき分けたり、岩を割ったりすることになるだろう。ゲッベルスは、アメリカの将校はドイツ人女性を乗馬用鞭で鞭打ち、一般市民は1日2〜3時間を除いて家に幽閉されると国民に伝えた。

このプロパガンダは瞬く間にドイツ国民の間に定着した。しかし、この作戦は意図しない結果をもたらした。悪質な責任のなすりつけあいで、国民の士気を低下させ、自国の軍隊を敵視するようになったのである。

捕虜になった、あるドイツ軍の軍曹がハイデルベルクを描写した。「そこの雰囲気はクソだが、憎しみの矛先は敵ではなく、ドイツの体制に向けられている」。巷では「連合国が早く戦争を終わらせるために来てくれれば」といわれていた。

ドイツ西部の数え切れないほどの町や都市では、ドイツ市民が兵士を「戦争を長引かせる者」という新しい呼び名で呼んでいた。

グスタフは、ハイデルベルクの短い滞在でその言葉を聞いたことはなかったし、聞く必要もなかった。しかし、言葉にならない軽蔑の念は、彼の心を揺さぶるには十分だった。

国民が自分に敵対しているとしたら、誰のために命をかけているのだろうか？

醸造所の中では、何もかもが順調だった。ビールのおかげで、戦争という過酷な現実を、当分の間は忘れることができた。

戦車兵たちは、アーチ型の木の天井の下のテーブルに座っていた。戦車兵たちの回復した賑わいに合わせて、スピーカーからはラジオの音楽が流れていた。ビアホールには暖炉と料理の香りが漂っていた。

戦車兵以外にも客はいたが、今では混雑している店はほとんどなかった。ロルフの近くに座ったグスタフは、再びくつろいだ気分になった。泡立ったビールのジョッキが運ばれてきた。もう誰も、真剣に乾杯をする者はいなかった。ほとんどの乾杯は冗談のようなもので、笑いで迎えられていた。

「幾多の敵よ、あまたの名誉を！」というのは皮肉の効いた言葉だった。

これから先の戦場では常に多勢に無勢であるという現実から逃れることはできなかった。だからドイツの戦車兵はそれについて冗談を言った。「我々の戦車1輌はお前たちの戦車10輌よりも優れているぞ」とアメリカ人に言ってやりたかった。「だが、いつも11輌いるんだ！」

どの部隊にも狂信者がいて、彼らはそのようなジョークは神への冒涜であり、ヒトラーのエンドジーク、つまり最終的な勝利、多勢に対するとうてい不可能な勝利を未だに信じていた。しかし、その日グスタフと一緒に座った者の中にはひとりもいなかった。

グスタフはひと口飲んだ。ビールは水っぽかった。グスタフがテーブルを見渡すと、他の者たちも同じように、その味に苦笑していた。ビールも戦時中の食材不足の犠牲者で、バター、マーマレード、蜂蜜、コーヒーなどと同様に、今では人工的なものばかりだった。

歴戦の戦車兵が上着の中に手を入れて、キャラウェイで味付けされた穀物アルコール、キュンメル・シュナップスの瓶を取り出した。グスタフは心配そうにロルフを見た。厳密には作戦中なので、アルコールは禁止されていた。しかし、ロルフは眉をひそめなかった。他の者が見張りをしている間に、ベテランはテーブルの下で、ボトルの半分を自分のマグカップに注いだ。仲間の下士官に隠す必要はなかった。すぐに味見を求めてくるだろう。

彼らが最も恐れていたのはドイツの一般市民だった。自分たちがそのために戦っている、まさにその人々から隠れていたのだ。ゲッベルスのプロパガンダによって、誰も彼もが二重スパイの可能性を秘めていた。襟元の鉤十字のピンを除けば、ゲシュタポに密告するようなナチス党の忠実なメンバーかどうかを見分けることは不可能だった。

１９３８年に制定された「戦争努力の破壊」法は、いかなる方法、形であれ、戦争努力を弱体化させることを犯罪とし、法を破った際の罰則は死刑とされた。軍服を着て非国民的な乾杯をしながら飲むことは、その資格があるのだろうか？　あらゆる経験を経たこの時点では、彼らは気にしていなかった*。

ひと口か二口飲んだ後、歴戦の戦車兵はジョッキを次の男に渡した。グスタフはひと口飲んでみた。スパイス、アニス、ペパーミント、蜂蜜とビールの組み合わせのような香りがした。彼はそれが気に入った。ジョッキが空になると、別の軍曹がテーブルの下で二杯目のビールを入れた。ほとんどの者は漏斗を隠し持っていた。ジョッキが戦車兵から別の戦車兵

＊「戦争努力の破壊」法の第5条にはこうある。「ドイツ軍やその同盟国への兵役義務を果たすことを拒否するように公然と他人に試みたり扇動したりする者、あるいはドイツ国民やその同盟国の意志を弱めたり台無しにするための利己的な戦いを公然と仕掛けようとする者は……軍事的弱体化の罪で死刑を宣告される」

へと回り続けるにつれ、歌は大きくなり、ジョークはより荒くなっていった。グスタフは話すよりもニヤニヤして笑っていた。

アルコールの副作用として、思い出話に花が咲いた。よく語られた話の中に、第二中隊の唯一のテキサス人の話があった。ドイツ系アメリカ人の彼は、戦争が始まったときに先祖代々の故郷を訪れていて、すぐにドイツ軍に徴兵された。無線手として、彼の訛りはアルザスで重宝された。アメリカ軍が野砲を撃っているとき、彼は無線でアメリカ軍を呼び出した。アメリカ軍は彼のテキサス訛を聞いて、自分たちの仲間だと信じ込んだ。彼はその思い込みを利用し、砲撃を誤った方向に誘導したのだ。

ひとりの、グスタフの近くに座っていた年配の戦車兵は、酒の入ったビールに特に勇気づけられたようだった。彼はテーブルの中央から金属製のゴミ箱を手に取り、それを空にして口にかざし、ラジオ放送の音を再現した。「こちらベルリンの帝国省……」と彼は言った。

グスタフは肩をすくめた。これは楽しいが、危険なことだった。

年配の戦車兵は、ゲッベルスの演説をまねて、口をゆがめて話し始めた。「敵が我々ドイツ人には芸術（art）がないと思っているのなら、その逆を証明することができる！　毎日、人工的（art-ificial）な蜂蜜が列車の貨車一杯に東部戦線に送られている。人工的なコーヒーはどうですか？　そして……」

テーブルの上は酔っぱらいの笑い声に包まれた。

グスタフは他の者たちと一緒に笑ったが、自分でジョークは一切言わなかった。グスタフは、国家社会主義者の怒りを恐れることをずっと昔に学んでいた。

１９３８年11月９日、グスタフは12歳だった。「水晶の夜」と呼ばれたこの日、教会の鐘で家族全員が眠りから目を覚ました。隣のヴェーデム村から炎が上がっていた。グスタフの父親は地元の消防団に所属していたため、道具を肩に担いで自転車で消火に向かった。他の消防隊員たちは、馬引きの給水ポンプを操って後に続いた。

村では、火元が炎上中のシナゴーグとユダヤ人の家であることがわかった。消防隊が一家の持ち物を炎から救出し、別の家にとりかかろうとしていたとき、ナチスの茶シャツ隊が戻ってきた。地元の問題児たちで構成され、同一の制服を着ていた茶シャツ隊は、パリでユダヤ人の若者がドイツの外交官を殺害したことへの報復として、ゲッベルスの提案で火を放ったのだ。数で勝る茶シャツ隊によって消防隊員は身を引かされた。それだけでは飽き足らず、茶シャツ隊は、消防隊がせっかく助けたすべてのものを火の中に投げ込んでしまったのだ。

その夜、帰宅したグスタフの父親は泣いていた。ドイツの反ユダヤ主義の熱狂は、グスタフには理解できなかった。彼が知っているユダヤ人は一人だけで、近所の農夫だった。苦しい時に一家に牛を貸してくれたが、見返りを求めたことはなく、期待もしていなかった。グスタフにとってユダヤ人は、両親と同じように普通の勤勉なドイツ人だった。当時まだ12歳だったグスタフは、何が起こっていようと、それが間違っていることを十分に認識していた。

夜も更け、宴も終わろうとしていた。それぞれの男は、テーブルにおかれたマグカップがゆっくりと回る中、自分の心の中の声に合わせて飲んでいた。

音楽の合間に戦争のニュースが飛び込んできた。最前線の最新情報がビアホールの中を流れると、盛り上がっていた気分も冷めてしまった。赤軍が東プロイセンに侵入した。間もなく、その地域の何百万人もの民間人が、700年以上のドイツの歴史を捨て去り、難民となるだろう。

このニュースを聞いてロルフは特に憂鬱になった。ドイツ第7の都市ドレスデンに住む家族のことを心配していたからだ。東部ドイツから来た他の男たちと同じように、自分の家がまだ残っているかどうかも分からなかった。数週間前の真夜中、800機近いイギリスの爆撃機がドレスデン上空を飛行し、街の中心部に火災旋風を起こすのに十分な量の焼夷弾を降らせたのだ。

ドレスデンの惨状は瞬く間に広まった。生存者の証言によると、炎の竜巻は空気を激しい渦の中に引き寄せ、人々を赤い光の中に吸い込むように引き裂いたという。進撃する炎の壁は、防空壕をオーブンに変えた。アスファルトの道は熱で沸騰し、溶けたタールの川が流れた。

ロルフは家族からの連絡をひたすら待っていた。家族が生き残っているかどうかはわからないし、グスタフは車長のためにも心配していた。ロルフは車長というよりも友人だった。しかし、その時、ドレスデンは世界の彼方のように感じていた。彼らの本当の関心事は目の前の要塞都市だった。

いくら飲んでも、グスタフは「火消し部隊」がどこに向かっているのかを忘れることができなかった。彼らは西部戦線の国防軍の最後の断片であり、〝戦争の長引かせ屋〟だった。わずか数輌の戦車で、世界が知るかぎり技術的に最も高度な殺戮部隊と戦うことになるだろう。アイゼンハワーは、グスタフのようなドイツ人を殺すというひとつの目的を達成するために、73個師団、17000機の航空機、そして400万人の兵士を自由に操っていた。

その知識は、絶望的な運命を感じさせた。

マグカップがテーブルを回っているうちに、昔の猟師の格言が頭に浮かんだ。「たくさんの犬はウサギにとっての死である」（衆寡敵せずの意）。

線路はすぐに修復される。別の機関車が来れば、もう後戻りはできない。ケルンまでの列車は片道の旅であり、グスタフはそれを知っていた。

マグカップを手にすると、グスタフはぐいっと飲みほした。

第一五章　先頭に立つ

一両日後の1945年3月5日
ドイツ・ケルン

街への門は封鎖されていた。

E中隊は路上に停車したパーシングの後ろで止まった。車長たちは砲塔の中に沈んでいった。歩兵2個中隊は近くの家の庭に身を隠した。正午頃で、ケルン郊外の住宅街は凍えるような寒さだった。木々の下を錆び色の葉が舞っていた。地平線には不吉な雲が立ち込め、嵐の到来を予感させた。

X任務部隊の先頭戦車の中で、クラレンスはペリスコープに目をやって景色を見ていた。前方の道路は、鋼鉄のケーブルで繋がれた白いトロリーカーがぎっしり詰まったガード下に直接つながっていた。

「待ち伏せされているかもしれない」とクラレンスはアーリーに言った。

陸橋の反対側には、工場のようなアパートが建ち並んでいた。罠を仕掛けるには絶好の場所だ。

アーリーは中隊に向けて警告を発した。

戦車の砲塔が回り地平線を警戒した。悪名高いパンツァーファウストを持ったドイツ兵が一人いるだけで、戦車は炎の海になる。アメリカの乗員には、バズーカ砲とグレネードランチャーを合体させた致命的なこの兵器は、都市部での戦闘で使用されることが想定されていると説明されていた。

クラレンスは戦車の両脇の高台を見回し、敵の出現に備えた。北の空から雷鳴が響いていた。並行していた任務部隊がケルンの飛行場で88㎜対空砲に遭遇しているのだ。

「発砲するな」とアーリーは安心した様子で小隊に無線で伝えた。歩兵がこれを処理するだろう。大急ぎで歩兵中隊が前進し、一発も撃つことなく陸橋を確保した。

邪魔になっていた封鎖を解除するためにドーザー戦車が来ることになったが、専門家の到着にはしばらく時間がかかるだろう。

アーリーは他の戦車長と協議するために戦車を離れた。ソールズベリー大尉はパリで休暇を取っていたが、その前にベテランの小隊長ビル・スティルマン中尉を中隊長代理に任命していた。

クラレンスはそわそわしていた。最も狙われやすい先頭の戦車に乗るのは苦痛だった。しかし、彼は一人ではなかった。戦車から降りたスモーキーは、煙突のように煙草をふかしながら行ったり来たりしていた。無愛想な車体銃手は、腰の下の方に拳銃を下げていたが、これは彼がいつも真似ている西部のガンマンのようだった。シュトルベルクに戻ってからは、暇つぶしに仲間の戦車兵と早撃ち大会を開いたことで有名になった。

二人は対決をして、お互いに空撃ちし合っていた。ルールでは拳銃は装弾されないことになっていたが、ある時スモーキーはそれを忘れて、実際に相手の股間を撃ってしまったのだ。その結果は？　戦争の残りの期間は休暇をとることができなくなってしまった。スモーキーを戦車の中に閉じ込めておくことは、刑務所に入れるよりも良い罰だった。

クラレンスは、ヘルメットの代わりにお気に入りのニット帽をかぶり、砲塔から降りて車体を前に向かって歩いていった。ここでも、彼は賭けに出ることを厭わなかった。周りに狙撃兵がいたら、ヘルメットでは弾丸を防ぐことはできないだろうと思っていた。

クラレンスはスモーキーに煙草のジェスチャーをした。「ひとつもらってもいいか？」

スモーキーは信じられなかった。クラレンスが、自分の配給の煙草をチョコレートと交換するような男が、タバコを吸いたいと言ったのか？

「お願いだ。どうしてもいるんだ」クラレンスは言った。

スモーキーはニヤリと笑った。スモーキーは友人を堕落させることがあまりにも嬉しくて、クラレンスに火を付けて

ケルンの西端から見た大聖堂

やった。

クラレンスは煙草を長く吸いこんだ。ニコチンの奔流は心地よく、戦車から落ちそうになるほどだった。砲身につかまりながら、彼は砲塔に戻り、煙草を吸って気持ちを落ち着かせたのだった。

近くの看板には、ドイツ語でケルン（Köln）と呼ばれるケルン（Cologne）の市域が示されていた。遠くには、3日前に英空軍の空襲を受けてまだ煙を上げている街並みの上に、有名な大聖堂が黒く焼け焦げていた。大聖堂の双子の尖塔は、不吉な全能の目のようにクラレンスを睨みつけていた。

彼は両親に今の自分を見せたいと思った。第3機甲師団を導いてドイツの女王の都市に向かう戦車に乗っている5人の乗員の一人なのだ。ペンシルベニア州のリーハイトンでキャンディーを売っていた頃からすれば、ずいぶん遠くに来ていた。

ジープがパーシングの後ろで停車した。任務部隊の司令官である、身長180㎝のテキサス人、リアンダー・ドアン大佐が出てきた。部隊の広報は彼を「年老いた騎兵隊員……今でもテキサスのカウボーイのように咆哮しながら行動している。暑いときは猫のように歯を見せて笑う、神経質になることはないと言われている」と絶賛した。

ドアンは、陸橋の作業の進行状況を見て、クラレンスに眼を留めた。「兵士よ！」

クラレンスはうろたえて下を向いてしまった。

「ヘルメットをかぶれ！」ドアンはそう叫んだ。

クラレンスは煙草を捨て、本能的に敬礼した。

ドアンのせいで、煙草はもちろんのこと、一瞬の内省も台無しになってしまった。

クラレンスは砲塔に身を潜めた。秩序が回復したことに満足したドアンはジープに戻った。しかし、クラレンスは命令に従わなかった。ヘルメットをかぶっていないところを大佐が見ることができないように、ただ中に入ったのだ。

バックは、クラレンスの位置から北側の平行した道路にいて、ジャニツキ、ブーム少尉、他に3、4人の歩兵と一緒に、暖気運転中のM4シャーマンの上に座っていた。

今回の攻撃では、彼らはF中隊の戦車に乗ることになっていた。

歩兵たちは緑色の軍服と手袋をして、スカーフを首に巻いたり耳にかけたりしていたが、その重ね着がきつかった。バックはうだるように暑かった。スカーフを解いて襟を開く。エンジンデッキの格子から熱が上がっている。暑さだけではなく、油の匂いにも吐き気を催した。

静電気を帯びた灼熱の戦車から脱出する方法はひとつしかない。バックは、ブーム少尉に「前路捜索します」と言った。ブーム少尉は、率先して行動することを重視しており、バックの要求を承認した。

バックは一人で出発した。第一斥候としての確固たる地位を譲るつもりはなかったし、特に自分たちを殺すかもしれない新人に譲るつもりはなかった。たとえ危険な仕事であっても、少なくとも自分の運命は自分の手で切り開くことができるのだ。

角を曲がると、バックは別の封鎖された陸橋の前に一輌のM４シャーマンが待機しているのを見つけた。ドイツ軍は、連合軍を街の外に止めておくために全力を尽くしていた。

ＧＩの工兵は、すでに現場に到着していた。ハッチに立ったシャーマンの車長は、技術者と話をしていて、バックもそれに加わった。彼らは、前進を続けるためにドーザー戦車がバリケードを取り除くのを待っていた。

その時、視界に動きがあった。陸橋の上にある橋の上を誰かが歩いているのだ。バックはライフルをカチリと鳴らし、工兵たちはカービン銃を手に取った。男たちは次々と銃を下ろした。

ドイツ人のカップルがのんびりと散歩しているだけだった。

しかし、ライフルを下げた後も、バックは彼らを見張っていた。二人の様子がおかしいのだ。男も女も赤十字のマークが入った白い医療用エプロンをつけていた。ぐずぐずしながら、下にいるアメリカ人をじっくり観察していた。必要なものをすべて見た後、彼らは行動した。男はエプロンの下からパンツァーファウストを取り出し、M４シャーマンに狙いを定めた。アメリカ兵は散り散りになった。バックは左手に自動車修理工場を見つけ、急いで身を隠した。

パンツァーファウストは黒色火薬を炸裂させ、サッカーボール状の弾頭を発射して流れ星のように飛んできた。弾頭は戦車の前に落ちたが、爆発はしなかった。通りに跳ね返った弾頭は、戦車の下を滑るように移動し、車道の縁石に衝突して爆発した。

その衝撃波でバックは持ち上げられ、車庫に投げつけられた。

衝撃の強さで胸が張り裂けそうになりながら、バックは身をかがめて、橋の方向に砲を向けていたシャーマンに合わせて銃を構えた。しかし、それはあまりにも小さく、遅すぎた。二人の姿は見えなくなった。

バックたちは、新種のドイツ兵に出会ったのである。

ナチスの権力の中心地であるケルンには、１２５の党の地方事務所があり、多くの地域には「オルツグルッペンライター(Ortsgruppenleiter)」＝地区指導者」がいて、どの家が鉤十字の旗を掲げているかを監視し、また、大鍋の料理を食べ、浮いたお金を貧しい人々に寄付するように求められる〝アイントプフ（ひとつの鍋）の日曜日〟に誰が参加するかを監視していた。あのドイツ人カップルは、嫌がらせをする者が誰もいなくなった悪い地区指導者だったのだろうか？　軍に雇われ通りでゲリラ戦を行なっているのか？　それは誰にもわからなかった。

バックは憤慨した。物見高かったせいで殺されるところだったからだ。戦車兵も危なかった。パンツァーファウストの弾頭は、燃えるようなプラズマを戦車の装甲に噴出させて、中にいる者に溶けた金属を浴びせるようになっている。

バックが自分を責めている最中に、橋の動きに気付いた。あの二人が戻ってきたのだ。二人の顔が橋の上から顔を出して、自分たちの仕事ぶりをのぞき込んできた。爆発の音を聞いた二人は、戦車を破壊したと思ったのだ。一人が堂々と立ち、もう一人も同じようにしている。

バックはライフルで狙いを定めたが、彼が撃つ前にシャーマンが先に発砲した。砲弾は橋を打ち抜き、粉々になったコンクリートと散弾の雨を、近距離であびるショットガンよりも大きな力で狂信者たちに直撃させた。

埃が収まると、橋の側面に崩れ落ちた穴が見えてきた。二人がかつて立っていた場所には、一対の長い赤い筋だけが残っていた。

ブーム少尉と小隊が到着して、周辺の安全確保を始めた。バックは何事もなかったかのように迎えに出た。彼らは、バックがどれほど赤い飛沫になりかけていたかという真実を知ることはなかった。もし知られたら、ずっとからかわれるだろう。

ひとりの歩兵が何かを失ったかのように、左右に目をやった。一等兵のバイロン・ミッチェルはバックを見つけて、群れから抜け出した。バイロンはバックには北欧系のように見えた。しかし、バイロンの鮮やかな青い目は得体の知れないものだった。それは虐待された動物のような臆病さを放っていた。アトランタでパン屋を営んでいたバイロンは、貧しい家庭で育った。自分で自分を育てたのではないかと賭ける者もいたほどだった。

バイロンは部隊で最も強力な携帯火器であるブローニング・オートマチック・ライフル（ＢＡＲ）を振り回していた。彼にはそれに見合うだけの攻撃性があった。「やつらはどこに行ったんだ？」バイロンは激しく尋ねた。彼はドイツ人カップルを追っていた。

バックは、その二人は粉々に吹き飛ばされたと言った。バイロンはがっかりした様子で、バックの話が本当なのかどうかを確かめるために、しばらくその場に立ち止まっていた。

バイロンの目的は明白だった。中隊一の略奪者の彼は、ケルンでの最初の略奪品が欲しかったのだ。

彼はドイツ人の死体に出くわすたびに、必ず土産を探していた。ピストル、時計、宝石類、金銭。バイロンは死体を科学的に把握していた。彼は素人検死官のようにドイツ人の死亡時刻を判断することさえできた。戦時中の食事のためにド

1944年8月、フランスでの戦闘で歩兵を乗せて抵抗勢力を捜索するスピアヘッド師団のM4。（監修者注：M4シリーズ最初の生産型となった鋳造車体のM4A1で、北アフリカでの戦訓から左右の袖板上に備える弾庫に砲弾が命中した際に、弾薬が誘爆するとの指摘を背景に、車体右側面2ヵ所、左側面1ヵ所に38mm厚の増加装甲板が、1943年8月末から導入された。それ以前の完成車に対しては、改修キットが製作されて部隊に配布されたが、この車輌は未装着だ）

1944年9月22日に、ニュルンベルクのＭＡＮ社工場からロールアウトした、パンターG型の新車。（監修者注：この車輌は、オリジナルのゴム縁付転輪に換えて、ティーガーⅠ、Ⅱに用いられた内部にゴムを収めるプレス製転輪が用いられ、製造番号は121052と判明している。少なくとも24輌がこの鋼製転輪を装着して製造されたが、転輪の径がオリジナルの86cmから80cmに減じたことで、履帯との相性が悪くなりそれ以上に進むことなく終わった。それでも物資不足から、同社で1945年3月から4月にかけて生産された一部の車輌では、鋼製転輪を用いて完成している。さらに1944年9月7日付でツィメリットコーティングが廃止され、9月半ばからは工場内で3色迷彩の塗装が開始されている。つまりこの車輌は、その具現例となるわけだ）

ノルマンディーで見たフューリーの実物。この M4 は陸軍の重機甲師団である第 2 機甲師団に所属していた。（監修者注：75mm 砲を備える M4A3 の旧車体車で、右側面の前後 2 ヵ所に 38mm 厚の増加装甲板を溶接している）

1944年6月、ノルマンディーで前線に向かうⅣ号戦車H型。（監修者注：上陸時に展開していた、Ⅳ号戦車を装備するドイツ軍の装甲部隊は、第21装甲師団と装甲教導師団、SS第12装甲師団に限定されており、いずれも第1大隊にパンターが、第2大隊にⅣ号戦車が配備されていた。写真の車輌はおそらくSS第12装甲師団の所属であろう）

浮橋を渡るスピアヘッド師団のシャーマン。車体に描かれた愛国的な落書きからもわかるように、ベルギー解放時のものと思われる。（監修者注：この角度に加えて、各種装備品からM4かM4A3かを識別できない）

バルジの戦いの序盤で、E（イージー）中隊の戦車兵がクラレンスのシャーマン“イーグル”の横で食事をしている。左から右へ。スモーキー、姓名不明、アーリー、マクベイ、クラレンス。（監修者注：砲塔の形状からもわかるように、対戦車戦闘能力の強化を図って長砲身76mm砲を導入したM4A1（76）だ。車体の前部形状を改めた新車体で、写真からは確認できないが車内の弾庫は誘爆への対処から、内部に水を収めた湿式として称する、新型弾庫が用いられている）

初期のシュトルベルクでは、戦車は文字通り家の間に駐車されていた。写っているのは、シャーマンに乗った〝ケイジャン・ボーイ〟オーディフレッド（左端）とその乗組員たち。（監修者注：それまで分割式の57㎜厚車体前面装甲板を、1枚式で63・5㎜厚に強化し、併せて傾斜角をそれまでの56度から47度に改めて内部容積を増大し、ハッチの形状も変更された新車体を用いたM4A3。車体前面に起倒式のトラベルクランプを備えるのも、新車体の特徴だ）

1944年9月24日、ドイツ軍から町の半分を奪っただけのシュトルベルクを通過するスピアヘッド師団のシャーマン。（監修者注：車体リアパネルの形状から、M4A3と判別できる。車体側面に溶接された、増加装甲板にも注意されたい）

ペリスコープからの眺め。バルジの戦いでスチュアートの車体銃手席からジム・ベイツが撮影した写真。（監修者注：当時M3 軽戦車は前線を退き、M5 と M5A1 軽戦車は任務を偵察にシフトしていた）

バルジの小休止中の " ケイジャン・ボーイ " オーディフレッドと彼の M4A1。履帯から " ダックビル " が伸びているのが見える。（監修者注：車体前面の形状からわかるように、車体前面の形状を改めた M4A3 の新車。傾斜角を変更することで内部容積を拡大し、ハッチも新型に変わっている。ダックビル＝アヒルの嘴は、履帯の接続部に結合することで履帯幅を広げて接地圧を低減し、降雪時の機動性を確保する機材）

アルデンヌ地方で次の行動を検討するスピアヘッド師団の戦車兵。M4A1 の右側には、M4A3E2 と呼ばれるシャーマン戦車がいる。（監修者注：M4A3E2 突撃戦車 " ジャンボ " は、市街地での戦闘に供することを目的に M4A3 型の新車体の前、側面に 38mm 厚増加装甲板を溶接し、鋳造製のディファレンシャルカバーを 140mm 厚に変更した。さらに砲塔は、前面 278mm、周囲 152mm の新型を搭載し、装甲厚はティーガーを上回った。装甲強化に伴い、戦闘重量は 32t に増大し最大速度は 32.2km/h に低下している）

76mm 榴弾を展示するクラレンス（左）とマクベイ。彼らの戦車イーグル号は後にバルジで見られる丸太がまだ装備されていない。（監修者注：76mm 長砲身砲を搭載した M4A1（76）で、湿式弾庫を備える新車体が用いられている）

1945 年 1 月、アメリカ軍の反攻作戦中、ベルギーのバヌーの凍った道でグリップに苦労するスピアヘッド師団の M4。（監修者注：湿式弾庫を備える新車体だが、M4 か M4A3 を識別することはできない）

M4A3 シャーマンが、バルジ北側の進入路で撃破されたパンターを追い越す。（監修者注：1945 年 1 月 17 日、ボヴィニー近郊での撮影で、放棄されたパンター G 型の所属は不明）

パーシングは行く先々で人々を魅了した。イーグル 7 の内部を見ようと砲塔に群がる隊員たち。（監修者注：M26 重戦車として制式化される以前に、試作呼称 T26E3 のままで実戦試験を目的に、まず 20 輌がドイツに送られた。そして第 3 機甲師団と第 9 機甲師団に、それぞれ 10 輌ずつが配備され、ゼブラ・ミッションの呼称で、1945 年 2 月 25 日から戦闘に投入された。この写真は到着後間もない時期の撮影で、サイドスカートや雑具箱の到着が遅れたため、まだ未装着だ）

クラレンスのパーシングから突き出た 90mm 砲にはマズルブレーキがついている。（監修者注：クラレンスが所属した E 中隊は、この 1 輌のみが引き渡された。本車は生産第 26 号車で、登録番号は 30119836 と判明している）

ドイツでの土曜朝の検閲で、M4 の砲身を点検するソールズベリー大尉。左端にはパーシング
が並んでいる。（監修者注：左は 76mm 砲を備える M4A3 の新車体、右は 75mm 砲を装備した
M4A3 新車体で、パーシングと比べると M4 の背の高さが目立つ）

E中隊の操縦手から戦車長になったジョー・カゼルタと、エバーラスティングと名付けられたシャーマン。（監修者注：砲塔と防盾からわかるように、76㎜砲を装備したM４A１の新車体で、車体前面の傾斜角変更に併せて導入された、新型ハッチが確認できる）

E中隊のシャーマンと並んだクラレンスのパーシング。（監修者注：撮影データは明らかではないが、サイドスカートを装着していないことから1945年2月7日にドイツのアーヘンに到着して間もいない頃と思われる。シャーマンは、新車体の75mm砲搭載型M4A1であろう）

フランスで見られたシャーマン、エレノア号と当時の乗組員たち。左から右へ、ピーター・ホワイト、ビル・ヘイ、ロバート・ロウ、チャック・ミラー。（監修者注：75㎜砲を搭載した旧車体のM4A1で、砲塔の後面にラックを設けて個人装備などを収めている）

ブラッツハイムでは、クラレンスは砲手ヒューバート・フォスター（左端）が戦車から脱出する際「空中を歩く」のを見た。（監修者注：76mm 砲を装備する新車体の M4A1 で、外から見ることはできないが、誘爆の対処として開発された湿式弾庫を備えている）

ブラッツハイムで被弾して放棄されたE中隊のシャーマン。車長は車体の部下が逃げられるように砲塔を旋回させたのだろう。（監修者注：76㎜砲の搭載のため、試作中戦車T23向けに開発された砲塔を流用しており、オリジナルよりもかなり大型化されたことが確認できる）

スピアヘッド師団の新型 M4A3E8 シャーマンの 1 輛が、ケルン攻略の際にエルフルト運河を渡る。イージーエイトは、23 インチ（約 58㎝）の幅の履帯を採用し、より良い接地性を実現した。（監修者注：M4A3E8 は、76mm 砲を備える大型砲塔の搭載で戦闘重量が増大したことを受けて、それまでの垂直式（VVSS）と呼ばれる懸架装置に換えて、強化型の水平式懸架装置（HVSS）を導入し、併せて履帯幅の増大を図ったのが主な変更点だ。なおこの E8 仕様は M4A3 だけではなく、M4 と M4A1 にも採用されており、いずれに対しても E8 の接尾記号が与えられている）

ケルンに向かう陸橋をドーザー戦車が通過する間、パーシングはアイドリング状態。（監修者注：前方を進むドーザー戦車は、M4 戦車向けに開発された M1 もしくは M1A1 戦闘ドーザーを装備した M4A1 のようで、火力と装甲は変わらず、そのまま戦闘に投入することができた）

陸橋を越え、白旗の前でX任務部隊を先導してケルンに入るパーシング。砲塔の上にはデリッジ、後ろにはアーリーが乗っているのが見える。

腰だめで自動小銃を撃ちながら、ケルンの古代ローマ時代の塔（ケルン大聖堂／ Stadthotel am Römerturm）に向かって進むスピアヘッド師団歩兵。

甥っ子のフリッツを世話するカティ・エッサー。

戦争で夫を亡くしたカティと 3 人の妹たち。左から右へ。アンナ、カティ、バーバラ、そしてマリア。

パーシングが前方の脅威を警戒している間に、オペル P4 のドアの向こうでは、スピアヘッド師団の衛生兵が患者の手当てをしている。

イツ兵の肌は死後数分以内に黄色みを帯びることが多かった。

そのため、バイロンは、皮膚がまだ黄色くなっていない若い親衛隊兵士を見つけたとき、近くの土手に腰を下ろしてBARを握りしめて20分待ったのだった。SS歩兵が這い出したはじめたとき、バイロンはBARの銃口を目の間に突き立てたのだ。

しかし、彼の略奪は個人的な利益のためだけではなかった。時折、ブーム少尉のために貴重な情報を得ることもあり、そのおかげで他の者がバイロンの習慣をどう思っていようと、目をつぶることができたのである。

バックは小隊に追いつくために走った。自分がどれほど不注意で、どれほど狭き門をくぐったかを知っていたからだ。それはまるで犯罪の現場から逃げているような気分だった。


パーシングは陸橋の向こう側で暖機運転していた。戦車はエンジンの力で震えており、再び動き出そうとしていた。

クラレンスは、何か変化があるのではないかと期待しながら見続けていた。ケルンへの大通りは空っぽで、空になった石の花壇だけが点在していた。彼の前には帝国が広がっていたが、兵士はどこにいるのだろうか。

後ろには、E中隊が新たに開通した陸橋を通って従ってきており、それに続く約36輌のハーフトラックは、B、C中隊の歩兵で埋め尽くされていた。

今は午後4時で、E中隊のケルンへの進軍は4時間遅れていた。これはドイツ軍の戦術的勝利であった。無線機の雑音が鳴り響き、中隊長代理が最後に戦車兵に向かって言った。「紳士諸君、ケルンを解放する」と彼は言った。「徹底的に叩きのめしてやろう！」

その言葉にクラレンスは顔をほころばせた。

その時が来たのだ。

パーシングはX任務部隊の半分を従えて誰もいない大通りを疾走した。任務部隊の残りの半分は、E中隊と並行して左の道を進んでいた。市街地へのルートは3本あったが、ケルンの中心部である大聖堂へと続いていたのはE中隊の道だけだった。シャーマン戦車の上には黒の防水シートが寝台のように敷き詰められ、エンジンデッキには色のついたパネルが旗のように張られていた。これらの装飾は味方の航空機に彼らを識別させるためのものであった。ケルンへの攻撃は、アメリカ3個軍が同時進行してライン川西岸の上下流域に橋頭堡を確保する「ランバージャック」作戦の要となるものだった。

クラレンスは、壁を破って敵の陣地に忍び込んだヴァンダル人のように感じていた。ケルンはかつてローマ帝国の辺境にあった前哨地だったので、このような比較は特にぴったりだった。

クラレンスは緊張したエネルギーに満ち溢れ、標的を探した。どんな目標でもいい。しかし、見つけることはできなかった。

装甲車の列は、かつては公園だった乾燥した土の上を轟音を上げて通り過ぎた。クラレンスがペリスコープで覗いてみると、そこには今まで見たことのない公園があった。ほとんどの木は薪用に伐採されていた。土には通気口があり、地下の防空壕が見えていた。地面には爆弾のクレーターが点在し、水が溜まっていた。

クラレンスは驚いた。

これが1945年なのだ。

エンドカンプと呼ばれる「最終決戦」の時だった。

ドイツ人は、たとえ勝利の可能性がほとんどないとしても、ヒトラーのために盲目的に戦うように求められていた。この日は、ナチスの地方指導者として知られるガウライター(Gauleiter)=大管区指導者が「最後までケルンを守り抜く」と宣言した日だった。

しかし、ドイツ第四の都市は空っぽだった。まるで皆が地球上から消えてしまったかのように、戦う者は誰も残っていなかった。

クラレンスの後ろのシャーマン(76)では、チャック・ミラーも全く同じことを考えていた。

この溌剌とした若者は、砲手席に戻っていた。チャックは数日間、補給部隊で楽しんでいたが、中隊から彼の技術が前線で必要だとの連絡を受けた。ブラッツハイムで、ひとりの砲手が酔っ払って落馬して膝を痛め、乗員は経験豊富な砲手を切望したのだ。足首を負傷していたにもかかわらず、チャックは名乗り出た。二人の戦車長を失った後でも、彼のいないところで仲間が戦うのは、どうもしっくりこなかったのだ。

それはただの光だったが、クラレンスはそれを目の隅で捉えた。

1マイル(1・6㎞)ほど先の左手に時計台が立っていた。その塔の上で何かが光っていた。割れたガラスや時計の白いエナメルの文字盤に光が当たったのだろうか。しかし、クラレンスは危険を冒さなかった。

敵の観測員は、戦場の高所を占めることが知られていた。もし、双眼鏡と野砲陣地につながる野戦電話を持った者がそこにいたら? もしそうだとしたら、オープントップのハーフトラックに乗った歩兵は深刻な危険にさらされることになる。

「ボブ、時計台を撃つよ」とクラレンスは言った。彼の言葉はそれだけだった。

アーリーが停車を命じた。パーシング戦車、そしてその後ろの隊列全てが急停止した。誰もが黙って見ていた。

慌てずに、デリッジはHE弾に切り替え、クラレンスは時計に向かって砲弾を発射した。23ポンド（約10・4㎏）の砲弾は、文字盤の真ん中に命中した。塔は爆発し、時計とレンガの破片が落ちて、大規模な粉塵の雲が発生した。

頂部がなくなった塔の姿を見てクラレンスがニヤリと笑うと、乗員たちは歓声を上げた。彼は巨大なチャイムが鳴るのを期待していた。ケルンの戦いの幕開けは、時間が止まっていた。

E中隊は順調に前進したが、その順風満帆な状態はいつまでも続くわけはなかった。

隊列は減速し、戦車長は地図を見ながら、ケルンの市街地の外環に近づいていった。

大通りが終わると、それぞれが大聖堂に向かう小さな通りに分岐した。E中隊が最初にたどり着いた二つの通りで、戦車1個小隊が離脱し、それに続いてハーフトラックに乗った歩兵中隊が離れた。E中隊の残りの戦車小隊は予備として行動することになった。この2つの通りの間で、E中隊と歩兵中隊は肩を並べて、1区画ずつ、駅までの道のりを一掃していき、駅までたどり着くのだ。駅に着くと、究極の賞品である大聖堂の前に立つことになる。

第2小隊の先頭に立ったパーシングは、中央分離帯の上で待機した。クラレンスは砲手席から、何か動きがないかと目を光らせた。

前方の通りは棒打ち刑（棍棒や鞭で打たれながら左右の列の中を歩かされる刑）のようになっていた。両側には立派な集合住宅が並んでいた。世紀の変わり目に建てられた瀟洒な町家は、今では大きな被害を受け、破壊されたりしていて、砕け散った建物からがれきが歩道にこぼれ落ち、パーシングの進路を塞いでいた。

英空軍は5年近くの間に262回も街を爆撃し、ナチスは必要不可欠な軍需産業の労働者を除いてすべての人々の避難を命じた。戦前は44万5千人の人口を抱えていた文化的な大都市が、たった4万人にまで減少してしまったのだ。

歩兵の列は、パーシングを通り過ぎて歩道を移動し、戸別訪問を始めた。戦車は道を切り開いたが、これが歩兵の見せ場だった。

「瓦礫と割れたガラスが歩兵の足元でバリバリと砕け散った」と、あるGIの観測員は書いている。「不自然なほどの静けさが大都会を覆っていた」。

クラレンスは歩兵のことを考えた。各区画には30軒以上の家があり、それぞれの家は複数の階で構成されていて、すべての家を捜索する必要があった。そして、その捜索は徹底的に行なわれなければならなかった。ドイツ兵を一人も逃すわけにはいかないのだ。

クラレンスは、パーシング戦車に乗ったまま、建物を上下に捜査した。親指はピストルのグリップの上にある赤いボタン、機関銃の引き金にそえられていた。ケルンの都市環境は、まったく新しい課題を提示していた。上層階の窓からモロトフのカクテル（火炎瓶）が投げ込まれたり、地上階の店に設置された牽引式88㎜砲からの発砲など、全面的な抵抗が想定されると説明されていた。しかし、それは彼らの心配の序の口に過ぎなかった。この環境では、致命的な衝撃をもたらすパンツァーファウストがどこからでも飛んでくるのだ。

歩兵が長靴、ハンマー、斧でドアを壊し、パンパンという銃声が通りにこだました。それは夕方前のことで、欧州戦争における陸軍最大の家から家への戦いが正式に始まったのである。

動いては停止を繰り返し、戦車の列はケルンの通りを少しずつ進んだ。

停車中のシャーマンの中でチャック・ミラーは息を殺していた。目の前のパーシングは、80オクタン燃料の絶え間ない排気ガスを噴出し、ガスは住宅街の通りに充満していた。この排気ガスのせいで、彼は頭が真っ白になった。ペリスコープの幅だけが視界の広さで、アイドリングするエンジンのガラガラという音が他の音をかき消していた。

歩兵が敵対するブロックで作業をしている間、戦車は彼らの後ろ、砲撃支援で対応するのに十分な距離の、安全な区画で待機していた。これが区画クリアーの技術で、時間と神経をすり減らす都市横断の手段だった。

敵は近くにいた。チャックはドイツの捕虜を護衛する兵士を見たことがあったが、敵意のある敵兵はまだ見たことがなかった。彼は、ケルンの敵が薄く広がっていたということを知らなかった。ケルンは北方の第9装甲師団と、ここから南方の第363国民擲弾兵師団に守られていた。この時点では両師団は名ばかりの師団であった。ラインラントでの戦いで疲弊し、実質的には連隊規模にまで縮小していた。

頭が朦朧とする中で、チャックは歩兵がすでにひとつの区画をクリアーし、移動しているのを見た。パーシングが前進し、チャックの戦車が後に続いた。チャックは砲を左右に振り、パーシングの側面を守った。レティクルが戸口から戸口へと通過するたびに、チャックは新聞配達のことを思い出した。交差点を横切ると、左手にE中隊の他の戦車が同じ方向に動いているのが見えた。

砲を左から振り戻すと、ペリスコープの右下に灰色いものがちらっとが見えた。砲がじわじわと動くと、彼はさらに多くのものを見た。誰かがパーシングの右側の歩道に沿って走っていた。それは紛れもなくドイツ軍の制服の灰色の袖だった。チャックは信じられなかった。歩兵が見落としていたのだ。

ドイツ兵はパーシングの前の戸口に身をかがめて、何かを手にしていた。チャックはパンツァーファウストの黄色い弾頭を垣間見た。

ちくしょうめ！

最悪の事態だった。パーシングは、敵兵の前を通り過ぎようとしていた。戸口はクラレンスの死角になっていて、アーリーはポークチョップに向かって話しかけながら見当違いの方向を見ていた。

チャックは前方の戦車に警告を叫びたかったが、そんな時間はなかった。パーシングは今にも煙を上げるでかい残骸になりそうだった。チャックは砲塔の操作機を右に倒して脅威に向けて回転させ、発射装置（左が主砲で右が同軸機関銃）に足をかけた。

戦車が近すぎて何もできないので、砲身がドイツ兵に向いたらすぐに機関銃を撃つしかない。もっと速く！　チャックは砲塔を回した。ドイツ兵は戸口から出てきて、腰から弾頭を持ち上げ、パーシングに向けて狙いを定めた。

クレー射撃で粘土を追うように、チャックの銃は標的に追いついた。

チャックは発射装置を踏んだ。

しかし、その瞬間、彼の足は間違った発射ボタンを押した。機関銃のような拍子のそろった反応の代わりに、76㎜砲のマズルフラッシュの閃光が、周囲に影を作り、砲が反動した。

HE弾は、ドイツ兵が立っていた家を直撃して炸裂した。石や木の爆風がチャックの戦車を襲った。建物の破片が砲塔の上に落ちてきた。瓦礫から漆喰の粉塵が立ちのぼって車内に入り込み、チャックたちは咳き込んだ。ペンキの匂いが車内に充満した。

粉塵が消えると、チャックは、ペリスコープにとりついて自分の仕事ぶりを確認した。ほんの1分前までドイツ兵が立っていたところには、ピンク色の霧がドアフレームの縁に沿って立ちこめていた。

チャックの雄叫びが、戦車のエンジン音に混じって聞こえた。

乗員たちは歓声と賞賛の声を上げた。ボブ・アーリーが無線で連絡した。危機一髪の感情で声が震えていた。「ありがとう、チャック」チャックは誇りに思った。

後になって、チャックは過剰な力の行使に罪悪感を覚えるようになった。だが今は違っていた。どんな手段を使っても生き残ることが目的なのだ。

E中隊ではもう誰も彼を〝ベイビー〟と呼ぶことはないだろう。

クラレンスたちから2つ先の通りで、バックは歩道に沿って素早く移動し、新しい住宅街に入っていった。

狙撃兵の銃声と手榴弾の音が彼の周りの通りから響いていた。

風が変わるたびに、バックの鼻孔には死の臭いが漂ってい

3/2分隊の隊員。(後列左から右へ)スリム・ローガン、ビル・キャリア、ホセ・デ・ラ・トーレ、バック・マーシュ、Z.T.バートン。前(跪いている二人)。フレッド・ショーナー、フランク・アラニッツ。

た。最新の空襲で通りには死体が散乱していた。３００人以上の犠牲者が埋葬されずに残っていた。

家宅捜索のため、３／２分隊は5人ずつの2つの班に分かれた。バックの班は彼を取り囲んで通りを歩いていた。ジャニツキの他に、エルパソ出身でハリウッド・パラディウム劇場のダンスホールの元ドアマン、ホセ・デ・ラ・トーレ一等兵がいた。都会的なしゃれ者で、身だしなみにも気を配り、戦場でも、ズボンの代わりに戦車兵用のカバーオールを着ていた。

フランク・アラニッツ技術伍長もいた。寡黙な兵士で、ラジオを操作したり修理したりする才能があった。戦争が始まる前は、デトロイトからメキシコまで車を運転していたという。そして、いつもニヤニヤしている一等兵のビル・キャリア二等兵はケンタッキー州の森の奥地出身だった。背の低いあばた顔のこの兵士はドイツ人女性と親密な関係になることに危険なほど執着していた。彼が戦争前になにをしていたかは誰も覚えていない。

彼らは朝からずっと家屋をクリアーし続けていた。

彼らは期待していたものを見つけた。ある兵士が記録しているように「クローゼットにはナチスのビラや本、ナチスの制服やナチスの儀式用の短剣がぎっしり詰まっていた」。そして、彼らは予想外のものも見つけた。トンネルだ。沢山あった。

ケルンに残った人々は、爆弾で建物が倒壊しても大丈夫なように地下室に入り、壁に「ねずみ穴」を開けて防空壕としていた。トンネルは区画全体を貫いていて、市街戦の中で、ドイツ兵は通路を使い地下室の間を移動し捕捉を逃れていた。

前方の戸口から4人のドイツ兵が飛び出してきて、まるで狩りの最中の興奮したウズラのように、必死で逃げていった。バックは彼らに止まれと叫んだが、ジャニツキは彼らの頭上に警告射撃を放った。バックは驚いた。このベテランは背中を撃つことに抵抗があったようだ。ドイツ兵は右に曲がり、一番近い家の中に隠れた。

3／2分隊は猛追して後を追った。

分隊長はドイツ軍が入っていった家の一つ先の家に自分の班を移動させ、地下室で阻止部隊として待機した。

バックと彼の班は正面玄関からドイツ軍の後を追った。このような緊迫した状況の中、デ・ラ・トーレとアラニスは時折スペイン語で会話を交わしていた。上の階には誰もいなかった。バックたちは地下に降りる階段を慎重に見た。他に隠れる場所はなかったからだ。

班はそれぞれの家の中を誰が先導するかを交代で行なうことになっていた。しかし、多くの場合、バックかデ・ラ・トーレがその役割を務めていた。今回はバックの番だった。

民間人が犠牲になる可能性があるため、手榴弾を使うことはできなかったので、バックは唯一知っているドイツ語でこう叫んだ。「Raus kommen! Wir nicht schiessen」と叫んだ。「出てこい！　我々は撃たない」という意味だ。

彼らが最初に片付けた家のひとつでは、ドイツ人の民間人が笑いながら現れた。彼らはバックがドイツ語を使ったあと頭を振って、「Wir nicht schiessen」と叫んでいたと言って訂正した。たった2文字の入れ違いの間違いだったが、それが大きな違いを生んだ。彼は「出てこい！　我々はクソをしない」と言っていたのだ。それは不謹慎ながら、とても必要とされた時間をもたらした。

今回、バックは正しい発音をした。しかし、誰も出てこなかった。

バックはライフルを脇に置いた。近距離では扱いにくいからだ。ショルダーハーネスからドイツ製のP‐38ピストルを取り出し、弾を装填した。数日前に手に入れたもので、これはきっと役に立つだろうと思った。ハーフトラックでは、念入りにオイルを塗っていた。

バックは身を小さくするために腰を落とし、用心深く一歩一歩着実に階段を降りた。古い床板が軋んで抗議の声を上げた。左手の懐中電灯は体から離した。他の者は彼の後ろにしたがった。

階段を降りきると、バックはドアを蹴り、向こうに誰も立っていないことを確認した。ドアは大きく開き、その衝撃で蝶番が外れそうになった。バックたちは中に飛び込んだ。左手には、通りの高さに面した窓があり、暗い地下室にわずかな光が差し込んでいた。

燻製にした魚や黒パンを食べているドイツ兵の匂いがすることもあった。ここでバックが嗅いだのは、カビ臭い空気だけだ。四方の壁はすべて手つかずだった。逃げ道となるトンネルはない。彼らはどこにいったのか？

壁際に、ジャガイモを入れるための木製の貯蔵庫が立っていた。それは人の背丈と同じくらいの高さで、深さがあった。兵士たちはそこに隠れているに違いない。バックはバスケットゴールの中に放り込むように手榴弾を投げ入れ、背中を向けていることもできた。しかし、それがうまくいったとしても、一つ問題があった。自分が無事でいられるかである。

バックは握りこぶしを振り上げ、他の人たちに手を止めるように合図した。バックはピストルの撃鉄を起こした。彼は膝をつき、開いた貯蔵庫の正面にピストルを向けて発射した。銃口から青い炎が火炎放射器のように発射された。天井の低い地下室の密室では、大砲のような音が響いた。

バックは驚いた。ドイツ軍も同様であった。必死の声で「戦友、戦友！」と叫びながら、4人のドイツ兵がお互いを踏みつけそうになりがら手を上げて出てきた。

ジャニツキはバックにうなずきながら、捕虜を確保するのを手伝った。

敵の兵士たちは疲れていたし、そもそも職業軍人ではなかったかもしれない。第363国民擲弾兵師団は人員を増強するために、国民突撃兵の民兵を編入して、その場しのぎの小さな戦闘集団を編成していた。彼らは軍曹1名、訓練を受けた兵士5名、国民突撃兵の新兵2名で構成されていたが、中には着任して3日しか経っていない者もいた。訓練された戦闘部隊とは言い難かった。

班は捕虜を地下室から連れ出し、日向に向かって行進させた。バックはピストルを調べた。銃口は黒くなっていた。ピストルにオイルを塗りすぎたため、銃身に油が溜まって引火してしまい、青い炎がでたのだ。

バックは食糧貯蔵庫を探して、ドイツ軍のピストルを見つけた。その銃は真に彼のもので、仲間の兵士と交換するために持っていく価値があった。戦車兵は歩兵のように略奪する機会はあまりなく、ピストルのためにタバコ5カートン分の値段を払うこともあった。

バックは手榴弾を使わなくてよかったと思いながら、ピストルをミュゼットバッグに詰め込んだ。彼はドイツ人を憎んではいなかった。彼らも兵士であり、同じ醜い仕事をしているのだから。しかし、だからといって、バックは誰かの頭を撃つのをやめたり、自分が殺した若いドイツ兵に許しを求めたりするつもりはなかった。バックの心情では、許しを請うということは、ケルンの街の中で、二度と同じ罪を犯さないことを意味していた。それは、今の彼にはどうしてもできない約束だった。

晩方になり、影が通りを覆うようになった頃、アーリーと第2小隊の乗員たちは戦車の周りを動き回っていた。

戦車兵たちは足を伸ばし、一日の疲れを癒そうとしていた。アドレナリンが充満した戦闘の喧噪から休息の不安げな静けさへと移行するのは、いつの時代でも辛いものだった。

今はひと息つく時だった。前線は動きを止め、先陣を切った歩兵は夜になって家にこもって守りを固めた。クラレンスはパーシングの中に留まり、砲の前で待機していた。ケルンの戦いが、誰もが予想していたような大流血にならなかったとしても、彼はこの街を疑っていた。

E中隊は一兵も失わず、街の外郭部を占領した。師団は1027名の捕虜を捕らえていた。「（ドイツ軍の）中隊規模以上の部隊は、防衛のために組織化されていなかった」と第3機甲師団史は記録している。「烹炊大隊の人員でさえ捕虜になった」

レッド・ヴィラ

スピアヘッド師団はケルンへの道を切り開き、ドアン大佐はそれを皆に知らせたかった。彼は、〝君たちはX任務部隊のおかげでケルン市に入っている〟と書かれた標識看板を、後方の陸橋まで設置するように命令した。

しかし、その成功とは裏腹に、その日の緊張感は続いていた。午前4時から出発し、12時間近くも戦車の中で装填された砲に挟まれながら、自分たちを狙ってくる敵兵を常に警戒していたのだ。

それぞれが自分なりの方法で緊張したエネルギーを発散させていた。チャック・ミラーがおもしろがったのは、アーリーが何度もパイプを詰め直していたことだった。歩調を合わせて歩道をぐるぐる回る男たちもいた。チャックの新しい車長、シルベスター〝レッド〟ヴィラ軍曹は、延々と煙草を吸い続けた。

レッドのヘルメットの下は実はハゲていた。彼は中西部出身の騒々しい元刑事で、乗員たちはいつも彼の姿を見る前に彼の声を聞いていた。ノルマンディーの戦いで、砲弾が飛んできたとき、レッドは冷静さを失い、ハッチのリング内に額を埋めてしまった。中では乗員が、彼が聖書の一節を口走っているのを聞いた。罰として彼は逮捕されて二等兵に降格され、車体銃手となった。時が経つにつれ、彼は戦闘の恐怖に慣れ、懸命に車長への復帰を目指し、贖罪の道を歩んでいった。

ヘルメットをかぶり、上着に戦争特派員の称号である白い〝C〟の文字が入った腕章をつけた、背の高い奇妙な兵士が戦車兵に近づいてきた。その〝兵士〟はユナイテッド・プレス社のアン・ストリンガーで、後に「ラインの乙女」と呼ばれるようになる、前線にいた3人の女性記者のうちの一人だった。彼女はカールした茶髪を後ろに束ね、明るい目をした引き締まった顔をしていた。

「誰か私に話を聞かせてくれませんか?」と彼女は尋ねた。

ほとんどの戦車兵が話したがった。チャックは母親が記事を読んでくれることを願った。

男たちは、ジャーナリストの魅力にとりつかれたように、集まってもみ合った。ストリンガーの微笑みは彼らを魅了した。あんなに赤い唇は久しぶりだった。アーリーはストリンガーに、機密保持のためパーシングのことは話せないが、他のことは何でも話すと言った。ストリンガーはメモ帳を取り出し、男たちに自分の乗っているもの（戦車）について尋ねた。戦車の調子はどう？　乗員たちはうんざりしたような声を上げ、彼女の記事で不満をぶちまけた。

アン・ストリンガー

「ナチスがフランス中で叩きまくった古いM4戦車でこの町に突っ込んだんだ」とレッド・ヴィラは言った。「俺たちはかなり憂鬱な気分になったよ」。

チャック・ミラーは同調した。「俺たちの戦車は多くの点で最良じゃないないことがわかっているのに、国のみんなが最高の装備を持っているという話をしているのは、俺たちをかなり嫌な気分にさせるんだ」。

ストリンガーは、E中隊の戦車に手描きの名前がないことに驚きを示した。この戦争の序盤には、〝エリミネイター〟〝イン・ザ・ムード〟〝プレンティ・タフII〟のような独創的な名前が刻まれたスピアヘッド師団の戦車に出くわしたことがあった。

ある操縦手はこう答えた。「それが何の役に立つんだ?」「名前に慣れる時間もないし、無地のままにしておくんだ」と。「その方が面倒が少ない」。

彼らによれば、E中隊は一週間前にブラッツハイムで戦車の半分近くと多くの友人を失ったという。

ストリンガーは同情的だった。彼女も最近、身内を亡くしたばかりだったからだ。夫のウィリアムもジャーナリストで、昨年8月まで一緒に取材をしていたが、彼はパリへ接近中にジープを狙撃されて死んだ。欧州軍最高司令部は、看護師も含め、女性に許されていない前線への旅をしたことで、ストリンガーを叱責した。しかし、その叱責を受け、彼女はより一層取材を深めることになった。

アーリーは何も言う必要はなかった。彼は〝スーパータンク〟の車長であり、何の不満も持っていなかった。ストリンガーには印象的だったようで、鋭く観察されていた。「アーリーは疲れ、震えていた」。

しかしこれは彼だけの問題ではなかった。アーリーはドイツ軍の砲声によって永遠に声を封じられた戦車兵の代弁者となる必要性を感じていた。E中隊が要塞都市に投入した12輌のシャーマンのうち7輌は（75）で、3年間の戦争で改良されることなく、威力の低い砲を装備していた。もはや乗員の安全を守るには不十分であり、誰かがそれを言わなければならなかった。

そこで、アーリーはストリンガーの記事にオチをつけた。「我々の戦車は熱いストーブの上の一滴の水にも値しない。戦車は不整地を走るだけのものではなく、一緒に戦うためのものだ」と。

ストリンガーは微笑んだ。彼女は何か議論を呼び起こすものを手に入れたと思った。ストリンガーがあまりに急いで出発したので、チャックはインタビューを受けたことを後悔した。新聞に出れば師団上層部はどう思うだろうか？　第3機甲師団のすべてのシャーマン乗りの話を代弁したようなものだ。

アーリーはそんな心配はしなかった。彼らは真実を話しただけだ。

3つ先の通りで、バックは安全な出入り口から大通りの向こう側を見渡した。

バックの後ろでは、小隊が町家の裏口から入り、階段を踏みしめていた。ケルンの大聖堂から2マイルも離れていないこの場所で一夜を過ごすことになる。目的地はもうすぐそこまで来ていた。

裕福な地域に夕暮れが訪れていた。バックは、通りの向かい側にあるクリーム色の角の家に目をやった。石造りの重厚な家で、灰色の屋根と彫刻の施された窓が特徴的だった。2階の窓の奥から光が差し込んでいた。

ブーム少尉は、誰かが光の出所を調査しなければならないと言った。もし民間人がいるとしたら、A中隊側の通りが今はMLR、つまり主抵抗線になっていて、その向こうにいる者は前線の間違った側にいることを警告しなければならない。

それは第一斥候の仕事だった。

バックは警戒した。手招きするような光は、彼には罠のように見えたからだ。日中、彼が見た民間人は皆、地下室に住んでいた。あまりにも大胆な行動だった。バックは、自分が銃撃を受けたときにどのように対応するかを想像しながらアプローチを考えた。分隊は機関銃を彼の頭上に設置し、掩護した。

「準備はいいか?」バックは叫んだ。避けることはできないし、待っていても楽にはならない。

バックは、狙撃兵の銃撃に気をつけながら、大通りをダッシュで横切った。バックは一回の跳躍で路面電車の線路を飛び越え、重厚な家の正面ドアに体当たりした。

アンネマリー・バーグホフ

不安になったバックはドアを叩いた。〝すべてはドイツ人のために、だ!〟返事はない。

バックは銃床をドアにぶつけようと、ライフルを振り上げた。これで彼らの注意を引くことができるだろう。

ドアが開いたのでバックは一撃をこらえた。彼はライフルを横に下ろして見つめた。言葉を失っていた。後ずさりした彼を見ているのは、美しい若い女性だった。彼女のブロンドの髪は、美しい顔から後ろに流され、濃い眉の下に青い目が輝いていた。彼女は19歳で、豪華な環境にふさわしい上品なドレスを身につけていた。

ドアの前でバックを見ると、彼女は顔を輝かせた。笑っているようにも、泣いているようでもあり、とても喜んでいるようだった。彼女はバックに腕を回し、頬にキスをしてから唇にキスした。バックは驚いた。何が起こったのか? それが何であれ、彼はついていく気になった。バックはライフルをドアフレームに立てかけ、その心遣いを味わった。

彼女の背後の家の中で、影が動いた。やはり罠だったのかもしれない。

バックはライフルに手を伸ばそうとしたが、思いとどまった。若い女性の父親が姿を現した。背が高く、痩せていて、灰色の髪をしていた。歯医者をしていて、それなりの身なりをしていた。彼の後ろから、若い女性の臆病な叔母が二人、影から現われた。

若い女性はバックの手を掴んで離さず、バックを玄関に連れて行った。彼女の父親は訛りのある英語で、この家にはドイツ兵はいないと言った。彼は1階のドアを開け、暗くて空っぽの歯科医院を見せてくれた。

バックはMLRの事情を説明した。彼は感謝したが、一晩戦場で過ごすことには動じていないようだった。他にどこに行けばいいんだ？

誰かがバックの肩を叩いた。

振り向くと、ジャニツキ、バイロンがいた。玄関先には、様子を見に来た分隊員が数人いた。父親は皆を2階に招待し、皆は喜んでそれに応じた。

若い女性がバックを引き留めた。彼女はつたない英語を話し、自分のことをアンネマリー・バーグホフと名乗った。父親はヴィルヘルムといった。バックは彼女に自分の名前を言った。大理石の階段を上ってバックを2階へと案内すると、アンネマリーは声を上げた。「バック、初めてのアメリカ人ね！」

ヴィルヘルム・バーグホフは、歩兵を2階に連れて行った。しかし、彼は彼らを別の世界に連れて行ったかのようだった。清潔感のある白い壁には芸術品が飾られていた。床は磨かれた木でできていた。高い天井は雨漏りを補修していたが、乾いたままだった。ヴィルヘルムは、疲れた歩兵たちに、豪華なソファに座るよう勧めた。バックとアンネマリーは他の歩兵から離れた席に座った。

アンネマリーの叔母たちは台所からガラスのピッチャーを持ってきて、飲み物を出した。

バックはそのオレンジ色の飲み物を見て、飲んでも大丈夫なのだろうかと思った。彼らはドイツ人だったのだから。ヴィルヘルムが戦争の終結を祝って乾杯をし、皆でグラスを合わせた。バックは躊躇しながらひと口飲んだ。飲み物は金属的な味がした。バックは思わず声が出そうになる衝動を抑えたが、バーグホフ家の人々が飲んでいるのを見てリラックスした。自分で自分たちに毒を盛ったりはしないだろうと確信したからだ。

部屋には落ち着いた雰囲気が漂っていた。歩兵は座り心地の良い席に腰を下ろした。まるで本当に戦争が終わったかのようだった。他の兵士たちが羨望の眼差しを向ける中、バックはアンネマリーに近づいていった。

彼女はとても輝いていて、「バック、初めて見るアメリカ人！」となんども繰り返していた。アンネマリーの父親や叔母たちは、ジャニツキと会話をしていた。自分の周りに会話があふれてくると、バイロンは周りの環境に目を配り、まるで強盗を計画しているかのように見えた。彼は何時間もしゃべらないことで、仲間の間では悪名高い存在だった。カメラがくるとすぐに分隊の記念写真を撮る前に姿を消すという不思議な才能も持っていた。

アンネマリーの家族は、バックを困惑させた。なぜこんなに幸せそうなのだろうか？

他のドイツ人はみな、不機嫌で落ち込んでいるように見えた。彼らの生活は、散発的な電力、限られた水、不安定な電話回線、店もパブもなく、腹を満たすための食料配給だけであった。それなのに、なぜアンネマリーとその家族は平然としていたのだろうか？

何か他にも理由があるはずなのだ。

二人の会話の中で、バックは、アンネマリーが父親の経営する歯科医院で週二回、アシスタントとして働き、その合間に略式の学校に通っていたことを知った。しかし、アンネマリーが話したがっていたのは空襲のことだけだった。人生の4年以上、彼女が知っているのはそれだけだった。

彼女はその話題を恥ずかしがることはなかったが、空襲は明らかに彼女に影響を与えていた。彼女はバックに、自分が見つけた地中貫通爆弾の不発弾のことを話した。また、家が爆撃された同級生の話もした。彼女と父親が救助に駆けつけると、同級生家族の遺体は焼けて小さくなり、生前の二分の一の大きさになっているのを見つけた。

アンネマリーが言及しなかったのは、彼女が街の中心部で空襲に遭った時のことだった。彼女が防空壕にたどり着く前に、白い燐の標的マーカーが近くに落ちてきて、彼女の足に傷をつけた。バックはアンネマリーの母親の行方を聞きたいと思った。話の途中で写真に写っているのは見ていたが、礼儀を重んじていた。

20分ほど経った頃、ブーム少尉の伝令が玄関をノックして、バックたちに大通りを渡って戻るように命令した。

アンネマリーは寝室に駆け込み、写真を持って帰ってきた。それはチェック柄の赤いドレスを着た彼女の写真だった。彼女は裏に自分の名前と住所を書いてから写真をバックに渡して住所を指差した。アイヒェンドルフ通り28番地。

バックは感動した。彼女は彼に戻ってきてほしいと思っていた。彼は大学時代にあちこちでデートをしていたが、どれも真剣なものではなかった。これは違うと感じた。戦時中の高揚感にあって、アンネマリーとの出会いは運命のように感じられた。

アンネマリーはバックをドアまで連れて行った。必ず戻ると約束するまで、彼女は彼の手を離そうとはしなかった。約束するのは簡単だったが、守るのは難しいだろう。

その夜、バックは通りの向こう側から、半月の光に照らされたアンネマリーの家の輪郭を見つめていた。暗い窓の向こうから彼女が自分を見つめ返しているかのようだった。

彼女の家の向こうにはケルンの中心街があり、それは彼女との再会を阻む唯一のものだった。敵がケルンを守るために戦うとしたら、そこが最後の砦となるだろう。

明日だ。

第一六章　勝利かシベリアか

翌日の1945年3月6日
ドイツ・ケルン

不安定な夜明けの冷ややかな光の中、Ⅳ号戦車がホーエンツォレルン橋を渡り、ケルンの街に向かっていた。

ボロボロの構造物は今にも崩れそうだった。

グスタフは無線手席から戦車の側面に身を乗り出し、心配そうに見下ろした。橋の上には無数の鉄板が張り巡らされており、その隙間からライン川の濁った水が見えた。

ホーエンツォレルン橋は、ケルンに架かる最後の橋だった。すぐ下流にある小さなヒンデンブルグ橋はすでに崩壊しており、この橋も遅かれ早かれ崩壊するだろう。橋の蛇行アーチと支柱は、無数の爆弾と砲撃によって、破壊される寸前まで弱体化していた。願わくば今日がその日でなければいいのだが。

グスタフの中隊は、戦車を一輌ずつ渡らせていくしかなかった。グスタフはハッチを強く握りしめ、指の関節が白くなった。28tの戦車は重かった。

幸いなことに、瀕死の橋の悲痛なうめき声はエンジンの音でかき消されていた。

新米の操縦手はグスタフの横で高い位置に座り、慎重に運転していた。橋の表面の半分以上が線路で覆われているため、橋を渡る道は異常に狭い。操作を一歩間違えれば横に転落してしまうだろう。

操縦手と砲手は補充兵で、乗員としては新人だった。第二中隊は前夜に到着しており、グスタフはその日の朝、乗員の配属の際に彼らに会ったばかりだった。今や見知らぬ一人の男が自分の命を握っていた。

ロルフはハッチから新米の運転手を見張っていた。彼はロシアでⅣ号戦車で戦った経験はあったが、再びⅣ号戦車に乗り、さらに不慣れな新人と一緒になることにはわくわくできなかった。

もう一つの危険があった。走行している戦車の下は爆発するように仕組まれていた。旅団の解体屋として知られている工兵部隊が、橋に爆薬を仕掛けていたのだ。橋が自然に崩壊しなければ、爆破するつもりだったが、それには段取りがあった。

グスタフと仲間の戦車兵たちは、ケルンへの移動を命じられ、ケルンの市街地に陣取ることになった。彼らの任務は、アメリカ軍をできるだけ長く食い止めること。その後、来た道を戻って脱出し、無事に渡った後、工兵は橋を破壊するのだ。

戦闘部隊ではすべてのことがそうであるように、この計画は信頼にかかっていた。グスタフは、工兵が自分の旅団の所属だったことを知って安心感を得た。戦友の間では工兵は待ってくれるという認識があったのだ。これは片道の旅ではなかった。

ケルンへの入り口には中世の城郭の櫓が一対あり、低く灰色の雲を背にして高くそびえ立っていた。戦車が門をくぐり、橋から降りてくるのを、グスタフは感嘆しながら眺めた。まるで別の世界に来たかのようだった。

グスタフの左手には、街のシンボルである大聖堂が空に向かって伸びていて、無数のゴシック様式の柱と双子の尖塔で飾られていた。グスタフは、この大聖堂がいかに信仰心を抱かずにいられないものであるかを知ることができた。頂上を見るために、グスタフは首を傾げなければならなかった。

大聖堂の最初の石が敷かれたのは1200年代のことだった。大聖堂は、ドイツ人の労働者が何世代にもわたり630年以上の歳月をかけて建設されたが、第二次世界大戦では約5年の歳月をかけて破壊されてしまっていた。1943年6月の空軍の空襲以来、大聖堂ではミサが行なわれていなかった。グスタフが街に乗り込んだ時には、十数発の高性能爆弾が大聖堂の屋根を突き破り、外壁が吹き飛ばされていた。しかし、大聖堂は依然として建っており、守備兵の活力の源となっていた。

操縦手はすぐに右折して駅に向かった。大聖堂と駅は隣り合っており、広場を共用していた。

グスタフは、目の前に広がる惨状を理解することができなかった。駅のアーチ型のガラス天井は焼けた肋骨だけが残り、長いガレリアは瓦礫で埋め尽くされていた。駅周辺の広場にある建物はすべて、かつての姿のまま骸骨のようになっており、爆撃で破壊された窓は眼窩のように空っぽになっていた。辺りはイギリスの爆撃作戦の中心地だった。

先に橋を渡ったグスタフの中隊のパンター2輌が、駅前でⅣ号戦車を待っていた。壊滅された駅は、ライン川のこちら側のドイツ軍の防衛拠点となっていた。ロルフは待っていたパンターの列にⅣ号戦車を並ばせた。彼らがそうだった。アメリカ軍のケルン攻略を遅らせる、ドイツ軍の最後の希望だった。

3輌の戦車。

誰も彼らを待っていなかった。助けに来る者もいなかった。第二中隊の他の戦車は、機械的な状態が悪く、ライン川の反対側に残っていた。ラインラントの姉妹中隊は行方不明になるか全滅していた。無線通信が途絶えており、誰にも分からなかったのだ。第9装甲師団は北の郊外に少なくとも20輌の戦車を持っていたが、アメリカ軍はそれらの戦車をライン川の反対側に釘付けにしていた。

戦車が3輌。

ケルンの中心部に、それだけだった。兵力は不足していたが、少なくとも指揮力はあった。グスタフが尊敬する中隊長、ヴィルヘルム・バーテルボース少尉は、隣のパンターの砲塔に座っていた。かすかな金髪に青い目、顎が割れた29歳のバーテルボースは、グスタフ自身と同様に北ドイツの貧しい家系の出身だった。戦前は教師をしていた。

グスタフは彼を親しく知らなかったが、戦闘能力に長けていると聞いていた。

かつて旅団を数週間指揮したことのある年配の将校、オットー・レプラ中尉が、駅の残骸の中から姿を現した。今は机上の指揮官になっており、地図と野戦電話を頼りに戦闘を指揮していた。

ロルフと他の二人の戦車長は、レプラの説明を聞くために戦車から降りた。

ヴィルヘルム・バーテルボース

グスタフは、このままでは街が陥落してしまうことは避けられないことだと思っていた。だが、レプラには作戦があるのかもしれない。もしかしたら、撤退命令がでるまで生き残れるのかもしれない。

ロルフが戻ってきた時、彼は打ち合わせのことについては口を閉ざし、戦車の前で指示を出しているレプラに従うよう操縦手に伝えただけだった。

グスタフはロルフの様子を本のように読み取ることができた。なにか問題があることを察知した。グスタフが戦車の後ろを見ると、パンターが反対方向に転回しているのが見えた。彼らは敵から離れて駅のほうに向かっていった。

「どこへ行くんです?」とグスタフが尋ねた。

「橋を守るために戻っていったんだ」とロルフは言った。落ち込んでいるようだった。

グスタフには理解できなかった。自分たちではなく、パンター戦車が敵に向かって先頭に立つべきだった。とりわけ旧式のⅣ号戦車ではなかった。戦術教本によると、連携攻撃の際には、パンターが素早く前進して敵にくさびを打ち込む間、Ⅳ号戦車が側面を守るべきだとされていた。

グスタフが最後に見たのは、バーテルボースの戦車が橋と駅につながる線路の下を通るトンネルに向かっているところだった。そこで待機するように命令された、その意図は明らかだった。

中隊長は待ち伏せを命じられたのだ。

レプラはⅣ号戦車をケルンの金融街に誘導し、交差点で左右を確認しながら進んでいった。

〝ケルンのウォール街〟として知られるこの地域には、かつて威容を誇った銀行が点在し、煤で覆われ、高い柱には爆弾の被害を受けた白い穴があいていた。屋根のない建物の間から朝の空が見えていた。

開け放たれたハッチに乗り、グスタフは友軍の存在を確認した。

ドイツ兵がバリケードの後ろや指揮所の周りでざわめいていることを予想していた。対戦車砲が敵の接近経路を覆っていると予想していた。しかし、現実は衝撃的だった。

目にした少数の散らばった部隊は、窓から1、2名で覗いていたり、戸口で煙草を吸ったりしていた。その多くは、兵士としての経験のない元警官や消防士が徴兵されたものだった。街の国民突撃兵は、600名のうち60名しか戦場に姿を見せなかった。彼らは旧式の外国製の武器やパンツァーファウストで武装していたが、それは士官しか使いこなせなかった。

輝かしい武装SSはどこにいたのだろうか?

ドイツの主要都市での決死の戦いは、ナチス党にしか従わず、戦場での死はヴァルハラ（天空の戦士の館）への直行便だと信じていた者たちにとって、完璧な舞台のように思えた。

しかし、ケルンにはSSはどこにもいなかった。

昨年7月にドイツ陸軍の上級将校がヒトラーの命を狙って暗殺を試みて以来、親衛隊と陸軍の間の溝は深まっていた。ヒトラー自身、今では陸軍よりも親衛隊を重用しており、戦争末期の絶望的な状況では、陸軍は犠牲的な後衛としての役割を果たすことが多くなり、親衛隊はしばしばそれを免れていた。

ナチスの監督官はどこにいたのか?

多くのドイツ人から侮蔑的に「黄金のキジ」と呼ばれていた彼らもまた、とっくにいなくなっていた。証拠書類を焼却し、民間人の服に身を包んだ彼らは、最初の銃声を聞いてすぐにライン川の東岸にボートで逃げていた。ケルン市民に最後まで抵抗するようにとのマニフェストを掲示した大管区指導者も、彼らに加わっていた。

グスタフと戦車兵たちは、自分たちだけで行動することになった。

Ⅳ号戦車が半マイル（約800m）ほど進んだところで砲撃が始まった。そのときには、聖ゲレオンにちなんで名付けられたオフィス街「ゲレオン地区」に到着していた。

砲撃のたびに細かい瓦礫が宙に舞った。レプラは必死になって右手にある5階建てのビルを戦車の展開場所として指差し、帽子を抑えながら駅に向かって急いで後退していった。

グスタフがハッチを閉めると、Ⅳ号戦車の壁が迫ってきた。グスタフの反対側では、操縦席の計器が暗闇の中で光っていた。戦車がこれほどまでに小さく感じられたことはなかった。

ロルフは操縦手を誘導しながら、戦車を建物のそばまで後退させた。ロルフは操縦手に戦車の前部を右に向けさせ、建物の陰に隠れながら、主砲が四つ辻の交差点を広く狙えるようにした。もしアメリカ軍が駅に到着しようと急いで道路を進んできたら、この待ち伏せに突っ込むだろう。

後は、待つしかなかった。

「どれくらいのアメリカ軍が来るんです?」と乗員がロルフに尋ねた。

ロルフは知らないと答えた。

「我々への命令は何だったんですか?」と別の者が尋ねた。

「戦えだ」とロルフは言った。

グスタフは耳を疑った。まるで誰かが自分たちを追い払おうとしているかのようで、さらに悪いことに、ロルフは全く抵抗していなかった。

ロルフは、ケルンで出くわした焼け焦げた建物の中に、自分の愛するドレスデンを思い描いていたに違いない。彼の故郷であるドレスデンへの爆撃では、15平方マイル(約39平方㎞)が焦土と化し、１９４３年に爆撃されたハンブルクの10平方マイル(約26平方㎞)を超えてしまった*。

最初のイギリス軍の攻撃から、アメリカ軍の爆撃機による空襲までの間に、ドレスデンでは2万5千人ものドイツ人が死んだと言われていた。ゲッベルスは死者数を25万人と誇張していたが、真実は十分に恐ろしいものであった。

ロルフには家からの郵便物が届いていなかったので、家族は死んでいて、家は破壊されているという、最悪の事態を想定していた。この時点での最善のシナリオは、ゲッベルスが予言していたように、最終的な勝利を手にすることができなかった者が、シベリアで虜囚となる未来であった。宣伝相は、戦争末期のドイツ兵のため、戦いの叫びを考案していた。「勝利かシベリアか!」

失うものが何も残っていない男たちにとって、最後まで戦い抜くということは、死ぬには良い方法のように思えた。

グスタフの前の誰もいない交差点は、誰も行き来していなかった。数分が数時間のように感じられた。グスタフはもうその違いがわからなくなっていた。時計が恋しくなった。

*ドレスデン市への爆撃は行き過ぎだったのか? ＲＡＦ爆撃機軍団のアーサー・ハリス司令官はこの決断を決して揺るがせなかった。ドイツの〝ブリッツ〟によるロンドンやコベントリーなどの都市への爆撃では、約４万人の英国人が命を落とし、終戦時までには５万５千人の爆撃機軍団の飛行士がドイツの世界的な脅威と戦って命を落とすことになった。ハリスが１９７７年に説明したように、ドレスデンへの爆撃もまた戦略的なものであった。「爆撃は１００万以上の健康なドイツ人を軍から遠ざけた……弾薬を作ったり、緊急の補修をしたりといった対空防御、とくに商人たちのために人員を割くことになった」。

アルザスでの小休止の際、彼は納屋の横で、ダッシュボードに時計が付いたままの廃車を見つけた。グスタフは時計はおろか、腕時計も持ったことがなかったので、ネジを外してそれを手に取った。彼はそれがまだ動いていて、完璧な時間を刻んでいることに感激した。友人が一時帰郷する際、グスタフは彼が電車に乗り遅れないように時計を貸した。それ以来、彼は時計を見ることはなかった。

グスタフは無線機をいじっていたが、どのチャンネルも雑音が入った。グスタフは機関銃の弾帯がしっかりと固定されていることを確認した。アメリカ軍の戦車には役に立たないだろうが、それでも気分は良くなった。

なぜ戦い続けるのか。ナチスの指導者を退陣させる以外に、戦争を終わらせる方法はなかった。戦後、ある兵士が言ったように「ナチスは最後の日まで我々を恐怖に陥れる力を持っていたので、これは議論の対象にならなかった」のだ。

グスタフは、今重要なのはどうやって負けるかだと考えていた。

赤軍がベルリンから45マイル（約72㎞）のところで最後の攻勢の準備をしていたとき、グスタフと他の兵士は、はかない希望にしがみついていた。もしかしたら、彼らが必死に戦えば、西欧連合国はドイツ国民を破壊しないような条件の和平条約を結んでくれるかもしれない。

その可能性が失われたとき、残されるのは自分たちの義務だけだった。

グスタフは、ゲッベルスが予言した奴隷制を回避するため、自分の中隊、旅団、軍隊、そして国民（自分たちに反旗を翻した人々も含む）に対して、義務を感じていた。グスタフは迷いを捨て、銃の照準器を覗き込み、射程距離を確認した。

その日の朝、グスタフの陣地から約1マイル（1・6㎞）離れた場所で、バックの小隊は空の店先の後ろに隠れていた。

ドイツ軍の狙撃兵が別の小隊に向けて、ほぼリズミカルに発砲していた。バックは銃声に震えた。しかし、バックのそばにいたジャニツキは、あまり心配していなかった。銃声の聞こえ方からすると、狙撃兵は100ヤード（約91m）以上先から撃ってきていた。

狙撃兵が現れるまで、バックの朝は最高のスタートを切っていた。A中隊が戦車で出発するとき、アンネマリーと彼女の父親が歩道からバックに手を振っていた。バックの分隊は彼を盛大に冷やかし、最初に会った時のアンネマリーの口癖を繰り返した。「バック、最初のアメリカ人！」

A中隊は商業地区を抜け、ゲレオン地区に向かって着実に前進していた。そこへ狙撃兵の攻撃があり、全員が避難したのだ。

小隊はブーム少尉と彼の伝令が近づいてくると、その周りに集まった。ブームには作戦があった。通りの向こう側では、歩兵が狙撃兵の位置に向かって前進していたが、彼らは小隊の助けが必要だった。40組の耳と目があれば、狙撃兵を見つけだし、制圧しながら他の歩兵を狙撃兵の位置まで誘導することができる。

ブームは、安全な場所からあまり離れないようにと注意を促した。彼らはまだ市街戦に慣れていないし、誰も撃たれて欲しくないからだ。ブームはバックと、たまたま彼の隣にいた姉妹分隊の二人に、一番近くにある花屋の建物に陣取るように言った。それからジャニツキたちを連れて、ブロックのあちこちに散っていった。狩りは始まった。

粉々になった店先の窓の下には、高さ3フィート（約90㎝）の壁の隆起だけが残っていた。それはあまり身を守ることはできなかったが、仕方がない。バックたちは前に飛び出し、棚の後ろに滑り込んで隠れた。枯れた花びらが床に散らばっていた。

3人の男たちは一斉に立ち上がり、窓ガラスに最後に残ったギザギザしたガラスの縁越しに覗き込んだ。通りの向こう側には、小さな工場と生い茂った緑のある工業地帯が広がっていた。その瞬間、バックは子供の頃に戻った。兄弟でリス狩りをしていた時、目のいい子が勝ったことを思い出した。

バックは誰よりも早く狙撃兵を見たいと思った。彼の目は、通りから離れた崩れかけた3階建ての工場に釘付けになった。各階には少なくとも12個の暗い窓があった。

バックの左手には、ロバート・モリーズ二等兵がカービンを左右に振って捜索していた。目の下に深い袋を持った背の低い19歳のモリーズは、ミズーリ州のピーチオーチャードで実家の農場を手伝うため小学校3年生の時学校をやめていた。

「ヤツが見えた」とモリーズはささやいた。バックは、モリーズの視線の方向から、狙撃兵は工場の高層階に隠れているのではないかと推測した。モリーズはカービンを振り上げ、狙撃兵に向けた。しかし、彼が撃つ前に、ドイツ兵が先に発砲した。

弾丸はモリーズの人差し指の下を通ってカービンの木製ストックを抜け、彼の肩に入った。衝撃で彼は床に倒れた。ライフルがブロックに落ちて反響し、バックと他の歩兵は、地面に伏せた。歩兵は衛生兵を呼ぶため叫んだ。バックは、モリーズに動けるかどうか尋ねた。

「かろうじて」という返事が返ってきた.

バックと歩兵は腰をかがめて、負傷した男を棚の後ろに引っ張っていった。モリーズの頭がバックの太ももの上に乗った。彼の暗い目はバックを通り越して天井まで見ていた。

衛生兵が到着し、作業に取り掛かり、ハサミを使ってモリーズのシャツを切り落とした。肩にギザギザの黒い穴が開いていて、血が滲んでいた。バックは身震いした。弾丸はストックを通過した時に茸状に変形したのだ。

「どのくらい悪いんだ？」モリーズが尋ねた。衛生兵は、きれいな状態ではないが、傷口からの出血もひどくはないと言った。その説明はモリーズを慰めているようだった。

衛生兵はサルファ剤の粉を振りかけ、包帯を取ろうとした時、突然傷口から血が噴水のように噴き出し始めた。弾丸は動脈壁を貫通していたに違いない。

衛生兵は止血のために傷口を圧迫したが、包帯はあっという間に真っ赤になった。衛生兵が別の包帯に手を伸ばすと、モリーズは咳をし始めた。「彼を抱き上げろ！」と衛生兵は叫んだ。バックはモリーズを持ち上げ、腕の中で彼を抱きかかえた。若い男の顔色は驚くべき速さで青白くなっていった。

衛生兵が包帯を交換すると、さらに多くの血が飛び散った。バックは、モリーズが死にかけているのがわかった。モリーズはバックを見上げ、最後にもう一度息を呑んでから、突然目を閉じた。彼はもう二度と農場に戻って、母親のシンダや妹のクララ・メイに会うことはないだろう。

衛生兵は血まみれの包帯を脇に投げ捨て、嫌悪感を抱いて去っていった。バックは、まだ膝の上にあるモリーズの生気の無い顔を見て愕然とした。

もう一人の兵士、リチャード・ボーン二等兵は復讐のために時間を無駄にしなかった。バックも加わり、窓の下の段差に忍び寄った。二人とも同じことを切望していた。

ボーンの丸い赤ら顔は怒りで固まっていた。バックより少し年上の23歳のボーンは、オクラホマ州出身の元工場労働者で、妻と娘を両親に預けてきていた。

バックはライフルのハンドガードに指をかけた。準備はできた。

ボーンは棚の上にM1を振り上げ、狙いを定めた。バックはその横にひょいと出て、自分の評判を再肯定した。〝ジョーティは自分が透明人間だと思っている〟心臓のドキドキする鼓膜と血の脈動を感じながら、誰もいない窓を探し、狙撃兵のスコープの光を探した。しかし、敵の痕跡は見えなかった。

バックは自分の過ちに気づき、胃が痛くなった。狙撃兵は影に隠れていたので、決して見ることはできないのだ。しかしバックとボーンは光の中にいた。敵は彼らを見ることができるのだ。

その瞬間、もう一つの亀裂が空気を裂き、ボーンが床に転げ落ちた。バックは棚の下に落ち、息を切らして横たわった。ボーンは両方の手と膝をついて立ち上がり、モリーズの血を掻き分けて裏口に向かって這って行った。彼は戸口の手前で床に倒れた。バックは衛生兵を叫んで呼び、ボーンのそばに駆け寄って彼を仰向けに転がした。ボーンは血を噴き出していた。

「どこを撃たれたんだ？」

「わからない」

バックはハーネスを外すとボーンの首の左に銃弾が入った

穴を見つけた。反対側には巨大なしこりが膨らみ、血で黒くなっていた。

衛生兵が戻ってきて、もう一人の負傷者の姿を見て罵った。衛生兵はボーンの傷を調べ、バックを見て、ただ首を振った。それほどひどいものだった。衛生兵は担架を求めて叫んだ。ボーンは運ばれるとき目に手を当てていた。彼は次の日に亡くなり、オクラホマに戻って妻のオパールや娘のキャロリンと再会することはなかった。

バックは、あの卑怯な狙撃兵を殺したいという気持ちで一杯だった。今度は違う。今回は準備ができているのだ。バックが自分の位置に急いで戻ろうとしたその時、頭の中に相反する考えが浮かんできた。駄目だ。

バックはモリーズの死体から店の出口に向かって矢のように伸びている血の筋に注目した。狙撃兵はボーンを撃ってから一度も発砲していなかった。おそらく、二度も狙撃を成功させた店先の窓に照準を合わせてまだ待っているのだろう。

三人目の標的になるのか？

バックは彼を満足させまいと思った。

ブーム少尉に警告するため踵を返した。他の兵と一緒にスナイパーを処置できるかもしれない。彼は一人で戦争に勝とうとするのはもうやめたのだ。

バックは花屋を後にしたが、入ってきた時とは別人のようになっていた。

彼はもう「透明人間」ではなかった。

数時間後の昼過ぎ

4輌の戦車は大広間に入る騎士のように前進していた。パーシングが先頭に立ち、3輌のシャーマンが後続して、ケルン中心街の粉々になった建物の間を進んだ。

暗い大通りの先には、垂れ下がった路面電車のケーブルが交差していた。爆撃機が街に投下した宣伝ビラが通りを横切って飛びさっていた。破壊はヤード単位で悪化していた。

これは4輌の戦車ではなく、中隊全体の仕事だったが、困ったことに、街の南半分を担当するティンバーウルフ師団が追いついていなかったので、E中隊はその右翼を守るために各交差点に戦車を残しておかなければならなかった。

クラレンスは砲塔が音を立てて回っていく間、ペリスコープに目をつけていた。この長い広間の先には、双子の尖塔が戦車の接近を見下ろしていた。

外では、アーリーがハッチで背中を丸め、ポークチョップを握りしめていた。路面電車のケーブルが耳障りな音を立てて戦車の上面をかすめるたびに、彼は砲塔の中に身を潜めた。

4階建てや5階建てのビルが彼の頭上にそびえ立っていたが、今では彫刻の幽霊だけが装飾された豪華なバルコニーから見守っていた。

パーシングは、橋を指している木に釘付けされた矢印型の標識を通り過ぎた。アーリーは地図を見ながら乗員に注意を促した。残り1マイル（1・6㎞）。乗員たちは、カウントダウンを恐れて黙っていた。彼らへの命令は橋に到達することだけではなく、橋を渡って反対側に突入することだった。

それは自殺行為だった。敵は対岸を要塞化していたので、橋が吹き飛ばされなければ、列をなして橋を渡ってくる戦車を1輌ずつ撃破するだろう。クラレンスは戦車がもっとゆっくり走ってほしいと思った。彼らを待ちうけるのは確実な死だった。

ケルンの崩壊が間近に迫り、銃声は小さくなっていた。敵は通りを飛び回り、有利な射撃位置を占めることをやめていた。その代わりに、彼らは逃げはじめていた。壁に書かれた手書きの文字を見ることができた。アメリカ軍兵士も戦車の後ろに下がり、通りの脇に隠れていた。ドイツ軍歩兵は、もはや彼らの主要な関心事ではなかった。この広い通りでは、一つの大きな恐怖が残っていた。ドイツ軍の戦車である。

午後1時、遠くの爆発音が空気を切り裂き、鉄骨が砕け散る音が続いた。

アーリーは大聖堂の尖塔の後ろから灰色の煙が立ち上るのを見た。それが何であるかは、アーリーははっきり分かった。ドイツ軍が橋を爆破したのだ。

パーシングは爆発の後、急停車した。車内でクラレンスはデリッジに笑顔を見せた。戦車の中には、安堵のため息と喜びの声が響き渡った。

チャック・ミラーの戦車の中でも、また、その後ろのわずかな隊列の中でも、乗員は喜びの声を上げていた。橋へのレースは終わった。彼らは助かったのだ。

中隊の残りが追いつくまでここで待っていてもいいのではないか？　隊員たちは希望を持ってアーリーが司令部に無線連絡するのを聞いた。

返ってきた連絡は芳しくなかった。橋は爆破されていたが、アメリカ軍がドイツの神聖な川に到達するまで、ひと息つくことはできない。彼らはライン川に向かって進み続けなければならなかった。

乗員たちはうめき声をあげて叫んだ。死の行進はまだ続いていた。

操縦手はパーシングを始動させた。スプロケットが回転し、履帯が再び前に進み始めた。アーリーは部下に注意を促した。残ったドイツ兵は逃げ道を失ったばかりだ。壁に背を向けて、命がけで戦うことになるだろう。

パーシングは巨大な四差路交差点にさしかかったが、交差点を渡ることなく、物陰に隠れて次の行動を考えていた。道路は向かい側のゲレオン地区へと続いていた。

クラレンスは6倍の照準器を使って広い範囲を見渡した。まるで巨人が突っ込んできたかのように、交差点の四隅にある背の高い建物は粉々に砕け散っていた。壁が削られ、従業員がかつてタイピングをしていた空っぽのオフィスの中を見ることができた。視線を横へずらすと、アパートの壁紙が貼られていたり、なくなってしまった階へと上る階段が見えた。建物は閑散として見えた。しかし、通りはどうだろうか。

灰色の車が道端に止まっていた。車の屋根は先ほどの砲弾か爆弾ではぎ取られていて、運転手と思われるドイツ兵の遺体が近くに転がっていた。黒いブーツを履き、灰色のズボンを履いていたが、体はそこで終わっていた。真っ二つになっていた。ケルンでは、車は恰好の標的だった。

クラレンスは、戦時中のガソリン不足で一般市民はガソリンを買うことができないので、車輪のついたものはすべてドイツ軍のものだと聞いていた。

敵味方の区別をする必要がないので、交戦規定は単純だった。動くものは何でも撃て。

ロルフは砲塔の中で落ち着きがなかった。角を覗き込もうとしたが、右手の5階建ての建物が視界を遮っていた。

アメリカ軍は四差路の交差点を横切って群がっているのだろうか？　一人二人で来るのか、それとも大挙して来るのか。

それを確かめる方法は一つしかない。ロルフは操縦手に戦車を前に出すように指示した。グスタフは銃を構えて緊張した。それはまずいと思った。操縦手はギアを入れて戦車を前に出し、その後アイドリングさせた。

砲塔の上で、ロルフは大声を上げて、急いで退却するように命じた。見た物が気に入らなかったのだ。グスタフがハッチを開けて見ようとする前に、戦車は轟音を立てて物陰に戻っていった。ロルフが何を見たのかを知りたがる声があがった。

ロルフは乗員に1輌のアメリカ軍戦車だと言った。

「見られたんですか？」

ロルフには分からなかった。

「シャーマンですか？」

ロルフは答えられなかった。彼が見た戦車はアメリカの兵器とは一致しないものだった。

クラレンスは自分の不運を呪った。

砲塔を右に大きく回したとき、左手にドイツ軍の戦車が出てくるのが一瞬見えた。彼は90㎜砲を敵に向けて旋回させたが、砲塔の回転速度が足りず、敵戦車はレティクルから後退していった。

ドイツの戦車だった。しかし、クラレンスはどの型式か分からなかった。

アーリーは双眼鏡で周辺を観察した。敵の出現を見落としていた。「確かか？」とクラレンスに尋ねた。

「信じてくれ」とクラレンスは言った「やつはあのビルの後

ろに隠れている」

アーリーはシャーマンに下がるように無線で伝えた。

クラレンスは最後に戦車を見た場所に照準器を合わせた。

もう一回やってみろ。

人差し指がそっと引き金を握った。


恐怖に震えながら、グスタフは銃の照準器に目をやった。

自分たちは恰好のカモだ。アメリカ軍の戦車が自分たちを見つけたのだろう。敵は交差点に出る必要すらない。バズーカ砲部隊を徒歩で送りこめば、自分たちを殺すことができるのだ。

彼はMG34機関銃を交差点に向けて角度をつけ、できるだけ敵に近づくようにした。通りの向こう側には瓦礫と鉄骨の山があり、バズーカ兵の格好の隠れ場所となっていた。

彼の照準器は親指の幅よりも狭く、傷がついていた。確かではなかったが、グスタフはライフルの銃口が瓦礫の上に突き出ているのを見た。グスタフは慌てて一連射か二連射した。緑色の曳光弾が瓦礫の上の空気を切り裂き、粉塵の渦を巻き起こした。

「どうした?」ロルフが尋ねた。

グスタフは自分が見たものを話した。

「ならば、本気で撃て!」ロルフは言った。

グスタフは引き金を絞り、銃を左右に振り回した。瓦礫を砕き、敵の方向に致命的な破片を飛ばすことを期待して、山そのものに弾丸の嵐を送った。

瓦礫の中に緑色の曳光弾が命中していった。


クラレンスは戦場で見たものに腹を立てた。

ドイツ軍の緑色の曳光弾の一条が、無害な瓦礫の山に向けて発射されたのだ。敵が怯えていたのか、それともこれは気をそらすためにやっているのか。

クラレンスは瞬きも許されなかった。今にもドイツ戦車が飛び出してくるかも知れない。アイドリングしているエンジンの音が、他の音をかき消して聞こえてきた。照準器の黒い側面が視界を圧迫した。

汗が戦車兵用ヘルメットの革製のサイドフラップを伝い、ウールのシャツや上着の下に降り注いでいた。誰も動かず、ささやきもしない。インターコムは静寂を帯びていた。

徹甲弾が装填され、クラレンスは躊躇わずにいつでも撃てるようにしていた。


さらに東側では、黒いオペルP4が巨大な交差点に向かって疾走していた。道路の轍を踏んで車輪が跳ね返り、埃の渦を巻き上げている。

助手席には26歳のカタリーナ・エッサーが乗っていた。

ブルネットの髪の毛が肩にかかり、平たい眉毛が柔和な茶色の目を縁取っている。彼女は旅に出かけるような服装で、赤の短いジャケットにブーツを履いたパンツという出で立ちだった。

4人姉妹の3番目に生まれた〝カティ〟は、子育てが得意だった。ケルン市民のほとんどが避難する前は、病気の父親の世話をしていたが、公園では姪や甥っ子たちと一緒に二輪車を押していた。いつか自分も母親になりたいと思っていた彼女は、家政学の学位を取得していた。それまでは、ケルンの旧市街にある小さな食料品店で働いていた。

カティの隣で、食料品店のオーナーでカティの上司でもある40歳のミヒャエル・デリングがスピード違反の車のハンドルを握っていた。

デリングの車は一般市民の車の乗り入れが禁止されている市の例外だった。食料雑貨店である彼の仕事は、軍需産業にとって重要なものとみなされていたので、仕事のためにのみ、車の使用が許可されていたのだ。

しかし、今日のは集配走行ではなかった。

カタリーナ・エッサー

防空壕の中で外国軍による解放の不安を待つよりも、デリングとカティは橋に向かって走ることを選んだのだ。

橋が崩れる音を聞かなかったのか、聞いていても橋が通れるかもしれないという希望を抱いていたのか、誰にもわからない。目撃者の証言で確かなのは、切迫した破滅感に打ちひしがれていたカティが、その試みを後押ししたということだけだ。

彼女の3人の姉妹は皆、夫を戦争で亡くしており、最近では末の妹がそうだった。その11日前、カティは義弟のフリーデルが戦死したことを知った。妹が連絡を受ける前だった。

カティは、郊外に避難していた両親に手紙を書いた。「親愛なる皆さん、あなた方からの手紙を2通とも受け取りました。……でも、今から話すことは、あなた方の息を呑むような内容です。去年のクリスマスにフリーデルに書いた手紙が送り返されてきたのですが、〝受取人は大ドイツに捧げられた〟と書かれていました」

カティは、ドルトムント行きの列車の切符が手に入らないことを嘆き、そうでなければ、妹に知らせて慰めるつもりだった。「人生は今ではこのような（悲しい）ことしかない」とカティは締めくくりに書いた。「私はもう良い結果を信じていません。もうすぐ、フリーデルやすでに亡くなった他の人たちを羨ましく思うようになる時が来ると思うわ」。

曳光弾が、交差点を横切るデリングの車を追尾していく。

クラレンスは交差点をまっすぐに見ていたが、突然の動きに驚いた。左側から黒い靄《もや》が彼の視界に入ってきたのだ。

「スタッフカーだ！」アーリーが叫んだ。

案の定、迷彩服のような灰色の斑点がある黒い乗用車が高速で交差点に飛び込んできた。本能的に、クラレンスの親指は機関銃の引き金に指を掛けた。引き金を引くと、同軸機銃が打ち鳴らされ、戦車内の静寂を打ち砕いた。

炎のようなオレンジ色の銃弾が車を追いかけて飛んでいった。強い閃光が車をかすめて道路から飛び出し、埃をかき混ぜた。

クラレンスは、レティクル内で、一瞬の間、標的の後部を追いかけた。銃弾が捕らえる前に、車はドイツの戦車に向かって左に大きく旋回した。

逃げられてしまった。

クラレンスは砲塔の動きを逆にして引き金を引き、必死で車を追いかけた。

曳光弾が空気を切り裂き、車は制御不能に陥った。


グスタフは戦車の前を横切ってきたオレンジ色の光を見てたじろいだ。

「準備しろ！」ロルフが言った。

グスタフは歯を食いしばり、機関銃を握った。アメリカの戦車だったら、撃たれて死ぬだろう。

オレンジ色の光の軸に追われて、右から黒い形の物が現われた。グスタフが引き金を絞ると、遊底《ボルト》が激しくぶれて、機関銃は緑色の光を放った。

車は緑とオレンジ色の曳光弾が混ざった炎の網目を通過した。フロントガラスは吹き飛び、リアウィンドウは粉々に砕け散って、一番近い縁石に突っ込んだ。

グスタフが引き金を放すと、ボルトが姿を現した。銃身から音を立てて立ち上る熱で、視界がゆらゆらと揺れた。靄が晴れると、グスタフは信じられないような光景を見た。

黒い車が停まっていて、運転手がハンドルの上に倒れて死んでいた。

グスタフは憤慨した。なぜ戦場の中を車で通るのか！　軍人であろうと民間人であろうと、その場にいてはいけないのだ。

助手席側のドアがふらふらと開き、死体が路上に崩れ落ちた。

グスタフは誓って見た。カールされた茶色の髪を。

女の人？

クラレンスもまた、車のドアが開くのを見たが、瓦礫が視界を遮った。自分が車に命中させたのか、運転手が気を取り直して車を止めたのかは分からなかった。

それよりも、クラレンスにはもっと深刻な懸念があった。緑色の曳光弾を見たのだ。ドイツの戦車はまだそこにいて、視界の向こうのどこかに留まっていた。

クラレンスは生死に関わる決断を迫られていた。ライン川に向かって前進するように命令されていたので、敵が来るのを待つことはできなかった。しかし、もし前進すれば、ドイツの戦車が確実に先制攻撃を仕掛けてくることになるだろう。クラレンスはその優位性を認めるつもりはなかった。何とかしなければならなかった。

クラレンスは「耳を塞げ」と言い、これが発砲の合図となった。クラレンスはレティクルを敵の戦車が隠れていると推測した建物の低い位置に合わせた。

耳をつんざくような音を立てて、クラレンスは徹甲弾を発射した。砲弾は建物をまっすぐに貫通し、煙のような穴を残した。高層階からレンガが転げ落ちてきた。

「効果なし」とアーリーは報じた。

デリッジは薬室に次の砲弾を装填し、クラレンスは再び発射した。

今度も命中した形跡はなく、レンガが落ちてきただけだった。空襲で損傷を受けた建物は、明らかに不安定だった。クラレンスはよく見た。高層階からレンガが落ちてくると言う予想通りのパターンが、一発ごとに形成されていた。

瓦礫だ。これが敵の戦車の方に落ちているのだ。これなら、なんとかなりそうだ。

クラレンスは3回目の射撃を行なった。「どんどん装填しろ!」とデリッジに言った。

アーリーは砲塔の上で黙っていた。彼はクラレンスがなにか企んでいるのは分かっていた。しかし、それは一体何なのか? まだ分からなかった。

砲塔の床には煙を吐いた薬莢が積まれ、クラレンスは同じ壁に何度も穴を開け、その度に狙いを左にずらしていた。

ビルの一階から埃が吹き出した。クラレンスは何度も発砲し、建物の影になっている脚を切り刻んだ。瓦礫の山が建物の正面構造に流れ落ちた。建物全体が崩れ落ちていく。4階建ての壁がぐらつき、支えを失って後ろに倒れていった。最後の一発で、ビルの上層階はレンガの雪崩に巻き込まれた。

揺れる路面電車の線路越しに、アーリーは自分の目を疑った。クラレンスがビルを真っ二つにしてしまったのだ。


グスタフは両手を頭の上にかざし、暗闇の中で身をかがめていた。倒壊した建物の雪崩が彼らに押し寄せてきて、最初の波が去った今でも、レンガの破片が頭上の天井を叩き続けていた。

埃が内部に流れ込み、光の痕跡を減光していた。男たちはくしゃみをし、咳き込んだ。

理性を取り戻すとすぐに、乗員たちはパニックになった。アメリカ軍の戦車がとどめを刺しに来るんだ。ロルフの指示で操縦手は戦車を倒壊した建物の後ろに後退させた。

砲手は砲塔が動くかどうかを試してみたが、ガリガリと音を立て、動かなかった。おそらく、レンガが車体との間に挟まったのだろう。

グスタフはハッチを開けようとしたが、カバーが動かない。グスタフはうめき声をあげ、さらに力を込めた。腕が震えるほど力を入れたが、ハッチはレンガで重くなっていた。閉じ込められた。まただ。

息が速くなった。壁が締め付けてきているように見えた。肩をカバーに当て、力を込めて押した。上のレンガが崩れ、ハッチが開いた。グスタフは新鮮な空気を吸い込み、辺りを見回した。しかし、アメリカ軍がどこにいるのかわからなかったので、すぐに戦車に潜ってハッチを閉めた。

ロルフが砲塔から出て、外で誰かに向かって叫んでいた。戦況を知りたがっている民間人が近づいてきた。暫くやりとりをした後、ロルフはその男を追い払い、砲塔の中に入って蓋を閉めた。

「橋がなくなった」とロルフは言った。

グスタフは信じられなかった。彼は車長に答えを迫った。民間人の話は信憑性が高いものだった。ロルフと乗員は、エンジン音で爆発音が聞こえなかっただけだった。

その事実の重大さを理解するのに時間がかかった。

普段は静かで従順なグスタフは、新しい感覚に襲われた。

怒りがこみ上げてきた。彼は震えだした。

俺達の仲間がやったんだ！　俺たちを見捨てたんだ！

乗員の一人が新しい行動を提案した。戦車を十字路に後退させて、アメリカ軍を待ち受ける。待ち伏せだ。

「どうすればいいんだ」ロルフは言った。「レンガを投げつけるのか？」

砲手はロルフに、まだ前方へは砲撃できることを教えた。自走砲のように履帯だけを利用して位置を合わせ、奇襲の要素を利用してアメリカ軍戦車の側面攻撃をすることができるかもしれない。

グスタフは信じられなかった。アメリカ軍が圧倒的な戦力で押し寄せてきている今、この戦術が一度だけしか使えないとしても、彼らは戦い続けようとしていたのだ。

三人目の乗員も、この自殺行為に賛成した。

今頃になってグスタフは腹が立っていた。車を撃ったばかりで、無実の人を殺してしまったかもしれない。自分の仲間をだ。そして今、乗員たちは、彼らと自分の命と引き替えに、たった1輌のアメリカ戦車の乗員を殺すチャンスを得ようと懇願していた。

「そんなの無意味だ！」グスタフは内心を吐露した。

一人の乗員がグスタフに向かって、自分たちへの命令を思い出すように言った。他の乗員には理屈を言っても無駄だったので、グスタフはロルフに直談判した。

「これ以上何の借りがあるんです？」と彼は言った「奴らは僕たちを殺すためにここに送り込んだんだ！」

ロルフは黙ったままだった。戦車の中での名誉ある死を覚悟していたからだ。

だが、そんなことはどうでも良かった。グスタフは決断していた。家族や仲間、そして同胞への義務を重んじていた若い無線手は、ある重要なことを忘れていたのだ。

彼には自分自身への義務があったのだ。

ロルフは戦車の放棄を命じなかったが、それでもグスタフを止めることはできなかった。彼は第三帝国の手先になることをやめた。グスタフはハッチを開け、戦場に残った唯一の友人であるロルフに最後の言葉をかけた。

「さあ、ロルフ！　なぜ無意味に殺されるんです？」そう言ってグスタフはヘッドセットを外し、戦車から体を出した。

グスタフは戦車の後ろから一番近い街角に向かって走ったが、戸惑ってしまった。どっちに走ればいいのか、次に何をすればいいのかわからなかったのだ。自由というのは新鮮な感覚だった。

ロルフは砲塔から立ち上がり、グスタフを見つけた。ロルフは一気に体を押し上げて砲塔の外に出た。そして、エンジンデッキに降り、さらに道路に飛び降りた。ロルフが走って追いかけてくるので、グスタフは身構えた。友人が自分を罰しに来たのか、合流しに来たのか、彼にはわからなかった。

「行こう」とロルフは言った。ロルフはグスタフの腕を掴んで、新しい方向に引っ張った。通りに出ると、建物の入り口に民間人が立っていて、二人に合流するように合図をした。

グスタフとロルフは避難所に逃げ込んだ。

その後ろでは、彼らのいないⅣ号戦車が瓦礫の中でUターンし、十字路に突っ込んでいった。

戦車と、車内に残ることを選んだ3人の男たちの姿は、二度と見ることはなかった。

クラレンスの計画は見事に成功した。

パーシングは、銃弾にまみれた車の約50ヤード（約46ｍ）後方に停車した。

クラレンスは、そのはるか先にあるカトリック教会、聖ゲレオン大聖堂の方向に狙いを定め、どんな脅威にも対応できるようにした。

歩兵は左手の倒壊した建物の周りで、瓦礫の下に埋まっている敵の戦車を探したが、無駄だった。クラレンスは、ドイツ軍の戦車を見ただけでも幸運だったと感じていた。もしドイツ軍の戦車を通り越していたらどうなっていただろうと思うと、背筋がゾっとした。

時折、彼は、大破した車の方を見た。オペルＰ４はドイツ軍がよく使っていた民間車だった。トランクには銃弾が飛び散り、リアウインドウは粉々になっていた。

クラレンスは驚いた。遠くから見ると迷彩のように見えたものが、実際には黒い塗装に灰色の埃が滲んでいたのだ。

３人の衛生兵が車に到着した。運転手は頭を撃たれて死んでいたが、助手席側には誰かが横たわっていた。衛生兵は二人目の犠牲者の手当てに取り掛かった。歩道を行き交う歩兵たちは、衛生兵の作業を肩越しにちらりと見ていた。クラレンスは歩兵の視線を追ったが、車のフェンダーで視界のほとんどが遮られていた。

衛生兵が被害者を横にして寝かせると、クラレンスは長い巻き毛の髪の閃きを見たと確信した。しかし、それはあまりにも一瞬だったので、錯覚ではないかと思った。胃の奥に穴が開くのを感じた。

私は女性を撃ったのだろうか？

頭の中はパニックでいっぱいになった。ひどい怪我をしていたのだろうか？　そもそも彼女はあそこで何をしていたのか？　そして思い出した。ここはケルンなのだ。ナチスだけが車を持っていたのだ。

銃撃戦の中を運転するということは、女性と運転手は何かから逃げていたはずだ。脱出するのに時間がかかりすぎた〝黄金のキジ〟のカップルだったのか？　彼は将軍で、彼女は愛人だったのだろうか？

クラレンスは罪悪感を捨てた。

彼女が誰であろうと、悪人の一人に違いない。

パーシングの後ろで、チャック・ミラーは、照準器を通して、路上での重傷判定《トリアージ》を見ていた。

衛生兵たちは諦めた。絶望的だった。彼らは険しい表情を浮かべながら、立ち上がってその場を離れた。そこには必死に助けようとしていた患者、つまり胎児のような姿勢で丸まっている若い女性の姿があった。

後に民間人の一人が、負傷した運転手を助けようと手を伸ばしていたのを目撃し、彼女も銃弾に撃たれたと証言している。

衛生兵が車の中から長袖のコートを取り出した。彼は彼女の肩までを優しく覆ってから、他の負傷者を助けるために出発した。

女性の顔がチャックの方を向いた。彼女の目はガラスのように澄んでいて、遠くを見ているようだった。チャックは、彼女が死んでしまったのかと思った。

彼女は瞬きをした。

チャックは恐怖と罪悪感に襲われ、望遠鏡から体をバネのように引いた。まるで彼女が死ぬところをチャックが見ているのを、見られたかのように感じたのだ。

クラレンスには言えなかったし、言うつもりもなかった。まだ先に、アメリカ人の乗員たちが行きたがらないケルンの暗黒の地がある中では。パーシングの砲を持ったあの男が、チャックにとっては、再び故郷に帰るための最良の希望だったのだ。チャックは、この地を十分に見てきたので、それが分かっていた。

要塞都市では、次の角に何かが潜んでいるかもしれないのだ。

第一七章　怪物

その日の午後2時頃
ケルン

彼らが戦ってきたすべてのものが、ついに手の届くところまで来た。

及び腰の2輛のシャーマンが狭い通りを進み、突き当たりの明るい光に向かって忍び寄っていた。

先頭のシャーマンの車体側面には丸太の盾が積まれていた。車長は砲塔の中で低くかがんで見張っている。

突き当たりの建物の間から、大聖堂の一部と豪華な広場が見え、鉄道駅の一部も見えた。しかし、まだ森を抜けたわけではなかった。

最後のブロックは危険だった。

ライン川への最後のひと押しはパーシングの仕事だったが、スーパータンクは交差点での砲撃戦の後、遅れをとってしまっていた。そこで、この任務はF中隊のシャーマンに委ねられた。

F中隊が大聖堂を制圧した後、後方に並んでいるB中隊のスチュアートがライン川に向かって走り出す。彼らは共にケルンを征服した者としての栄光を分かち合うことになるだろう。しかし、その前に、崩壊した建物の瓦礫の土砂崩れに阻まれたこの通りを通過しなければならなかった。

先頭のシャーマンは、6時の位置で針が止まっている時計の下で止まった。2輛目のシャーマンはその左側に並んで停車した。カール・ケルナー中尉は、先頭の戦車の砲塔から、障壁を抜け出す方法を探した。

髪の生え際が後退し、薄い眼鏡をかけた信心深い26歳の彼は、神父候補者のように見えた。実際には、ウィスコンシン州シーボイガンの故郷で、ジェリー・ミラー・フード・マーケットで働いていて，婚約者が彼の帰りを待っていた。

大聖堂に先に到着するにふさわしい人がいるとすれば、それはケルナーだった。彼はノルマンディーでの活躍で銀星章を受章した後、2度の負傷で入院し、わずか2週間前には中尉に昇進していた。

カール・ケルナー

しかし、この先の道は険しいものだった。ケルナーには、ドーザー戦車を呼ぶ以外に選択肢がなかった。勝利は後回しにするしかないだろう。

近くの戸口では、アンディ・ルーニー二等軍曹という名の従軍記者がカメラを構えていた。小柄で引き締まった、ほとんど闘牛士のような顔つきのルーニーは、〝特ダネ〟を記録しようとしていた。動画の時代に絶賛される運命にあるルーニーは、典型的なジャーナリストではなかった。「星条旗」誌のライターとして、彼はB‐17爆撃機に搭乗した経験があり、またノルマンディーで伝説のレポーター、アーニー・パイルとテントを共有し、パリ解放にも立ち会っていた。

彼の後ろでは、他の記者たちが大聖堂周辺の世界的に有名なホテルの話をしたり、ホテル・エクセルシオールのワインセラーに突撃する計画を立てたりしていたが、ルーニーはその先を行っていた。この物語がまだ終わっていないことを何かが彼に伝えていた。

何の前触れもなく、駅から砲声が轟いた。

ドイツ戦車の緑の砲弾が左前方から建物の廃墟を通り抜け、ケルナーのシャーマンの防盾に斜めに命中し、中にいた砲手の足下に破片が飛び散った。

命中時の重いガーンという音が鳴りやまないうちに、2本目の緑色の砲弾が再び戦車を打ち抜いた。その位置は最初の命中点と重なるほど近かった。ケルナーのシャーマンは爆発した砲弾の影響で炸裂し、砲塔から車体前部のハッチが吹き飛んだ。

隣接したシャーマンの操縦手は、自分の車輌を後退させようとしたが、遅すぎた。もう一本の緑の稲妻がその後を追い、戦車の右履帯前部を切り裂いた。必死になって射線から逃れようと、2輌目のシャーマンは後退し左に進路を変えて去っていった。敵との間にある建物までシャーマンが移動すると、乗員が飛び出した。

ケルナーのシャーマンからは湯気のような薄い煙が立ち上っていた。ケルナーは無帽で、カービン銃を握りしめて砲塔から出てきた。その苦しそうな動きの中で銃を落とし、エンジンデッキに倒れ込んだ。左足は膝から激しく切断されており、切断面からは煙が上がっていた。砲手はケルナーの後ろで戦車から出て、砲塔から頭を下にして落ち、これ以上の砲火に身をさらさないようにした。

ケルナーはエンジンデッキを転がって横切り、後端に止まった。片足しかないので、地面まで降りるにはかなりの落下距離だ。衛生兵、他の戦車の戦車兵、そしてルーニーが、ほぼ一斉に前に飛び出し、手を貸した。ケルナーを安全な場所まで運び、瓦礫の山の上に寝かせた。

野次馬によると、ルーニーは、〝血と骨のまじった状態の〟ケルナーの足を持ち上げた。戦車兵は彼のシャツを切り裂き、袖をケルナーの太ももの周りで結んで出血を止めようとした。ルーニーに抱きかかえられたケルナーは、報道員を盲目的に見つめていた。しかし、止血帯はあまりにも小さく、遅すぎた。ケルナーは仲間の腕の中で死んだ。「人が死ぬ瞬間に立ち会ったのは初めてだった」とルーニーは書いている。「泣いていいのか、吐いていいのかわからなかった」。

ケルナーの車体銃手は、車の事故現場でうろうろしている生存者のように、ぼんやりとしていた。自分や砲手がどうやって生き延びたのか、彼には分からなかった。記者が彼の言葉を耳にした。「どうやって助かったのかわからない……。あいつがどうやって出てきたのか分からない。クソ野郎どもめ」。

アメリカ陸軍省はまもなくケルナーの両親と婚約者のセシリアに電報を送り、カールが〝ドイツのどこかで〟戦死したことを伝えた。

砲塔の中では、ケルナーの装填手がバラバラになっていた。操縦手のジュリアン・パトリック二等兵は、戦争に出た4人兄弟の末っ子で、開いたハッチの下の操縦席に座ったまま死んでいた。パトリックの戦車兵用ヘルメットは後ろに傾いていた。鼻血は乾き、片目は半開きだった。

広場から近づいてくるドイツ戦車の滑らかな音がルーニーと他の生存者を走らせた。

殺し屋が近づいてきたのだ。

パンターは大聖堂を通り過ぎて広場の隅で停車し、放棄されたシャーマンと正面から対峙した。

最後の戦いの場。大聖堂の左手には鉄道駅が見え、その先にはライン川が流れている。

戦車は線路の下のトンネルから発砲していたが、影から姿を現し、戦場での勝利を主張した。光に照らされて戦車の車長が見えた。

砲塔にはバーテルボースが堂々と立っていた。

守る橋もなく、ドイツ兵は壊れたドアや板を筏のようにして、味方の陣地を目指してライン川を必死に泳いで渡っていた。しかし、バーテルボースと彼の乗員は別の道を選んでいた。

パンターの中で、バーテルボースは最後の一発まで抵抗するよう部下に命令したことはなかった。

その必要はなかった。

彼らは死ぬまで戦うために残ったのだ。


通りを一本隔てて300ヤード（約274m）ほど戻ったところで、ケルンのウォール街にパーシングが停止していた。コメルツ銀行の入り口には、古典的なギリシャ様式の彫刻がそびえ立っていた。２ブロック先の通りの端に、鉄道駅の象徴的なアーチ型の屋根と焼けた肋骨を見ることができた。

パーシングの内部では、クラレンスと乗員が飛び交う無線通信の慌ただしい様子を追いかけていた。最後に聞いたのは、襲撃してきた敵の戦車を迎撃するために、歩兵が急派されたということだった。

エンジン音に混じって、パーシングの外から叫び声が聞こえてきた。「おい、ボブ！」

アーリーがハッチから立ち上がると、友人のジム・ベイツ技術軍曹が小型の動画カメラを持っているのが見えた。

豊かな頬と黒髪の28歳のベイツは、第165写真信号中隊に所属する小柄で肝の据わった戦闘カメラマンだ。本国では煙草の煙が充満している報道室にいるようなタイプの男だった。

ベイツは、大聖堂を守っている〝怪物〟のような戦車がいると言った。アーリーはとっくにそれを知っていた。

「角を曲がったところにいるぞ！」とベイツは言った。

ジム・ベイツ

アーリーは考え込んでから、クラレンスに指揮を執るように命令した。彼は徒歩で調べるつもりだった。
「何ですって？」
無謀だった。クラレンスは、前方に友軍はいないこと、パーシングが最前線だということをアーリーに思い起こさせた。しかし、アーリーは動じなかった。彼は自分の目で何に直面しているのかを見たかったのだ。

彼はパーシングから降りて、ベイツと話し合った。「ジム、行って戦車を見てみよう」と言った。「何に出くわすかわからないから、戻ってこれないかもしれないが」。

アーリーとベイツは、手前にリベット銃を持って金槌を打つドイツ人労働者の姿のポスター、その向こうに連合国のスパイの影が潜んでいる宣伝ポスターが貼られた無人の区画を進んでいった。

ベイツは危険の中でも生き生きとしていた。このカメラマンは、Dデイの日に第82空挺師団と一緒に降下し、アルデンヌでは最高のショットを撮るためにスチュアート戦車の砲手席に身を置いた。彼は恐怖心が少なく、それが彼の映像を他よりもキレのよいものにしていた。

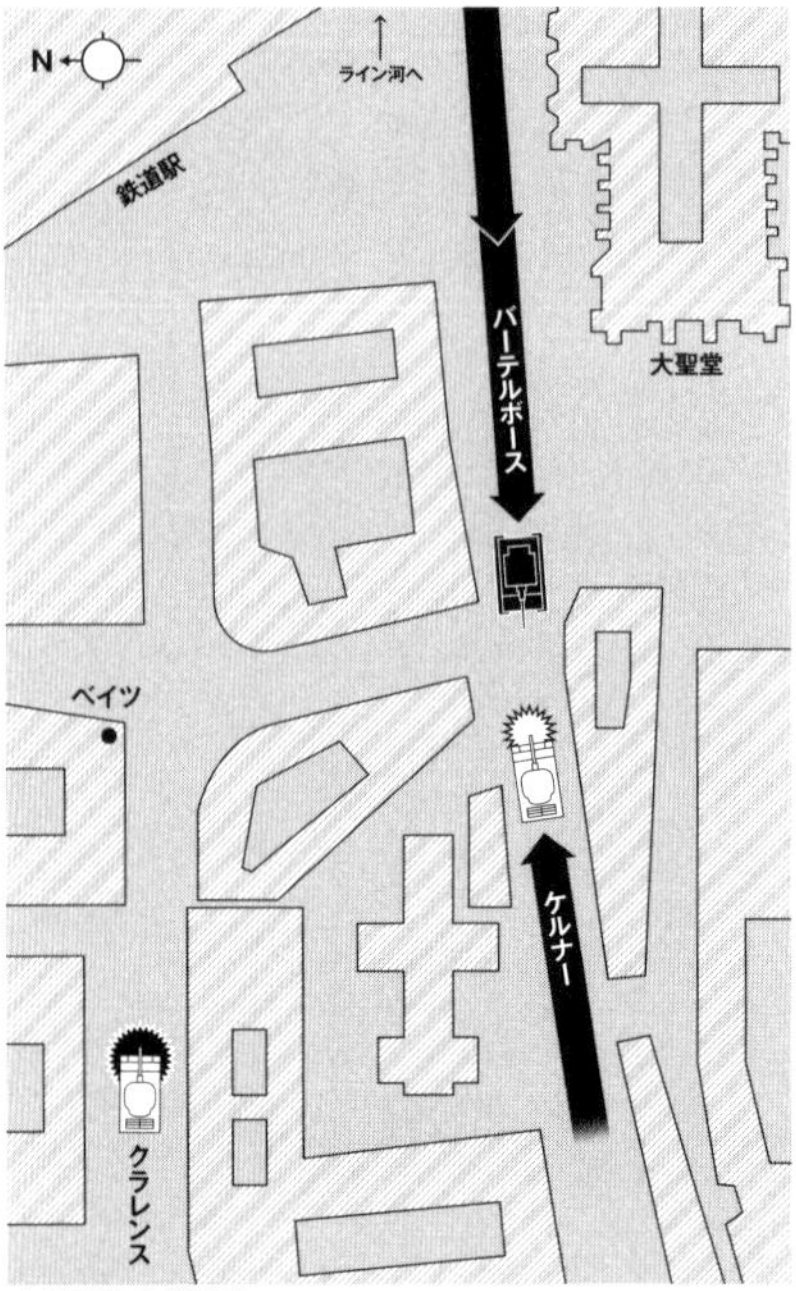

大聖堂の戦闘

二人は、通りの突き当たりの左手にある全国の労働組合が集まるゲルマン労働戦線ビルに近づいた。これ以上進めば、パンターに見つかるかもしれない。アーリーとベイツはビルの中に入った。

中二階の窓からそれが見えた。二本先の明るい広場の一角に、サンドイエローのパンターが停まっていた。その砲は無力化されたケルナーのシャーマンに直接向けられており、ケルナーの後を追ってくる者への不吉な警告となっていた。

そこにアーリーのチャンスがあった。

アーリーはベイツに計画を説明した。自分の戦車は現在の通りをそのまま進んで交差点に突っ込み、パンターの側面を砲撃して不意打ちを食らわすのだ。

「準備は万端にしておけよ」と彼はベイツに言った。「俺が下に近づいて来る音が聞こえたら、俺の居場所が分かるだろう」。

アーリーは戦車のほうへ戻り、ベイツは階段を上って、この大胆な試みが最もよく見える場所へ行った。

これはベイツにとっても個人的なことだった。

アルデンヌでスチュアートに乗っていた時、乗員がドイツ戦車が斜め前方で発砲の準備をしているのを見つけた。ベイツはドイツ軍の砲弾が着弾する直前に乗員と一緒に脱出したのだ。ベイツの仲間は彼ほど幸運ではなかった。彼と一緒にヨーロッパに赴任した65人の陸軍カメラマンのうち、帰国したのは半数にも満たなかった。

ベイツは窓の外でカメラを構え、その様子を撮影する準備をした。

ノルマンディーでのドイツ軍の圧倒的な優位性を目の当たりにして以来、「9ヵ月に及ぶ論争」に決着をつける時が来たのだ。アメリカの戦車はパンターと対等に渡り合うことができるのだろうか？

その答えは長い間の懸案だった。

パンターの中では、数分が数時間のように感じられた。天井には結露ができていた。乗員はペリスコープを覗きながら敵を探していた。エンジン音が彼らの思考をかき消した。

元教師のバーテルボースは１９４１年から戦車で戦い、教官を務めたこともあった。経験の賜物なのかもしれないし、本能だったのかもしれない。第六感はアメリカ軍が予想外の方向から自分に向かってくるかもしれないとバーテルボースに告げた。

パンターの車体を前方に向けたまま、バーテルボースは砲手に砲塔を右に向けるように命じた。

ベイツは３階の窓からパンターの砲塔が自分の方を向いたのを見た。ドイツの戦車長に見られたと確信し、床に倒れ込んだ。周りの部屋が爆発しなかったので、ベイツは体を起こして下を覗き込んでみた。彼が見たものは恐ろしいものだった。パンターの高初速砲は、アーリーが飛び込むと言っていた場所に向けられていたのだ。

戦車はベイツを捕らえていた。

玄関から外に出ることはできなかった。友人に警告する時間もなかった。大声で叫んでも無駄だろう。

パーシングは待ち伏せされるところだった。

パンターのなめらかな排気音が、誰もいない通りに響き渡っていた。

覚悟を決めたバックと小隊の残りは、ブーム少尉の後を追って音のする方へと向かった。一人はバズーカを握り、もう一人は砲弾を持っていた。戦車の音は近く、おそらく右手にある建物の向こう側まで迫っている。

角を曲がって、戦車と正面から戦うのではなく、ブームは建物の中に男たちを導いた。窓から撃てばいいのだ。パンターが気づかないことを祈るばかりだ。

一行はビルの空き地を駆け抜け、瓦礫に埋もれた階段を駆け上がっていった。各階に到着するたびに、歩兵は窓に向かい周囲の状況を確認した。報告は同じだった。「パンターは見えない！」彼らはまだ撃てなかった。

ブーム少尉は男たちをさらに高いところへと導いた。目の前の足音を追いかけながらも、バックの心は花屋の中に戻っていた。A中隊が3階建ての工場に集結した時には、ドイツ人の狙撃兵は誰も撃たずに逃げ出していた。ジャニツキはバックを慰めようと、「お前のせいじゃない。お前の頭は彼らの隣に突き出ていたんだ」。

しかし、問題はそこではなかった。

バックは自分自身に腹を立てていた。あの窓に二度も戻るべきではなかったし、ましてや三度目の挑戦など考えるべきではなかった。この教訓は、ズボンに染み込んだモリーズの血のように、忘れがたいものだった。

この戦争を生き延びようとしているならば、ベテランのように考え始めなければならないのだ。

いつの間にか、ブーム少尉の上る床がなくなっていた。上の天井には、屋根裏部屋へと続く小扉があった。そこは歩兵が行ける最も高い位置にある場所だった。誰かがそこに行かなければならず、その誰かは軽量でなければならない。皆が期待を込めてバックに目を向けた。

バックはうめきたくなった。今さら第一斥候の役割から逃れることはできないだろう。彼はバズーカを撃ったことがなかったし、狭い空間でバックブラストのある兵器を発射するなんてどうかしている。

ブームは膝をついてバックに登るように指示した。

「わかりました」とバックは言った。彼はライフルを手渡した。

パンターはアメリカ軍の戦車を2輌撃破しており、バックはそれは自分ではないと思いながらも、誰かがそれを止めなければならなかったのだ。彼はブームの太ももを踏んだ。ブームはバックのベルトの後ろを掴み、彼を小扉の中に一気に押し上げた。

バックに渡されたバズーカはすでに装填されていた。バックは武器を構え、腹ばいになった。バズーカを横で滑らせながら、通りを見下ろす窓の方に向かって傾斜した天井の中を進んだ。

窓を開けたとたん、パンターの耳障りな音が屋根裏部屋に響いた。彼は屋根の上にいて、目の高さに大聖堂があった。

バックは誰もいない通りを見下ろして呪った。

1ブロックも離れていた。

下から音が聞こえてきた。それは友軍がいる右側から近づいてきた別の戦車の機械音だった。強力なエンジンが、履帯で地面を叩きながら咆哮していた。

バックは愕然とした。アメリカ軍の戦車が、停止しているパンターに向かって前進してきたのだ。誰も言わなかったのか？　彼と歩兵はまだパンターを撃破していなかった。もっと時間が必要だった。

バックは戦車が近づいてきた時の音を聞いて身震いした。それはアメリカ人の乗員たちが、死に向かって走っているような音だった。

アーリーはパーシングが前進するまで、シャーマンは待機するよう無線で指示を出した。

これはパーシングが単独で対処する。

計画は単純だった。交差点に飛び込んで、クラレンスの出番となる。

「車体を撃ちます」クラレンスは申し出た。そこは最も大きな部位だったので、戦いの中で外す可能性が少なかったのだ。

「好きなところを撃て」とアーリーは言った。「あいつは我が物顔で居座ってる」。

アーリーは自信を持っていた。シャーマン（75）でも側面からパンターを撃破できる。こちらを見れない戦車を撃つのか？ スポーツマンシップに反すると感じた。

交差点が近づいてきた。

砲塔の向こう側で、デリッジは24ポンド（約11kg）のT33徹甲弾を抱え、素早く再装填できるように構えていた。

クラレンスは操縦手に向かって、砲の準備をしていることを告げた。「進路を維持してくれ、ウッディ」と彼は付け加えた。

クラレンスは敵戦車が居座る高さにレティクルを下げ、15・5フィート（約4・7m）の砲身を建物にこすらないようにできるだけ右に振った。家族の命がかかっている以上、チャンスを逃すわけにはいかない。たとえ敵が側面を向けていて、見えなくても、パンターであることは変わりがない。

頭上を通過する鳥には、2匹の鋼鉄の獣が見えない互いを探しているのが見えただろう。一本の道を進むパーシングは砲を右に向けて街角を突破する準備をしていた。その角を巡ると、パーシングが向かう交差点に砲を向けたパンターが静止している。

マクヴェイは戦車に燃料を送り込んだ。パーシングはすぐに速度を上げた。スモーキーは必死に持ちこたえた。

アーリーはポークチョップを口に近づけた。

クラレンスはペリスコープに目を向けて、できるだけ広い視界を確保するようにした。

見逃すなよ。彼らか、自分の家族かだ。

パーシングが交差点に入ると、スモーキーが真っ先にそれを見た。

敵戦車は光を浴びて交差点に陣取っていた。彼は砲身を真正面から見た。

スモーキーは恐怖のあまり泣き叫んだ。

マクヴェイは慌ててアクセルを踏むと、パーシングはさらに交差点の危険な場所へ突っ込んだ。

乗員たちは一斉に息を呑んだ。

パンターが視界に入ってきたとき、クラレンスは心臓が止まりそうになった。瓦礫とぶら下がった架線の間に、砲口の黒い穴だけが見えていた。

バーテルボースはパンターの中で、暗くぼやけた車輌が、物陰の通りから飛び出してくるのを見た。その緑色の戦車は、正面装甲のくさびの後ろが低くてなめらかだった。シャーマンではなかった。

「撃つな！」バーテルボースは砲手に向かって叫んだ。「あれは味方だ！」

クラレンスには狙いを定める時間がなかった。戦車が止まっている時間もなかった。何をするにも時間がなかった。レティクルはパンターにあっており、これで十分だと思った。クラレンスが発砲すると、90㎜の砲口の閃光が影を照らし出した。

アーリーは砲塔の上からその様子を見ていた。

オレンジ色の砲弾が電柱のように伸び、火花を散らしながら、雷のような音を立ててパンターのエンジン室を撃ち抜いた。瓦礫の中から埃が舞い上がり、広がる曇りの向こうではパンターのエンジンから炎があがった。

スライドして開いた車長のハッチから、パンター内部の煙が噴出した。ドイツ軍の車長は砲塔から脱出した。彼は戦車を盾にして、反対側の地面に飛び降りた。操縦手は車体の横に転がり出て安全を確保した。

パーシングの中では、クラレンスはパンターに命中したかどうかさえ分からなかった。90㎜の爆風は大量の粉塵を巻き上げ、パンターは角ばった輪郭しか見えず、依然として砲口をこちらに向けて威嚇しているようだった。

「もう一発T33！」とクラレンスは要求した。

クラレンスは車体に沿って狙いを前方に移し、傾斜した砲塔の真下で止めると、デリッジはもう一発の砲弾を薬室に叩き込んだ。彼の指は引き金を握った。埃っぽい暗闇の中、まるで戦車が巨大なノミで殴られたかのように、パンターの横から火花が飛び散った。

「命中！」アーリーが叫んだ。

パンターの車体の穴が光を放ち始めた。戦車の後部から前方に向かって、急速に火が燃え広がっていった。

狼狽したドイツ戦車兵が砲塔から体を出し、パンターの横にごろりと横になって飛びおりた。装填手は後部ハッチから、後に自身のことを〝生きた松明〟と表現したように、制服を燃やしながら出てきた。彼らもまた、戦車の後ろに逃げ去っていった。

パーシングの中で、クラレンスはもう一発徹甲弾を要求した。これは虐殺なのか？　過剰な武力行使か？　パンターの主砲がクラレンスたちに向けられたままならば、そうではなかった。もしドイツ人の乗員が最後の力で引き金を引けば、全員を殺すことができるのだ。

クラレンスはそうはさせなかった。舞いあがる埃が落ち着いてきたので、今度は狙いを定めた。クラレンスはレティクルをパンターの車輪と車体の間の深い凹みに合わせた。

引き金を引いた。瞬く間に砲弾はパンターの心臓部を貫通し、金属を結合したような音とともに反対側へと真っ直ぐに飛び出した。

この時、クラレンスはその全てを見た。

砲塔から炎の噴火が吹き上がり、前部のハッチカバーが爆風で開き、かつて人が座っていた場所に炎が立っていた。炎は戦車の高さの2倍にもなり、バーナーのような轟音を上げていた。クラレンスは目の周りが熱くなるのを感じた。

パンターの側面に開けられた3つの弾痕が脈打ち、内部を焼き尽くすように光っていた。照準器の穴がサイクロプスの目のようにクラレンスに向かって明滅した。

砲塔上で、アーリーは見つくした。「操縦手、後退だ！」

エンジンが唸りを上げ、パーシングは後退して影の中に入っていった。砲塔内は空薬莢が放つ鼻をつく臭いがしたので、デリッジはハッチを開けて薬莢を放り出した。一発、二発、三発の薬莢が通りにガチャガチャと音を立てた。

パーシングは停止した。乗員たちは耳を傾けた。角を曲がったところから、パンターの弾薬が熱で焼け、パチパチとはじける音が聞こえてきた。

クラレンスはペリスコープから体を引いたが、それまでの40～50秒間の猛烈な行動にまだ唖然としていた。本当に起こったことなのだろうか？

デリッジ、スモーキー、マクヴェイの3人は、クラレンスの能力への敬意と畏敬の念から、口を閉ざしたままだった。アーリーは座席に腰を下ろしたまま、吐きそうになり、前に身を乗り出して息を整えた。パンターの砲身を見て、彼ほど衝撃を受けた者はいなかった。

アーリーはクラレンスの肩に手を置いた。

しばらくして、クラレンスは戦車の中の沈黙を破った。「危なかったな」と言った。

「本当に近かった」とデリッジも同意した。

クラレンスはペリスコープを覗いて、脅威の捜索を再開した。アーリーは足元を確認し、砲塔の外に肘をついた。

屋根の上には、パンターからの煙がベスビオ火山の灰のように立ち上っていた。

午後3時頃、ドイツ労働戦線ビルから人影が現れ、パーシングに向かって猛ダッシュした。

ベイツだった。彼はアーリーに向かって叫んだ。「やったぞ！」

「何をだ？」アーリーは訝しげに答えた。

90㎜砲の衝撃波が彼のカメラを揺らしながらも、ベイツは2輌の戦車の決闘を撮影したのだ。最後に必要なのは、パーシングの乗員の写真だ。

「1分もかからないだろう」とベイツは約束した。

パーシングの乗員たち

アーリーは周囲を確認した。他の3輌のシャーマンはパーシングの後ろに停車していた。彼は安全だと判断し、ポークチョップに話しかけた。ハッチが開き、穴の開いた柱や吹き飛ばされた窓を背景に、乗員が一人ずつ立った。

アーリーは砲塔に沿って前に移動してクラレンスに道を譲り、クラレンスは車長ハッチから上がった。

ベイツが撮影を始めた。

マクヴェイはカメラの前を通り過ぎて遙か先を見ていた。スモーキーはタバコを咥えた。アーリーはただ困惑しているように見えた。ベイツはヘルメットを後ろに下げるように言った。影で顔が隠れていた。デリッジはニヤリとした笑みを浮かべ、クラレンスはためらいがちな笑みを見せた。

ベイツにとって、この乗員はメッセンジャーだった。ナチスがロシアとポーランドにしたことを受け、彼らはドイツに「ドイツの人間や都市も同じように扱うことができる」という言葉を伝えたのだ。

ベイツはその言葉通り、撮影を開始して1分も経たないうちにカメラのレンズにキャップをかけた。

戦車兵は戦争に戻ることができた。

戦車4輌の偵察隊は、ホーエンツォレルン橋の残骸に向かって勇ましく前進した。

パーシングと3輌のシャーマンは、主砲を時計の文字盤の半分の範囲で旋回させながら、抵抗勢力が残っていないかどうかを探った。

暗く冷たい午後の空の下、アーリーは駅からこぼれ落ちた線路のそばで偵察隊を止めた。

パーシングの内部では、砲塔の音が鳴り、クラレンスは生存を脅かす敵の砲を探した。

何もなかった。

駅は冷たくて洞窟のようだった。濁ったライン川が沈んだ橋のアーチの周りを流れていた。大聖堂は今では命のない街の墓石となっていた。

アーリーはポークチョップを口に運び、午後3時10分に無線連絡をした。偵察隊はドイツの神聖な川に到着した。「これ以上は泳ぐことになるぞ」。

彼が送信ボタンを離す前に、乗員は歓声を上げた。クラレンスとデリッジ、マクヴェイとスモーキー、誰もが喝采を送り、お互いに握手を求めた。乗員たちが祝っている間、アーリーは砲塔の上に残り、いまだ危機一髪の感情にとらわれていた。

クラレンスは片目に照準器のゴムの痕を残したまま、座席に座った。煙草に火をつけ、長く一服した。

ケルンは彼らのものだった。

その日の夜

グスタフとロルフは被災した建物の地下室にあるテーブルに座り、静かに声を漂わせていた。

近くでは、年配の夫婦2組と若い女性2人を含む民間人が、戦争がもうすぐ終わるという安堵感で会話をしていた。白塗りの壁に置かれたベッドや家具を、ろうそくの明かりが照らしていた。

民間人はパンとシュナップスを戦車兵に分けて与えて緊張を和らげていたが、グスタフは不安なままだった。アメリカ軍がこの区画を捜索するのは時間の問題だった。

待っている時間は拷問のようなものだった。グスタフが一番心配していたのは、迷彩服の下に着ていた戦車兵の制服だ。ドイツ国防軍の多くの戦車兵と同様に、黒い制服は目の敵にされていたし、頭蓋骨の襟章は状況をさらに悪化させた。アメリカ兵は彼を親衛隊員と間違え、その場で射殺してしまうのではないだろうか。

グスタフは襟章をはぎ取ろうと思ったが、それはやめた。アメリカ兵に何かを隠していると思われたら最悪だ。彼は捕獲者が制服の違いを知っていることを願った。

グスタフは、自分の家族が〝自分たちの〟捕虜をどのように扱っていたかを思い出していた。男たちが戦場へ出ている間、ドイツでは人手不足のため、グスタフの地域のすべての農場に捕虜の労働者が受け入れられていたのだ。ある日、一家の前に若いロシア人が現れた。彼は坊主頭で、まだ赤軍の軍服を着ていて、細身の骨格をしていた。

グスタフは、軍事訓練の合間を縫って、ロシア人と一緒に家の畑で働いた。毎晩、長い一日の労働を終えた後、当局は捕虜収容所に連れ帰るために、捕虜を回収していた。そして、その前に農夫の家族が彼に夕食を提供することになっていた。

ナチスには厳しいルールがあった。どんなことがあっても、捕虜は「ホスト」である農民と同じテーブルで食事をしてはならなかった。しかし、グスタフの母親のミナはそれを許さなかった。若いロシア人は、他の者と同じように働き者だった。そこで彼女は毎晩、食器類一式を備えたサイドテーブルを用意した。そして、その若いロシア人は家族と同じテーブルで食事をしたのだ。*

通りからの叫び声で、皆の目が地下室の木の天井に集まった。一人の老人が調査のために上階に行った。しばらくして、彼はニュースを持って戻ってきた。アメリカ兵が近づいてきていた。グスタフとロルフは、民間人を危険にさらすよりも、その恐怖に立ち向かうために階段に向かった。

「ブービ」ロルフは階段の上でグスタフを呼び止め、彼のために幸運を祈った。

外に出ると、ケルンの街は薄明かりに包まれていた。薄暗くなる光の中、グスタフとロルフは両手を挙げて降伏の意思を示した。通りの向こう側では、二人のアメリカ兵がライフルを構えていた。ロルフは捕獲者に近づくと、英語で話しかけた。その結果、アメリカ兵は緊張を解いた。彼らはドイツ人のポケットを探り、グスタフのコンパスを没収した。

グスタフは、並行する道路でシャーマン戦車がゴロゴロと走る音を聞いて、緊張した。

二人はグスタフとロルフをドイツ語を話すアメリカ軍の情報将校に引き渡した。将校は、ケルンに残っているドイツ軍の戦車の数を尋ねた。

ロルフは「中心部に3輌の戦車がいる」と答えた。彼が知っているのはそれだけだった。

この時点では、隠すことは何もなかった。ケルンの至る所で、ドイツ軍の兵士が、棒に結んだ白いハンカチを振って隠れ場所から出てきていた。やむをえず捕獲者が来るのを待っている兵士もいた。

大聖堂の南側にある巨大な地下壕の中で、3人の陸軍カメラマンと従軍記者が、クラレンスが撃破したパンターの乗員

＊グスタフの地域にはフランス人捕虜が最初に到着し、当局の懸命な努力にもかかわらず、農民たちと親しくなり、彼らの中には終戦後に再び訪れた者もいた。後に到着したロシア人捕虜の多くは、本国に送還されると共産主義者によって処刑されてしまうと、終戦後もそこに留まれるよう農民に働きかけた。

を発見した。バーテルボースは足に傷を負い、砲手は顔に火傷を負っていた。三人目は近くに黒焦げの制服を着て横たわっていた。彼は瀕死の状態だったが、最終的には持ちこたえた。残りの乗員は行方不明だった。

アメリカ軍将校はグスタフとロルフに「ヴェアパス＝Wehrpässe（兵士の身分証明書）」を見せてくれと頼んだ。将校はグスタフのものに目を通した後、彼を見上げた。「で、あなたは〝西方の火消し部隊〟所属ですか？」

グスタフはどう反応していいのか分からず、ただ微笑んでうなずいた。グスタフの返事に、将校の態度はスイッチが入ったかのように変わった。彼はグスタフの顔を殴った。グスタフはその一撃でよろめき、頬を撫でて立った。今度は口をつぐんだままだった。

将校の命令で、グスタフとロルフは近くの廃墟と化したゲレオンホテルに連れて行かれた。このホテルは、その日にスピアヘッド師団に投降した３２６名のドイツ兵の一部を臨時に収容する施設となっていた。そこでは、男たちは反対側に懐中電灯を持った衛兵がいる回廊に座っていた。

その夜、グスタフの頭の中は、今日の映像から逃れることはできなかった。同じ映像が何度も何度も繰り返された。揺れて開いた車のドア。広がった女性の髪。戦場の真ん中で何をしていたのか、彼にはまだわからなかった。意味がわからなかったが、彼を悩ませた。

自分が彼女を撃ったのか？　それともアメリカ軍の射手が撃ったのか？

自分が分かることはないだろう。

おそらく、それが最善だった。

第一八章　征服者

その翌朝、１９４５年3月7日
ケルン

夜明けとともに、クラレンスはこっそりと大聖堂に向かった。砲塔から何度もそのギザギザした玄関施設《ファサード》を眺めてきたクラレンスは、その中に何があるのか見てみたいと思っていた。

聳え立つ尖塔は、新しい日の光に照らされて荘厳に見えた。

クラレンスが背の高い二重扉に近づくと、前の広場は影に覆われていて、誰もいないことに気がついた。聖堂は非公式の不戦協定のために立ち入りが禁止されていた。ドイツ軍は戦闘中に大聖堂を観測に使ったことはなかったし、その直後も、アメリカ軍は同じことをしないだろうという暗黙の了解があった。

正面玄関を守っている者が誰もいなかったので、クラレンスはそのまま中に入っていった。

ステンドグラスは取り除かれ、祭壇はなくなり、かつて人々が祈っていた場所には瓦礫が散乱していた。しかし、大聖堂はそのような状態であっても、太陽が祭壇に降り注ぐと、とても敬虔な光景をみせた。

クラレンスは帽子を脱いだ。

最後にもうひとつ、やりたいリストから消したい項目があった。

５００段以上階段を上り、彼は北側の尖塔から廃墟と化した街を眺めた。クラレンスは突風を受けてもう一度帽子をかぶり、ただ神に向かって、ここまでの旅をもたらしてくれたことへの感謝をささげた。

パンター戦車に対する勝利の噂はすぐに広まり、どの従軍記者もケルンの英雄の記事を欲しがった。

その日の朝、従軍記者たちは駅前の広場近くの脇道にパーシングが停まっているのを発見した。乗員たちは、彼らの本拠からそう遠くない場所にいた。天気は快晴で、報道陣はクラレンスをはじめとした乗員の周りに集まってきた。

陸軍信号軍団の隊員たちは、全米で放送されているラジオ番組「アーミーアワー」のためにアーリーの話を録音したいと考えていた。ベイツは、彼らの英雄的な決闘を収めたフィルムを現像するためにパリに出発する前に、乗員の写真を撮っていた。しかし、記者たちの熱狂は、強大なパンターを倒した男に向けられていた。

注目度の高さはクラレンスを神経質にさせた。

ある記者は「怪物を斃す」と題して記事を書いた。皆の質問は「どうやって撃破したのか？」に集約された。

正直な答えは、クラレンスにはわからないということだった。パンターは彼らを殺す間際だった。しかし、なぜかドイツの砲手は引き金を引かなかった。クラレンスにとって、この勝利は謎だった。しかし、それをどうやって彼らに伝えればいいのだろう？「彼か私かだった。私が先に撃っただけだ」とクラレンスは記者団に語った。

インタビューの途中で、誰かがリーハイトン出身の若い伍長に「これが終わったら何を楽しみにしていますか」と尋ねた。

クラレンスと仲間たちは、戦争が終わった後の人生を、よく夢見ていた。戦前は航空機工場で機械工として働いていたアーリーは、今ではミネソタ州で静かな農場を所有することを夢見ていた。チャック・ミラーは車を購入したいと思っていた。そして、何不自由なく育ったクラレンスは、単純な夢を見ていた。

彼は将来になんの不安も感じていなかった。帰国したら、工場での働き口を見つけたいだけだと言った。いつかは管理職になることを望んでいた。そうすれば、人生の残りの部分、常に誰かの命令に従わなくて済むだろう。

しかし、その答えは従軍記者たちを満足させなかった。記者が彼に質問すると、クラレンスはもっと単純な望みを思い出した。「この件を早く終わらせて、グレーバーのローラースケート場に戻りたいね」とクラレンスは言った。

その答えに皆が笑った。


その日の朝、クラレンスはスモーキーの後を追って大聖堂の広場を横切って歩いた。追いつくために急がなければならなかった。小柄な車体銃手はほとんど走っているようなものだった。

スモーキーとデリッジは、広場の向こう側にあるドムホテルになにか戦利品のにおいをかぎ取っていた。デリッジはすでにそこにいて、スモーキーは援軍を募るためだけに戻ってきたのだ。

ホテルに向かう途中にあるパンターに近づくと、クラレンスの歩調は落ちた。その日の朝、ようやく火が消えたというのに、戦車はまだ燃え盛っているように、上部は黒く焦げ、他の部分はオレンジ色に輝いていた。火事で塗装の色が変わってしまったのだろう。*

＊バーテルボースは戦後、教職に就いたが、大聖堂での決闘を忘れることはなかった。１９９０年代、彼は知人に「今でも私が成したことは奇跡のように思える」と書いている。彼は、パーシングはアメリカ軍に捕獲されて再塗装されたドイツ戦車であると最後まで信じて、１９９８年に93歳で亡くなった。

スモーキーは何の気なしに残骸となった戦車の前を通り過ぎたが、クラレンスはその燃え尽きた殻を見た。ベイツの言葉を借りれば「車輪のついた棺桶」であり、中にはただ一人、無線操作／車体銃手が死んでいた。しかし、クラレンスは最悪の事態を想像していた。彼はドイツ人乗員全員が中で死んだと思っていたが、中を見て、あえて自分の疑念を確かめようとはしなかった。

あれは我々だったのかもしれない。そう思うと、クラレンスは身震いした。

かつての豪華なドムホテルは廃墟と化していた。古典的な円柱の玄関はそのまま残っていたが、爆弾で数階分が吹き飛ばされ、屋根のビザンチン様式のドームは打ち砕かれて新たな形になっていた。

クラレンスは、スモーキーの後を追って地下室に降りていった。深く降りると気温が下がり、歓喜の声とガラスの割れる音が聞こえてきた。

クラレンスとスモーキーは、城のような壁を持つ広大なワインセラーに足を踏み入れた。床から天井までワインのボトルが積み上げられており、E中隊の戦車兵が次々と棚を回って、ボトルを木製のケースへと全力で運んでいた。そりの鐘のようにカチンカチンという音が鳴り響いていた。

乗員の中で一番の大酒飲みであるスモーキーは、満面の笑みを浮かべていた。この世界的に有名なワインと蒸留酒のコレクションは彼らのものだった。スモーキーは戦いに飛び込んだ。将校が到着して楽しみが台無しになる前に、できるだけ多くのものを手に入れなければならなかった。

クラレンスは木箱を見つけて、自由競争に参加した。地下室とその控室を歩いていくと、彼のブーツは割れたガラスを砕き、シロップ状の液体が付着した。

デリッジは瓶の入ったケースをバランスよく持って通り過ぎていった。彼はその場を離れたが、また戻ってくるだろう。アーリーはパーシングを開けることに同意していたので、男たちは戦利品を中に入れることができた。

クラレンスはワインに詳しくないので、グレープフルーツジュースと混ぜてグレイハウンドを作ることができるウォッカとジンに手を伸ばした。

信心深い戦車兵は、彼らが盗みをしていると嘆いた。しかし、その嘆きは、自分の木箱にボトルを詰めていくことを止めることはできなかった。一方、別の男は、「俺たちはドイツ軍からこれを救っているんだ！」と、話をより前向きなものに捉え直していた。

クラレンスは、酒を試飲し、次から次へと飲んでいった。ある戦車兵はウイスキーを欲しがっていたが、ほとんど見つからなかった。瓶を開けた後、男は恐る恐るひと口飲んで、どんな酒かを確認していた。しかし、多くの場合、それは甘いブランデーで、苦い反応、つまり唾を吐いたり、罵ったり、ボトルを投げたりすることになった。男たちは、ドイツの財産を粉々にし、戦友以外には戦利品を渡さないことを楽しんでいた。

その日の後半にローズ将軍の幕僚が到着したとき、彼らは荒らされたワインセラーの床にブランデーが2インチ（約5㎝）の深さで流れているのを発見した。その時点で、〝数ケースの見落としていたベルモット〟を除いて、棚はきれいに空になっていた。

ホテルの二階で、クラレンスはスイートルームのドアを開け、アルコールで一杯のケースを脇に置いた。ウォッカ、ジンのカクテルのせいか、疲れが不意に彼を襲った。ホテルのベッドには天井から落ちた破片が散らばっていたので、クラレンスはソファに倒れ込んだ。砕け散った巨大な窓からは大聖堂が見えた。大聖堂を中心に街が回っていた。

221日を超える戦闘を経ると、クラレンスは次に何が起こっても気にならなかった。言われたことをして、送られた場所に行くだけだった。しかし、それでも彼は、E中隊の多くの兵士が耳にした噂を信じることはできなかった。

戦争はここケルンで終わるかもしれない。

第一次世界大戦では、ドイツ人は戦線が帝国の端に到達すると、ドイツの中心部にまで戦闘が及ぶ前に降伏した。第二次欧州大戦が、ベルリンから300マイル（約480㎞）近く離れたこの地で終わることを望むのは、過ぎた希望だろうか？

師団史には「この話は、そのとおりだとして受け入れられるか、嘲笑されるかのどちらかであった」と記録されている。

クラレンスは目を閉じた。

時間だけが教えてくれるだろう。

駅の北側にある5階建ての防空壕からバックが出てきたのは、夕暮れ時だった。サイドカーを付けた灰色のBMW製オートバイが、バックの方に向かって轟音を立てて通りを走ってきた。バイクはバックの前で停車した。

振動するハンドルの向こうにジャニツキが座っていた。元ドイツ軍のバイクを修理して復活させ、A中隊の宿舎からバックを呼び出したのだ。ジャニツキのヘルメットの上には、ゴーグルがセットされていた。いよいよ試乗の時だ。

「乗れよ！」ジャニツキが叫んだ。

バックは、遠慮した。丸腰だし、捕獲した車輌に乗ることは禁止されていたからだ。ちょうど前日に、第1軍はスピアヘッド師団の兵士に、回収した敵の車輌はすべて「最も近い武器集積所」に引き渡すようにと命じていた。

ジャニツキはバックの懸念を一蹴した。若い友人が不機嫌になっているのを見たし、モリーズとバーグの犠牲がすべて無駄だったかのように話しているのを聞いていたのだ。「あのお嬢さんの家に帰りたくないのか？」ジャニツキが尋ねた。

ジャニツキはすぐに行けると請け負った。誰にも知られることはない。彼らの秘密だ。バックは気持ちが和らぎ、サイドカーに乗り込む準備をした。座席には略奪したワインが2本載っていた。ジャニツキは彼に2本のボトルを手渡し、「君とお嬢さんに」といたずらっぽい笑みを浮かべて言った。

「ああ、なんてこった！」バックはシートに腰を下ろし、しっかりとしがみついた。

バイクののんびりとした規則的な音が、ケルンの穴だらけの通りに響いた。ジャニツキは手でギアをシフトさせ、路面電車の線路を突っ切るときには歓声を上げた。僅かに残ったドイツ市民は、歩道の上から、困惑して見つめていた。

ジャニツキの目は曇りが取れてゴーグルの奥で大きく輝き、太い顎にはニヤリとした笑みが浮かんでいた。バックは、ボブ・ジャニツキの本当の姿を見て驚いていた。

そして、彼はジャニツキがなぜ突然こんなに元気になったのかを知っていた。昇進だ。ジャニツキが2週間後にハーフトラックのドライバーになるという噂が流れてきたのだ。ここから先は、彼の独壇場になる。ジャニツキは、部隊を戦場に運び、彼らの帰還を待つのだ。しかし、これは単なる昇進以上のものだった。それはジャニツキが何よりも望んでいたもの、無事に妻の元へと帰るための切符だった。

爆撃を受けた道はどこも同じに見えた。ジャニツキは何度もバイクを停め、バックはサイドカーを降りてドイツ人に道を尋ねた。写真の裏に書かれたアンネマリーの住所を見せると、市民は手ぶりで道を示してくれた。彼らはアメリカ人を助けようと躍起になっていた。まるで、戦争などなかったかのようだった。

雑誌「ヤンク」のある記者は、ケルンの市民を「〝誰？　私？〟（人ごとのような）ドイツ人」と名付けた。

彼らが世界と自分自身にもたらした不幸について話すとき、彼らは「誰？　私？　いやいや、私ではない！　あれは悪いドイツ人、ナチスのせいだ。彼らは皆去ってしまった。ライン川を渡って逃げたんだ」と言った。

このような一般化は、特にケルンの街では誇張されていたかもしれない。

ヒトラーが政権を握る前の１９３３年の選挙では、全ドイツ人の44％がナチス党に投票した。しかし、ケルンでは33・1％がナチスへの投票だった。市民の約3分の2がナチス政権に反対していた。ケルン市民がゲシュタポの影響下で残酷な10年の暮らしを乗り切る前のことである。

党の秘密警察は、アメリカ軍がケルンに到着する4日前までケルンの人々の処刑を行なっていた。それは15歳の地元民、ロシア人捕虜、ポーランド人使役労働者、その他7人だった。

バックとジャニツキがようやく写真の裏の住所に到着すると、アンネマリーの父ヴィルヘルムがドアを開けた。

ヴィルヘルムは二人を温かく迎えたが、二人の意図を察知して、ドアの後ろでじっとしていた。彼は若いアメリカ人の、娘に対するロマンチックな情熱を忘れてはいなかったのだ。

バックは、彼らの唯一のエースカードを切って打ち解けようとした。バックは、彼らの唯一のエースカードを切って打ち解けようとした。それが功を奏した。ヴィルヘルムは二人を中に招き入れ、バックはワインを手渡した。ジャニツキは苦笑した。入場の代償だった。

上の階では、一家はパーティーの真っ最中だった。アンネマリーの叔母の一人が、家族や近所の人たちと一緒に誕生日を祝っていた。アンネマリーはバックを見て大そう喜んだ。彼女は彼に腕を回し、二人は抱き合った。

ヴィルヘルムは男たちのヘルメットを受け取り、アンネマリーの叔母たちはケーキと飲み物を振る舞った。バックは久しぶりに友人に囲まれてくつろぐことができた。

パーティーのある時、アンネマリーはロウソクを持ってきて、バックを父親の歯科医院の「見学」に連れて行き、二人だけになれるようにした。ジャニツキは若い友人にウインクをして去っていった。ちょっとしたロマンスが、バックの気分を良くしてくれた。

アンネマリーは、オフィスの引き出しを開けたり、歯の道具を手に取ったりしながら、誇らしげにバックを案内した。かつてここは彼女の祖父が経営していた理髪店だった。ここでは裕福な顧客が毎朝、髭を剃りながら葉巻を吸い、コニャック入りのコーヒーを飲んだりしていた。

彼女は、母親のアンナと並んで働いていたことがあると打ち明けた。バックは彼女を写真で見たことは覚えていたが、実際に会ったことはなかったので、微妙な質問をした。アンネマリーの母親はまだ生きているのだろうか？

アンネマリーの気分は沈んだ。しかし、彼女は断固としてバックに自分の知っていることを話した。

それは1942年9月のある噂から始まった。戦争が始まって間もない頃は、若い男性は皆、帝国の労働奉仕団で6カ月間、要塞の建設や西方防壁の手入れなどの任務に就かなければならなかった。そして、男性だけではなく、若い女性も徴用されていた。

アンネマリーの先生は、女学生に、帝国労働局に出頭したら、総統のために子供を産まなければならないと言った。親の許可は必要なく、党が子供を育ててくれるだろうと言うのだ。

政権のために子供を産むということにおびえたアンネマリーは、母親にそのことを伝えた。帝国労働局の職員が歯の治療のために医院を訪れたとき、アンネマリーの母親は、その噂について率直に尋ねた。それは本当なのでしょうか？

ゲシュタポははっきりとした答えを出した。

その質問を口にしただけで、アンネマリーの母親は逮捕され、投獄され、3ヵ月後に「国家と政府およびＮＳＤＡＰ党の評判を落とすような虚偽の主張をした」という理由で裁判にかけられたのだ。

「彼女の発言は、政府機関がこのような不道徳な行為を容認しているという印象を与える可能性がある」と検察は主張した。

有罪判決が下されることは確実と思われ、そうなれば間違いなく強制収容所行きとなるだろう。ケルンのユダヤ人が東のゲットーや絶滅収容所に強制送還される中、ゲシュタポは残った敵をブーヘンヴァルトやテレージエンシュタットに送り込んでいた*。

このとき、最悪の事態は起こらなかった。アンネマリーの母親は、判事が従来の常識に反し、彼女に有利な判決を下したことで助かった。

彼は、アンネマリーの母親は、噂を公にすることなく、帝国労働局のリーダーに答えを求めただけだという理由で解放した。

しかし、彼女は収容所送りを逃れたにもかかわらず、取り返しのつかない傷を受けていた。アンネマリーの母親はゲシュタポでの処遇で心に傷を負ってしまったため、家族は彼女を精神病院に入れるしかなかった。それ以来、彼女は家に帰ってきていない。

バックはアンネマリーが泣き出すと、彼女を慰めた。なぜ彼女が自分に会って喜んだのかが分かった。彼と仲間のアメリカ兵が、母親を壊した奴らから彼女を解放してくれたのだ。バックは自分が目の当たりにした犠牲の数々について、気が楽になった。もしかしたら、自分たちは何かのために役に立ったのかもしれない。

若いカップルは、アンネマリーの母親の悲しい話からすぐに立ち直り、パーティーに戻った。彼らには今、お互いに頼りになる存在がいた。

誰かが玄関のドアを強く叩いて、パーティーの参加者たちを黙らせた。アンネマリーの叔母の一人が階下に調べに行き、慌てて戻ってきた。三人のアメリカ憲兵が家宅捜索に来ていたのだ。バックは悪態をついた。交際禁止規定によれば、彼はドイツ人女性との「同棲」で逮捕されてしまうかもしれないのだ。その罰は65ドルの罰金で、月給より5ドル多い金額

*ゲシュタポの処罰は予測もつかないほど残酷なものだった。ケルンでは、ポーラという名の中年の仕立屋が、１９４２年の空襲の後、アパートの瓦礫の中から「わずかな衣類、空のスーツケース、コーヒー缶2個」を持ち出した。それが自分のものであることを証明できなかったため、ゲシュタポは彼女を「人民の寄生虫」として、第三帝国が３００人以上をギロチンで殺害したケルン刑務所で処刑したのだった。

だった。

しかし、脱出する方法はあった。

アンネマリーは、父親が静かにバックとジャニツキを家の裏手にある非常階段に連れていくのに従った。外はほとんど暗かった。誰もが時間を忘れていたのだ。バックは、父親とジャニツキが非常階段を降りてくる中、アンネマリーと最後の瞬間を過ごそうと立ち止まった。彼女はすぐに彼にキスをした。

「戻ってくるの?」と彼女は尋ねた。

バックは、この戦争の決定的な局面で、彼女と再会することはないだろうと思っていた。しかし、アンネマリーに、自分の意思で彼女を見捨てると思われたくなかった。

「いつかの日か、必ず」と言った。

アンネマリーの顔には涙が流れていたが、彼女は理解していた。二人の時間は終わったのだ。バックの手が彼女から離れ、非常階段を降りた。

地上に戻ったバックは、ジャニツキとアンネマリーの父親がバイクを探しているのを見つけた。バイクは路地から消えていた。憲兵隊が見つけ、家宅捜索のきっかけになったのだろう。

アンネマリーの父親に別れを告げると、二人は暗い道を辿って大聖堂に向かって走り出した。バックは何度も肩越し振り返った。

街は昼間よりも夜の方がずっと威圧感があった。

途中で、「あのバイクを修理したのはまずかったな」とジャニツキは言った。

「そんなことはないよ」とバックは返した。「もっと早く行けばよかった」。

二人がある交差点の半分を通過していたところで、アメリカ人の声で「ハルト(止まれ)!」と叫ばれた。

バックとジャニツキは固まった。検問所に出くわしてしまった。おそらく、建物の角から30口径(7・62㎜)の機関銃が自分たちを狙っていて、好戦的なGIがそこを射撃する準備をしているのだろう。

アメリカ兵はその日の合い言葉を出し、侵入者が対になる言葉を出すのを待った。

「俺たちはお前たちの合い言葉を知らない!」バックは叫んだ。彼の声は高く、まぎれもなく南部訛だった。二人組のGIが懐中電灯を持って近づいてきた。彼らは緑色の円盤に銀色の狼の頭がついている、ティンバーウルフ師団のパッチを袖につけていた。戦区の境界は北に移動していて、ティンバーウルフ師団は街の南半分を占領しているようだった。バックが状況を説明すると、驚いたGIたちは笑みを浮かべてから、彼らを先に進ませた。

5時間歩いた後、バックとジャニツキは真夜中過ぎに防空壕に入った。暖かい地下壕の中で、彼らは仲間に、自分たちが少なくとも5つの検問所をどのようにして乗り切ったかを話した。しかし、分隊長が部屋に入ってきて、その話は中断された。

分隊長は、「すまないが、君たちを〝行方不明〟と報告しなければならない」と言った。報告書はすでに中隊の事務員に渡されており、朝までには将校の手に渡ることになっているという。

ジャニツキは苦悶の表情を浮かべたが、バックにはその理由が分かっていた。友人の昇進、つまり妻の元へと帰る切符が危うくなっているのだ。

このままでは罰せられるだろう。

数日後

クラレンスは戦車に戻るために、裏通りをゆっくりと歩いていた。夜のケルンの威圧感とは裏腹に、朝の光に照らされた閑散とした街並みは何の変哲もないように見えた。

任務がないときは、クラレンスは観光客のように街をぶらぶらしていた。

駅のロッカーで見つけた短剣を持って帰ってきたこともあった。別の時には、木炭で描いた自分の肖像画を抱えて帰ってきたこともあった。ケルンをスケッチしていたGIの芸術家が象徴的な大聖堂を背景にクラレンスを描いたもので、その絵はお世辞にも美しいとは言えず、クラレンスは寂しそうに描かれていたが、彼はとりあえずそのスケッチを購入した。

その日、どこをうろついていたのかはもう忘れてしまったが、駅の近くで角を曲がったとき、彼はすぐに自分がトラブルに巻き込まれていることを悟った。この時点で、その道を進むしかなかった。もう後戻りはできない。

廃墟と化した建物の階段に、少なくとも5人の、12歳以下のドイツ人の少年少女が座っていた。子供たちはアメリカ兵の姿を見て顔を輝かせた。

戸口から若い女性が見守っていた。クラレンスは彼女が母親だとは思わなかった。こんなにたくさんの子供を持つには若すぎる。子供たちの中には孤児もいるだろう。

子供たちはクラレンスのそばに群がってきた。注目されても驚かなかった。ケルンでは、GIが行くところならどこでもそうだった。子供たちはクラレンスに歩調を合わせて、袖を引っ張って、ガムをねだった。クラレンスは身構えた。子供たちと話してはいけないのだ。交際禁止規定では、子供との接触も禁止されていたし、健康上のリスクもあった。

ケルンのシラミだらけの防空壕、診療所、さらには街の北側にある近隣地区全体にチフスが蔓延していた。アメリカ軍は「すべての民間人はチフス熱やその他の伝染性疾患を媒介する可能性がある」と警告していた。

しかし、子供たちは容赦なかった。子供たちが興奮して跳ねている間、クラレンスは立ち止まり、ポケットを探した。子供たちを哀れに思った。自分が戦争に参加している期間よりも長く、地下で過ごしてきた彼らは、顔色が悪かった。彼らの目は、クラレンスの想像を絶する精神的なトラウマを暗示していた。

「母親のエプロンの中に頭を埋めて震えている幼い子供や、恐る恐る空を見上げている子供を見かけると、空軍への恐怖心は彼らの中でとても深く浸透している」と記者は書いている。

クラレンスの子供時代は決して楽なものではなかったが、命の心配をしたことはなかった。

クラレンスがポケットに入れていたのはタバコだけで、子供たちにはあげられなかった。彼は子供たちの目線の高さまでしゃがんで、ドイツ語で彼らに悪い知らせを伝えた。「ごめんね、みんな、ガムがないんだ」

子供たちの顔は沈んだが、彼らはそれを信じていなかった。アメリカ兵は皆ガムを持っていた。クラレンスが出し惜しんでいると思って、子供たちはさらに愛嬌を振りまいた。

クラレンスは子供たちを若い女性の方へ案内して、説明してもらおうと思った。しかし、状況を収拾する前に、エンジン音が皆の注意を引いた。アメリカ軍のジープがゆっくりと角を曲がってきた。

クラレンスは息を殺して罵った。ジープは止まり、二人の憲兵が飛び降りた。子供たちは恐怖のあまり、若い女性のそばに駆け寄った。

MPの軍曹がクラレンスに近づき、彼のポーチを開いた。彼はクラレンスの袖に三角形に黄色、赤、青の色分けがある第3機甲師団のパッチを見て、クラレンスに書類を求めた。

クラレンスは自分の言い分を主張しようとしたが、憲兵は彼の説明を聞こうとしなかった。彼らは、少なくとも5人の子供を連れたドイツ人の母親と話しているところを現行犯で捕らえていた。それは明白な事件だった。憲兵はクラレンスの名前と識別番号を記録し、クラレンスの交際禁止規定違反を通報した。

自分たちの義務を果たしたことに満足した憲兵たちは、車で去って行った。

子供たちは若い女性の後ろから見ていた。クラレンスはその子たちに少し手を振って、旅を再開した。もっと悪い運命が降りかかるかもしれなかったし、罰金は懐を痛めるものではなかった。彼は警告を受け、教訓を学んだのだ。元キャンディのセールスマンとしては恥ずべきことだった。

次にこの道を通るときには、ガムを数個持っていれば捕まらないだろう。

程なくして、アメリカ

カンザスシティ郊外の2階建ての住宅に、郵便配達員が郵便物を投函した。細身の白髪の女性がそれを取り上げた。ハティ・パール・ミラーの静かな目は、金縁メガネの陰に隠れていた。チャックと6人の兄弟を育てたことで、彼女は57歳に見えないほど老け込んでいたが、自宅で仕立屋の仕事をするときは、相変わらず明るい花柄のドレスを着ていた。

敬虔なメソジストであるハティは、よく祈りを捧げていた。暖炉の上には、息子たちの献身を称えるために、息子たちの写真を飾っていた。写真にはアーミーグリーンの服を着たチャックと、陸軍航空隊の熱帯用制服を着た兄のウィリアムが写っていた。

郵便物の中で、ハティの目に留まったのは1通の封筒だった。ワシントンDCに住む妹のベスの住所が書かれていた。中には、「ワシントンポスト」紙の新聞の切り抜きが入っており、手書きの短いメモが添えられていた。「これが私たちのチャックなの？」

ハティ・ミラー

その切り抜きをひと目見ただけで、ハティは不安になった。くすぶり続けるシャーマン戦車の写真の上に「兵士たちはかく語った。ナチスの戦車は我々の戦車を凌駕している」という見出しが踊っていた。チャックは、アン・ストリンガーの記事に自分の名前が載っているのを見て、母が誇りに思ってくれることを期待していたが、その記事がかえって母を恐怖に陥れた。

ストリンガーは「第3機甲師団の兵士はアメリカ戦車の優位性についてなにも語らなかった」と書いていた。彼女はブラッツハイムでの虐殺について、「ひとつの戦場だけで、この中隊は戦車の半分を失った」と描写した。

ハティはアーリー、ヴィラ、そして息子がシャーマン戦車を酷評する記事を読んで泣いてしまったかもしれないが、チャックにはそれを決して認めなかった。この記事に落胆したのは彼女だけではなかった。アイゼンハワーはローズ将軍にその主張が本当かどうか問い合わせをし、ローズは戦車兵を支持した。しかし、その時にはもう被害は拡大していた。この記事はアメリカ全土に報道され、数え切れないほどの戦車兵の家族が衝撃を受けた。

「アメリカの戦車は水一滴も価値がない、乗員はこのように言った」

「アメリカの戦車は戦闘では役に立たない、M4の半分を失った後、乗員は言った」

「アメリカの戦車は役に立たないと、第三帝国の軍隊は主張している」

しかし、ハティが持っていた切り抜きには、奇妙な補足記事があった。ストリンガーの記事と世論の反発に対抗するために、陸軍は新しいアメリカの〝スーパータンク〟の発表を急いでいた。それは陸軍事務次官補が「この戦争における最強の武器のひとつ」であり、「我々がこれまでに作った中で最も強力な戦車」と呼んだ機械だった。

〝パーシング〟である。

旧型を酷評する記事の中に新型戦車を称賛する記事があるという奇妙な組み合わせだった。しかし、パーシングがどんなものでも、心を痛める故郷の家族に希望の光を与えてくれたのだ。

ハティはその切り抜きを脇に置いた。記事には、チャックがケルンにいると書いてあった。彼女は地図を開いて、ライン川沿いの街を探した。チャックはまだベルリンから遠く離れていた。ハティには軍事的な知識はなかったが、地図を見れば一目瞭然だった。彼女の息子が進むべき方向はただひとつ、ナチス・ドイツの中心部へと向かうことだけだった。

彼女はチャックたちのために祈り、聞きたくないニュースに備えようとした。ストリンガーの話のように、ひとつの戦場で戦車隊の半分が失われるようなことになれば、最悪の事態が待っているかもしれないのだ。

第一九章　突破

約一週間後
フィッシェニヒ（ドイツ）、
ケルンから南に5マイル（約8㎞）

ライン川の香りが漂っていた。ようやく春らしくなってきていた。

E中隊の兵士たちは、木々に囲まれた小さな草原で、戦車の前でくつろいでいた。朝だったが、時間帯は関係なかった。他のGIたちがライン川の冷たい水の中で泳いだり、釣りをしたり、カヤックをしたりしている中、E中隊は川辺でパーティーを開いていた。ほとんどが飲んでいた。ある者は水筒のコップで、ある者は水筒からストレートで飲んでいた。戦車兵は多愛のない話をし、仲間の戦車兵におかわりを提供するためにうろついていた。

整備の合間の中途半端な時間に、クラレンス、デリッジ、そして戦車兵たちはパーシングの周りで酒を飲んでいたが、アーリーは別だった。彼は現場に残った唯一のしらふの男だったのかもしれない。このパーティーがいつまで続くかはわからない。ケルンの戦利品である酒の入った木箱は、戦車のエンジンデッキに紐で縛られていた。しかし、アーリーは彼の小隊にはできるだけ休止時間を楽ませるようにしていた。

ケルンは、多くの者が期待していたような道の終わりではなかった。アメリカ軍は既にレマーゲンでライン川を渡河しており、間もなくスピアヘッド師団の出番になるだろう。第3機甲師団史には「戦車兵と歩兵のほとんどは戦闘を嫌っていたが、もし師団が実際に作戦行動から引き離された場合には、パーティから取り残されたように感じただろう」と記されている。「彼らはノルマンディー以来の第1軍の先陣であった。彼らは西方防壁を突破した最初の部隊であり、ドイツの町を占領した最初の部隊だった。第3機甲師団の名声は高かった」。

B中隊のある戦車の戦車兵がクラレンスを探して集まってきた。その戦車の操縦手であるハーレー・スウェンソンと砲手のフィル・デストはなにか言いたげだった。ケルンの戦いで、彼らはライン川への突進の準備を命じられたスチュアート戦車の乗員だった。もしクラレンスがいなかったら、パンターによって殺されていただろうと確信していた。彼らはクラレンスが自分たちの命を救ってくれたと断言し、生涯感謝すると言った。

クラレンスは注目されることに抵抗を感じていた。皆が思っているほど、彼は本当にパンターに勝ったとは思えなかったのだ。彼は数え切れないほどの仮説を試してみたが、ドイツの砲手がなぜ彼を撃たなかったのか、いまだに分からなかった。クラレンスはスチュアートの乗員に冗談を言った。

「俺は自分の命を救っただけで、君たちはそれに乗っかったんだよ！」

スチュアートの乗員は笑いながら彼に敬意を表してグラスを掲げ、クラレンスは不本意ながらも彼らの賛辞を受け入れた。彼はパンターについての真実、ただ幸運だった、ということを明かして、彼らの祝意を台無しにするつもりはなかった。


その朝の遅い時間に、一台のジープがパーシングの隣に停まった。

「スモイヤーは？」座席に座った入隊したての運転手が尋ねた。

クラレンスは前に出た。ソールズベリー大尉が彼に会いたがっていた。

「くそ」クラレンスは言った。大尉の前でどうやって酔いをごまかせばいいんだ？

アーリーはクラレンスの手に水筒を押しつけて一気飲みさせた。

クラレンスはぼんやりした頭で、なぜ大尉が自分を呼んだのか考えた。

ストリンガーの記事とは関係ないはずだ。記者には何も言っていない。何か他の理由があるのだろう。

「必要以上にしゃべるな」とアーリーは忠告した。

クラレンスはジープの助手席に乗り込み、いいかげんな敬礼をした。

このままではまずい。


クラレンスは、大尉の副官にドイツの農家の一階にあるソールズベリーの事務所に案内された。

大尉は机に座り、飲み物を飲みながら書類に書き込んでいた。パリから帰ってきたばかりの彼は、巻き毛の髪をきれいに刈り込み、制服をきっちりと着こなしていた。

クラレンスは敬礼をした後、不安そうに立ったままだった。床がライン川の船の甲板のように感じられた。

ソールズベリーは顔を上げた。威厳のある視線はクラレンスをじっと見つめていた。「煙突を倒すまで、君がどんなにすばらしい砲手であることが分からなかった」と言った。シュトルベルクでの射撃展示のことだった。「誇りに思ったよ」。

クラレンスは安堵のため息をついた。

「そして、ケルンでパンターを斃し、部隊の誇りになった」とソールズベリーは付け加えた。大尉はスティルマン中尉が彼に青銅星章を受賞させることを推薦したとクラレンスに伝えた。

クラレンスは驚き、光栄に思った。

ソールズベリーは机から報告書を取り出し、クラレンスの前でそれを振った。

「そして、君は次のようなことをしでかす」。

クラレンスは混乱した。私は何をしたのだろうか？

ソールズベリーは憲兵の報告書を読みあげた。クラレンスがドイツ人女性とその子供たちと仲良くしているところを捕らえたことが詳しく書かれていた。クラレンスは耳を疑った。E中隊を導いて、ブラッツハイムの玄関口まで行き、ケルンの黙示録的な街並みを横断したのに、大尉は自分の些細な違反を気にしているのか？

彼は弁明しようとしたが、無駄だった。ソールズベリーは彼の弁明に動じることはなかった。

「罰金を科すこともできるし、KPに送り込むこともできる」と言った。

恐るべき烹炊兵（Kitchen Police）だ。

クラレンスの血は沸騰した。後衛の〝ジャガイモの皮むき〟隊に配属して罰とするつもりなのだ。それは、男らしさを奪って品位を落とすことを意図していた。

クラレンスはもう我慢できなかった「サー、KPとは休暇のようですね」。

ソールズベリーはクラレンスの反抗的な態度に目をつぶった。彼はクラレンスに、大隊で最高の戦車を与えたことを思い出させた。彼らはパーシングに乗っていて幸運だったのだ。

クラレンスはそれを許すわけにはいかなかった。アーリー、デリッジ、スモーキー、マクヴェイは大尉に率直な意見を言う機会がなかったので、彼が代弁することになった。

「ああ、そのおかげで俺たちはいつも最初にいまいましい丘を越えたんです」とクラレンスは言った。「角を曲がるたびに、それが最後になるかもしれなかった」。

ソールズベリーは自分を抑えていた。中隊がライン川を渡るのが数日後に迫っていた時に、最高の砲手との間に溝を作るわけにはいかなかった。自分の考えを述べた後、クラレンスは自分の立場を思い出した。ソールズベリーはまだ彼の中隊長だった。

「サー」クラレンスは冷静に言った。「近いうちに我々は溝の中で死んでしまうでしょう」。

ソールズベリーの態度は軟化した。彼はクラレンスに後方の別の部隊への転属を希望するかどうか尋ねた。彼がしてきたことを考えれば、ひと息つくのは当然のことだ。ソールズベリーはクラレンスに生きのびることを提案したのだ。

「俺はみんなと一緒に前線にいます」とクラレンスは言った。たとえそれが自分を救うことを意味していたとしても、家族のもとを離れたりはしない。彼はソールズベリーに、「もう少しパーシングがあれば，交替で先頭に立つことができるのに」と言った。

ソールズベリーは同意した。パーシングはこれまで以上に需要が高まっているのだ。ドイツ軍はケルンから撤退し、次の戦闘に備えて戦力を温存するため領土を明け渡していた。

ソールズベリーは「大きな動きがある」と言った。「それしかいえないが」。彼は憲兵の報告書をクシャクシャにしてゴミ箱に捨て、クラレンスに酔い覚ましに行けと言った。

クラレンスは敬礼したが、踵を返そうとしなかった。今の彼の状態ではそれを実行できるはずがなかった。

彼は青銅星章を逃したが、それは彼が達成したことほど重要なことではなかった。彼は仲間のために発言したのだ。たとえ何も変わらなかったとしても、大尉はそれをはっきりと聞いていた。

クラレンスはそれを確認した。

約1週間後の1945年3月26日

春の雨が降ったその朝、装甲部隊の隊列が霧の森を駆け抜けていった。

パーシング戦車がペースを握った。

午前も遅くなり、正午に近づいていた。ポンチョを身にまとった兵士たちがパーシングとその後方のすべての戦車に乗り、X任務部隊はアルテンキルヒェン近くの未舗装道路を疾走し、ドイツの奥地へと向かっていた。すでに隊列はライン川の東14マイル（約22・5㎞）以上に達していた。

橋頭堡からの突破が進行中であった。

三日前、スピアヘッド師団はライン川を渡った。今では第1軍、第3軍、第9軍、そしてモンゴメリー元帥隷下のイギリス軍はすべて神聖な川を渡っていた。誰もがヒトラーの門前にいる赤軍のところまでたどり着こうとしていた。

「これが大攻勢の始まりだった」と第3機甲師団史は記録している。「勝利の気配がただよい、皆に伝染していた」。新しいスローガン〝ベルリンか撃滅か！（Berlin or Bust!）〟ができあがったので、気分はとても高揚していた。

パーシングの砲塔の上から、アーリーとデリッジは周囲を警戒した。車体ではマクヴェイがハッチを開けて運転していた。

彼らは雨の中を走っていてびしょ濡れになっていたが、仕方がなかった。霧雨の滴が戦車のペリスコープに着いて、車内からの視界が悪くなっていたのだ。

彼らが通過していた森は、霧に包まれ神秘的で、岩の隆起と深い渓谷がうねっていた。冬の雪解け水で冷たい黒い川が湧き出していた。放棄され、荒廃して更地になっていた帝国労働局の収容所がみえた。

戦車兵の中には、なぜドイツ軍はここに西方防壁を作らなかったのだろうか、と疑問に思った者もいた。もしそうしていたら、この地域は征服できなかっただろう。

縦長の白い棒が道端に現れ、クラレンスは警鐘を鳴らした。交差点に近づいていた。パーシングが減速すると、連鎖して隊列が減速した。クラレンスは戦車が前進する前に、両方の進入路を確認した。前日、彼らは四つ辻を何も見ずに突っ切った。右側の森にドイツ軍の自走砲が物陰に潜んで停車していて、その砲身は木の葉に包まれていた。

幸いにも、手遅れになる前にアーリーが車輌を発見したので、クラレンスは行動した。彼は戦車の砲を旋回し、側面から敵車輌を吹き飛ばして炎上させた。

傾斜した正面装甲を有するヤークトパンターやⅣ号駆逐戦車のような自走砲は、どちらもパーシングにとっては致命的となる可能性があった。敵の乗員はなにかに気を取られていたのか、すでに車輌を放棄していたのかもしれないが、それは問題ではなかった。

クラレンスとその乗員は、先頭戦車の呪いの犠牲になりかけていたのだ。「遅かれ早かれ、誰かに先制攻撃されるでしょうね」と彼はアーリーに言った。

アーリーも同意した。だが彼らに何ができる？　先導の戦車が最初の標的になるのは常のことだ。クラレンスにとっては苦い薬だった。時間の問題なのだ。

正午には、隊列はスピードを取り戻していた。

シャーマンがパーシングの後ろを走行し、そのエンジンデッキには歩兵が乗り込んでいた。ジャニツキと射撃班は足を車体脇にぶら下げていた。このような戦場では、戦車の方がより素早く、より軽快に、脅威に立ち向かうことができるので、彼らはハーフトラックをおいてきていたのだ。

ジャニツキは惨めだった。彼と射撃班員はヘルメットの下にポンチョフードを被っていた。帽子のつばから雨が滴り落ちてきて、視界が悪くなっていた。天気が悪かっただけではない。上層部は門限を破ったかどで彼のそで章を引き剥がし、ハーフトラックのドライバーへの昇進を取り消していた。彼は再び徒歩での戦いに戻った。しかし、彼はバックを責めることはなかった。バイクは彼のアイデアだったのだ。

バックはトラブルに巻き込まれることはできなかったのだ。彼はすでに、下っ端であり、これ以上降格させることはできなかったのだ。その代わりにブーム少尉はバックにフランスのヴィヴィエにある休養施設への許可証を与えた。今、彼はそこで3日の間、温かい食事と清潔なシーツ、そして映画鑑賞を楽しんでいた。

ジャニツキや他の隊員たちは羨ましがった。しかし、誰もがバックがそれに値することを知っていた。第一斥候として、彼はケルンへの道中や街中で部隊の安全を守ってくれた。休暇の後、彼が部隊に追いつくことができれば、彼らはまたバッ

四差路交差点の戦闘後、ケルンの大聖堂に近づくパーシング。

大聖堂を目前にして、ケルナーの戦車の横に2輌目のシャーマンが移動するが、このアングルからはケルナー車は見えない。（監修者注：シャーマンは、第3機甲師団に所属する75㎜砲装備のM4A3で、履帯の端にはダックビルが取り付けられている）

シャーマンが 2 回目の砲撃を受けた後、ケルナーは砲塔から転がり落ちる。砲手が砲塔から頭から飛び降りるほど、脱出の緊急度は強かった。（監修者注：向こうに見えるのが大聖堂で、リアパネルの形状から M4A1 と判別できる）

" ケルンのウォール街 " を進み、パンターとの決戦に向かうパーシング。

バーテルボースのパンターにパーシングが発砲した瞬間をとらえた動画のコマ。パーシングの向こうには鉄道駅が見える。(監修者注：このパーシングがパンターを撃破したシーンは、記録フィルムに残されている)

ジム・ベイツのカメラによる、パンターが炎上する前に急いで脱出するバーテルボースと乗組員たちのシークエンスである。

ドイツ労働組合の建物の中にいるベイツの目線から撮影された写真の中で燃えているバーテルボースのパンター。（監修者注：パンターはＡ型で、車長はヴィルヘルム・バーテルボース中尉。車長の他に操縦手と無線手が脱出に成功したが、その後間もなく無線手は治療中に死亡している）

カール・ケルナーと 2 人の兵士の命を奪った通りをブルドーザーが片付ける。右端には破壊されたシャーマンが写っている。（監修者注：シャーマンは、第 3 機甲師団に所属する 76㎜砲装備の M4A1 新車体で、車体側面には携帯式対戦車ロケット弾への対処として、丸太が 3 本装着されている）

大聖堂から見た、ライン川に崩落したホーエンツォレルン橋（車道と鉄道の一部）。

ライン川まで到達したパーシングは、大聖堂の横の広場で見張りをしている。

ガレス・ヘクターの絵画「スピアヘッド」はケルンの征服を描いており、クラレンスはライン川の敵側の岸にアーリーの注意を向けている。

ケルンの大聖堂の爆撃による損傷を調べるアメリカの歩兵たち。高い窓と中が空洞になっていることで、爆風が外に逃げたため、存続することができた。

大聖堂の北側の尖塔から見た、撃破されたパンター。

翌日、陸軍カメラマンがスモーキー（左端）とデリッジを連れてパンターを見学した。遠く右端にケルナーのシャーマンが見える。

広報向けにパンターを調査中。左から右へスモーキー、姓名不明、デリッジ。

デリッジは捕獲したドイツ製の Kar.98 ライフルを抱えているのが見える。後ろに見えるのはドムホテルで、戦車兵たちはここで充実したワインセラーを発見する。（監修者注：ケルン大聖堂の前で撃破されたパンター A 型（指揮戦車型に改修）は、これまで第 9 装甲師団の所属車といわれてきたが、第 106 装甲旅団の所属というのが正しいようだ）

ケルンを確保してくつろぐ A 中隊の兵士たち。左端に立っているのがブーム少尉、右から 2 番目にひざまずいているのがバックで、デ・ラ・トーレと並んでいる。

ライン川を渡った直後、撃破されたⅣ号戦車G型を見つめるスピアヘッドのクルー。シャーマンの車体には装甲板が追加されている。（監修者注：最終減速機の装甲カバーからⅣ号戦車をG型としているが、H型の可能性もある。車体前面に備える増加装甲板の下に見える車体とハッチ形状から、シャーマンはM４A１の旧車体と思われる）

ガレス・ヘクターによる絵画「破竹の勢い」では、このスピアヘッドのM4A3E8がドイツの奥深くまで突進し、ティーガーIがアメリカの航空支援により撃破され煙を上げている。

GIアーティストが描いた大聖堂を背にしたクラレンスのスケッチ。

バックの新人交代要員の一人、スタン・リチャーズが 3/2 分隊のハーフトラックの上に立っている。

パーダーボルンへの移動中、抵抗勢力を鎮圧した後に一息つくスピアヘッドのクルー。（監修者注：車体前面に増加装甲板を溶接した、新車体の M4A1 で、先の車輌とは別車だ）

協議するE中隊の指揮官たち。パーダーボルン攻撃の頃に撮影されたもので、カメラに向かっているのがアーリー、右端に立っているのが“レッド”ヴィラ。（監修者注：後ろのシャーマンは誰の乗車かはわからないが、76mm砲を装備した、M4A1新車体）

1945年春、M24チャーフィー戦車がスピアヘッド師団に捕らえられたドイツ人捕虜のワゴンを運んでいる。（監修者注：バルジの戦いには、少数が参加したに過ぎなかった新鋭軽戦車M24であったが、1945年に入るとようやく数が増えてきて各地で姿を見ることができるようになった）

“レッド”ヴィラは、チャック・ミラーがこの写真を撮れるように、ドイツのエルベ川からほど近い廃墟となったこのガソリンスタンドにM4を停めた。

エルベ川付近で戦車の76㎜砲を手入れするチャック。ヨーロッパでの戦争はこの翌日に終結する。（監修者注：左の2輌はM4A3で、右はM4A1）

終戦間際の休息時間にマクヴェイがパーシングの 50 口径機関銃を持ってポーズをとっている。

終戦時に仲間の戦車兵とくつろぐクラレンス（左端）。

クを頼りにするだろう。

道は森の中の岩場を避けるように右にカーブしていた。パーシングが道に沿って回ると、アーリーは双眼鏡を上げた。

100ヤード（約91ｍ）ほど先に、丸太の障害物が道を横切っていた。誰もいない森の中で、それは不穏な光景だった。アーリーは隊列を止めて状況を確認した。道を曲がってきたのは3、4輌の戦車だけだった。残りの戦車はまだカーブの後ろにいる。

クラレンスは丸太に照準を合わせた。これなら大丈夫だ。撃破できる。デリッジが、薬室に入っていた徹甲弾を高爆発性の榴弾と交換する必要があった。クラレンスは砲弾交換を要求した。

デリッジの反応はなかった。

クラレンスは砲塔内の向こうで装填手が何をしているのかを確認した。デリッジはハッチの上に頭と肩を出して、好奇心旺盛に通行止めを観察していた。アーリーや他の3、4輌の戦車の歩兵たちもそうしていた。しかし、その間も敵は彼らを監視していたのだ。

岩場の上には、霧雨の中、8輌のドイツ軍対空トラックが端から端まで駐車していた。それぞれのトラックの荷台にあるＦｌａｋ38砲の周りには砲兵が立っていた。

砲手は下のアメリカ軍の列に向かって砲を旋回した。丸い照準器は航空機を標的にするためのものだったが、今回の目標は航空機ではなかった。彼らの20㎜炸薬弾は戦車の装甲を貫通しないだろうが、それも狙いではなかった。

戦車の乗員は砲塔の外に見えていたし、歩兵は足をぶら下げてそこに座っているだけだった。

ドイツ軍の砲手がペダルを踏み鳴らすと、対空砲のリズミカルな射撃音が空気を切り裂いた。

パーシングの砲塔に砲弾が飛び散り、内部では、クラレンスは座席の上で身を縮めた。アーリーは中に身を潜めてハッチをパタンと閉めたが、デリッジは間に合わなかった。装填手は真紅のしぶきを出しながら砲塔の床に落ち、顔をつかんで倒れた。血は白い内壁に飛び散り、彼の悲鳴は、開いたハッチから内部に流れ込んできた砲弾の割れる音と重なった。

クラレンスは友人を助けるために立ち上がったが、アーリーが止めた。「砲から離れるな！」

アーリーはヘルメットからインターコムのプラグを抜き、装填手側に移動した。

直接射線上にいたジャニツキと歩兵は勝ち目がなかった。ゴルフボール大の赤い砲弾の雨が降り注いできた。爆発が戦車の側面に広がっていった。歩兵はエンジンデッキに伏せたが、いずれにせよ榴散弾にやられてしまった。

ジュージューと音を立てた破片はデ・ラ・トーレのブーツ

に煙のような穴を開け、別の男の腰に突き刺さった。ジャニツキの左足に直撃弾が命中し、火花が飛び散り、血煙が舞った。ジャニツキが下を向くと、左足は膝から下がかろうじて繋がっていた。

大半の男ならあきらめて、ただ横たわって死ぬのを待っていただろうが、ジャニツキは戦士だった。負傷した足を押さえつけながら、彼は他の男たちと一緒に火線から逃れ、吹き上げるエンジンデッキを横切って、戦車の反対側の側面に転がり落ちた。

今日は死ぬ日ではなかった。

三輌目の戦車の操縦手には、それはあまりにも酷い光景だった。前方の戦車から火の粉が飛び散り、歩兵が飛び退いていった。

パニックになって操縦手はアクセルを全開にし、彼のシャーマンは奔放な馬のように、隊列を突っ切って飛び出していった。

エンジンデッキでは、3／2分隊の略奪者バイロン・ミッチェルと彼の射撃班が、暴走した戦車に命がけでしがみついていた。彼らは前のシャーマンの左を通り、パーシングの右を回り、道路から外れて木に横向きにぶつかった。歩兵は真っ逆さまになって飛んでいったが、一人の不運な男は戦車と木の間に足首を挟まれた。シャーマンが反転すると、彼は足首を押しつぶされて地面に落ちた。

パーシングの中では、アーリーは必死になってデリッジと格闘し、装填手の命を救おうとしていた。デリッジは暴れており、アーリーはモルヒネを注射しようとしていた。

破片はデリッジの頬に穴を開けていた。噴出した血の間に彼の歯が見えた。デリッジの悲鳴は他の乗組員を苦しめた。クラレンスの胸は苦しくなった。彼の友人は出血していたが、装填手側には三人目が乗れる場所はなく、仮に入れるスペースがあったとしても、できることは何もなかった。

アーリーは砲塔の天井にある装填手ハッチを閉めていたが、装甲に当たる砲弾の音は、誰かがハンマーを使って侵入しようとしているように聞こえた。クラレンスは行動しなければならなかった。そして、彼が知る唯一の方法があった。

クラレンスはドカドカという砲撃音に向かって砲塔を旋回させ、砲を構えた。目盛りの入った彼のペリスコープの視界は道端から岩の壁を登っていったが、頂上の手前で止まってしまった。

クラレンスは嘆いた。敵を見るのに十分な高さまで砲を上げられなかった。

早口で話す声の不協和音が彼のイヤホンを満たしていた。後方の車長たちは、前方で何が起こっているのかを警戒していた。一方、前部の車長はパニックに陥り、後方に下がって再編成を望んでいた。声が重なり合い、すれ違って聞こえた。誰も敵を撃つことができず、兵士たちは苦しんでいた。5名の戦車兵が頭に傷を負い、10名の歩兵が負傷していたが、ほとんどは足に傷を負っていた。負傷者を安全な場所に運ばなければならなかった。

ソールズベリーは撤退を命じた。先導の戦車が後退して、歩兵のために動く壁になった。

クラレンスは、デリッジを安全な場所に運ぶ許可が出ていることをアーリーに知らせたが、アーリーは手一杯であった。「戦車はお前が指揮しろ」とアーリーは叫んだ。「ここから後退するんだ」。

クラレンスは車長の位置に飛び移り、無線機に接続し、ペリスコープを使って背後に何があるのかを確認するために立った。後続のシャーマンはすでに後退していたので、移動する余地はあった。

クラレンスは落ち着いた声で後退を指示した。バックミラーがなければ、マクヴェイは何も見ずに操縦することになる。クラレンスはそのまま行くように言った。彼はマクヴェイの目になるのだ。

バイロンと4人の歩兵は、燃えるようなゴルフボールが空気を切り裂き、背後の木を砕く中、道端の溝の中で土を抱きしめていた。

暴走した戦車のせいで、射撃班は隊列のはるか前方に取り残されていた。

他の者は退却していた。戦車は来た道を後退し、やみくもに丘に向かって砲撃していた。A中隊の残りの隊員はジャニツキをサスペンダーで引きずって、一緒に行ってしまった。

今、バイロンと彼の射撃班は彼ら5人だけで孤立していた。ドイツ軍はそれを知っていた。敵の砲火が、ぴたりと止んだのは、敵の抵抗を排除するために高台から降りてきている者がいることを意味していた。射撃班に残されたまともな選択肢は、降伏することだけだった。しかし、それにも問題があった。

バイロンは上着を脱いで袖を開けると、手首にはドイツ製の時計がびっしりと巻かれていた。彼はそれを隠すためにひとつずつ緩め、シャツの袖の下にずらしていった。

ケンタッキーの田舎出身のキャリアは、この苦境になぜかユーモアを感じていた。月面のような顔に不穏な笑みを浮かべ、ホルスターを取り出した。キャリアはSSの捕虜から襟章を奪い、戦利品としてホルスターに留めていたのだ。

今、その銀色のルーンを見た親衛隊員がいたら、ホルスターは死刑宣告となるだろう。キャリアは足首を砕いた歩兵にホルスターを押し付けた。怪我をした歩兵は反発してホルスターを戻したので、キャリアはホルスターを他の男の方に押し付けた。しかし、ホットポテト・ゲームのように、それは彼の元にまっすぐに戻ってきた。

キャリアは襟章を引きちぎろうとしたが、ピンが動かなかった。ホルスターを開けてピンの銀色の鋲を歯で半分にかみ砕こうとした。それも失敗したとき、彼は葉の下にホルスターを埋めて、望みを託した。

ひと握りのドイツ兵が道の向こうから慎重に近づいてきた。丘の上の戦友が掩護していた。彼らのライフルは、立ち往生しているアメリカ兵に向けられていた。

歩兵の一人は、ハンカチやTシャツのような白いものを振ったが、これは降伏の証であった。

そして、戦場の錯誤が起こった。アメリカ軍の隊列は森の中に後退していたが、道を見渡せないほどには後退していなかった。機関銃が吠えて、オレンジ色の曳光弾が道路を左から横切って飛んできた。ドイツ軍は散り散りになり、バイロンたちは溝に飛び込んで身を隠した。

歩兵は溝から身を乗り出し、さらに激しく旗を振った。彼らが見えたのか、射撃が止まった。後衛の歩兵だったのか、それとも撃ちたがりの戦車の砲手だったのか、誰も覚えていないが、いずれにしても、遅すぎた。ドイツ兵が数名、道路に倒れていた。

キャリアでさえ笑うのをやめた。

ドイツ軍は、森の中にある農家にある司令部まで捕虜を行進させた。

足首を粉々にした歩兵の男は、仲間の肩に腕をかけて足を引きずっていた。敵は道中、ライフルでアメリカ兵を小突いたり突き立てたりした。

ドイツ兵は激怒していた。彼らはアメリカ兵を農家の脇に連れて行き、彼らの足元にシャベルを投げつけ、掘るように指示した。彼らの戦友は、白旗という偽りの約束によって死へと誘われたのだ。誰かが代償を払わなければならない。

バイロンたちは、家のそばに蛸壺壕を掘る必要がないことを知っていた。射撃のしやすい場所ではないからだ。このような場所は、ただひとつのことにしか適していなかった。墓穴だ。

ドイツ兵はバイロンたちの進み具合をじっと見つめていた。穴は遺体が入るのに十分な深さと幅になっていた。

ドイツ兵の引き金の指はうずうずしていた。森の中からは銃声が鳴り響き、仲間の兵士たちが歩いたり、馬に乗ったりして農家の前を通り過ぎていった。待ち伏せによってアメリカ軍の到着は遅れていた。

喉を鳴らすような唸り声に、捕虜も監視兵も皆が注目した。砲塔迷彩されたドイツ軍の戦車が農家のそばを走ってきた。砲塔の上から、車長が、穴を掘っている捕虜を見て、マイクに向かって話しかけた。戦車は突然止まった。

戦車長は下に降りて、アメリカ兵と監視兵に向かって突進してきた。ショベルがあがったまま止まった。車長の顔は怒りに満ちていた。彼は最も近くにいたドイツの監視兵の手を掴み、脇に引き寄せた。ドイツ語をならっていなくても、彼の激しい叫び声は理解できた。

「そうだ、しかし、彼らがお前の部下を撃ったのか？」

指揮官が仲間の兵士に説教をし終えると、バイロンたちはシャベルを置くように指示された。謙虚になったばかりのドイツの監視兵は、アメリカ兵を農家の中に連れて行った。バイロンは家の中に入る前に最後の一瞥をして、ドイツの戦車長が腕を組んで衛兵を見ているのを見た。彼の顔は明らかに失望の表情をしていた。

ドイツ戦車はうなり声をあげて去っていった。監視兵は家を出て行った。荷台の扉が閉まり、トラックが彼らを運んでいった。アメリカ兵は自由の身になった。

ほどなくして、新しい車の音が聞こえ、農家の外で停車して暖気運転した。エンジン音には聞き覚えがあったが、歩兵たちは床から動こうとはしなかった。

ドアがブーツに蹴られて開き、袖に第３機甲師団のワッペンをつけた男が、武器を手に中に入ってきた。

兵士たちは安堵の声を上げた。彼らはこの物語を語るために生きのびたのだ。

第二〇章　アメリカの電撃戦

3日後の1945年3月29日
約50マイル先の東

スピアヘッド師団の車輛の群れが、見渡す限り高速道路に沿って伸びていた。

戦車に次ぐ戦車、ハーフトラックに次ぐハーフトラックと、150輛以上の車輛が同じ方向に、ドイツのマールブルクの北を目指していた。「これはヨーロッパ最後のラットレースの始まりのようだった」とあるGIは記録している。

車列の中央付近で、パーシングの乗員たちは、ボタンを外し、風に顔を揺らされながら運転していた。今は午前も半ばで、彼らは午前6時から進撃していた。

戦車の下のコンクリートは最近の雨で滑りやすかった。空にはまだ不吉な嵐の雲が残り、わずかに青空が覗いて見えるだけだった。隊員たちはゴーグルを下げたまま、常緑樹の森に囲まれた広い谷間を走り、猟師の木立や崩れた城を通り過ぎていく。この風景は、慣れ親しんだウィスコンシン州やミネソタ州の故郷を思い起こさせるものもあった。

マクヴェイはシャーマンの後を追い、スモーキーは観光客のように景色を眺めていた。E中隊の所属するX任務部隊は先陣を譲り、ジャック・ウェルボーン大佐にちなんで名づけられたウェルボーン任務部隊の後を追っていた。

砲塔の上では、アーリーが片方のハッチを占め、装填手を説得して座席を交換していたクラレンスが隣のハッチに立っている。クラレンスの首からは白い絹のスカーフがはためいていた。彼は木に吊るされたパラシュートを見つけて、それをスカーフに仕立てていたが、こんな時にぴったりだった。轟音のする戦車の発動機のオーケストラの中に立っていると、クラレンスは思わずニヤリと笑ってしまった。彼は陣形のスピード感を楽しんでいた。誰も自分を撃ってこないときにしかできない感覚だった。そして、気分を高揚させるものがあった。

彼らは偉業に挑戦しようとしていた。

スピアヘッド師団は、進撃の停止命令が出るまでに、その朝の時点でライン川の東へ60マイル（約96km）以上、敵地に入っていた。アイゼンハワー司令部は「ドイツの心臓部」を目標にして戦争を終わらせることを命じた。しかし、それは正確にはどこなのか。候補は2つあった。ベルリンとルール渓谷だ。

ソ連軍より先にベルリンを占領することは、象徴的で政治的な一撃であるが、「ドイツのデトロイト」として知られるルール地方は軍事的には戦略的な勝利をもたらすだろう。ルールはドイツの石炭の80％、鉄鋼の66％の供給源であった。もしルール地方をドイツの他の地域から切り離すことができれば、敵の軍用機械は餓死してしまうだろう。

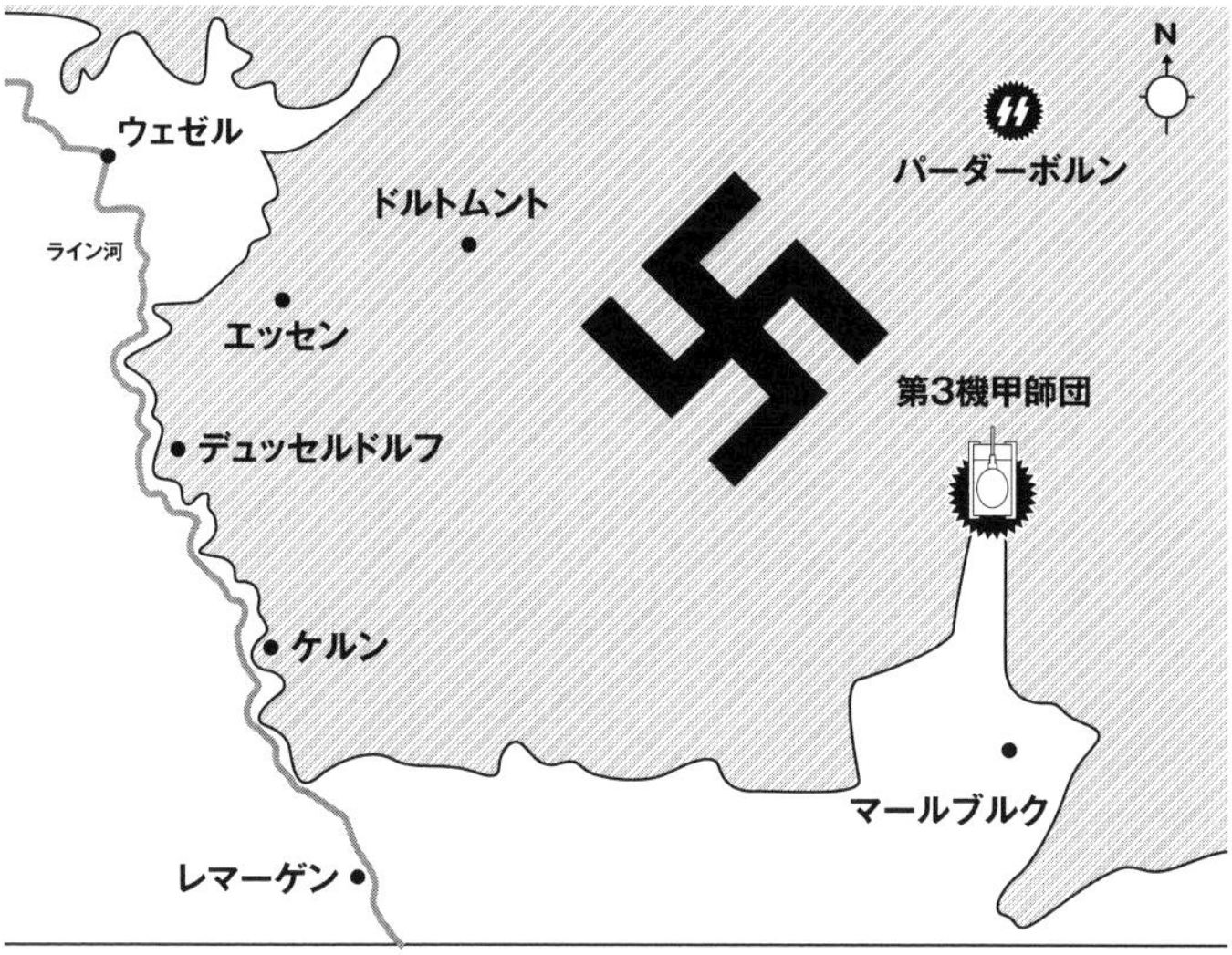

ルール包囲戦

戦略的重要性を考えれば、その選択は明らかだった。

上層部は新たな命令を出し、夜明けとともにスピアヘッド師団は北に90度の旋回を行ない、伝説的な猛ダッシュを行なった。

しかし、今回は単独で困難に突っ込んで行くのではなかった。

第3機甲師団が北に向かって突進すると、第2機甲師団〝ヘル・オン・ホイールズ〟がドイツ北部の平原を横切って南に向かって突進する。運が良ければ、陸軍の2つの重機甲師団は、ドイツの町パーダーボルンの近くで合流し、「偉大な工業地帯であるルール地方に鉄の壁を張り巡らせる」ことができ、その成果はベルリンに「これで終わりだ」という明確なメッセージを送ることになる。

ただ、ひとつだけ問題があった。

ルートにもよるが、パーダーボルンは100マイル（約160㎞）以上も離れていた。接続を成功させるためには、スピアヘッド師団は、戦争中で最も長くて速い機動、すなわちアメリカの〝電撃戦〟を、敵陣のずっと後ろで行なわなければならなかった。しかし、もしこれが成功すれば、師団が「ドイツの中心部への強烈な一撃」と呼んだものが実現することになる。

ローズ将軍はスピアヘッド師団を4本の平行した道路に展開し、パーダーボルンに向かった。彼の師団が前進する際、ローズ将軍は各任務部隊の司令官に無線で報奨金を与えると連絡した。「生死を問わず、グデーリアン、ヒムラー、ケッセルリンク、ディートリッヒにスコッチを1ケース。ヒトラーにはボトルを1本」。

ローズはドイツ軍に傍受されて、その言葉がベルリンに伝わることを期待して、機密性のない無線チャンネルを使ってこの挑戦状を出した。

彼はヒトラー自身に〝スピアヘッド〟師団の声を聞かせることを望んだのだ。

砲手席は時間が経つにつれて硬くなっていくのが感じられた。結局、クラレンスは砲塔の床に座って安らぎを求めた。外には新しいものは何もなく、終わりのないシャーマンの行列の最後尾があるだけだった。

砲尾の反対側には、デリッジの後任として配置された、マシューズという背の低い黒髪の少年が乗っていた。クラレンスはすでに彼を気に入っていた。デリッジのような豪快さはないが、物静かで有能な男だった。

〝ジョニー・ボーイ〟は生き残った。それは、デリッジを負傷者の手当てをしている側溝に横たえた後に聞いた話だった。クラレンスは装填手との再会を願った。

パーダーボルンへの道中、時間つぶしにクラレンスは手紙を読み直した。床が振動して、ページの上で文字が跳ね返っていた。母親からの一通の手紙を読むたびに、クラレンスの顔に笑顔が浮かんだ。

友人や家族に促されて、彼の両親は映画を見に行った。母親は最高のドレスを着て、父親は労働者用の上着とブーツを脱ぎ、スーツを着ていた。彼らが映画館に行ったのは本編の前に流れるニュース映画を見るためだった。

彼らはそこでクラレンスを見て、これほど誇りに思ったことはなかった。

パンターとパーシングの決闘を収めたベイツのニュース映画は至る所で上映されていた。アメリカ中の映画館で、この過酷な戦車戦が上映され、観客はこれまでにないほど戦闘を身近に感じることができた。その中で、クラレンスが中央に立ち、カメラを無表情に見つめているパーシングの乗員の姿が、左から右へと安定したパンで映し出されていた。

ベイツは後に、ケルンでの撮影が評価されて青銅星章を受賞することになる。アーリーもパンターを撃破したことで勲章を授与され、クラレンスの友人ジョー・カゼルタも、銃撃戦の最中に、曳光弾が貫通して炎上したミュゼット・バッグを砲塔から投げ落としたことで勲章が授与されることになった。クラレンスは、自分にそのような賞が与えられないことを知っていたが、それでいいと思っていた。

クラレンスは、両親が、自分が大きなスクリーンに映し出されるのを見るためにしてくれたことに、ただただ驚いていた。彼らは、人生で初めて映画を見に行ったのだ。

バック・マーシュはフランスの滞在から戻ってきていた。彼はE中隊の後方のハーフトラックで運転手の横に座り、床に置いたシングルバーナーのコンロをいじって、卵を固ゆでにしていた。

バックが隊に戻ってきたのは、森での待ち伏せの翌日のことだった。

バックが最後に仲間を見た時には4つの席は埋まっていたが、今ではバックの後ろは空席になっている。左足を切断される運命にあるジャニツキは、イギリスに向かっていた。デ・ラ・トーレと他の2人はまだ野戦病院で怪我から回復していなかった。一方で、バイロンとキャリアは、自分たちの命を救ってくれたドイツの戦車長の話を、誰にでも話していた。「彼が良い奴で俺たちは幸運だった」とあまり多くを語らないバイロンが言った。

バックは、このひどい状況から抜け出すため、明るい話題を見つけて慰めた。少なくともジャニツキは妻のもとに帰れるのだ。

ハーフトラックが前後に揺れると、鍋から水が飛び出してきた。バックと銃座に立っていた分隊長は足を上げて熱い水しぶきを避けたが、運転手は片足でアクセルを踏んでいなければならなかった。

熱い水しぶきが彼のズボンの足にかかると、彼はうなり声をあげた。

「お前ら、この卵のほうが好きなんだろうな」と彼は叫んだ。「俺はここがやけどしそうだ！」

「おい、やめてくれ」とバックは言った。「道の凸凹を通ってるのはお前の方だろ！」

分隊全員がニヤニヤした。運転手は、これが最悪の傷ですんで良かったのだ。

その日の午後、車列が荒野に突入していくにつれて、緊張感が高まっていった。

クラレンスはペリスコープを通して、あらゆる潜在的な脅威に目を光らせていた。まだ誰もE中隊を狙っていなかった。誰かが撃つのは時間の問題だった。

車列の前方から時折アメリカ軍の銃声が聞こえてきたが、すぐにその結果が、クラレンスの視界を通り過ぎていった。道端で燃えている車が一台。ひと握りのドイツ兵捕虜が反対方向に向かっていて、彼らの降伏を受け入れてくれる者を探していた。車列の恐るべき光景を見て、ほとんどのドイツ兵は守備地点から散っていった。ライン川からこれほど遠く離れたところにアメリカ軍の機甲部隊がいることに驚愕していた。

ある戦車長がE中隊の右側の松林で動きを発見し、無線が急に活気づいた。

ハーフトラックのブレーキランプが点滅し、車列全体が減速した。中隊分の戦車の砲塔が一斉に脅威に向かって旋回した。

クラレンスは道路から数メートル離れた樹木の列を無差別に狙った。森の奥深くの影の中には、隊列に並行して暗い形をしたものが並んでいた。

クラレンスが親指を機関銃の引き金にかけると、アーリーは射距離を知らせた。まるで機械そのものが呼吸しているかのように、レティクルが戦車の動きに合わせてゆらゆらと揺れた。

木々の間から暗い形のものが飛び出してきた。車列に突進してきたものは、鹿の群れのように跳ね回った。

クラレンスは親指を引き金から離した。ただの鹿だ。しかし、他の砲手たちは躊躇しなかった。

1マイルにわたるすべての射手が発砲し、無防備な鹿の群れに曳光弾が集中した。鹿は膝から崩れ落ちたり、地面を転げ回った。怯えた鹿の群れは分裂し、道路に向かったり、樹林に戻っていった。

クラレンスの数輌先の戦車で、チャック・ミラーは足の速い鹿のペアを追跡していた。鹿は砲塔回転が追いつかないほどの速さで道路に近づいてきた。何ヵ月も無味乾燥な食事を食べ続けてきた彼は、鹿肉のことが頭を離れなかった。

歩兵の乗ったハーフトラックが射界に入ってきたため、チャックは引き金から足を離した。

「ちくしょう!」

鹿は車の間を縫うように走っていった。鹿は余裕があるように見えたが、数人の歩兵がハーフトラックの中で立ち上がって、ライフルを構えた。素早い一斉射撃で二頭の鹿は転がった。チャックは歓声をあげた。

車列は急停止した。将校たちの怒鳴り声が無線機から聞こえてきた。将校たちは、敵軍が鹿を森から追い出したかどうかを見極めていたのだ。

即席の狩りはまだ間に合う。チャックが席から離れると、禿げ頭の車長レッド・ヴィラが、彼が砲塔から出られるように砲塔から出て通路を作ってくれた。チャックは仲間の助けを借りて、倒れている鹿のところに向かった。そこで彼らは同じことを考えている歩兵に遭遇した。彼らはすぐに交渉に応じた。

隊列が再び動き出すと、死んだ鹿はシャーマンのエンジンデッキに縛り付けられていた。久しぶりにE中隊は王様のような食事をすることになるだろう。

隊列が敵地へと進むにつれ、小休止が必要になった。隊列が止まると、兵士たちは自然の呼び声に応えるために野原に駆け出した。憲兵たちは、後に続く者が遠くには行かないように注意を喚起するため、「ドイツ野郎は道路端まで排除」という標識を立てた。

隊列の後方から補給トラックが走ってきて、各車輌の横に5ガロン（約19リットル）のガソリン缶を置いていった。

クラレンスはエンジンデッキの上で、仲間の手から40ポンド（約18㎏）の燃料缶を持ち上げた。戦車は喉が渇いていた。パーシングは1ガロン（約3・7リットル）あたり半マイル（約800ｍ）、シャーマンは型にもよるが、1ガロンあたり約1マイル（約1・6㎞）の走行が可能だった。

燃費は悪かったが、アメリカの戦車には信頼性があった。隊列の先頭後方を問わず、陣形から脱落した戦車は、あったとしてもごく少数だった。パーシングは新しすぎてその限界を知ることができなかったが、平均的なシャーマンは最小限の整備で2000マイル（約3200㎞）以上の距離を走行し続けた。

クラレンスが小休止の給油を終えて砲塔に戻ると、アーリーはいつも同じ、ガールフレンドから送られてきた「親愛なるジョンへ」と書かれた手紙に目を通しているようだった。しかし、何度読んでもメッセージは変わらなかった。彼女は他の誰かを見つけていたのだ。アーリーのようにどこかに行ってしまわない別の男を。アーリーは心を痛めていた。

クラレンスは自分の席に戻り、気づかなかったふりをしていた。それは、彼が経験したことのない話であり、どう対処したらいいのかわからなかった。

クラレンスの姉妹連隊である第33機甲連隊は、ウェルボーン任務部隊の先頭に立っていた。乗組員の一人が足を伸ばしていると、シャーマンの横にジープが停車してきた。

新米砲手のジョン・アーウィン伍長は、ジープの助手席に見慣れない人物を見た。

「彼はクルーカットされた癖毛の白髪で、真面目そうなハンサムな顔をしていて、体格も良かった」と振り返った。「彼は私たちを見上げて、人差し指を眉毛に当て敬礼し、〝諸君らにはかぶとを脱いだよ。今後もがんばれ！〟と言ったんだ」。

アーウィンは、仲間にローズ将軍を知らないのかと怒られるまで、その男が誰だかわからなかった。

ローズ将軍が嬉しそうにしていたのには理由があった。彼の師団は、軍の歴史上、一日で他のどの部隊よりも遠方への進撃を達成していたのだ。

ドイツの田園地帯に夜が訪れると、隊列の灯りは冷え切った闇の中に急速に進んでいった。

チャック・ミラーは、戦車のエンジンの柔らかな子守唄に合わせてシートに座りうとうとと眠っていた。チャックが眠っている間、操縦手は前を走るシャーマンの薄暗い尾灯を追いかけていた。

暗闇の下では、どんな暴力の痕跡も拡大されてしまう。焼け焦げた木のにおいが、車列が通り過ぎる際の、破壊の光景に先行していた。「平野や谷間には、愚かなドイツ兵が家屋から抵抗を試みて、戦車の砲撃で燃やされた村々が点在していた」と、ある従軍記者は記録している。

司令部集団では、ジープのヘッドライトが道端に停車していたドイツ軍軍用車の前を横切った。後部座席には二人の姿勢の良い敵将校の死体が座っていたが、二人とも50口径の弾丸で頭を吹っ飛ばされていた。

チャックのシャーマンの砲塔から、レッド・ヴィラは後方から迫ってくるヘッドライトを見た。暗闇の中からバタバタという音が鳴り響いた。音と光が近づいてくると、影から三台のバイクが現れた。二輪車はシャーマンに追いつき、加速して戦車の前に出た。

二輪車が戦車の細いヘッドライトの光の中を走り抜けていくと、ヴィラは砲塔から飛びあがりそうになった。オートバイのライダーは灰色のゴム製のトレンチコートを着て、ドイツ製のヘルメットを被っていた。

ヴィラはチャックを揺さぶって起こし、「11時方向だ！」と叫んだ。

チャックは砲塔を左に回したが、ペリスコープでは何も見えず、暗闇だけが広がっていた。


「.30口径」と言った。「撃て！」

チャックが引き金を引くと、機関銃の明るい炎が目をくらませた。光る曳光弾が暗闇の中に撃ち出されて、道路の切れ目、前方の戦車、その後ろのドイツのバイクが一瞬にして照らされた。

チャックの狙いは高すぎたが、それだけで十分だった。

ドイツ軍のオートバイがスピンして、地面に火花が散った。撃たれたわけではないが、頭上を飛び交う火の粉でバイクのコントロールを失ったのだ。チャックは引き金を離し、戦車は倒れているドイツ兵の横を轟音を立てて通り過ぎた。

その後まもなく、時刻は午後9時50分となり、車列は停車したが、チャックは眠れなかった。

その後1時間にわたって震えが止まらなかった。


隣の谷の上から太陽が昇る中、隊列はカーブの多い道を走っていた。

パーシングはサスペンションの働きで上下に揺れた。前方の道路には、先行車の跡やタイヤからすり減ったゴムが散らばっていた。

アーリーはポークチョップに向かって話しかけ、マクヴェイの代わりに運転するスモーキーを誘導した。左側には岩の壁が立っていた。右側は、道が広い谷間へと落ちている。ぴったりとつながっていて、間違いは許されなかった。しかし、パーダーボルンはもう遠くなかった。

中隊全体で、操縦手の腕がひどく痙攣していたため、車体銃手が操縦補助の訓練のため操縦席に移っていた。ある砲手は長時間座っていたために腰が痛くなり、「圧迫感を和らげるために砲塔の床に膝をついていた」という。

それは歴史を作るために支払った小さな代償だった。第3機甲師団史によると、前日の移動は「機動戦の歴史上、1日で前進した最大距離」であった。

ある任務部隊は走行距離計で102マイル（約164・1㎞）、別の任務部隊は100マイル（約161㎞）を記録し、E中隊を先導した戦車は90マイル（約145㎞）を記録していた。全体としても部分的にも、スピアヘッド師団はドイツ、ロシア、イギリスのどの部隊よりも敵地を奥まで侵攻した。パットンがフランスを横断した壮大な機動にも勝るものがあった。

しかし、ここはフランスではなかった。第三帝国なのだ。

それは他の給油停止と同じように始まった。

車列は燃料トラックに道を譲るため、道路の右端に寄った。戦車は停止し、乗員たちは車内から外へ上っていった。

クラレンスは砲塔の上で立ち止まった。その眺めは、これまでに見たことのあるどの高速道路の景色の良い展望台にも劣らないものだった。しかし、何かがおかしい。彼の目は、谷間を横切る道路の、自然に反した鋭い線に釘付けになった。

クラレンスは目をこすりながら良く見た。それは車輌で、戦車ほどの大きさに見えた。東側の任務部隊が迂回したに違いない。クラレンスは砲塔の中に入って砲を右に振って、レティクルを目標に合わせた。6倍ズームサイトを使えば、より近くで見ることができるだろう。

戦車だった。何かの隊列が森の中から出て、地図を見るために立ち止まったように見えた。軽戦車のように見えたが、おそらくスチュアート戦車か師団に新しく配備されたM24チャーフィー戦車だろう。

クラレンスはアーリーに向かって叫んだ。

アーリーは双眼鏡を上げたが、彼らの正体を判別することはできなかった。「アメリカ軍に違いない」とクラレンスは言った。

アーリーはソールズベリーに無線で連絡し、クラレンスが見ていたことを報告した。

おそらく友軍だ。

ソールズベリーの返答は早かった。早すぎた。「そこに我々の部隊はいない。撃て」

クラレンスは愕然とした。「味方の戦車を破壊することはできない！」

アーリーは苦悩した。戦車がどちらの軍であろうと、敵地にいるのだ。

「識別パネルが見えるか？」彼はクラレンスに尋ねた。エンジンデッキはがらんとしていて、助けにならなかった。クラレンスは動じなかった。アーリーは命令に不安を感じたので、彼は往生して、ソールズベリーに再考を願った。

「ちくしょう、俺たちの戦車じゃないって言っただろ！」ソールズベリーは言った。「撃て！」

他の日であれば、アーリーは抵抗していただろう。このストイックで家庭的な戦車長は、普段はどんな議論でも道義的な側に立ち、戦場の熱い怒りを押し殺して倫理に従っていた。

だがその日のアーリーは違っていた。乗員の父親的存在である彼は、戦争や長距離の行軍、そして故郷からの悪い知らせなどで、肉体的にも精神的にも疲弊していたのだ。だから、クラレンスに命じたのは、本物のボブ・アーリーではなかったのだ。「さあ、聞いただろ。撃て」

アーリーは座席に体を沈めた。彼は見ていられなかった。

クラレンスは振り返って彼の目を真っ直ぐに見た。本気か？

「鎖に繋がれたいのか？」アーリーは言った。

クラレンスは、くやしそうに顎を引き照準器に戻った。彼は手回しクランクを操作して、狙いを少し左にずらした。クラレンスは引き金を引いた。耳をつんざくような音とともに90㎜砲が炸裂した。

彼は曳光弾が弾着するまでの時間をカウントダウンした。

一秒、二秒……

先頭の戦車の前の道路から土砂が飛び散った。クラレンスは意図的に外したのだ。

ハッチが開き、乗員が飛び出してきた。乗員たちは必死に色のついたパネルを手にして、自分たちの存在を主張した。

やはり、彼らはアメリカ軍だ。

他の任務部隊のスチュアート戦車かチャーフィー戦車が先行して偵察していたのだろう。

「あれは俺たちと一緒にいたヤツだろ！」クラレンスはアーリーを怒鳴りつけた。

アーリーは飛び上がって双眼鏡を構えた。驚いたように呟いてからホーンを鳴らし、ソールズベリーに知らせた。「大尉、どうやら友軍の戦車のようです」と言った。

ソールズベリーの反応はただひとつ、唖然とした沈黙だけだった。

数時間後、車列はトラブルに見舞われた。

隊列はパーダーボルンの南8マイル（約13㎞）のところで停止していた。小火器の砲火がパチパチと鳴り響き、パンツァーファウストが遠くで鳴っていた。尾根から親衛隊が砲撃しており、ウェルボーン任務部隊が戦闘の中心となっていた。

ペリスコープを通して、クラレンスは前方に戦闘の痕跡を見た。茶色く枯れた森の奥から煙が上がっており、士官たちが特定の戦車や人物を探して、車列を引き返していた。

クラレンスは自分が座っている場所に感謝した。外の景色は冷たく、不吉な感じがした。狭い田舎道が、緑の薄い野原や細い木の生い茂る丘の中を縫うように走っていた。

その頃には、車列の中で、車輌から車輌へと、恐ろしい真実が広がっていた。パーダーボルンは単なる地図上の名前ではなかった。ルール地方に張り巡らされた鋼鉄の壁の隙間以上のものだった。パーダーボルンは第三帝国の装甲部隊の〝本拠地〟であり、GIが呼ぶところの〝ナチスのフォート・ノックス〟だったのだ。

ドイツの戦車兵は皆そこで訓練を受けていた。ドイツ陸軍の精鋭戦車訓練基地はパーダーボルンにあり、親衛隊の装甲学校もここにあった。実際、近くのヴェヴェルスブルク城に精神的な本部を置く親衛隊が、これからの戦いを指揮することになった。

パーダーボルンを守るために、SSは親衛隊、陸軍、空軍、ヒトラー青年団（ユーゲント）の混合戦闘部隊であるSS装甲旅団〝ヴェストファーレン〟を編成した。彼らはあらゆる手を尽くしていた。戦場で負傷した戦車学校の教官までもが戦いに出てくるだろう。

スピアヘッド師団は、これまで以上に奥深い敵陣に身を置くことになり、クラレンスを心配させた。ここは結局、戦車の国だったのだ。

戦車の国、ドイツだ。

第二一章　孤児

その夜、1945年3月30日　パーダーボルンから南に7マイル（約11・2㎞）

ベッデケンの森の奥深くの暗闇の中、クラレンスと乗員はパーシングの横に立ち尽くしていた。他のE中隊の戦車兵たちも、その近くに並んで立っていた。

梢の上に広がる恐ろしい光景から目をそらすことができなかった。午後7時過ぎ、パーダーボルンの町の上空には、赤く輝く雲が広がっていた。

ドイツ軍の戦車砲の音が森を切り裂いていた。

北に1マイル（約1・6㎞）行った先は混乱が支配していたが、クラレンスたちにできることは何もなかった。E中隊は助けに行くことを禁じられていた。上層部が状況を把握するまでは、誰もこの大混乱の中に入ることは許されなかったのだ。

その夜、パーダーボルンへの突入を急ぐウェルボーン任務部隊は、E中隊とX任務部隊を残して先に進み、森の中で夜を過ごしていた。

そして今、クラレンスたちと他の乗員は、立ち往生していた。ウェルボーン任務部隊が問題を抱えているのは紛れもない事実だった。

そこではアメリカ兵たちが死に瀕していた。

北へ1マイル（約1・6㎞）

炎上したアメリカ戦車とハーフトラックの列が田舎道を塞いでいた。

ドイツ軍の砲火があらゆる方向から雷鳴をとどろかせた。車輌は破裂した。敵は一向に手を休める気配を見せなかった。

ウェルボーン任務部隊は待ち伏せされていた。

ローズ将軍と側近は車を捨てて道端の溝に飛び込んだ。戦車兵と歩兵が道を横切っていた。小火器を使って応戦できたのは数人だけだった。

進む事はできない。隊列の前方では、野原の斜面から10輌のドイツ軍戦車が砲撃を浴びせていた。撤退することもできなかった。アメリカ軍の隊列の背後では、丘の上から月明かりでシルエットになった5輌のドイツ軍戦車が撃ち下ろしていた。

森の中も殺戮の場だった。進路の両端に配置されたSS歩兵による小火器の砲火で、木立が点滅していた。

逃げ場のないアメリカ兵に残されたのは隠れることだけだった。

ローズと側近は溝の壁に身を伏せていた。将軍はトンプソン短機関銃を握り、他の者はピストルやカービンを握りしめていた。

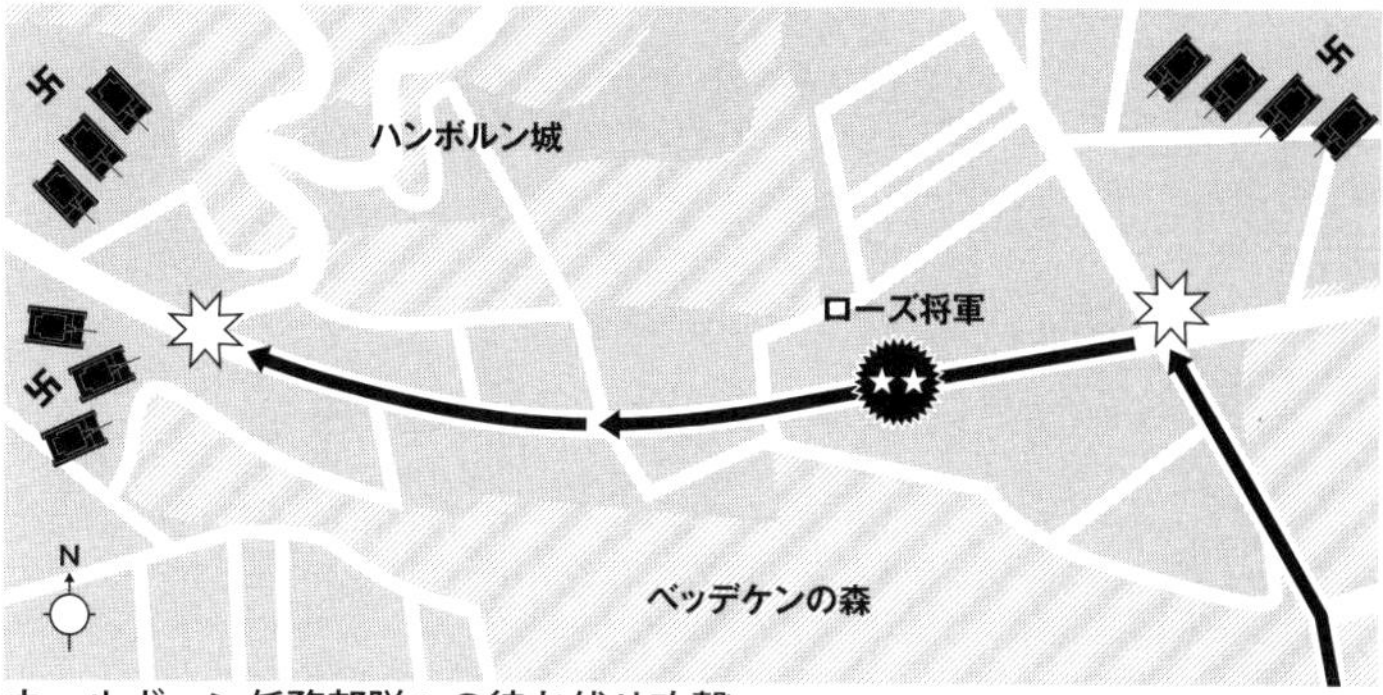

ウェルボーン任務部隊への待ち伏せ攻撃

敵の戦車砲弾が頭上を飛び交い、道路を跳ね回って、大地に穴をあけていた。

SS装甲旅団〝ウェストファーレン〟は致命的な効率で師団の隊列を襲った。ドイツ軍が両端の車輛を撃破することによって列が分断される前に、ウェルボーン大佐と指揮下のシャーマン数輛だけが脱出していたが、他は皆中央に閉じ込められた。戦術的な優位性を手に入れた敵は、今では慎重に行動する余裕があった。

ドイツの戦車兵は「高台から狩りをしているようなものだった」と語った。

ドイツ軍の戦車は、道中の全ての車輛に砲弾を撃ち込みながら、進んでいった。別のドイツの戦車兵は、燃え盛る車輛が「幽霊の松明のように明滅していた」と書いている。

アメリカの戦車兵は燃え盛る車輛から飛び降りた。歩兵分隊は悲鳴を上げ、火傷し、出血しながらハーフトラックから転げ落ちた。男たちは野原に飛び出し、干し草の山の後ろに隠れた。

燃料タンクが爆発した。弾薬は炎の中で燃え上がり、爆竹のようにパチパチと音を立てていた。ハーフトラックの銃座の中で立ちあがった一人の兵士が、50口径の機関銃をドイツ軍に向かって撃って無益な抵抗をしていたが、やがて沈黙してしまった。

何名かの戦車兵が逃げ出した。まずいことに、後方への逃げ道は、彼らの将軍の方に向かっていた。ローズは溝から這い出て、逃げる男たちの腕を捕らえて、戦車に向かって押し戻した。

将軍は形勢を逆転させようと必死だった。この夜は彼の軍歴の中での勝利、師団の記録的前進の集大成となるはずだった。レインコートの下には乗馬ズボンと磨き上げられたブーツを履いていた。彼は安全な後方からの指揮を捨てて、先頭の部隊と一緒に進むことを選んでいた。速記者まで連れてきて、師団がパーダーボルンに到着した瞬間を記録しようとしていたのだった。

彼の最高の功績が台無しになったことで、新たな優先順位が生まれた。今や彼は、次の日を迎えるために戦うのだ。ローズの側近が乗っていた車は、ジープ3台、オートバイ2台、グレイハウンド装甲車1輛で、ジープのうち2台には無線機が装備されていた。ローズは、彼らと連絡が取れれば、司令部に応援を要請することができた。

ローズの指示で、敵の砲火の中、二人の運転手が勇敢にもジープを溝の中に入れた。うまくいった。ローズは砲兵隊の大佐に「我々の上に」砲撃するように言った。そして、次のジープに移動すると、兵士がローズに受話器を渡した。司令部への無線がつながっていた。

「スミス」ローズは言った。「この列を詰めるために誰かを送ってくれ。我々は切り離された」。

敵の砲弾は、外すことができないかのように、驚くほど規則正しく標的を見つけていた。ローズのジープの一台が道路で爆発した。隊列の後ろでは、砲弾が道路を挟んで木を倒し、退却の望みを絶った。

ローズと彼の部下たちは、隊列前方の燃える車輛の光の中に、緑の迷彩が施された褐色の敵戦車が氷山のように野原を突っ切ってくるのを見た。彼らは仕事を終わらせに来たのだ。

「我々は今、とんでもない状況に置かれている」とローズは側にいた大佐に言った。

ドイツ軍の戦車兵は、抵抗勢力を照らすために照明弾を空に向けて発射した。ドイツ兵の命令を叫ぶ声が、火炎とエンジンの轟音の向こうから聞こえてきた。彼らは先頭のアメリカ軍車輛に突っ込んで道路からはじき出し、開いた車内に照明弾を撃ち込んで、中に残っていたものは何であれ、誰であれ、破壊した。

その列の後ろには、より多くのドイツ戦車が唸りを上げながらながら、ローズと部下たちに近づいてきていた。側近の何人かは森に逃げるよう提案したが、将軍は森の中の丘の上にある、9世紀に建てられたハンボルン城に避難しているウェルボーン大佐と合流しようと考えた。その城はローズの現在の位置から2マイル（約3・2㎞）ほど離れていたが、なんとか通れる距離だった。

ローズと側近は車に向かって走った。城を目指そうとしていた。

二人の大佐が先頭のジープに乗り込み、ローズは二台目のジープに飛び乗った。そして、部下たちはグレイハウンドに向かった。ローズは、バイクはうるさいから置いていけと言った。

ローズの忠実な運転手はジープの前に飛び出し、将軍の車輛であることを示す赤いナンバープレートをはぎ取った。エンジンが吹けあがり、一行は右へと曲がり、野原へ飛び出して、燃え盛る隊列に沿って突進していった。

ドイツ軍の曳光弾は炎の中を突き抜け、逃走車を追いかけた。その間、アメリカ軍の無線はローズに連絡を取ろうとする声を響かせていた。「ビッグシックス、聞こえるか、ビッグシックス！」

翌朝、午前8時頃

E中隊はついに救援隊を率いるために解放された。晴天の中、パーシングはX任務部隊を率いてベッデケンの森を抜けた。

森が開けてくると、クラレンスは目をペリスコープに押し付けた。灰色の煙が霧のように野原に漂っていた。クラレンスは、まだ誰かを救うことができるのではないかと期待して、遠くまで探してみた。

しかし、手遅れだった。

パーシングが殺戮の現場に近づいても、乗員は黙ったままだった。

37輌もの米軍の車輌が、壊れたおもちゃのように散らばっていた。戦車やハーフトラック、ジープやトラック、あらゆるものが焼け焦げており、多くのものがまだくすぶっていた。

目の前に広がる破壊は、やがて〝ヴェルボーンの大虐殺〟として知られるようになるだろう。

クラレンスは震え上がった。彼は、こんなにたくさんのアメリカ軍車輌が破壊されているのを見たことがなかった。ましてや、アメリカが勝利に向かっていると思われていた戦争のこの段階で、このような結果になるとは予想もしていなかった。

ペリスコープに顔を密着させたまま、クラレンスは砲塔を左右に旋回させ、戦闘を再構築した。彼の狙いは、丘の向こう側にゆっくりと移っていった。列を蹂躙したドイツの襲撃者はまだ見ているかもしれない。

「見てるのか?」交替要員の装填手だった。彼の声は震えていた。「見えるか?」

「黙れ！」クラレンスはキレた。「俺たちに向けられた砲を探してるんだ！」

アーリーは平静を取り戻した。誰もが感情的になっていた。このままでは、お互いに敵対することになりかねない。

パーシングは十字路にさしかかった。

敵が立ち去ったことを確認し、クラレンスは生存者の捜索を再開した。

左側には、壊滅したアメリカ軍の列が数百メートルに渡って続いていた。残骸と化したシャーマンは、砲塔を無造作に様々な方向に向け、混乱の中で凍りついていた。

銃撃を受けたハーフトラックが溝に突っ込んでいた。トラックから破れたキャンバスがはためいていた。車輌の損害は膨大な数に上った。9輌のシャーマン、21輌のハーフトラック、スチュアート1輌、ジープとトラックが一台ずつ。

戦車1輌は道路の右側の納屋の後ろに隠れていたが、後ろから撃たれていた。姉妹連隊の第33機甲連隊のシャーマンの車体がその近くに停まっていた。その戦車は砲塔がなく、砲塔は吹き飛ばされて、車体と並んでいた。

死んだ戦車兵が横たわっていた。腕も足も頭もなくなっていて、残っていたのは戦車の熱で赤く焼けた胴体だけだった。もはや人間には見えなかった。クラレンスの目には「焼きハム」のように映った。死んでも死にきれない。

クラレンスは胃がぐるりとするのを感じた。気を失う前に、ペリスコープから目を離し腰を下ろさなければならなかった。しばらくして、落ち着きを取り戻し、捜索を再開した。

幽霊のような隊列の先頭には、砲撃で足周りが損傷したパーシングが放置されていた。ヨーロッパの戦場では珍しい戦車であり、敗北して膝をついた姿を見るのはさらに衝撃的だった。

逃げ惑うシャーマンに追いつくには速度が足りなかったのかもしれない。ドイツ軍が特別に狙ったのかもしれない。それは誰にもわからなかった。

クラレンスは、ウェルボーン任務部隊のボロボロになった〝先鋒〟を見つめながら、胃の中に冷たさと空虚な穴を感じた。

すべての進撃の最前線で、ひとつのパターンが形成されていた。

二個中隊の歩兵は反対方向から来て、ゆっくりと畑を捜索していた。

B中隊の兵士たちと一緒に、バックとA中隊の兵士は、空の薬莢が散らばった草の中を歩いていた。バックは口と鼻を覆って、燃えるゴムの嫌なにおいがしないようにしていた。

間近で見ると、殺戮はもっとひどいものだった。敵の戦車は弾薬を節約するために、車輌そのもので何でも押し除けたり、平らにしたりしていた。ドイツ軍の戦車はジープのボンネットに乗り、ハーフトラックは鼻から尻尾まで完全に押しつぶされていた。

バックの姉妹中隊であるF中隊の兵士たちがこれらの車輌に乗っていた。その多くは逃げ遅れていた。あるハーフトラックの後部座席では、何名かの歩兵が座席の上で生きたまま炎に焼かれて死んでいた。

木立の中から、オリーブドラブ色の制服を着た男たちの小さな集団が現われた。彼らは戦車兵と歩兵で、寒い森の中で一晩中隠れていたため、大半がショック状態にあった。

ウェルボーン任務部隊のほとんどの兵士は、敵が動けなくなった車輌を一台一台踏みつけるのを待つことなく、ドイツ軍の砲弾が届く前に車輌から退避していたので、犠牲者を大幅に減らしていた。

歩兵はローズ将軍の護衛のバイクを発見したが、そのバイクは道路に放置されていた。しかし、将軍はどうしたのだろうか？


その日の朝の同じ頃、答えを求めて偵察パトロールがハンボルン城から出発した。

第33連隊司令部中隊の二人の軍曹は、仲間と別れて、戦闘中に任務部隊が進んだ道よりもずっと奥へと進んでいった。そこで彼らは、まるで岩が転がり落ちたかのように、木にぶつかっていたジープに出くわした。

ドイツ軍戦車の履帯の跡があちこちに残っていた。


前夜、ローズと逃走部隊はほぼ逃げ切っていた。燃える隊列を迂回して道に戻っていたのだ。大きな困難にもかかわらず、彼らは待ち伏せから離脱していた。

やっと安全になったと思った矢先、戦車が道路に現れ、真っ直ぐに向かってきた。先頭のジープに乗っていた大佐はホッとした。戦車は砲身が長くて幅が広く、ウェルボーンの指揮下にあったパーシングのようなアメリカ的な姿だった。

「ジャックの新しい戦車ですね」と大佐は助手席に向かって言い、巨大な戦車の左を通り越した。

助手席のもうひとりの大佐が肩越しに、この戦車の垂直な2本の排気管を見た。ドイツ戦車の排気筒だ。「何てこった！ティーガーだ！」と叫んだ。「道路から離れろ」

ジープは道路から飛び出し、悪路に逃げていった。

ローズのジープは、薄暗いドイツ戦車と対面した次の車だった。ローズ車の運転手もまた左に曲がろうとしたが、彼がきれいに避ける前に、ドイツの操縦手は70トン近い猛獣をアメリカ軍の進路に合わせて旋回させ、ローズのジープを梅の木に衝突させたのだった。

ローズのジープの後ろにいたグレイハウンドは、衝突を避けて突進したが、あまり遠くには行けなかった。さらに多くの道路上のドイツ戦車によってすぐに停止させられた。

ローズ、運転手、幕僚の3人は、両手を高く掲げて破損したジープから降りてきた。砲塔にはドイツ軍の戦車長の姿があり、ＭＰ40機関短銃を握りしめていた。

敵の戦車長は、咽喉マイクで矢継ぎ早に命令を叫んでいた。ローズはドイツ語と似たイディッシュ語を話したが、ドイツ語は理解できなかった。

「ノー・バーステ」ローズは繰り返した。「わからない」

ローズの運転手はドイツ軍の指揮官が拳銃を欲しがっているのではないかと言った。ローズは同意した。命に比べれば小さな代償だった。ローズの幕僚が最初に動いた。親指でショルダー・ホルスターを外し、戦車の上に置いた。ローズが次に動いた。腰のベルトを外し、そしてベルトとピストルを足元に降ろした。

ローズは両手を目の高さまで上げ、さらに両手を上げようとしたとき、ドイツ軍の機関短銃が音を立てて発射された。閃光のような炎が暗闇を切り裂いた。目撃者は、ドイツ軍がさらに3回射撃したのを聞き、将軍のヘルメットが宙を舞うのを見た。

ドイツ軍の指揮官が再装填しようと動いた時、ローズの運転手と幕僚は暗闇の中に逃げ出した。

偵察パトロールの二人の軍曹が、そのジープの前で将軍が死んでいるのを発見した。将軍は仰向けに倒れており、太ももから顔面まで14個の弾痕があった。

脇にはホルスターに入れたままのピストルが横たわっており、近くには弾痕のついたヘルメットが置かれていた。

なぜドイツ軍の指揮官はローズを殺したのか。

戦いの後、犯人である、命知らずの若い軍曹は、仲間の指揮官にその答えを明かした。彼は「非常に背の高いアメリカ人に撃たれそうになり、とっさに行動して先に発砲してしまった」と言った。

闇に惑わされたのだろうか。起きてもいない敵対行為を、なぜ彼は想像したのだろう？　真実は決して解明されることはない。

大虐殺の数日後の偵察任務中に、このドイツの命知らずな男は、アメリカ軍との銃撃戦で命を落としたのだ＊。

アメリカ軍の軍曹の1人がローズのジープから毛布を取り出し、ローズの体を包んだ。軍曹は、仲間の軍曹と一緒に、それぞれの端を持ち上げて半分担ぎ、後ろを引きずって倒れたリーダーをハンボルン城まで運んでいった。

戦場で鍛え上げられた兵士たちは、その中身を知って涙を流した。

「ローズは、ＧＩの戦車兵が仲間の乗員の死を悼むように、弔われた」と師団史には記録されている。そしてそれは単純な理由だった。ある信号電信員の言葉を借りれば「彼は我々の仲間だと感じていた」。

ウェルボーン任務部隊では、虐殺の昼夜の間に13名が戦死し、16名が負傷した。しかし、この14人目の遺体が師団を揺

＊叙勲されているドイツの戦車指揮官であるディーター・イェーン中尉は、虐殺の夜の混乱について次のように語っている。彼は砲塔で車の接近音を聞いた。暗闇からジープが現れ、巨大な戦車がそれに続いていた。イェーンの砲手は戦車に向けて発砲したが、砲弾は跳ね返った。その戦車の中からドイツ兵の声が聞こえた。「この野郎！」ジープのハンドルを握っていたのはコルターマンという名の仲間の指揮官で、彼の後ろにいた戦車はドイツ軍のものだった。イェーンは「捕獲した車で帰るのは愚かだ」と言ったが、コルターマンはジープに夢中になっていた。ローズの作戦担当官であるスウェット中佐をはじめとする捕虜も同行していた。スウェット中佐はドイツの戦車兵に降伏を促したが、コルターマンは戦争を止めるのはベルリン、ワシントン、モスクワ、ロンドンの〝大物〟にかかっていると言った。

さぶったのであった。

翌日の夜

暗闇の中、バックは4人の歩兵を率いて、パーダーボルンを見下ろす高台に停められたアメリカ軍の戦車の長い列の後ろにいた。

他の隊員たちはシェルターを半分にして張って夜を明かしていたが、バックは天候に賭けるつもりはなかった。彼は戦列の左端にある戦車に目をつけた。他の戦車よりも幅が広く、左右の履帯の間に寝るスペースがある戦車だった。

注意を引くために、彼はライフルの尻で戦車の車体を叩いた。ボブ・アーリーは砲塔から身を乗り出し、下を見た。

「ここで寝てもいいかな?」とバックは尋ねた。

アーリーはかまわないと言い、もし戦車が急に動くようなことがあれば、君らを起こすとも言った。

バックは戦車の下を這って進み、彼の隊員たちも続いた。

バックの後をついてきたのは、ハーフトラックの空席を埋めるために送り込まれた新米の交代要員だ。彼らは今は彼の責任下にあった。

ブーム少尉はバックを分隊長補佐に昇進させ、軍曹がバイロンとキャリアを含むベテランを連れて行く一方で、彼に新人の射撃班を与えた。

兵士たちはシェルターを半分にして毛布を敷き、車輪の壁の間に並んで横になった。天井は低く、洞窟の中でキャンプをしているようなものだったが、地面は車輛のエンジンの暖かさが伝わっていた。

近くの村の納屋からは、ハンマーで激しく打つような音や金属をねじる音が聞こえていた。整備兵たちは戦車の戦闘準備をしていた。列の中の配置に着くため、1、2輛の戦車が通り過ぎた。

新人たちはすぐに眠りについたが、バックの心は落ち着かなかった。夜明けには〝ナチスのフォート・ノックス〟を攻撃することになるというのに、ベルトに新米をぶら下げて戦わなければならないのだ。彼らは皆二等兵で、バックが配属されたばかりの頃の自分を思い出させて、自信が持てなかった。

クライド・リードは13人兄弟の一人だ。彼は保護児童で、バックに会った時に最初に言った言葉は「誰も殺したくない」というものだった。

鶏が異常に嫌いなディック・シュナイダーは、戦闘前夜の特典として、炊事トラックが暖かいチキンの夕食を提供した時、チキンをKレーションと交換していた。

スタン・リチャーズは細身で無口だったが、彼はM1ライフルをそれほど重くないもののように振る舞った。

そして、ルーサー・ジョーンズは31歳の長男で、通りすがりの兵を呼び寄せては、故郷のウェストバージニアにいる自分の子供たちの写真を見せびらかしていた。

彼らは装甲部隊の激しい衝突に耐えられないだろうと、バックは思っていた。バックは横になりながら、夜明けに自分が直面するであろう選択について悩んでいた。どうすれば自分と部下の安全を守れるのだろうか。弾丸が飛び始めたとき、彼は誰を選ぶのだろうか？

バックの上のパーシングの中で、クラレンスは眠る準備をしていた。乗員は交代で装填手ハッチから見張りをすることになっていたが、まだ彼のシフトには入っていなかった。

クラレンスはシートの背もたれを外し、自分の席からアーリーの席に木の板を敷いた。

クラレンスは毛布を枕にして、天井の照明を消し、砲架の上に足をかけながら横になった。車長用のハッチが目の前に迫り、その下では戦車が軋んだり、シューという音を立てていた。

中隊内では、ドイツ軍がローズの遺体を捜索しなかったという話が広まっていた。どうやらドイツ軍は、ヨーロッパ戦域で敵の砲火で死んだ最高位のアメリカ軍人、それも父親を殺したことを知らなかったようだ。

ニューヨーク・サン紙の特派員は、記録破りのパーダーボルンへの進撃の前に、ローズが記者に向けて行なったブリーフィングを覚えていた。

「戦争はもうすぐ終わる」と、私たちの一人が言った。「終わったら、どうするつもりです？」

「私には息子がいる」と将軍は言った。「彼は今4歳で、私は彼を知らない。これから知り合いになるのだが、それにはかなりの時間がかかるだろう」。

今、息子のマイクは父を失った。〝スピアヘッド〟師団も同じだった。

師団の士気を低下させる悲しみよりも、ローズの死はクラレンスにとっての最悪の恐怖を証明するものだった。それは時間の問題なのだ。

運命の手の届かない者は存在しないのだ。

ローズはしばしば最前線で行動していたが、その例外的な存在だった。彼はクラレンスをはじめとした、敵に何度も立ち向かう者にとって、希望の光だった。

どんなに苦境に立たされても、ローズが常に自分の足で立ち上がれば、どんなGIでも立ち上がれた。しかし、ハンボルン城のダイニングテーブルの上に将軍の遺体が置かれた時、その信念は消えてしまった。

陣頭を歩んだことが彼を捕らえたのだ。

ポール・フェアクロスがモンスで負傷した兵士に向かって

走ったのもそうだった。

息子が生まれた1週間半後にエードレで殺されたチャーリー・ローズもそうだ。

グラン・サールで地雷に当たっても引き返さなかったビル・ヘイ。

ブラッツハイムでチェスを持っていた〝大学生〟のロバート・バウアー。

カール・ケルナー、大聖堂を目前にして倒れた元食料品店員だった。

先鋒に立つことで彼ら全員が死に追いやられてしまった。

そして明日の夜明けにはクラレンスは再び部隊を先導することになるだろう。兵士たちは説明を受け、戦車には燃料が給油され、弾薬が積み込まれていた。パーシングは、SS装甲旅団〝ウェストファーレン〟に対する任務部隊を導いて、スピアヘッド師団最後の大規模な戦いに挑むことになっていた。敵はきっと、他の戦車よりも前に出ている、より強力な砲を装備した戦車を狙うだろう。

パーシングの冷たい鋼鉄の壁の中に閉じ込められたクラレンスは、自身の処刑前夜のような気分だった。自分の21年間の人生を振り返り、時間を数えながらこれからのことを考えていた。しかし、クラレンスと死刑囚との間には、ひとつの決定的な違いがあった。

軍は彼の独房に鍵をかけていなかった。

ハッチは彼の顔の上にあった。彼は外に出て一日だけ姿を消し、そして残りの人生を生きることができた。あるいはここに留まって、運命に身を任せることもできた。

暗闇の中で、クラレンスはアメリカ戦車兵が直面する難問の答えを探していた。

なぜ男はこんなことのために戦いに身を投じるのか？

第二二章　家族

翌朝、1945年4月1日
ドイツ・パーダーボルン

E中隊は、パーダーボルンを見下ろす丘の上で夜明けを迎えた。戦車の長い列が東に伸び、他の2つの任務部隊の装甲車輌と並んでいた。

暗い雲が低く垂れ下がっている。遠くの丘や森には、金色の太陽の細い光だけが点在していた。

隊列の左端では、クラレンスが、パーシングの車長の位置で神経質に煙草を吸っていた。午前6時15分頃で、最後の打ち合わせでアーリーは留守にしていた。

クラレンスの白いスカーフは、戦闘に備えて首に巻かれていた。パーシングの後ろ、そして列をなしている全ての戦車の後ろでは、歩兵たちが背嚢とライフルを身につけはじめていた。すべての発動機は静寂に包まれている。クラレンスはタバコをゆっくり吸った。ニコチンでさえ彼の不安を鎮めることはできなかった。目の前の光景から逃れることはできない。

パーシングの砲は、パーダーボルンへの道を指していた。2マイル（約3・2㎞）ほど離れたところにある古いドイツの町は、周囲の暗闇の中で灯台のように目立っていた。5日前、イギリス空軍の空襲で、パーダーボルンの白い半木骨造の家々は踏みつぶされ、かつてはシャルルマーニュが立ったゴシック様式の大聖堂は粉々になった。まだくすぶり続けている場所もあった。

しかし、クラレンスの懸念はそれよりもはるかに深刻なものだった。

E中隊は、パーダーボルンの南西端にある鉄道操車場を攻撃するための位置についていた。彼らへの命令は鉄道操車場を奪取し、増援が来るまで保持することであった。

戦術的には、鉄道操車場は戦車兵にとって悪夢のような場所だった。敵の装甲部隊は、廃車になった鉄道車輌を利用して身を隠し、長い線路とホームを射的場のように利用することができる。

そのうえ、鉄道操車場に到達すること自体が戦いだった。E中隊はまず、絨毯爆撃の影響で月面のようになってしまった、2マイルに及ぶ危険で不発弾だらけの場所を横断しなければならない。そして、爆撃で一部損壊しただけのスレート屋根の家々が整然と並ぶ家並みの中を突っ切らなければならなかった。

クラレンスが見てきた他の街の民家とは異なり、窓から降伏を知らせるベッドシーツはかけられていなかった。そのこと自体が警告のサインだった。

今、クラレンスは、以前では見ることができなかったところでも、敵の気配を感じていた。SS装甲旅団〝ウェストファーレン〟はそこにいて、待ち受けている。彼はそれを感じることができた。次々と煙草を吸いながら、クラレンスはその考えを振り払うことができなかった。なぜだ？　彼らは戦争は終わりだと分かっているのに、なぜ戦いをやめないのだ？

クラレンスの右肩越しにガタガタという音がして彼の注意を引いた。F中隊がやっと来たのだろうか？

E中隊と隣の任務部隊との間には隙間ができていた。X任務部隊に所属しているF中隊のシャーマンや歩兵2個中隊を含む多くの重要な部隊が、まだ出発ラインに到着していなかったのだ。

F中隊の代わりに、M36ジャクソン戦車駆逐車4輌が高台に現われた。M36は90㎜砲を搭載しており、E中隊の攻撃を支援するためにやってきたのだ。M36の火力は重宝されるだろう。E中隊が敵の戦車と遭遇することはほぼ確実だった。

〝ナチスのフォート・ノックス〟と呼ばれるゼンネラガー基地は、パーダーボルンの反対側にあったが、スピアヘッド師団はそこには行かない。今度は敵がやってくるのだ。基地のドイツ装甲学校には25輌の戦車が配備されていたが、これはドイツが西部戦線全体で200輌程度の戦車と装甲車しか稼働させていなかったことを考えれば、大部隊である。

「搭乗！」

A中隊の兵士は戦車の上に乗り込んだ。

歩兵たちは操車場まで乗っていく。地上にいた男たちは機関銃を手渡し、ライフルを仲間に投げ渡した。

「俺たちも乗ってもいいですか？」

クラレンスが振り返ると、バックと4人の新兵がパーシングの後ろで待っているのが見えた。彼らはクラレンスが車長だと思っていた。

クラレンスは気にしなかった。タバコの火を消して、下に降り、歩兵に手を差し伸べた。

バックは新人たちに「前に出ろ」と忠告した。「さもないとケツを焼くぞ」

クラレンスは、4人の新兵がラジエーターの上の格子から腰をぶるぶるさせて離れていく姿を見て笑った。

アーリーがブリーフィングから戻ってきた。クラレンスは乗り込んできた車長のパイプをよく見ようと身を乗り出した。思っていた以上にひどいものだった。アーリーの歯ぎしりでパイプは振動していた。

クラレンスは乗員に免じて、この観測結果を自分の中だけに留めておくことにした。「F中隊は？」クラレンスが尋ねた。

発進地点にはまだ誰もいなかった。

アーリーは首を振った。任務部隊の残り半分は遅れているが、攻撃を延ばすわけにはいかないと言った。

クラレンスは嘆いた。F中隊は、パーダーボルンの飛行場とそこに駐留している部隊を、釘付けすることになっていた。それなのに、E中隊は鉄道操車場に向かう途中でその近くを通らなければならなかった。

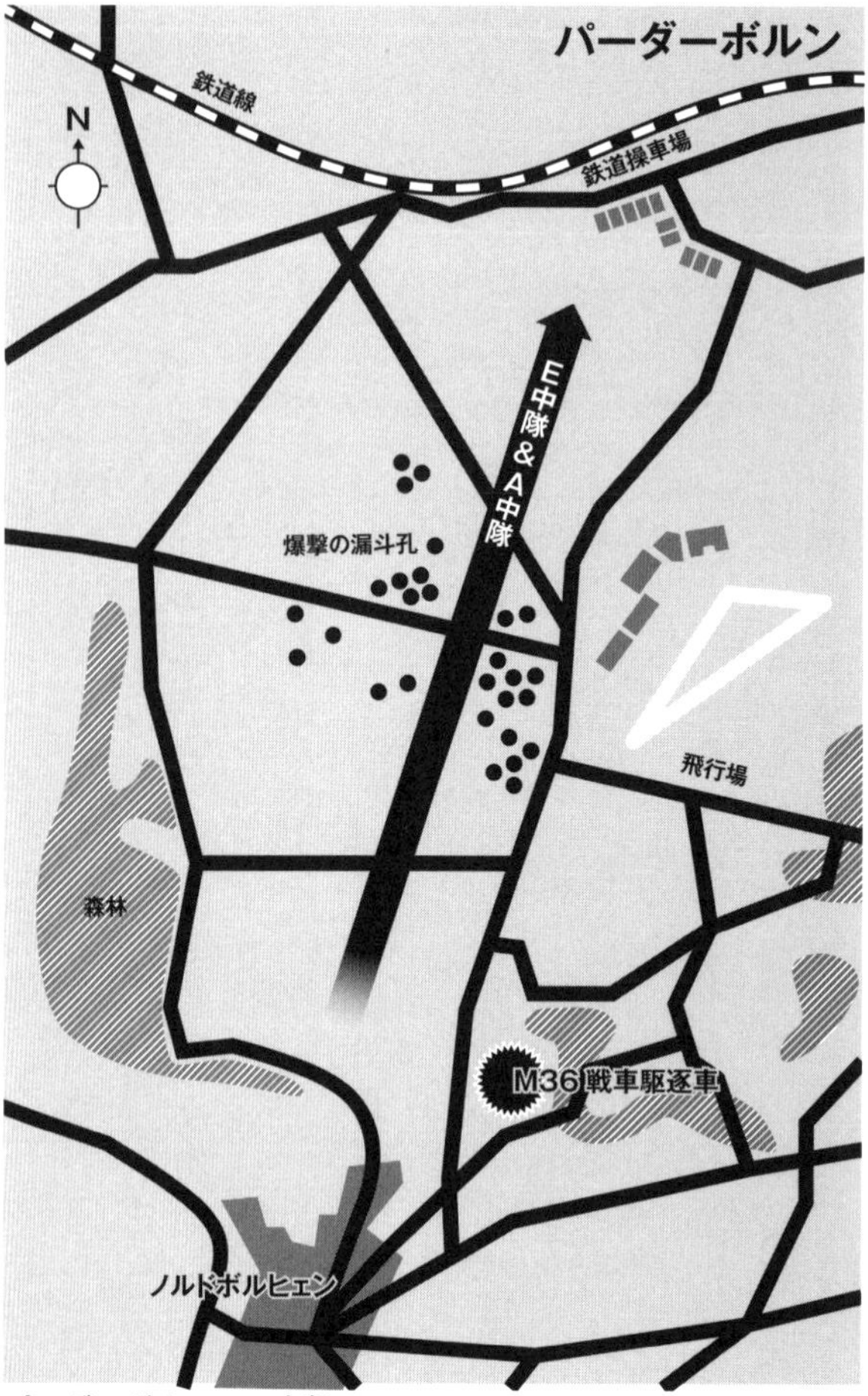

パーダーボルンへの突撃

紫色の法衣を肩にかけ、長身で体格の良い白髪の従軍牧師が、パーシングに近づいてきた。

「祝福を授けようか」と彼は尋ねた。

アーリーは祝福を受けようと思った。彼が砲塔の中に叫ぶと、乗員たちがハッチから出てきた。

牧師は戦車の前に陣取り、ヘルメットを脱いだ。クラレンスとアーリーは、頭に被っていた帽子を外した。バックと若い歩兵たちは祝福を聞こうとして前のほうに群がった。

「今日がイースターだということを覚えておいて欲しい」と牧師は言った。「生が死を克服した日です」。

イースター！ 戦いの準備に追われていたクラレンスはこの日のことを忘れていた。クラレンスは仲間の兵士と一緒に頭を下げた。牧師は「神が皆をこの地上に平和を取り戻すための手段としてくださるよう」声を出して祈った。祝福が終わると、牧師は皆の無事を祈り、次の戦車へと移った。

戦車と歩兵の間には静寂が広がった。

クラレンスは、シャーマンから降りてきた男たちが戦車の前に集まり、他の男たちが立ち尽くす中、牧師が苦労して列を進むのを見た。牧師の祝福が沈黙を破ると、ある者はひざまづき、ある者は頭を下げた。

クラレンスは、よろめいてシャーマンに登っていく男たちが、後ろから昇る太陽に照らされてシルエットになっている姿を見て、心を打たれた。

彼はいつも自分の家族のために戦ってきた。ドイツ軍とは、アーリー、スモーキー、マクヴェイ、デリッジ、そして自分の5人だけで戦っていたのだ。しかし、1945年のイースターの日、クラレンスは初めてさらに広い全体像に気づいた。

彼の家族は、自分の戦車に乗っていた男たちだけではなかったのだ。

ハッチがバタバタと閉まり、車列を下っていった。出発の時間だった。クラレンスは歩兵の方を向いて別れ際の忠告をした。

「君たち、俺が射撃するときは、相当恐怖を味わうことになるから、しっかりと掴まっていてくれ」

バックは警告に感謝した。

クラレンスは砲塔の中に入った。

前方の野原には死以外の何物もなかったが、クラレンスは彼が望んだ場所にいた。ポール・フェアクロス、ビル・ヘイ、ローズ将軍……彼らは皆、選択をした。そしてその朝、クラレンスもそうしたのだ。俺たちは最も巨大な砲を持っている。俺たちは前列にいるべきだ。

時計が午前6時30分を迎えると同時にアーリーはマクヴェイに命じた。「回せ」。この言い回しは、シャーマンのエンジンを始動させる前に、手でクランクを回す必要があった初期の頃の名残だった。

パーシングのエンジンは始動して唸りを上げ、シャーマンの奏でる機械的なシンフォニーの中で、すぐに一定の回転数になった。敬虔なカトリック教徒であるマクヴェイは、今日は「大きな弾丸」のような祈りはしなかった。従軍牧師はすでに最高の言葉を贈っていた。

戦列後方のシャーマンから、ソールズベリーが攻撃命令を出した。

パーシングは馬力の唸り声をあげて、家屋に向かった。次のシャーマンは10秒ほど停止してから発進した。10秒後、次の戦車が走り出す。そうして列を形成していった。

戦車は横一列に並ぶのではなく、〝鶴翼〟を半分に切ったように左斜めに並んで戦場を横断した。これで、各車は隣の戦車の側面を守ることができる。

おそらく今次大戦最後の大勝利はこの陣形の前にあるのだろう。パーダーボルンはルール地方のドイツ軍にとって生命線であった。道路、鉄道路、通信などあらゆるものがパーダーボルンを経由してドイツの他の地域に流れていた。そしてこの町はルール地方の37万名のドイツ軍の逃げ道となる可能性があり、スピアヘッド師団は先にそこに到達しなければならなかった。

師団がパーダーボルンを奪取し、〝ヘル・オン・ホイールズ〟師団と連結できれば、鉄の壁は完成する。彼らは「史上最大の包囲戦」の勝利者となり、第三帝国は枯れ果てる運命となるのだ。

だが、その前にパーダーボルンの鉄道操車場に行かなければならない。

バックは砲塔にしがみついていた。左手に小さな木の壁がぼんやりと見えてきて、その木が春の陽気の中ですでに花を咲かせていることに気づいた。

右手には戦車が槍のように主砲を構えて突進してきた。歩兵は足を横にぶら下げていた。隣の戦車には、バイロンがBARを腕に抱えて、3／2分隊の残りの半分と一緒に乗っていた。戦車が地形に沿って揺れると、彼の凍った目がバックの目と合った。

陣形は煤けた爆弾の漏斗孔に到達し、次々と砲弾の穴を通り過ぎていった。バックは、戦車の動きに激しく揺れている新米たちに「つかまれ！」と叫んだ。障害物に阻まれて、パーシングの速度はわずかに落ちた。

E中隊の反対側の、飛行場に近いところでは、漏斗孔が密集していた。戦車の速度は劇的に遅くなり、操縦手は穴を避けるために前後に蛇行した。

戦争がほとんど終わっていたというのなら、SS装甲旅団〝ヴェストファーレン〟はその連絡を受け取っていなかったのだ。

戦車が漏斗孔を通過すると、敵の兵士がパンツァーファウストを握りしめて穴から立ち上がった。

遥か彼方のシャーマンが爆発した。炸裂した燃料と弾薬の力で、歩兵が空中に放り出された。

隣の戦車に乗っていた歩兵が砲塔に跳び上がり、機関銃を撃って復讐を果たした。しかし、反撃は一瞬だった。パンツァーファウストが漏斗孔から飛んできて砲塔に激突し、彼は頭に致命的な傷を負って地面に倒れた。

歩兵たちは、腰掛けながら反撃した。バックは砲塔に身を押し付け、敵に向かって銃撃を放った。新米たちもバックに続いて射撃に加わった。

戦車は穴だらけの地形の上で跳ね回っていたので、正確な射撃は不可能だった。数秒後には、漏斗孔の中に見えていたドイツ兵は皆、はるかに彼方にいってしまった。

別のパンツァーファウストがあるシャーマンの左履帯に命中し、操縦手が死ぬか負傷して陣形から外れてしまった。驚いた歩兵は側面から落ちて、無造作に左転回を始めた不具の戦車から逃げなければならなかった。慎重にタイミングを見計らって安全な場所へ逃げなければ、彼らは押しつぶされてしまう。

ブーム少尉の乗った戦車がドイツ軍の機関銃班をかわしたとき、ブームは我慢の限界だった。少尉は車長に戦車を止めるように叫ぶと、地上に飛び降りて敵に戦いを挑んだ。彼と彼の分隊が最後に目撃されたのは、ドイツの機関銃班のこもる漏斗孔に手榴弾を投げ込んだところだった。

パーシングは隊列がバラバラになるのを防ぐために、さらに速度を落とした。バックはしゃがんでいた体を起こして、様子を覗き見した。右手に飛行場を通り過ぎようとしていた。抵抗を受けてはいたが、陣形は半分以上進んでいた。

しかし、まだ安心はできない。

何の前触れもなく、何十個もの赤く光る球体が飛行場から飛び出し、E中隊に向かって弧を描いて飛んできた。格納庫の周辺から、ルフトヴァッフェ（ドイツ空軍）の対空砲連隊が8門の20㎜対空機関砲を彼らに向けていた。

中隊のいたるところで、歩兵は身をかがめて小さくなった。バックと新米たちは、赤い球体が彼らに向かって飛んでくると、熱いエンジンデッキの上に体を伏せた。球体はスピードを上げ、ぎりぎりのところで、戦車の上やその間の、霞むような空気を切り裂いた。

鼓動のように飛んでくる砲弾は、飛行場近くのシャーマンに集中し、その側面を太鼓のように打ち鳴らした。車体後部の歩兵は巨大な指で弾かれたかのように、吹き飛ばされた。

別の操縦手は、迫り来る砲火に怯え、シャーマンを漏斗孔へと突っ込ませてしまった。金属的な音とともに、歩兵が砲塔の上を真っ逆さまになって吹っ飛んだ。

無線操作兵が自分で立ち上がり、漏斗孔の中に隠れようと足を引きずっていったが、安全な場所にあとほんのわずかのところで砲弾に倒れた。

赤い球体が水をまいたように遠くに広く広がり、パーシングに向かってゆるやかな弧を描いて近づいていった。

砲弾が戦車の前に着弾し、土を浴びせかけている間、バックはヘルメットを握りしめていた。パーシングのサイドスカートの装甲に1発命中し、バックと新米たちに火花が飛び散ってきた。

バックは、砲塔の左側に這って前に進み、足だけが露出するようにした。

「こんちくしょう！」と新米が叫んだ。彼はパーシングの車体左側にある取っ手を握り、地面に飛び降りてライフルを手に戦車の横を走った。

彼に続いてもう一人の新米も戦車から降りた。さらにもう一人もすぐにそれに続いた。気づけば、4人の新兵が戦車の横を走っていた。バックは横になったまま、それを見続けた。

戦車を横切る光る球体の水まきが止んだ。

バックは頭を上げた。何がドイツ軍の砲火を止めたのだろうか？

はるか後方では、司令部がF中隊の不在を補うため、105㎜榴弾砲を装備したシャーマン3輌の〝突撃部隊〟を派遣して飛行場を砲撃していた。

砲塔の上で頭と肩を出していたアーリーは黙っていた。不気味なほど無言だった。

クラレンスができたのは忍耐強く待つだけだった。「状況はどうです、ボブ？」と彼は尋ねた。

「よくない」とアーリーは答えた。

陣形を組んでいるシャーマンは6輌だけになっており、間には大きな隙間ができていた。その後ろには、残骸になった戦車の列が続いていた。E中隊は半分に減少していた。そして戦闘は始まったばかりだった。

前方から右側に、緑色の稲妻が地面の高さにある隊列に向かって発射された。鉄と鉄が激しくぶつかり合う音がして、アーリーは身を潜めた。その先では、一輌のシャーマンが、履帯を止めていた。恐ろしいほど正確な砲撃だった。クラレンスのイヤホンには警報の叫び声が響いた。

E中隊は前に進み続けたが、さらに多くの緑色の砲弾が牛の鞭のような音を立てて、隊列を通り抜けて反対側に飛び抜けていった。跳弾が戦車に命中し、ぐらつくような音とともに空を舞った。

車長たちは操車場の東側で複数の砲口の閃光があったと報告した。シャーマンはその方向にやみくもに発砲した。1輌は主砲が故障して引き返してきた。ソールズベリーは部下を制止しようとした。

もう1輌のシャーマンは激しい命中弾を受けて停止した。乗員がハッチから転げ落ち、砲塔から炎の噴水が飛び出した。

M36戦車駆逐車の小隊長が無線で警告を発した。それを聞いてクラレンスは血の気がひいた。M36の乗員は、ティーガーとパンターのようなものと2輌の自走砲を見たと報告したのだ。ドイツ軍は操車場によって遮られている北東から砲撃していた。

アーリーは双眼鏡で目標を探したが、何も見つからなかった。クラレンスはますます苛立った。唯一見えたのは、家々の右手にある影のような操車場の建物だけだった。

後方から、オレンジ色の曳光弾が炎の矢のようにE中隊の上を飛んでいった。アーリーの右肩越しに、M36が現われて反撃していた。

戦車駆逐車の砲手は操車場に砲弾を連射した。2600ヤード（約2・4㎞）離れているので、砲撃の着弾を見ることはできなかったが、それだけで70回もの連射を止めることはなかった。

クラレンスは、操車場の影に着弾する曳光弾の飛翔を追った。

砲弾の方向を見ながら、建物の隙間を狙った。目標を確認せずに撃つのは、ほとんど意味がない。照準器が飛び跳ねていて、照準を合わせるのが大変だった。それに、ドイツ戦車の戦車長たちは、至近弾くらいでは怯まなかった。

彼らは学校の教官であり、妻や恋人と一緒にこの地に移り住み、パーダーボルンを故郷としていた退役軍人だった。かつては操縦手や砲手の教練に使われていた戦車の中で、彼らは今、生徒たちを究極の教室へと導いているのだ。

クラレンスは引き金に指をかけた。

敵が誰であろうと、自分の砲弾がどこに着弾しようと、そんなことはどうでもよかった。彼は鉄道操車場にいるドイツ兵にメッセージを残そうとしていた。もし自分がここで死ぬとしたら、弾薬を満載したままではない。


パーシングの90㎜砲は、耳をつんざくような轟音を次々と放った。バックは砲塔横のリングを掴んで耐えた。激しい砲口の爆発は〝濡れたふきんのように〟彼を叩き、エンジンデッキから持ち上げられてバックは悪態をついた。

バックの耳は鳴り響き、肺は空気を吸うのに必死だった。視界は涙目でゆらゆらした。最悪だったのは、次の爆風を予想できないことだった。いつ来てもおかしくなかった。


「このままでは絶対に間に合わない！」とバックは思った。

パーシングの乗員も同じことを考えたに違いない。バックの足元で、戦車のエンジンが突然、熱風を吹き上げた。46ｔの戦車は、草の塊を蹴散らしながら突進していく。隣のシャーマンも同様に全開になった。

「あがって来い！」バックは戦車の横を走っていた新兵たちに向かって叫んだ。

バックはライフルを脇に置き、砲塔のリングに片手をかけたまま、戦車の回転する転輪を超えて新兵を持ち上げた。そして二人目、三人目を掴んであげ、地上に残ったのは一人になった。

最後の新兵は取っ手を握ったまま、スピードを上げている戦車の横を飛び跳ねていた。車体に足を入れようとするたびに足場を失い、踵を蹴った。バックは他の新兵たちの助けを借りて、なんとか彼を車上に引っ張り上げた。

アーリーは砲塔から顔を出し、気の抜けた歩兵たちに向かって叫んだ。「下車準備！」

パーシングは危険なパンツァーファウストの射程内である家屋から50ヤード（約45ｍ）のところで減速して停止した。

クラレンスはペリスコープを覗き込んだが、問題しか目に入らなかった。敵は家々の庭先に蛸壺壕を掘っていて、地面の高さで動きがあった。ヘルメットをかぶった頭がいくつも覗いていた。その背後ではドイツ兵が家の間を飛び回っていた。クラレンスは引き金を引き、同軸機銃に命を吹き込んだ。斬りつけるような曳光弾がドイツ軍を視界から遠ざけた。

「庭は奴らでいっぱいだと言ってくれ！」クラレンスは言った。

　アーリーは車内に潜る前に外をすばやく見た。「遅すぎた、歩兵は行ってしまった」と彼は言った。「砲火に気をつけろ！」

　バックと射撃班は、前方に走り、パーシングは後ろに下がった。シャーマンが隣の家に近づいていきて、3／2分隊の残り半分を降ろした。歩兵が家々を片付けるまでは、このあたりは戦車には危険すぎた。

　ドイツの機関銃が、1区画右側の家から庭を横切って緑色の砲火を浴びせてきた。バックは、普通なら郵便受けが立っているであろう芝生の上に伏せた。2人の新米は彼の隣で土の上に寝転んだ。

　他の2人の新兵はアーリーのメッセージを受け取らず、庭に向かって突進していった。

　その時、彼らはあることに気がついた。周りには蛸壺壕があり、その穴はドイツ兵で埋め尽くされていたのだ。新兵たちは銃弾が飛び交う中、ただ呆然とした表情で立ち尽くした。

「伏せろ！」バックは叫んだ。

　新兵の一人は一番近い蛸壺壕に走った。ドイツ兵が一人両手を上げて降伏し彼を見上げた。

　新兵は必死にライフルを振り回した。「出ろ！」

　ドイツ兵が蛸壺壕を空けるとすぐに中に飛び込んだ。降伏するか、アメリカ軍の戦車に轢かれるかの選択を迫られた庭の敵は素直に従った。

　もう一人の新兵は最も近い蛸壺壕に消えた。

　右側にもう一輌のシャーマンが止まり、ブーム少尉と彼の司令部分隊を乗せてきた。バックはブームが追いついてきたのを見て安堵した。

　ブーム少尉は3、4人の部下と一緒に、敵が機関銃を撃ちまくっている家に突撃した。扉を蹴破り、中に入ってしばらくすると、敵の機関銃は静かになった。再び現れたブームは、バックたちに合流するよう指示した。

　バックは、砲撃のショック《シェルショック》を受けていた新兵2人を奮い立たせるため小突き、叫び声を上げてもう一人の新兵を蛸壺壕からたたき出した。

　バックは庭を駆け抜けたところで立ち止まった。新兵が一人足りなかった。

　左の蛸壺壕で行方不明の新兵を見つけた。経験の浅いこの少年はドイツ国防軍の兵士と対面していた。二人の少年はほぼ同い年で、ライフルを胸に抱き、履いたブーツが震えていた。

　バックはドイツ兵のライフルに手をかけ、銃口を掴んで投げ捨てた。それから手を伸ばして新兵の首根っこを掴み、ドイツ兵をそこに残して引っ張り出した。

新兵の足の動きはとてもゆっくりしていたので、バックは彼を引きずらなければならなかった。新人を引きずりながら、家の中に飛び込んだ。

第二三章　出てきて、戦え

同じ日の朝
パーダーボルン

バックは家の中で、まるで戦争を忘れたかのような安心感に包まれた。自分が助け出した新兵が壁にへばりついている間に、バックは息を整えた。

家の中は十数人の歩兵が騒がしく動き回っていた。ブームが見張りを配置している間、バイロンはＢＡＲを手に裏口を見張っていた。

バックは白いイースターケーキがテーブルの上に置かれているのを見つけた。バックは、誰も、キャリアでさえ、手をつけていないことに驚いた。

玄関のドアが開いて、Ａ中隊の中隊長（眼鏡をかけたウォルター・バーリン大尉）が入り、他の兵士が続いて入ってきた。バックは安定した影響力を持つバーリン大尉に会えて嬉しかった。外では、歩いてきた歩兵たちが到着し、隣接した家々を片付けていった。

バーリン大尉の長い顔には心配そうな表情が浮かび、無線連絡をしていた。彼はヘッドセットを無線操作兵に返し、尋ねた。「誰かパーシングが侵入したかどうかを知っているか？」

「はい、我々が乗り込んできました」とバックは言った。

バーリンは安堵した。彼らの東側で、先ほどまでM36が発砲していた建物の中に2輌のドイツ戦車が移動しているのが目撃されていた。これ以上近づこうとすれば、パーシングがどうしても必要となる。

攻撃は続くだろう。

大尉はブーム少尉に攻撃計画を説明した。家の向こう側には鉄道操車場があった。航空偵察によって、敷地内に線路の長辺方向に沿って監視が可能な転轍機操作用の建物があることがわかった。ブームは20名の兵を率いて転轍機操作所を確保することを命じられた。彼が確保すれば、味方戦車が前進してくる。

時間を無駄にする暇はなかった。バックは弾薬を確認して、射撃班の方を向いた。４名の新兵たちは、揃ってソファに座れるくらい近くに立っていた。

バックは新兵たちに、外に出たら間隔に気をつけるように注意した。「ドイツの機関銃があるところで密集していたら、お前たちが最初の標的になるぞ」。

二十数名の歩兵は家の裏口から続々と出た。ブーム少尉は、

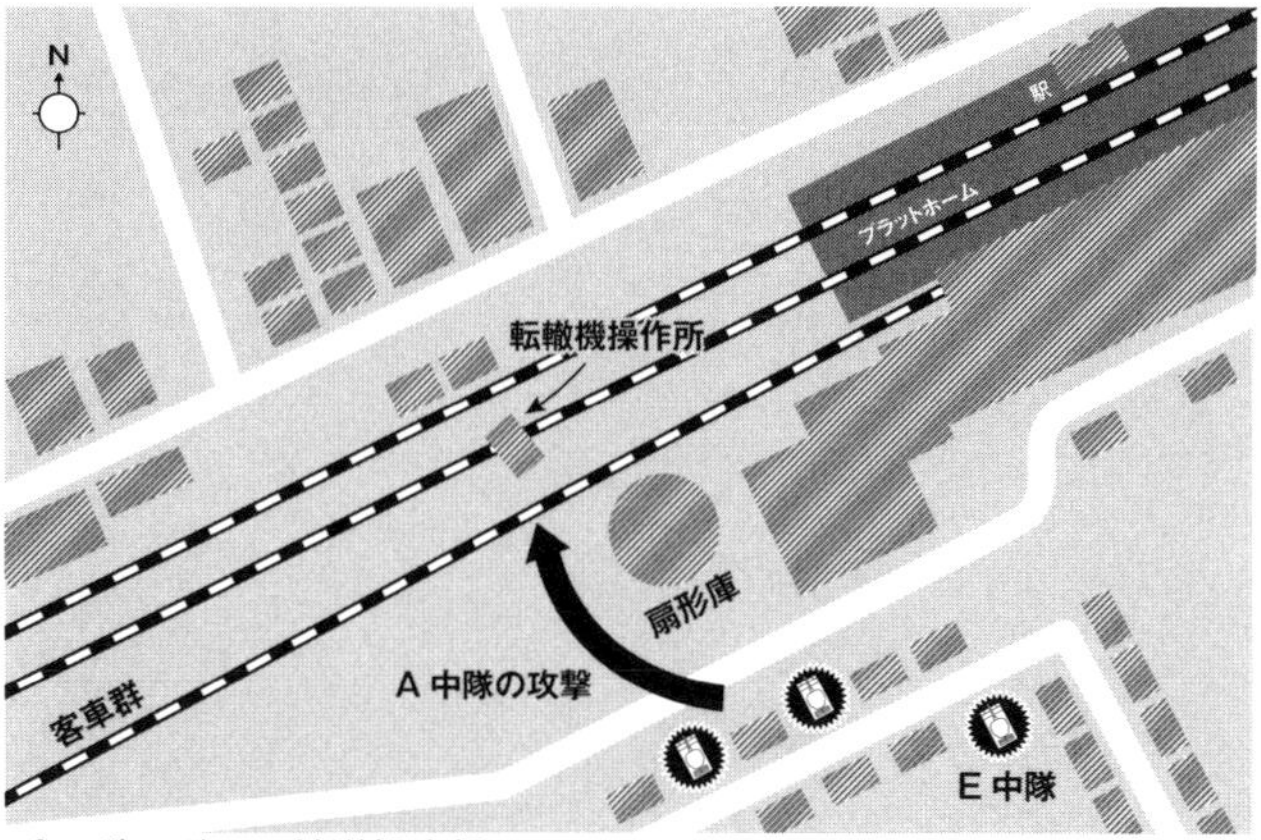

パーダーボルン鉄道操車場

戦車隊にA中隊の計画を説明するために残ったので、その中にはいなかった。ブーム少尉の代わりに小隊軍曹が兵を率いて100ヤード（約91m）ほど離れた転轍機操作所に向かっていった。

歩兵たちが操車場に入ると、不思議なほど静かだった。彼らの背後では、他の任務部隊が飛行場の反対側で激しい抵抗に遭っている戦闘騒音が鳴り響いていた。どの部隊も街に到着しておらず、これから3時間は到着することはないだろう。

バックと歩兵たちは、自分たちがどれほど孤独な存在であるかに気づかずに、前に向かって突撃した。

男たちは右手にある機関車用の扇形庫を通り過ぎて、進み続けた。２階建ての煉瓦造りの転轍機操作所は目の前だった。

バックは新兵たちを振り返った。彼らはバックの忠告を最大限に受け止め、お互いに20ヤード（約18m）以上の間隔を空けていた。歩兵たちの間隔が狭くなれば、それぞれが必死に手を振って相手を追い払っていた。他の場所や時間であれば、バックはこの光景にユーモアを感じただろう。

歩兵は何本かの線路を横切り、転轍機操作所の裏口まで来た。建物の反対側の線路には、立ち往生した客車がたくさん止まっていた。産業地帯には爆弾の漏斗孔が散在していた。

バックと何名かの歩兵がライフルを構えて転轍機操作所の中に入っていった。1階は窓がなく、補給用の石油缶がいくつかと、1、2個の机があるだけで、何もなかった。２階も同様に空っぽであることが、上階の金属製の床の隙間から見えた。建物には何もなかった。

「Hilfe（助けて）！」ドイツ語のうめき声が助けを求めていた。

「Hilfe！」

外に出た歩兵が重傷を負ったドイツ兵を発見した。彼は中に運ばれ、コンクリートの床に寝かされた。衛生兵が彼のシャツを持ち上げると、バックは、その光景に思わず声を上げた。男の腹は裂けていた。銃弾か榴散弾が腹に当たったように見えた。

ドイツ兵は手を伸ばし、水が欲しいと懇願していた。バックは水筒のキャップを外したが、水を与える前に、衛生兵が止めた。「彼は死ぬだろうが、水は死期を早めるだけだ」。バックは水筒にキャップをするのが苦痛だった。たとえそれが助けにならないとしても、最期の苦しみを少しでも和らげられたらと思った。衛生兵ができるだけの処置をすると、ドイツ兵は頭を後ろに倒して、またうめき声をあげ始めた。

　バックが彼らに気付いたのはそのときだった。新兵たちは炎に引き寄せられた蛾のように階段を上っていた。二階の広い展望窓からは光が降り注いでいた。

「やめろ！」バックが言った。新兵たちは途中で固まった。外を見るときには、後ろに下がって影から窓の外を覗くことが重要だったが、新兵たちはまだそれを学んでいなかったのだ。

　3名のベテランが金属製の階段を上る間、バックは新兵を抑えていた。

　窓からは、長い線路を東に向かって進んだ先に、屋根付きの屋外プラットフォームが3本あるヴィクトリア朝時代の駅が見えた。その高いところから、ベテランたちは鉄鉱石のかけらや錆色の土のようなものが入っているオープントップの貨車を見下ろした。

　下で動きがあった。

　約30ヤード（約27m）先の車輌で、ドイツ軍の狙撃兵がライフルをかまえた瞬間、スコープが光ったのだ。銃弾がガラスを突き破り、窓枠の上部が砕け散る寸前に、男たちは身をかがめた。三人のベテラン兵士は腹ばいになり、九死に一生を得て罵った。新兵たちは階段から降りていった。「だからだよ！」バックは彼らを諭した。

　弾丸の音が鳴り響く中、全員の注意が北側と東側の壁に集中した。弾丸は転轍機操作所の外側に飛び散っていた。2階の窓ガラスが粉々になって降ってきた。機関銃の奔流がレンガに突き刺さった。

　ドイツ軍は本格的な反撃を開始していた。

　ブーム少尉は息を切らして転轍機操作所に入ってきた。ブーム少尉は小隊軍曹に外で見たことを説明した。鉄道駅からドイツ兵が押し寄せてきて、転轍機操作所に向かって進んでいた。

　この日の朝は、ドイツ空軍とドイツ国防軍と戦っていた。しかし、外の敵は別の種類の兵士で、逃げ場のない列車の車内に身を置くようなタイプのものだった。操車場を駆け抜ける兵士の多くは、親衛隊の稲妻のルーンを身につけていた。

　ブームは床から見上げた。彼は広い窓から目を離さずに階段に向かって移動した。

「狙撃兵が狙っています」と歩兵は警告した。しかし、そんなことではブームを止められなかった。バックは階段の下でブームの行く手を遮ろうとしたが、少尉は彼の前を通り過ぎてしまった。少尉は命令通りに転轍機操作所を占領しようと決意していた。

バックは彼の袖を掴んだ。「やめてください、少尉。狙撃兵が待ち構えているんです」。

ブームはふりほどいで、バックの方を向いた。「我々が何に直面しているのか見ておかなければならない」。ブームは緊張した笑みを浮かべて階段を上っていった。

バックは恐怖に打ちひしがれていた。彼はブームを理解しており、ブームが何をしようとしているのかを知っていた。1階は静寂に包まれた。バック以外は皆が顔を上げたが、彼は見る気になれなかった。

ブームはカービン銃を肩に掲げ、階段の上の角を曲がった。男たちは彼のブーツの底が格子越しに動いているのを見ることができた。バスケットボールのスター選手のような体つきの彼は、小柄な標的だった。

銃声がしたとき、バックは身じろぎした。ブームは後ろ向きに床に崩れ落ち、カービン銃とヘルメットがガタガタと音を立てた。

バックは信じられない思いで上を見上げた。兵が階段の上に駆け上がり、首を振って戻ってきた。ブーム少尉は喉を撃ち抜かれて死んでいた。弾丸はおそらく脊髄に当たったのだろう。彼に勝ち目はなかった。

バックは一番近くの壁に倒れ込み、ヘルメットがレンガをこすった。両手で顔を埋ずめ、悲しみと恐怖と怒りの渦に圧倒された。彼はブームを止めようとしたのだ。狙撃兵に満足感を与えることを。

バックは正気に戻った。新兵たちが自分を見つめていた。バックは目を乾かし、鼻を拭いた。彼らの命がかかっているのだ。

銃弾は建物を飛び交い続け、2階からは砕け散ったレンガの赤い粉塵が降ってきた。彼らの避難所は破壊されつつあった。

銃声が響く中、小隊軍曹がバーリン大尉に連絡してブームが戦死したことを知らせた。バックたちは小隊軍曹の話に耳を傾け、数人の歩兵が裏口を見張っていた。「戻れません。砲火が激しすぎます」小隊軍曹が言った。

バックは、A中隊には救援部隊を送るだけの人員がなく、航空支援も役に立たないのだと思った。雲の上には8機のP-47が到着していたが、曇天のために降下できなかった。

バックの頭の中は脱出方法を探して回転した。

戦車はどこだ？　そして、バックは思い出した。戦車が前進するためには、まず歩兵が線路の上を見渡せるようにならなければならず、彼らはそれができていなかった。

それに気づいて、バックは腹をくくった。彼らを運んできた装甲戦闘車輌が、彼らを助けに来ることはない。それは計画の一環ではないだけなのだ。

パーシングが家々の間で停止していると、無線の声がアーリーの耳に届いた。転輸機操作所の歩兵が誰かに助けを求めていた。

戦車の支援が必要であったが、そこには問題があった。師団は3つの任務部隊を攻撃に投入していたが、パーダーボルンに到着していたのはE中隊だけだった。

何輌の戦車が侵入できたのだろうか？　確かなことは誰にもわかっていなかった。

ソールズベリーの戦車は家々までのろのろと進んできたが、機械的な問題でこれ以上前進できなかった。スティルマン中尉の車輌も故障していた。そこで、将校たちは最後に残っていた小隊軍曹に指揮権を渡した。

ボブ・アーリーだ。

アーリーはポークチョップに手を伸ばした。計画がどうであろうと、窮地に立たされた仲間のアメリカ兵のために、ただ黙って聞いているわけにはいかなかった。「線路まで前進する」と無線で告げた。「残っている者は我々と合流せよ」。

パーシングは前進し、アーリーはハッチから肩と頭を出して立った。

右手に、チャック・ミラーが砲手を務めていたレッド・ヴィラのシャーマン（76）が住宅地から出てきていた。さらにその先に2輌目のシャーマン（76）が現われた。その砲手はクラレンスの友人のジョン・ダンフォース二等兵だった。28歳のテキサス人で、アメフト選手のような体格のダンフォースは、ハッチを通り抜けるには体を縮こまらせなければならなかった。

戦車が3輌、3組の乗員。E中隊にはそれしかなかった。

戦車は横並びにゆっくりと移動し、転輸機操作所の後方から近づいていった。アメリカ軍の装甲車輌を見て、歩兵は身を隠し、敵の砲火は弱まった。

戦車の砲手はそれぞれ別の扇形領域を見張った。陣形の左翼側では、クラレンスが左前方をカバーした。中央はチャック・ミラーが前方を見張った。右側面を押さえたダンフォースは右前方を見た。

戦車群が最初の線路をかろうじて越えたところで、ダンフォースは問題を察知した。

「戦車だ！」と戦車長は無線で警告を発した。「1時の方向、駅の後方」

全員が足を止めた。アーリーは双眼鏡を振りかざした。

線路を挟んだ駅の裏から、敵の戦車が顔を出していた。正面の装甲はわずかしか見えない。その戦車の砲は、転輸機操作所の方を向いていたので、うまくいけばE中隊の戦車が先制攻撃できる隙があった。

ダンフォースの76㎜砲が吠え、防盾の中に後座した。

ドイツ戦車から火花が飛び散った。ダンフォースの一撃はかすっただけだった。敵の戦車は反転して、視界から消えてしまった。

この機会を逃したことを嘆く冒涜的な言葉がアメリカ軍の無線電波に流れたが、その言葉は突然途切れた。

敵戦車は一輌ではなかった。

二輌目のドイツ戦車が同じ位置に現われ、運を試そうとした。しかし、チャック・ミラーは待っていた。チャックのシャーマンは車体を揺らして長い炎を吐き出した。砲弾は敵戦車に命中した後、無害な照明弾のように空に跳ね返った。これもまた貫通しなかった。

2輌目のドイツ戦車は一発も発砲することなく後退した。戦車が次にどこに移動するかを誰もが推測した。後にあるドイツの民間人は「鋼鉄の巨人が撃ち合いをしているのを目撃した」と書いている。

アーリーはパーシングからX任務部隊に無線で連絡した。午前8時51分、司令部は彼の通信をこのように記録した。「少なくとも2輌の敵戦車がここにいる。いつものように我々の砲弾は跳ね返された」。

クラレンスはもうたくさんだと思った。ドイツ軍戦車が2輌もいる！　攻撃するならば、殺傷力のある武器が必要だ。彼は90㎜を駅に向けて旋回し、敵の戦車がいた場所にレティクルを合わせた。

「〝そこ〟に砲を向けました」とクラレンスはアーリーに言った。「側面を見張れと伝えてください」

アーリーは無線で他の戦車に指示を出した。しかし、遅すぎた。

右前から緑色の砲弾が飛んできた。鋼と鋼の衝突音が操車場に響き渡り、ダンフォースの戦車が震えた。衝撃音がクラレンスのうなじの髪を逆立てた。ダンフォースは大丈夫なのか？　クラレンスの目は、視界の中をせわしなく動いた。右肩を叩かれ、クラレンスは現実に戻った。

「3時方向だ！」アーリーは叫んだ。砲声は駅の端から聞こえた。

クラレンスは砲をさらに右に旋回して、屋根のある駅の一番奥を狙った。ドイツ戦車はすでに視界から消えていた。

クラレンスは背筋が震えた。奴はできるヤツだ。

アーリーは外からダンフォース車の乗員が戦車を放棄するのを、声に出して数えた。最後に大柄なテキサス人が現われ、体をすぼめて自由になった。何名かは足を引きずって転轍機操作所に逃げたが、全員生きて帰ってきた。

これで仕事に戻れる。

もし敵の指揮官がクラレンスが思っていたように賢ければ、再編成して側面から攻撃してくるだろう。

「ボブ、右を見張ってくれ」クラレンスは言った。「敵はこの場所を我々よりもよく知っている」。

アーリーはクラレンスの判断に同意した。

ヴィラが無線で覚束なげに聞いてきた。「どうする？」

選択肢はアーリーの手の中にあった。後退することもできたが、そうすれば敵は転轍機操作所に群がってくるだろう。あるいは、踏みとどまるかだ。

アーリーは迷わず決断した。パーシングとシャーマンはダンフォースの放棄された戦車の横を越えて前進し、駅の方に向きを変えて停車した。

１８０度にわたる前線に対峙した。

横に並び、車体を前方に向け、戦車の砲を鳥の叉骨のように広げた。

それぞれが戦場の半分程度しかカバーできないが、逃げるよりはマシだった。

戦車一輌では無理だ。

二輌ならば持ちこたえられるかもしれない。


誰かがベルを鳴らしたかのように、E中隊の残った2輌の戦車に戦闘開始を告げる音が響いた。狙撃兵の銃弾がハッチを叩いた。アーリーは中に入って身を隠した。

弾丸が砲塔に当たって割れ、音を立てた。機関銃が加わると、火花が戦車の開いたハッチの上を飛び交った。ドイツ兵は戦車の車長を狙い、漏斗孔や、列車の車内から立ち上がって射撃していた。駅舎からは機関銃が急速に点滅した。

ヴィラは砲塔に身を潜め、ハッチをバタンと閉めた。

アーリーは素早く手を伸ばし、蓋を引っ張った。ペリスコープに目をつけたまま、クラレンスはどこから手をつけていいのかわからなかった。閃光はあらゆる方向から飛んで来ていた。

クラレンスは客車の車内にレティクルを固定した。ドイツ兵が現れるのを待ちながら、指を同軸トリガーの上に置いた。そのとき、彼は思い出した。奴らに届くものがあった。

彼の指が主砲の引き金を絞り、90㎜砲は徹甲弾を吐き出した。車輌は衝撃で粉々になり、赤い無機物の雲と、敵兵だったものが上空に舞い上がった。

新米の装填手、マシューズが新たな砲弾を装填した。クラレンスが狙いを変えると、別の車輌が弾けた。

クラレンスが空に吹き上げた赤い雲は、「出てきて戦え！」という敵への狼煙となった。

スモーキーの車体機銃がオレンジ色の曳光弾を発射し、有蓋貨車に転々と弾痕を付けていった。クラレンスの同軸機銃も加わり、その射程内に2本のオレンジ色のホースが発射された。ヴィラの戦車も撃ち出して三本目と四本目が加わった。

４つのオレンジ色の奔流は、互いに織り交ぜられて美しかった。複数の機銃の音が混ざりあい、布を引き裂くような長い音になっていった。

空中を飛んできた黄色い物体がクラレンスの注意を引いた。左前方から飛んできた不鮮明な物がパーシングの正面に落ち、目もくらむような閃光を放って破裂した。破片が戦車の装甲にぶつかったので、クラレンスはペリスコープからとっさに目を離した。よく知っている爆発だった。パンツァーファウストの砲火だ。

クラレンスはペリスコープを再び覗いた。外は燃えかすがまだ舞っていたが、最初のパンツァーファウストと同じ方向からもう一発パンツァーファウストが飛来してきた。

黄色がかった弾頭は、サッカーボールのように遠くの車輌の上を飛び越え、推進剤がなくなって、閃光とともに着弾した。その後数分、さらに多くの弾頭が飛来し、黒煙のような細い煙を上げていった。

ヴィラの戦車は前方に退避し、射線から逃れた。砲塔の中でチャック・ミラーは、パンツァーファウストの兵士はクラレンスに任せ、駅の敵戦車に目を光らせた。

クラレンスは煙の軌跡を線路の反対側の宅地と隣接している所まで追った。そこでは、敵兵が歩道橋を駆け上って発砲し、有蓋貨車を盾にして後退していた。

クラレンスは機関銃の砲火を何度も橋の上に浴びせた。しかし、その努力にもかかわらず、ドイツ軍は橋を制圧されることを拒み、命知らずが何人かパンツァーファウストを手に飛び出してきた。ほとんどの者はクラレンスの銃撃に倒れたが、わずかだが彼に向けて発砲してきた。

パンツァーファウストがパーシングに向かって飛んでくるたびに、クラレンスはますます必死になっていった。遅かれ早かれ、直撃を受けるだろう。

誰かが歩道橋を破壊しなければならなかった。

クラレンスはある計画を考えたが、それは危険なものだった。それには榴弾が必要であり、一時的に徹甲弾が装填されていない状態になる。そうなればドイツ軍の戦車に接近を許してしまう。

榴散弾がパーシングの装甲にぶつかった。戦車の中では、それはトタン屋根を叩く雹のような音に聞こえた。パンツァーファウストの着弾はどんどん近づいてきていた。クラレンスは行動しなければならなかった。「ＨＥ！」と叫んだ。

装填手はハンドルを引いて、薬室を開けた。黒い先端の砲弾を取り出してラックに収め、銀色の先端の榴弾（ＨＥ）を取り出し、それを薬室に滑り込ませた。時間がゆっくり流れていく。ついに、閉鎖機がガチャンと音を立てて閉まった。クラレンスは仕事に入った。

彼はレティクルを橋の中心に置き、引き金に置いた指に力をかけた。引き金を引こうとしたその時、それを見た。

パンツァーファウストの弾頭が、スローモーションのように真っ直ぐに彼に向かって飛んできていた。

クラレンスは息を呑んだ。ただ見ていることしかできなかった。最後の瞬間、弾頭が沈んだ。白い閃光がペリスコープいっぱいに広がり、爆発が戦車を揺るがした。その衝撃力は90㎜砲の砲身内を直進し、クラレンスが引き金に触れることなく砲を発射させた。

燃えさかるガスの玉が薬室を抜けてアーリーに向かい、火焔の玉が顔の側面に当たった車長は、うめき声を上げた。砲塔は煙で真っ暗になった。マクヴェイとスモーキーが叫んでいた。

クラレンスは身をかがめ、息を切らした。

「火事だ！」アーリーは叫んだ。「脱出しろ！」

クラレンスが振り向くとアーリーの軍靴が砲塔を出るところが見えた。

装填手がハッチを開けて砲塔の外に出ていくと、太陽の光が中に入ってきた。

煙を上げているアメリカ戦車の姿は、敵に活力を与えた。機関銃の銃弾が正面装甲に一定のリズムで飛び散っていた。

クラレンスは砲塔の中を這い回り、ラックからトンプソン短機関銃を取り出した。戦車を捨てることになっても、戦わずして倒れるわけにはいかない。

クラレンスが車長ハッチから出たとき、飛び交う銃弾の空気が顔に熱く感じられた。彼はエンジンデッキに落ち、パーシングの後部から転がるように、線路と線路の間の地面に激しく落ちた。

アーリーと装填手は、戦車から20ヤード（約18ｍ）ほど後方の排水溝からクラレンスに手を振っていた。銃弾がクラレンスのかかとをかすめ、クラレンスは安全を求めて走り、ホームプレートを狙う野球選手のように、足を滑らせて溝に入った。浅い窪地の深さは2フィート（約60㎝）ほどしかなかった。スモーキーとマクヴェイは見当たらなかった。

クラレンスは溝の縁に登り、仲間を探した。

機関銃の緑色の曳光弾の殺人的な洪水が、依然としてパーシングに放たれていた。二人の男は戦車の下を必死に這っていた。

車体上部からではなく車体の底の脱出ハッチから出たのだ。

「こっちへこい！」クラレンスは叫んだ。彼らを安全な場所に誘導した。

スモーキーとマクヴェイは溝に向かって走りだした。躓いて縁に向かって転がり、クラレンスたちは、彼らを溝の中に引っ張りこんだ。

スモーキーは仰向けになり、空に向かって青筋を立てて呪った。

アーリーたちはM1911ピストルのチャンバーに装弾し、クラレンスはトンプソンのボルトを作動させた。この窮地から脱出するために、銃を撃つしかないだろう。彼は溝の上を垣間見たが、ドイツ軍の銃弾がすぐに彼を下に落とした。緑色の曳光弾が顔のすぐ上の土を吹き上げ、鉄の線路をホタルのように照らし出した。

アーリーは歯を食いしばって何も言わなかった。クラレンスの胸は恐怖で締め付けられるようだった。

ヴィラの戦車の砲塔が左右に旋回し、必死になって無差別に射撃していた。防盾の同軸機銃が打ち鳴らされ、車体銃はゆらゆらと火を噴いていた。内部は間違いなく空薬莢でいっぱいだったろう。

自分たちだけでは勝ち目がなかった。四方八方から自分たちを守ることはできないし、敵がパンツァーファウストを持って前進してきたら、最後に残った戦車は沈黙してしまうだろう。

浅い墓場に閉じ込められたクラレンスは死の影を恐れた。〝それは時間の問題にすぎないのだ〟。それはクラレンスが唱えてきた真言であり、自分が置かれてきた状況への逆襲だった。今、その時が来た。

ドイツ軍もそれに気づいていた。全てが明らかになったのだ。

放棄され、煙を上げているパーシング。乗員はネズミのように釘付けにされていた。敵は北部の司令部に連絡して、「今すぐ奴らを叩け！」と野砲の投入を促したに違いない。

それがこの後に起こるべき唯一の事実だった。

第二四章　巨人

その日の朝
パーダーボルン鉄道操車場

バックは新兵たちをそばに置いて転轍機操作所の陰に隠れていた。

ドイツ軍は自分たちの位置に集まってきていた。

機銃弾が壁を叩く様は、まるで入り口を探しているかのようだった。パンツァーファウストは、レンガを突き破り、赤い粉塵が舞い降りてきた。ある目撃者によれば、建物は「粉々になるまで撃たれた」のだった。

バイロンと他の兵士たちは入り口に集まっていた。一人ずつ、各人が外に飛び出し、角で銃を撃ち、あわてて安全な場所に戻ってきた。

負傷したドイツ兵は相変わらず助けを求めていたが、今は壁に向かって腰掛け、拳銃を膝に乗せたダンフォースと、ボロボロになって倒れている乗員たちに向かって懇願していた。

バックの新兵の一人が、来た道を戻って逃げようとしたが、バックは引き止めた。

「殺されるだけだ!」バックは言った。外は死であふれていた。


溝の中から、クラレンスもそれに気づいた。ドイツ軍の目論みが変わったのだ。彼らは線路を横切り、武器を撃つ間だけ立ち止まって砲弾の漏斗孔の間を飛び越え、転轍機操作所の男たちのほうに向かっていった。

敵の計画は明らかであった。まずその強固な拠点を制圧し、最後まで機能している戦車を沈黙させ、チャック・ミラーとその乗員の勇敢な戦いに終止符を打つことだった。

クラレンスはトンプソンを持ち上げて狙いを定め、最初のドイツ兵がパンツァーファウストを持って飛び出してくるのを待った。ドイツ兵がチャックを狙うには、まずクラレンスたちを越えて行かなければならない。射程距離を確認しながら、クラレンスの目はパーシングに釘付けになった。

ちょっと待て。

戦車は、砲を左に向けたまま動かずにいた。煙は上がっておらず、損傷の様子がはっきりと見えた。

何てことだ。

クラレンスは希望を見出した。

パンツァーファウストはパーシングの砲身には当たっていなかった。砲身先端のマズルブレーキに当たっていたのだ。炎のようなプラズマの噴流は、昼間の光が差し込むほどの穴をマズルブレーキに開けていたが、損傷の範囲はそれだけに見えた。

クラレンスは戦闘の激しさの中で乗員たちの注意を引きつけた。「あの砲は撃てるはずだ！」

皆が溝の縁に忍び寄って見た。この距離ではよくわからなかった。

アーリーは目を細めて戦車を見た。危険だった。砲身が破損していれば、砲弾が早期爆発したり、詰まったりして、爆風が砲塔内に戻ってくる可能性があるからだ。

クラレンスの視線は、ヴィラの戦車から、転輸機操作所から急に飛び出して射撃している歩兵たちに向かった。これ以上、ドイツ軍の攻撃を食い止めることはできない。時間がないのだ。

「砲腔は大丈夫そうだ」とクラレンスは言った。

「とんでもない賭けだな」とアーリーは言った。もし間違っていたら、それは全乗員の命を奪うことになりかねない。「確かなのか？」

皆の目がクラレンスに向いた。「いや」と彼は言った。「でも、何かをやってみなきゃ」。

スモーキーとマクヴェイはモンスにいたし、アーリーも別の乗員と一緒にいた。クラレンスの口から出てきた言葉は、彼らがかつて知っていた誰かの言葉によく似ていた。

ポール・フェアクロスだ。


「さあ、行くぞ」とアーリーは言った。

彼は溝から飛び出して先頭に立ち、クラレンスと他の乗員たちもパーシングに向かって走った。

操車場の向こう側から、数え切れないほどのドイツ兵がライフルや機関銃を振りかざして、疾走するアメリカ人の乗員たちに襲いかかってきた。

アーリーは車体に乗り、砲塔の後ろにしゃがみ込んで砲塔の乗員のために道を作った。急ぐように促した。

クラレンスと装填手は砲塔の上によじ登り、中に入った。

頭上で銃弾が炸裂し、パーシングにあたった。アーリーは彼らに続き、ハッチを閉めて射撃音を消した。

パーシングの下では、マクヴェイは脱出ハッチにたどり着き、体を起こして戦車の中に入っていったが、スモーキーは遅れをとって息を切らしていた。

マクヴェイはインターコムに接続した。マクヴェイは容赦ない砲火から逃れたいと思った。

「レッドの近くへ」とアーリーは命じた。

マクヴェイがエンジンを点火すると、パーシングは、孤独に戦っているシャーマンに向かって走行していった。誰もスモーキーが席に着いていないことに気づかなかった。

車体銃手は車内に入ることができず、動く戦車の下で脱出ハッチを必死に掴み、仰向けで引きずられた。

「止めろ、クソッタレ！」スモーキーは車内に叫んだ。

マクヴェイはそれを聞いて、スモーキーが座っていないことに気づいた。

戦車は悲鳴を上げて停止し、スモーキーは中に入ることができた。無事に車内に入ると、インターコムに呪いの言葉が押し寄せてきた。

アーリーは何があったのかと聞いた。スモーキーの説明にクラレンスは苦笑を隠せなかった。

アーリーはヴィラに無線連絡した。声はまったく事務的だった。「戻ってきた」と彼は言った。「敵は我々を脱出させたが、逃げ出してはいない」。

ヴィラは乗員の帰還を歓迎し、安堵した様子だった。

パーシングが再び走り出して間もなく、クラレンスはアーリーに停車を求めた。彼は駅の近くで銃撃している機関銃陣地を発見していた。そのうちの一挺は自分たちが戦車に走り込んでいる間も狙われていたものだった。

アーリーの指示で、パーシングはヴィラのシャーマンのやや左後ろ30ヤード（約27m）ほどに停車した。

クラレンスは榴弾（HE）を要求した。

装填手が新しい砲弾を投入すると、閉鎖機がガチンと閉まった。クラレンスの指は引き金を引くのを躊躇った。砲撃するのは、とんでもない賭けだった。もし砲身に損傷があったら、間違っていたことに気づくまで生き残れないだろう。

アーリーはクラレンスのため双眼鏡で観測するためにハッチを開けた。

その時、それを聞いた。金属と金属が軋み、鋼鉄の履帯が地面を叩く、紛れもない音。加速するエンジンのうなり声。アーリーは右肩越しにちらりと見た。その音は、彼らの50ヤード（約47m）ほど後ろから聞こえてきた。

何かが操車場の建物の間にある回廊を通ってきており、その音が増幅されて自分たちの方向に伝わっていたのだ。

「戦車！」

クラレンスはその声を聞き、右肩が強く握られるのを感じた。砲塔を回す合図だ。「5時の方向だ」とアーリーは言った。

クラレンスは耳を疑った。5時の方向？　誰かがほとんど真後ろにいるのだ。

クラレンスは砲塔をピストルグリップが折れそうになるほど強く旋回させ、砲塔はその命令を受領してうなり声をあげた。

「敵はなんです？」クラレンスは尋ねた。

アーリーはアメリカの戦車兵すべてが恐れる言葉を答えた。「パンターだ」。

不意に、クラレンスは怖気を感じた。

アーリーの呟きは何の役にも立たなかった。「速く、速く、速く」。アーリーは旋回する砲塔の上にしがみついて見守ることしかできなかった
茶色がかった緑色のパンターが影を切り裂きながら機関庫

に近づいてきた。双眼鏡は必要ないほどの近さだった。
敵の指揮官が誰であれ、彼は〝手練れ〟だった。彼は敵を出し抜いただけでなく、砲を構えたまま追尾してきたのだ。パンターの砲塔はすでに右に90度旋回しており、広い範囲を素早く撃てる態勢にあった。

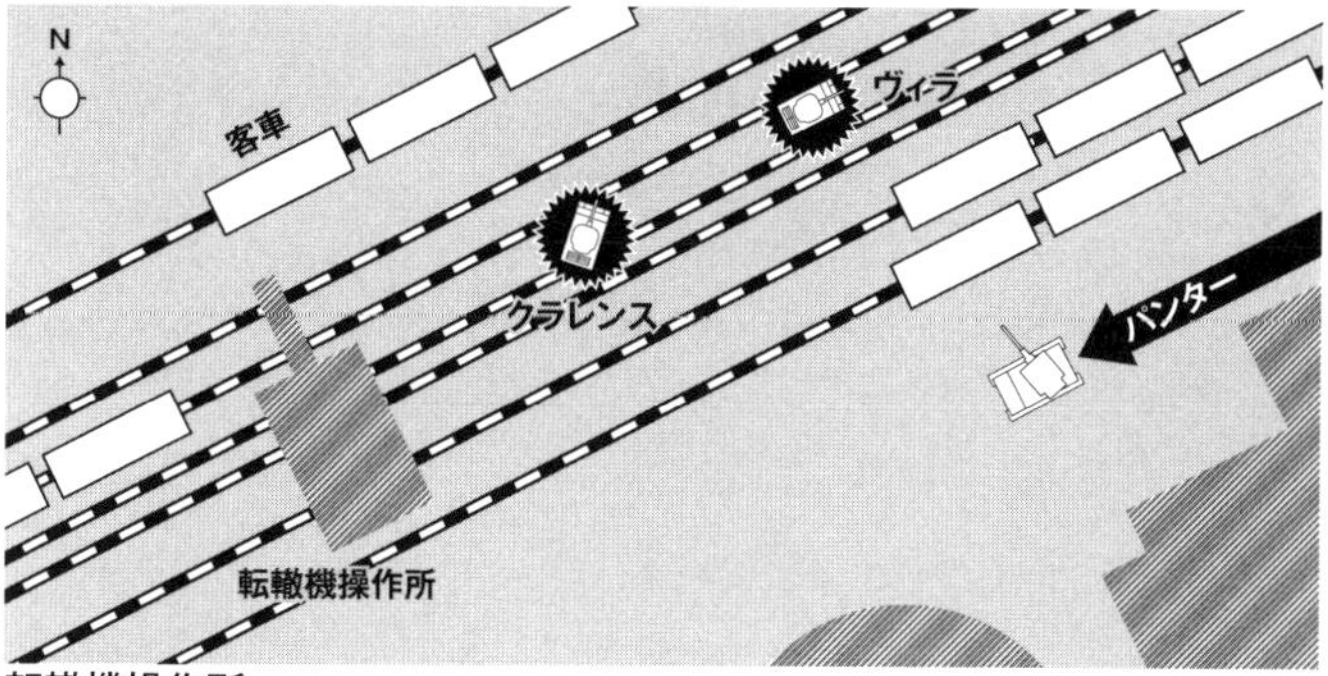

転轍機操作所

高い位置を占めていたアーリーは、何かが腑に落ちなかった。パーシングの方が目標としては近いのに、パンターの砲は別の方向を向いていたのだ。敵の照準の軌跡を辿るとヴィラの戦車の後部に到達していた。

ドイツ軍はパーシングが放棄され、その乗員は溝に退避したとの無線連絡を受けていたのだろう。シャーマンを撃破する好機だと。

だがそれは10分前のことだった。

今、パーシングは死から蘇っていた。パンターはそれに気付いた。

敵戦車の中で、乗員は砲手に、砲を自分たちの方に向けつつあるパーシングに照準を変えるように促していたようだ。はたして、パンターの砲は左に旋回をはじめ、右に旋回しているパーシングの砲と、門が閉まるようにお互いを指向しようとした。誰も逃げようとはしなかった。

砲塔の中で、クラレンスはペリスコープに目を凝らし、ホームと線路のある駅の様子を見ていた。そのとき、彼は誤った砲弾を装填していたことを思い出した。

榴弾が装填されていたのだ。それは機関銃座を破壊するのに適した砲弾だった。だがパンターには効かない。

薬室を開けないと！　クラレンスは慌てて考えた。「ＡＰ（徹甲弾）を準備！」と装填手に向かって叫んだ。

少年は砲弾の交換を予期して、弾頭の先端が黒いＴ33弾を弾薬庫から取り出した。

「まだだ」とクラレンスは言った。

砲弾交換には時間がかかり、クラレンスには1秒の余裕もなかった。砲術学校の教官が夢にも思わないやり方をしなければならなかった。

砲塔の上で、アーリーは黙っていた。クラレンスには何か目論みがあるに違いないと感じていた。そうしなければ、とっくに全員死んでいただろう。

クラレンスは左手を伸ばし、主砲の仰角を調節するハンドルを握りながら、パンターの姿が見えるのを待った。

クラレンスの視界の右側に茶色がかった緑色の戦車が現れた。

クラレンスは全力で仰角ハンドルを反時計回りに回した。外では、90㎜砲が地面を目指して沈み、砲塔はパンターを捉えるまで旋回を続けた。

90㎜砲が轟音を上げた。

炸裂したHE弾はパンターの手前の地面に叩きつけられ、灰色の燃えかすと粉塵を敵戦車の前面に飛び散らせた。パンターは一瞬、雲の向こうに消えた。

砲塔の中で、クラレンスはピストルグリップを元に戻した。砲塔の旋回はもう充分だった。

「今だ！」と彼は叫んだ。

装填手はAP弾を開いた薬室に叩きこんだ。クラレンスは仰角ハンドルを回転させて、90㎜砲を水平位置に戻した。彼はペリスコープに目をやった。

粉塵が収まってくると、パンターの巨大で角張った姿が再び現われた。その砲はまだ旋回していて、砲口の黒い穴がパーシングを探していた。

クラレンスの指が引き金を引き絞った。

耳をつんざくような音を立てて、90㎜砲が響いた。まばゆい閃光が双方の戦車を照らした。

24ポンド（約11㎏）の砲弾は毎秒2774フィート（約846ｍ）で空中を回転しながら、瞬く間に距離を詰めていった。

傾斜したパンターの正面装甲から火花が飛び散り、5・5インチ（約14㎝）厚以上の鋼鉄に穴を開け、戦車の内部を貫通し続けた。

「命中！」アーリーは高揚して叫んだ。装填手は次の砲弾を薬室に装填した。

めったにないためらいの時間が生まれ、クラレンスの引き金の上の指が浮いた。

待ってくれ。

敵戦車の周囲の塵がさらに沈むと、パンター乗員の人影を見た。彼らは砲塔から飛び出し、操縦手はハッチを開けていた。

パンターの装甲板は、操縦手と無線手が座っていた場所の中間に黒い穴が開いていた。砲撃はなかった。

操縦手は戦車の側面をごろりと横になって落ち、後方に逃げた。

クラレンスはペリスコープで逃げていく姿を追跡した。本能の赴くまま。射程距離内のこの敵の兵士は、ほんの少し前にクラレンスたちを殺そうとしていた男だった。

操縦手は戦車の後ろに姿を消し、再び戦車の左側に現われて、一心不乱に来た道を戻っていった。

怪我をしているのか、ショックを受けているのか、よろめいて道に倒れ込んだ。クラレンスは6倍望遠サイトに目を固定し、照準を男に合わせた。

その瞬間、ドイツ兵は振り返り、目を見開いてパーシングをみた。

望遠サイトは、彼がほんの数フィート離れたところに立っているかのようにみせていた。操縦手は若く、茶色の髪をしていた。自分の過ちを悟った彼の目は、絶望で溢れていた。クラレンスの人差し指は生と死の間で力の均衡を保っていた。わずか数ポンドの圧力で、彼の同軸機銃は地上からもう一人敵兵を消し去ることができた。

それは彼が受けた命令だった。これは彼の義務だ。

しかし、クラレンスは回避した。

最後まで戦い、最後まで殺す。それが彼らがしたことだ。彼がこの数ヵ月間ずっと戦っていたドイツ軍。

そして、クラレンスは彼らのような人間にはなりたくなかった。

ピストルグリップを左に振った。男から照準をずらし、90㎜砲口のマズルブレーキがうなずくように揺れて停止した。

それは合図だった。パンターは戦線離脱し、クラレンスにはそれだけで十分だった。

ドイツ人操縦手の目つきが変わった。彼は立ち上がり、信じられないという顔つきで逃げていった。

パーシングの砲声の効果は操車場に響き渡った。ドイツ軍は無力化されたパンターがハッチを開け、敗北して擱座しているのを見た。そして、あらゆるものを受け止めてなお立ち去ることを拒否した2輌のアメリカ軍の戦車がガタガタと走る音を聞いた。

敵は前進を止め、砲火も弱まっていった。ここで勝つためのものは何も残されていなかった。

まるで操り人形が糸に引っ張られるかのように、ドイツ軍は線路を越えた反対側の住宅街に後退していった。

パーシングのエンジンは、転轍機操作所に戻ると震えながら停止した。放棄されたパンターの30ヤード（約27ｍ）ほど前だった。ヴィラの戦車もパーシングの横に停車したが、こちらもエンジンが止まってしまった。アメリカ軍の戦車はどちらも銃弾や榴散弾で銀色の地肌がまだらに出てしまっていた。

砲声はパーダーボルンの奥深くへと移っていった。

疲れ果てたA中隊の兵士たちが、振り返りもせずに転轍機操作所から出てきた。ようやく救いの手が来たのだ。F中隊のシャーマンは2個中隊の歩兵で93名の捕虜をとって鉄道操車場を確保し、町への掃討を続けた。

「第三帝国がどのように死んでいくのかを見るのは嫌なものだった」とあるドイツ軍軍曹は書いている。「指導者たちは誰一人として、約束したように、最後の一人まで第三帝国を守ろうと蛸壺壕に入って来なかった」。「彼らは皆、持ち場を放棄し、責任を問われるのを恐れて逃げだしたか、臆病にも自殺して死んだ」。

クラレンスは砲塔から降りてきて乗員と一緒にマズルブレーキの穴を調べた。もう1インチ（約2・5㎝）横にずれていれば、パンツァーファウストの弾頭は砲身内に着弾していただろう。砲を撃つという彼の賭けは実を結んだが、想像以上に危険なものだった。

アーリーはパイプを咥えながら、今回の試練に打ち震えていた。クラレンスの最初の一発目のような、わざと外すような射撃は見たことがなかった。後になって、アーリーは迷わずこう言った。

もしクラレンスが、砲手がそうするように訓練されていたように、間違った弾薬が装填されていることに気付いてすぐに砲弾の交換を要求していたら、自分自身と乗員全員を死なせることになっていただろう。

しかし幸いなことに、クラレンスは砲手としての正式な訓練を受けていなかった。

レッド・ヴィラの乗員は、パーシングとその戦車兵の周りに集まっていた。チャック・ミラーは苦笑しながらクラレンスに近づいた。「一発目ははずしたようだな」とチャックは言った。

「ああ、でも二発目は違っただろ！」クラレンスは言った。

チャックは笑って、しっかりと友人を抱きしめた。

ダンフォースはその集まりを完全に無視した。負傷した足を引きずりながら、廃車となったシャーマンに向かって一直線に進んだ。彼が失った3輌目のシャーマンは、スピアヘッド師団がスクラップとして処分することになった６００輌以上のシャーマンのうちの1輌であり、それはアメリカ軍の師団の中で最も多い戦車であった。

砲塔の中に入り込んだ体格の良いテキサス人は、数分後に瓶を片手に姿を現した。ダンフォースは戦車兵の群れの中でクラレンスを見つけ、シャンパンのボトルをプレゼントした。

クラレンスはその行為に驚いた。シャンパンはドムホテルのものだった。

「最後の一本だ」ダンフォースは言った。「大事な時のために取っておいたんだ」と命を救ってくれたクラレンスに感謝した。「あのパンターは俺たちを殺しに来ていた」と言った。

クラレンスの機転はダンフォースに新たな人生を与えたが、その寿命がどれほど短いかは、二人にはわからなかった。2日後には、ダンフォースは昇進して自分の戦車の指揮官になり、その3日後には、そのシャーマンは小さな村を横断中にドイツ軍の戦車の前に突っ込むことになった。

彼は28歳の若さで死亡した。ダンフォースは4輌目の戦車が最後の戦車となった。

バックは、他の皆が去った後も、ずっと転輸機操作所に残っていた。

ブーム少尉の目は閉じていたが、バックは彼の体の横に膝をついて、まだ生きているかのように話しかけた。バックはブーム少尉に、皆が無事だったことを伝え、安全を守ってくれたことに感謝した。

ブームはローズ将軍の墓の近くにあるオランダのアメリカ人墓地に埋葬されることになり、彼の名前は故郷の新聞に最後に一度登場することになったが、いつものようなスポーツのハイライト欄ではなかった。

このときは、彼の名前と写真、そして以下のキャプションが掲載された。「その身を捧げた」


A中隊本部となっていた手つかずのイースターケーキのある家に戻ったバックは、東側の区画にある不思議な光景に目をやった。動きの途中で止まったかのように、ドイツ戦車が道路を塞いでいた。

バイロンが近くにいて退屈そうにしていたので、バックは彼に声をかけた。二人は新米たちと一緒に調査に行った。

バックは敵の巨獣の横で畏敬の念を込めて見上げた。

それはこの戦争で最も伝説的な戦車であるティーガーI戦車で、まるで石の塊から切り出したかのような巨大な機械であった。履帯が巻き付けられていた絡み合う転輪は、バック

ティーガーI戦車

の胸の高さまであった。新米たちが戦車の上に上ると、バイロンはティーガーの周りを回った。戦車は木の葉で擬装されており、不思議なことに砲身は元の長さの半分以下に切り取られていた。

バックはパーシングがこの戦車を破壊したのだと考えた。後になってからの記録によると、その日の朝、航空機の攻撃はなかったが、その破壊は航空戦力によるものであったという。戦車の砲身が粉々になっていたことから、その可能性が考えられた。機械的な故障に見舞われ、ドイツ軍の乗員が戦車を放棄する際に爆発物を使って戦車を破壊したのかもしれない。

ティーガーの左側で騒ぎが起こり、バックの注意を引いた。E中隊の戦車兵たちが、建物のレンガの壁にドイツの戦車兵を押しつけたり、小突いたりしていたのだ。彼らは特に一人の男を厳重に調べていた。

バックと同じような南部出身の気性の荒いアメリカの戦車兵が、ドイツの戦車長を選び出し、彼を地面に転倒させた。そして、何度も何度も蹴り始めた。それを見ていたドイツの乗員たちは、何もできずにいた。

バックは悪態をついた。もう暴力は充分じゃないのか？

バックは新兵たちに、目をそらしたほうがいいと言った。

バックとバイロンは怒っているアメリカ戦車兵の後ろに回った。バックはドイツ兵の襟元にＳＳのルーン文字があるかと思ったが、戦車兵の銀色の頭蓋骨だけが見えた。その男はドイツ国防軍の戦車兵で、おそらくティーガー戦車の指揮官だと思われた。

残りのアメリカの戦車兵たちも罵声を浴びせていた。バックはバイロンに問いかけるような視線を送った。仲裁する価値があるのか？　バイロンは肩をすくめた。

もしかしたら、戦車兵たちはこの日の朝仲間を失っていたのかもしれない。

歩兵も戦車兵も、誰もが操車場で血を流していた。A中隊は17名、E中隊は15名の犠牲者を出していた。５輌の戦車が破壊され、他の戦車も損傷していた。それからの２年間、シャーマン戦車はパーダーボルンの野原で錆びついて横たわることになる。

怒り心頭の戦車兵はＭ１９１１拳銃を取り出した。彼がピストルをドイツ兵に向けると、他の乗員たちさえも距離を開けた。顔を真っ赤にした戦車兵の手の中でピストルが揺れた。

「そんなことをする必要はない」とバックは声を荒げた。戦車の乗員たちも、バックに同意した。ひざまずいたドイツの指揮官は、制帽を脱いで、慈悲を求めた。

バイロンは何かを見て、頭を振り始めた。いや、まて、まってくれ。

ドイツ軍指揮官の顔から青白い目を離すことができなかった。彼の記憶に焼き付いていた。どこにいても分かる顔だった。

荒くれた戦車兵はチャンバーに弾を装弾したが、彼が行動を起こす前に、バイロンはガンマンと標的の間に割り込んだ。大胆な行動だった。この激昂した男が何をしでかすかわからなかった。バイロンはドイツ兵をよく見てから、怒っているアメリカ兵に向き直った。

「彼を撃たないでくれよ」バイロンは訴えた。

「何だ、小僧？」と戦車兵は言った。「お前はそのクラウツ（ドイツ野郎）の恋人か？」「この男は俺の命を救ってくれたんだ」バイロンは言った。「そのクソったれた銃を俺の前からどけてくれたら、教えてやるよ」。

戦車兵は信じられないという声を上げたが、そのままピストルを下ろした。バックはホッとした。

バイロンは、どうやって自分と他の何人かの歩兵たちが捕らえられ、自分たちの墓穴を掘ることを余儀なくされたかを説明した。そしてそのとき、ドイツ軍の戦車長が、この同じ男が戦車で通りかかり、その様子を見て処刑を阻止してくれたことを話した。

バックは、友人の告白に驚いた。しかしそれにもかかわらず、手のひらを上げてバイロンのそばに行き、「本当のことだ」といった。バックは、分隊の何人かから同じ話を聞いたと言った。

アメリカ人戦車兵の目がバックとバイロンの間で行き来した。「本当に同じクラウツなのか？」と尋ねた。

バイロンは確信を持って、戦車兵の質問に答えた。自分の命を救ってくれた男のことを忘れることができるだろうか？すんでのところでつばを飲み込んで、戦車兵はピストルをホルスターに収めた。「俺の気が変わる前にヤツを視界から消してくれ」。

バイロンはドイツ軍の指揮官を仲間の捕虜の方に引き寄せた。アメリカの戦車兵たちは、怒りが収まったのか、どこかへ行った。バックとバイロンは、誰かが引き取りに来るまで捕虜と一緒にいた。

ドイツ軍の指揮官はバイロンの肩に手を置いて「ありがとう」と英語で言った。

バイロンはうなずいた。

バックと歩兵たちが本部に戻ってくると、バイロンはシーツのように血の気が引き、それ以上進めなくなった。彼は唇を震わせながら縁石に座った。バイロンは両手に顔を埋めると、溜め込んでいた感情が溢れ出してきた。

バックは友人に少し距離を置いた。*

バックと分隊が次の仕事に備えていたとき、パーダーボルンではパンツァーファウストが炸裂する音が聞こえていた。敵は、SS装甲旅団〝ウェストファーレン〟の残余が東に逃げるための遅延行動を取っていたのだ。しかし最悪の事態は終わっていた。

鉄道操車場は彼らのものだった。飛行場もそうだ。そしてパーダーボルンが彼らのものになるのは時間の問題だった。師団は征服を確信したので、歴史が動きつつあった西のリップシュタットに任務部隊を派遣した。

間もなく無線が発信された。「スピアヘッドからパワーハウスへ」、午後3時45分、スピアヘッド師団の戦車兵がヘルオン・ホイールズ師団の戦車兵と手を取り合い、ルール地帯を囲む鉄壁を完成させたのだった。

戦利品はなんだったのか？　３２５０００名以上のドイツ軍（26名の将軍と1名の提督を含む）が〝ルール・ポケット〟の中に閉じ込められた。敵にとってはスターリングラードやアフリカの敗北よりも大きな打撃となるだろう。

4月9日、アメリカでは、陸軍が〝ルール・ポケット〟をローズ将軍にちなんで〝ローズ・ポケット〟と改名することを決定したというニュースが流れた。

そして、スピアヘッド師団はパーダーボルンから東進し、ナチス政権の犯罪に直面することになった。ハルツ山脈の麓では、2つの任務部隊が、アウシュビッツから移送されてきたユダヤ人を含むヨーロッパ中の奴隷労働者がいたドーラ・ノルドハウゼン強制収容所を解放し、いっぽうクラレンスの任務部隊はザンガーハウゼン銅山近くの壁を破壊して、イギリス人とロシア人の捕虜５００名を解放した。


ベルリンに関しては、スピアヘッド師団の兵士は敵の首都を目にすることはなかった。オマール・ブラッドリー将軍は、ベルリンを攻略するためには10万名のアメリカ兵の犠牲者が出ると見積もっており、「威信をかけた目標にしてはかなり厳しい代償だ」と判断し、アイゼンハワーも同意した。上層部はベルリンから66マイル（約１０６㎞）離れたエルベ川でスピアヘッド師団を止め、ヒトラーについてはロシア人に任せることになった。

しかし、それはこれから起こることだ。

バックはクライド、ディック、スタン、ルーサーの順に回って弾薬の残量を確認した。困惑しながら頭を振って、彼らを叱責した。「ドイツ兵が分けてくれるとでも思ったのか？」

もしもこの日に、彼の昔のクラスメートがもう一度投票していたら、バックは〝最高の性格を持つ少年〟に選ばれることはなかっただろう。

バックは、ちょっとはましになっていた。


前ページ＊現在のドイツ戦車部隊の大佐に協力してもらい、そのドイツ軍指揮官の身元を調べたが、大戦末期の記録が乏しいため、「ベービング上級曹長（Oberfeldwebel）」が、操車場で撃破されたティーガーを指揮していたということがわかっただけだった。彼がそうなのか？我々には分からない。バックがこの慈悲の物語を彼自身の言葉で語るのを聞くには、私（アダム・マコス）のウェブサイトの彼とのビデオインタビューをご覧ください。

パンターはクラレンスを磁石のように引きつけた。クラレンスはゆっくりとドイツ軍の戦車に近づいた。その装甲は、以前の戦闘のために傷つき、溶接線が傷跡のように接合部に走っていた。

クラレンスはギザギザの砲弾の穴に触れてみた。彼が撃った弾はパンターの前面装甲板を貫通し、石炭の鉱脈のように黒くて厚い穴が露出していた。

クラレンスは戦車の上に乗った。足下はツィメリットの層が敷き詰められていて、まるで戦車が鉄ではなくコンクリートでできているかのようだった。操縦席のハッチが開いていた。クラレンスは戦車の後ろの、操縦手が逃げた方向を見た。通りには誰もいなかった。

クラレンスは車体の上で、無線手兼車体銃手が座っている位置に膝をついた。彼はパンターの乗員のうち、一人を除いた全員が、彼の攻撃後飛び出したのを見ていた。知る必要があった。

彼はハッチを持ち上げた。

その下には若いドイツ戦車兵が座ったまま死んでいた。彼は白髪で、明るい目は開いたままで、夢を見ているだけですぐに目が覚めるかのようだった。

クラレンスは自分が殺した男の姿を見ても、うろたえることはなかった。胃がひっくり返ることもなく、目をそらすこともなかった。彼はただ斃した敵と話がしたいと願っていた。彼は単純な質問をした。なぜなのか？

なぜ、息を引き取る最後の瞬間まで戦い、自分と仲間を殺そうとしたのか？　戦争は敗北した。なぜすぐに終わらせなかったのか？

敵の心理は彼には理解できないものだったたし、理解しようとするのも意味がないことだった。

クラレンスは男の脇にある黒いホルスターに注目した。中に手を入れ、ドイツ兵のピストルを取り出した。それはワルサーＰ‐38で、ナチスの証明マークが刻印されていた。クラレンスはそのピストルをつなぎ服で拭いて、タンカージャケットの懐に入れた。

それは彼の権利であり、そのために戦ってきたのだ。かつては装填手だったが、今は違う。今では戦車砲手だった。

クラレンスはハッチを閉めた。

第二五章　帰郷

9ヵ月後の1945年クリスマスイブ
フランス、ムールムロン・ル・グラン飛行場

基地の食堂では、パーティーが盛り上がっていた。グスタフは熱々のドーナツの皿を持って、祝い事に沸く米兵たちのテーブルの間を行き来していた。

新兵用のアメリカ軍訓練服の背中には、高さのある黒い文字が縫い付けられていた。〝PW〟は〝prisoner of war（戦争捕虜）〟の略だ。食堂は、高い木の屋根がついたビアホールのようだった。壁には花輪が飾られていた。ステージでは軍楽隊が休日の曲を演奏しており、その音楽の中では、何百もの会話でざわめいていた。窓の外の暗闇には雪が舞っていた。

ムールムロン・ル・グランは、かつてはP-47飛行隊が駐屯していたが、今ではヨーロッパを離れるアメリカ兵や、占領軍で新たな任務に就くアメリカ兵のための移行キャンプとなっていた。

夕食が終わり、デザートの時間になった。グスタフは元気よく、粉砂糖をまぶしただけのプレーンなドーナツを、兵士たちのテーブルに配った。アメリカ兵は喜んだ。他のドイツ人捕虜たちがステンレス製のピッチャーからコーヒーを注ぐと、その匂いが部屋に充満した。

グスタフの専門は厨房でのドーナツ作りで、これは彼の大切な仕事だった。仕事の報酬は1日80セントで、ドーナツを何個でも食べられるという紛れもない特典がついていた。

彼は少しもホームシックにならなかった。赤十字を通して家族に葉書を送り、自分が元気に生きていることを知らせた。彼は〝エンドカンプ（最終戦）〟を生き延びた。それだけが重要だった。1945年の最初の5ヵ月間の抵抗で、ドイツは100万人以上の兵士を犠牲にした。これは戦争全期間で戦死した兵士の25％にあたった。いうまでなく、300万人がロシア軍の捕虜となった。そのうち100万人は二度と戻ることはなかった。

グスタフは最初に捕らえられた時、一週間も生き残れるとは思っていなかった。ケルンからは、グスタフとロルフは列車でベルギーを横断した。他の50名ほどの捕虜と一緒に、寒さに身を寄せ合って露天貨車に乗った。囚人が車輌の側面から飛び降りようとしようものなら、アメリカの監視兵は彼ら全員の頭上から機関銃で警告射撃を行なっただろう。ベル

ギー横断の途中、列車が止まり、捕虜たちに椀も食器もなしにスープが出された。グスタフたちは帽子を鉢にしたが、スープはすぐに布地に染み込んでしまった。

ドイツ人捕虜を乗せた列車のニュースは、そのルートに沿って村から村に広がっていた。

貨車の中ほどで、グスタフとロルフは、ベルギーの市民がレンガを手に高架橋の上で待機しているところに接近していくのを見た。これはまずい、とグスタフは思った。しかし、レンガが上から降ってくるまでは、自分が置かれている状況を十分に理解していなかった。グスタフとロルフは頭を覆った。列車の勢いで、レンガはグスタフの車輛を外れて後ろの車に落ち、何人かの捕虜が死んだ。

この攻撃は次の陸橋でも繰り返された。そしてその次の陸橋でも。

ドイツ兵は収容所に到着するとすぐに選別された。SSの兵士は一方へ、国防軍の兵士は他方へ。階級でさらに分別され、ロルフはうなずきながらグスタフに別れを告げた。グスタフはそれ以来、友人に会っていない。

アメリカ軍は、自軍に降伏した膨大な数の捕虜を受け入れる準備ができていなかった。そのため、捕虜への配給はわずかだった。典型的な例で1日1斤のパンを配給され、それを10人で分けた。捕虜たちは栄養失調で病気になり、死に至ることもしばしばだった。

同情は得られなかった。当時のアメリカの監視兵にとって、ドイツ兵は仲間の兵士でも人間でもなく、戦争犯罪人だったのだ。終戦後、グスタフはこの敵意の原因を見いだした。彼や他の捕虜たちは収容所の劇場に集められ、解放されたばかりの強制収容所の中で撮影されたフィルムを見せられた。

１９３３年以来、ナチスはグスタフや他のドイツ人に、強制収容所は社会の堕落者のための刑務所だと説明していた。しかしこの映像は、グスタフが想像していたものよりもはるかに悪い現実を映し出していた。グスタフは手に顔を埋めた。彼が前線で戦っている間にも、ナチスは大量虐殺を行なっていたのだ。

グスタフはやがて、思いもよらないところで共感を得るようになった。

岩を割って道路を作るのには不向きな体格であったため、グスタフは厨房係に配属され、食事の後に兵士たちのトレイを片付ける間に、アフリカ系アメリカ人のＧＩと親交を深めたのだ。グスタフは、白人と黒人が別々の席に座っていることに戸惑った。彼の新しい友人は、人種隔離について次のように説明した。「あんたは第一囚人で、俺たちは第二囚人なんだ！」と。

グスタフが黒人兵士のトレイを片付けていると、奇妙なものを見つけた。隅のほうにピーナッツバターが塗られた手つかずの食べ物があった。果物の切れ端。クラッカーもあった。グスタフは、監視兵が見ていない時に、残り物をむさぼり食った。黒人のＧＩはグスタフにウィンクして見せ、他の黒人兵士はうなずいた。残り物は偶然ではなかった。

彼らの気前の良さが、グスタフを生き延びさせたのだ。

それは9ヵ月前のことだった。今は、パーティーが盛り上がっていた。グスタフが空の皿を集めてドーナツを補充していると、監視兵が捕虜から捕虜の間を歩いているのに気がついた。

何かあったのだろうか？

捕虜の一人一人に、監視兵が言葉をささやくと、捕虜は何をしていようとも、それまでの仕事をやめて、配膳カウンターに向かっていった。

監視兵はグスタフに近づき、食事給仕の列に行ってもいいと言った。グスタフは理解できなかった。

「今夜はみんな同じものを食べていいんだ」と監視兵は言った。隊長の命令だ。

グスタフは夢を見ているのだと思った。

給仕の列にはたくさんの料理が並んでいた。グスタフが配膳カウンターの間を移動すると、捕虜仲間の料理人たちが七面鳥やその他の付け合わせで彼のトレイを埋め尽くした。

行列の最後に、グスタフは選択を迫られた。瓶ビールか缶コーラか？

他の捕虜はＧＩのテーブルの端の席に座っていたが、グスタフは躊躇した。これは許されているのだろうか。

他の捕虜たちは気にしていないようだった。監視兵もバンドに注意を向けていて、気にしていないようだ。グスタフは席に座り、初めて七面鳥を食べた。よく焼けて、肉厚で、素晴らしい味だった。ここ数ヵ月の粗末な食事のせいで、さらに美味しく感じた。

グスタフはコーラを選んでいた。缶入りの飲料は初めてだった。慎重に蓋を開けると、プシュッと音を立てた。グスタフはひと口飲んで、炭酸のせいで咳き込みそうになった。

今まで飲んだ中で最高のひと口だった。

アメリカ人のバンドリーダーがマイクを叩いて皆の注意を引くと、食堂は静寂に包まれた。ＧＩはコーヒーカップをおろし、捕虜のフォークは食事の上に置かれた。

バンドリーダーは、次の曲を一緒に歌おうと誘った。曲は1800年代初頭に作曲されたオーストリアのクリスマスソング「きよしこの夜」。

バンドリーダーは、ドイツ人にも分かるように「Stille Nacht」と訳した。

グスタフは驚いた。アメリカ人は自分たちにも歌ってほしいと思っているのか。

音楽が食堂を満たしていった。

最初はアメリカ人の声だけが曲に乗っていた。

きよしこの夜

グスタフは横にいる捕虜を見た。何人かがアメリカ人の歌声に加わった。

All is calm—Alles schläft.
All is bright—einsam wacht.

一節ごとに、より多くのドイツ人の声がコーラスに加わり、二つの言語が食堂の中で溶け込んでいった。

グスタフはようやく口を開き、一緒に歌った。

Heav'nly hosts sing Alleluia—Tönt es laut von fern und nah.
Christ the Savior is born!—Christ, der Retter ist da!
Christ the Savior is born—Christ, der Retter ist da.

歌が続くと、グスタフの目は涙で潤んでいった。懸命に涙をぬぐっても涙が出続けた。

皆で歌う声が本当のことを教えてくれた。

戦争は本当に終わったのだ。

二ヵ月後の1946年2月

太陽が背中に沈む中、グスタフは誰もいない道を歩いていた。

最後の数㎞が一番長く、そして最も過酷だった。

北ドイツの平地には、冷たい風が絶え間なく吹き荒れていた。地平線の向こうに荒れた海が広がっているかのように、天気はいつも北風が吹き荒れていた。

グスタフは小さな袋に入った荷物を片方の肩に担いだ。少年時代に住んでいた家は、イギリス軍の占領下にあったため、グスタフを最寄りの都市まで運び、解放したのはイギリス軍だった。

グスタフは頭を低くして歩調を合わせ、残りの15マイル(約24㎞)を歩いて家に帰った。捕虜として過ごしていた彼にとって、自由は不自然なものに感じられた。それは圧倒的に居心地の悪いもので、掻きむしっても治らない痒みのようなものだった。

彼はムールメロン・ル・グランに志願者として滞在し、捕虜収容所が閉鎖される日まで働いた。アメリカへの移住を考えたこともあった。一時期、捕虜をアメリカに亡命させるプログラムがあったが、あまりにも多くのドイツ人が申請したため、すぐに終了してしまった。

捕虜としての生活は単純だった。一日がどのように始まり、どのように終わり、次の食事はどこから来るのか、グスタフは知っていた。

グスタフは家に帰るのが不安だった。疑問が多すぎた。明日はどうなるのだろう？　何事もなかったかのように生活を再開できるのだろうか？

グスタフは、このままずっと歩き続けていたいとも思っていた。


その日の畑仕事を終えようとしていたシェーファー家の人々は、グスタフがやって来るのを見つけた。

皆道具を落としグスタフに向かって走って行った。グスタフの父もその中に入っていた。グスタフの父は、ロシア軍に捕らわれていたが、年齢を理由に、奇跡的に解放されていたのだ。

グスタフは顔を輝かせて家族を抱きしめ、2年ぶりの再会を果たした。最後に会った時よりも、弟の方が背が高くなっていた。祖母と祖父はグスタフを抱きしめて泣いていた。母親はグスタフの腕を引っ張って牧場に向かった。その夜は、ハムとシュナップスとバターの入ったパンでお祝いをすると宣言した。

母親が家に入ると、スイッチを入れた。その光景は驚異的だった。

電球が部屋全体を照らしていた。


グスタフは、少年時代に住んでいた家が明るく照らされている光景に感嘆した。その年の夏、家族はわずかな貯金を投資して、家に送電線をつけていたのだった。

新しい電球を間近で見ると、グスタフは微笑みを禁じ得なかった。

戦争の暗闇は遥か遠くに感じられた。

第二六章　最後の戦い

37年後の1983年冬　フロリダ州フォートマイヤーズ

クラレンスは三輪のクルーザーバイクを軽快なリズムで漕ぎ砂丘を横切っていた。砂丘はフォートマイヤーズ・ビーチの白砂に向かって伸びており、その両側には熱帯の茂みが広がっていた。

クラレンスは60歳となっていて、禿げて、頭からつま先まで日焼けしていた。彼は短パン、ボートシューズ、そして大きめのサングラスという必需品だけを身につけて、フロリダのライフスタイルを満喫していた。

青い空とそびえ立つ雲の楽園の中で、クラレンスは平穏を見つけていた。

妻のメルバは、隣でおそろいの自転車に乗っていた。

クラレンスが戦争から戻ってきて数週間後、地元のスケートリンクで、戦争中に手作りのファッジを送ってくれた若いファンのメルバと偶然ぶつかった。彼女は18歳の小柄な女性で、愛くるしい頬と、優しい目をしていた。茶色い巻き毛の髪にはよくリボンをつけていた。二人は1年たたずに結婚し、それ以来、素晴らしい生活を送っていた。

クラレンスとメルバ

その年の初めにクラレンスがセメント工場の管理監督官を退職したとき、二人は〝スノーバード〟になった。今では、フロリダと、二人の娘が住むペンシルベニアをモバイルホームが行き来していた。

そして、彼らはローラースケートを楽しんでいた。ドライブに出かけるときはいつも緑のランブラー製ステーションワゴンのトランクにスケートを入れて行った。彼らはペンシルベニアのスケートクラブに所属しており、他のカップルと一緒にオルガンの生演奏が流れるリンクで開催される「オールドタイマーズナイト」に出かけていた。メルバは後ろ向きに滑ることができたが、クラレンスは合わせるのに苦戦した。彼女にとっては自然なことでも、クラレンスにはメルバが手を添えてくれたときしかできなかった。

クラレンスはがんばって、振り返りはしなかった。

この黄金期には、戦争は遙か昔のことのように思えた。

それから12年後の1996年11月

ペンシルベニア州パーマートンのトレーラーからクラレンスが出てきたのは、涼しい秋の朝だった。フォレスト・インのトレーラーパークは、木陰に整然とたたずんでいた。

クラレンスは公園の入り口にある郵便受けの列に向かって歩いた。先週から毎日、郵便物を確認し、その到着を心待ちにしていた。

今日がその日だった。ついに届いたのだ。郵便物は本くらいの大きさのものだったが、持っているだけで緊張した。

メルバは用事で出かけていたので、トレーラーの中は静かだった。クラレンスが包みを開けると、「戦争の情景」というタイトルのＶＨＳカセットが出てきた。51年間、彼はこのテープの中身を見るのを待っていた。クラレンスがヨーロッパから帰国した時には、ジム・ベイツが撮影したケルンでの戦いを描いた映像は、すでに映画館から姿を消し、どこにもなかったのだ。

今までは。

戦友がクラレンスにテープのありかを知らせる手紙を送ってきた。どうやらベイツはフィルムの個人的なコピーを持っていて、最近コロラド州コロラドスプリングスの図書館に寄贈したらしい。図書館はその映像を使ってドキュメンタリーを制作しているとのことだった。クラレンスは時間を無駄にせずにコピーを注文した。

しかし、そのテープを手にした今、クラレンスは疑問を抱いていた。

これでいいのだろうか。

彼は51年間、壮大な意志の戦いを続けてきた。テレビで戦争映画が流れれば、チャンネルを飛ばしていた。７月４日に花火が打ち上げられれば、窓を閉めていた。彼の車には第３機甲師団のナンバープレートはついていなかったので、誰も質問をしたり、傷はまだ残っているという真実を知ることはなかった。

クラレンスはまぶたを閉じれば、ポール・フェアクロスが足の傷から血を流し、土手の上で逆さまに倒れているのを見ることができた。何年経っても、彼はウェルボーン任務部隊の戦車兵の胴体が、休日のテーブルにおかれる「焼きハム」のように焼かれている姿を思い浮かべていた。そしてブラッツハイムで目の当たりにした出来事だ。砲弾の衝撃力で骨が粉々になり、皮膚だけが残ってゼリー人間のようになってしまった男の死体を、乗員全員が協力して戦車から運び出さなければならなかった。

そんな不安を抱えながらも、ＶＨＳテープをプレーヤーに挿入した。

ただの郷愁だ。無害なんだ。

両親も当時、この映画を見ていた。どれほど悪いものなのだというのか。

クラレンスは再生ボタンを押した。ドキュメンタリーが始まると、ベイツの白黒フィルムがちらついた。

クラレンスは、ケルンの街中を前進する歩兵が腰だめで機関銃を発射しているのを見た。オーケストラのサウンドが緊張感を煽りながら、ナレーターがピッチの高い声で実況していた。

大聖堂の尖塔が大きくそびえ立っていた。

映像には、パーシング戦車が停車し、誰かか、なにかを追尾している様子が映っていた。

クラレンスは熱心に見た。それはタイムカプセルを開けているかのようだった。

画面に巨大な四差路の交差点が映し出された。クラレンスはこの場所に見覚えがあった。反対側には、ゲレオン地区があり、ドイツ軍の戦車が建物の後ろに隠れていた。ベイツは、もう一度見たいと考えて、敵の戦車がいた場所にカメラを向けた。しかし、彼は全く予想外の、長い年月を経てクラレンスを再度驚かせた、劇的な出来事を捉えていた。

黒いオペルＰ４が突然、交差点に左から暴走して突っ込んできた。

クラレンスは椅子から身を乗り出した。このことを思い出していた。

機関銃の光跡が車を追いかけていった。乗用車は水切りの石のように、通りから飛び出した。車から命中したことを示す埃が飛び散っていた。

フィルムが暗転した……。

画面上では戦闘が終わり、場面が変わっていた。ベイツは歩兵が交差点の反対側を確保するのに付き添っていた。彼は銃撃を受けて縁石に止まっていた車にカメラを向けた。アメリカの衛生兵三人がすでに一人の犠牲者を発見していた。運転席でハンドルに突っ伏していた男は、頭を撃たれて死んでいた。彼の正体は、その後数年の間に明らかになっていた。

クラレンスが当時考えていたように、彼は正義の裁きから逃れようとしたナチスの将軍ではなかった。運転していたのは雑貨店のオーナーのミヒャエル・デリングといった。彼は、自分を取り巻く殺戮から逃れようとしていたただの民間人だった。

クラレンスは、自分が見ているものに唖然としながら、スクリーンを見つめていた。

フィルムが暗転した……。

助手席側では、衛生兵が二人目の犠牲者の手当てをしていた。

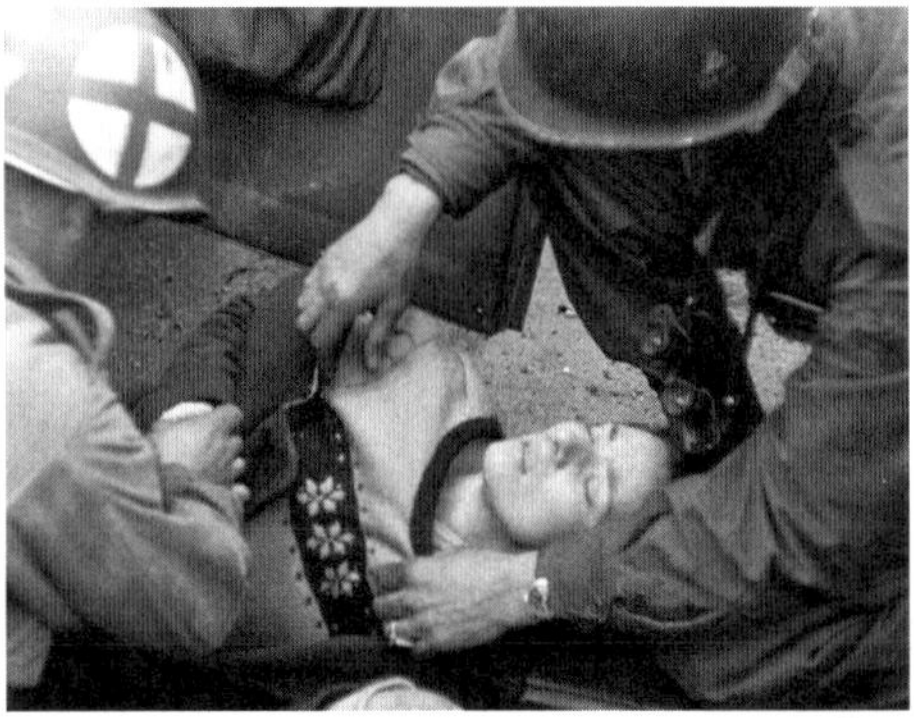

カティ・エッサーを手当てするアメリカ軍衛生兵

若い女性は縁石で仰向けになって横たわっていた。彼女の目は閉じられていて、ほとんど息をしていなかった。

クラレンスは戦慄して見ていた。その時は、彼女の長い巻き毛の髪を一瞬だけ見て、目の錯覚ではないかと思っていた。しかし、今では疑う余地はなかった。

衛生兵はパイプを咥えながら女性の上着を開くと、花の刺繍が施された淡い色のセーターが出てきた。衛生兵はセーターの下に傷がないかどうかを確認してから、仲間の衛生兵の助けを借りて女性を横向きにした。セーターを持ち上げてみると、彼女の色白の肌には血が混じっていた。

クラレンスは当時、このような光景を見たことがなかった。彼は敵の戦車を見張るのに忙しく、女性の傷口に包帯を巻いた衛生兵の打ちひしがれた表情を見ることはなかった。

クラレンスは、彼女の手を優しく下ろす前に、彼が脈を確認していたことに気づかなかった。車が悲痛な状況をクラレンスから隠していたが、母国の人々に戦地の悲惨な面を見せようとしていたジム・ベイツがカメラを回し続けていることは防げていなかった。

フィルムが暗転した……。

2人の衛生兵は歩兵に戻り、3人目は負傷した女性のそばに残った。残った衛生兵は車からブリーフケースを取り出し、即席の枕として女性の頭の下に置いた。次に、上着を見つけて毛布のように彼女の上にかけた。胎児のように丸まった女性はガラスのような目でベイツのレンズを見つめていた。

彼女は死にかけており、彼女のためにできることは何もなかった。しかし、このドキュメンタリーが明らかにしたように、衛生兵は彼女の最期の瞬間を少しでも苦しまないようとしていた。

彼女の頭の下におかれていたブリーフケースの中には、彼女の手紙、写真、家庭経済学の学位が入っていた。彼女は黄金のキジや将軍の愛人ではなかった。彼女はカティ・エッサーという名の無垢な若い女性で、ベイツがカメラを下ろした後すぐに死んでしまう、雑貨店店員だった。

クラレンスは身を乗り出してテレビを消した。

彼は信じられない気持ちで黒い画面を見つめ、胸が張り裂けそうになった。私が彼女を殺したのか？

それから10年後

クラレンスは80歳を過ぎてから、暗闇を恐れるようになるとは想像もしていなかった。子供の頃は夜が怖いと思ったことはなかったのに、今では目を閉じるのが恐ろしく、メルバのそばで起き続けていた。

ベイツのドキュメンタリー映画を見て以来、一晩中眠れることはまれになっていた。眠ることができた僅かな時間には、しばしば、ケルンの街を安全な場所を求めてさまよい歩いている夢を見た。しかし、追いかける音や影はすべて黒い車にたどり着き、縁石で死んでいるカティを何度も目にした。夢の中で彼女の遺体に出くわすたびに、汗びっしょりで目が覚めてしまった。

それは彼が経験した戦争のトラウマ的な記憶とは違っていた。これは1945年の埃っぽくて余韻の残る記憶ではなかった。この罪悪感は、テレビ画面に彼女の顔が映し出された瞬間に生まれた新鮮なものだった。

そして、その苦悩は夜の暗闇だけのものではなかった。その夢はしばしば昼間でも見てしまった。クラレンスはいつの日も、寝不足で元気がなく、ソファに座っていた。手は震え、イライラし、意気消沈し、落ち込んでいた。

そして、彼は黙って苦しんでいた。メルバは彼のそばにいて、いつも枕に丸まっていたが、目からは輝きが消えていた。

彼女はアルツハイマー病に侵されていた。時々、彼女はクラレンスの顔を認識することがあったし、彼女が興奮した時、クラレンスの声で落ち着くことがあった。しかし、61年の結婚生活の後、彼女はクラレンスの名前を忘れてしまっていた。

クラレンスは気力を失っており、自分でもそれは分かっていた。彼はメルバを老人ホームに入れないと約束していたが、彼女の介護がわずかに残っていたエネルギーを奪っていた。疲労から病気になるのは時間の問題だった。最後までメルバの世話をするのであれば、クラレンスはどうにかして自分自身で立ち直らなければならないと思っていた。

過去は現在を破壊する可能性があるということは以前に経験していた。

クラレンスの中隊長だったソールズベリー大尉は戦争から帰還すると、イェール大学の学位を取得し、コロンビア大学の法科大学院に通い、ニューヨークの名門法律事務所の弁護士となった。

1950年11月下旬、彼は週末をロングアイランドの実家で過ごした。土曜日にはテニスをし、日曜日には母と、州軍を退役した将軍である父と一緒に食事をした。

翌朝、父親が車庫を開けると、排気ガスの奔流にあおられて尻餅をついた。車はガレージの中で一晩中暖気運転をしていたのだ。車中には息子のメイソンがいた。

クラレンスの上官は30歳で自殺していた。予想だにしていなかった。報道陣の取材にソールズベリー将軍は、メイソンが残したメモの内容をほのめかした。ある記者は、「ソールズベリー将軍は、あの戦争以来、息子は戦場で友人を失ったことで、ますます落ち込んでいた、と述べた」と書いている。

数えきれないほどのドイツ軍の砲撃と戦闘を生き抜いたソールズベリー大尉は、目に見えない殺人者、戦争時の精神的負担につきまとわれ、斃されてしまったのである。

約5年後

クラレンスはペンシルベニア州ウィルクスバレーの退役軍人病院の無菌廊下を歩いていた。彼は今までに何度もここに来ていたので、廊下の様子はすっかり覚えていた。

これに先立ち、精神科医が彼の症状を診断し、夜も眠らせてくれない悪魔の名前を教えてくれた。「ＰＴＳＤ」（心的外傷後ストレス障害）。精神科医は、彼に抗不安薬とうつ病の薬を処方した。薬は痛みを隠してくれたが、罪悪感を消すことはできなかった。そこで、精神科医はクラレンスに、その問題を治療するために別のアプローチを試すように促した。

クラレンスが会議室の開いた扉に近づくと、中から明るい会話が聞こえてきた。グループセラピーの集会が始まろうとしていた。ほとんどがベトナム戦争の退役軍人で、イラクやアフガニスタンで戦ったことのある数人の新しい世代の人など、見知らぬ人たちが中に集まっていた。

クラレンスは足取りを緩め、扉の外で立ち止まった。無理をしてここまで来たが、今では気持ちが揺らいでいた。そこにいる男たちは皆自分よりも若い。彼らは老人の問題について話を聞きたいのだろうか？　ましてや、自分たちの戦争の傷がまだ癒えていないのに。

それは彼にとって恥ずべきことだった。彼は第二次世界大戦の退役軍人で、60年前に自分の問題を解決していた。彼の仲間たちは、ＰＴＳＤになるはずがないのだ。彼の仲間たちは、見知らぬ人たちと輪になって座る必要もなく、それができていた。

彼らがそうしてきたのなら、自分もそうしよう。

自らの決断を後悔する間もなく、クラレンスは歩き始め、開いていたドアをまっすぐに通り過ぎていった。

メモ帳を片手に、クラレンスはベイツのフィルムに目を通した。

彼は国立公文書館からオリジナルのノーカット映像を入手し、何度も何度も繰り返し見て、遠い昔のあの日に何が起こったのか、何か手がかりを探した。

彼のせいではないのではないのか？　誰かがカティと運転手を撃ったのではないか？

フィルムには、クラレンスと同じ種類の機関銃を抱えた歩兵が何人か映っていた。クラレンスは彼らの動きを追跡してコマごとに一時停止し、メモを取った。

スモーキーはどうだ？　スモーキーは車体銃手として同じような射界に銃を向けていた。後ろには、さらに３輌のシャーマン戦車がいた。

クラレンスはフィルムをスローモーションで再生し、曳光弾の軌跡を追いながら、カティを殺した銃弾は、本当に自分の銃から出たものなのかという、真実を見極めようとした。しかし、その答えは見つからなかった。何度この映像を見ても、イライラするような狭い戦場の光景が映し出されるだけだった。

その場にいた者と話すことができればいいのだが。しかし、ベイツ、スモーキー、アーリー、そして残りの乗員は皆、その頃には老衰で亡くなっていた。

チャック・ミラーはまだ生きていたが、パーシングの後ろに戦車を停めていたので、交差点に飛び込んできた車が銃撃を受けるのを見ていなかった。

その時突然、クラレンスはある考えがひらめいた。あの日、引き金に指をかけていた男が他にもいたのだ。

ドイツ兵だ。

クラレンスは、ベイツのフィルムには写っていなかったが、敵の曳光弾の緑色の一条を見ていた。しかし、パーシングが倒壊した建物を通り過ぎる頃には、敵の戦車は逃げ去っていた。クラレンスは、他の誰かが次の角で敵戦車を仕留めて、自分が始めた仕事を終わらせたのだと思っていた。しかし、もしそれが間違っていたとしたら？

その戦車のドイツ兵が生き残っていたとしたら？　彼がまだ生きていたら？

それから一年以上経った２０１３年３月21日

寒い冬の午後、クラレンスは再びケルン大聖堂の前に立っていた*。

広々とした広場には、耳障りな風が吹いていた。頭上の雲が突然小雨を降らせても、クラレンスは驚かなかっただろう。クラレンスは灰色の陸軍のランニングジャケットの襟を立てた。緊張と寒さが入り混じり、そわそわしていた。昔、この時期にここで戦ったことはあったが、ケルンがどれほど寒いかは忘れていた。

大聖堂に背を向けて、クラレンスは広場を横切る人々を観察した。木曜日のケルンは、悪夢の中に出てくるような光景よりも、はるかに閑散としていた。

＊クラレンスは筆者（マコス）が同行することを許可し、会話や出来事をそのまま記録した。街の近代的なガラス建築の中では、クラレンスは常に砲手であり、「あれを撃てたら良かったのに！」と、至る所で標的を見いだしていた。イースターエッグの形をしたガラスの建物？「あそこなら大損害を与えられる！」

広場は活気に満ちていた。長いコートを着たビジネスマンが駅に向かうために通り過ぎていく。修道女たちは大聖堂の二重扉を通り抜け、観光客は尖塔の写真を撮っていた。

クラレンスは第二次世界大戦の退役軍人を探していたが、ただの退役軍人ではなかった。ドイツの退役軍人だ。

ケルンのジャーナリストの助けを借りて、クラレンスは彼を見つけたのだ。街の中心で戦った3組の乗員たちのうち、最後に生き残ったドイツの戦車兵だ。そのドイツ人は今日、ここでクラレンスに会うことに同意していた。

しかし、彼はどこにいるのか？　約束の会合の時間は20分前に過ぎていた。

ドイツ人の相棒は考え直したのか？　うまくいくと思っていたクラレンスは頭がおかしかったのだろうか？　クラレンスは89歳で、高齢者は普通このようなことはしないのだ。

メルバを娘のシンディに託し、68年前の出来事について誰かと話すために、外国の都市まで4000マイル（約6400㎞）もの距離を旅してきたのだ。その〝誰か〟とは、彼を殺そうとしていた男だった。

「おいクラレンス！」南部訛の甲高い声が彼の名前を呼んだ。

バック・マーシュが広場の脇からクラレンスに近づいてきた。彼はドイツの退役軍人を見張るのを手伝っていた。

バックは現在89歳になったが、最近になって建設会社を退職したばかりで、禿げて小さな眼鏡をかけ、上着の下にセーターを着て、まだCEOのように見えた。彼とクラレンスは、2006年にペンシルベニア州ハリスバーグで開催されたA中隊の戦友会に、バックがクラレンスを主賓として招いたことがきっかけで再会し、親しくなっていた。

バックはクラレンスに近づいてきた。「彼はいたかい？」彼は尋ねた。

「残念ながらまだだね」とクラレンスは言った。

別のところから、三人目のアメリカの退役軍人が近づいてきた。

88歳になったチャック・ミラーは、杖を使って動いていたが、目を細めてニヤリと笑う姿は変わっていなかった。

チャックの髪は今では白くなっていたがふさふさだ。黄色いスピアヘッド師団の野球帽をかぶり、それには多くの退役軍人に見られるようなピンがたくさん付いていた。しかし、チャックはただの退役軍人ではなかった。

今では〝ミラー少佐〟だった。

冷戦が激化していた頃、チャックは予備役に再入隊し、戦車大隊の指揮官になっていた。彼はいつもクラレンスを最高の戦車砲手だと信じていた。アンディ・ルーニーの「私の戦争」という本が、ケルンで、バズーカ砲兵がパンターを撃破したと間違って書いていたとき、チャックは真っ先に手紙を書いて訂正させた。

チャックは皆と合流した。「さて、どうだ？」

クラレンスは敗北感に首を振った。「もし彼が私たちの前を通り過ぎてしまっていたら？」と彼は言った。

バックとチャックは、「３人で見張りをしているのに、そんなことがあるはずがない」と言ってクラレンスを安心させた。ケルンは交通量の多い街だ。そのドイツ人はどこかで渋滞に巻き込まれたのだろう。

三人の男たちは、寒さに両手をこすり合わせながら、黙って立っていた。

教員が子供たちを連れて退役軍人の前を通り過ぎていくと、バックは、にやりと笑った。

「まあ、」バックは言った。「少なくとも、クラレンスのような子供は走り回っていないな」。

「そうだな、みんな若すぎる」とチャックは付け加えた。「もっと老けたのを探せよ」

クラレンスは珍しく微笑んだ。

彼は、友達をこんなところまで引っ張ってきたのは、無駄ではないと思いたかった。

バックとチャックに、ケルンに一緒に行ってくれないかと頼むと、彼らの熱意はクラレンスを驚かせた。いつ出発するんだ？

彼らにしてみれば、戦争中の最悪の戦いの中で、クラレンスは彼らの安全を守ってくれたのだから、これは恩返しをするチャンスだったのだ。そして、彼らから見ても、これは友人にとって必要な旅なのだと思った。

戦争から帰ってきてから、バックとチャックはクラレンスがしなかったことをした。それは、自分たちのトラウマと向き合ったことだ。

オーバーン大学に通ったバックは、午後になると、社交クラブの兄弟で、太平洋で海兵隊員として戦った新進作家のユージン・スレッジと、ガラス張りの縁側で、戦争について語り合った。

チャックは帰国するとすぐに新しいスチュードベーカーを買って自分へのプレゼントとし、同じ退役軍人の兄と一緒にドライブに出かけた。カリフォルニアに向かう砂漠の高速道路で、チャックは自分が見た惨状を兄に話した。

話すことで二人は癒されていた。そして、それが今のクラレンスの助けになるのではないかと期待していた。クラレンスは、彼らの励ましに感謝していた。率直に言って、彼は友人たちが何もかも捨ててこの長旅に参加してくれたことに驚いていた。

バックにはワンダという妻がいて，アラバマ州オーバーンの美しい湖畔の家で，毎朝アヒルに餌をやり，夏の間は教会で芝刈りの奉仕活動をしたりする日々を送っていた。そしてチャックは，在郷軍人会の運営を手伝ったり，地元の墓地の会計係を務めていないときは，妻のウィノナと一緒にミズーリ州ベルサイユに戻り，９人の孫を可愛いがる祖父母になっていた。

しかし、二人の男はここまで来ていた。今もあきらめる気配はなかった。

だからクラレンスは、冷たい風の吹く広場で、時間の許す限り待つことにした。今や敵だけが彼を救うことができるということが、受け入れがたい現実だったとしても、これが彼を癒す最後のチャンスだった。


3人の退役軍人はもはや孤独ではなかった。

「あいつだ」とチャックは言った。

「あいつに違いない」とバックも同じ事を言った。

クラレンスは彼らの視線を追って目を広場の街側に向けた。そこには小柄な老紳士が両腕を後ろに回して立っていた。

グスタフ・シェーファーは、彼らと同じように迷っているように見えた。

今は86歳になったグスタフは、襟元が開いた黒い冬用のジャケットを着ていて、シャツとネクタイが覗いていた。白い髪はきちんと梳いてある。グスタフは、アメリカ人を見落としていないかと思いながら、左右に視線を走らせた。メガネの調光レンズが、心配そうな目を隠していた。

グスタフの息子のウーヴェが運転してきたのだが、4時間のドライブの間に交通渋滞に巻き込まれてしまい、事態はさらに悪化してしまった。つまるところ、彼は自分の戦車の上にビルを落としたアメリカ人に会いに来たのだ。手紙では、友好的に思えた旧敵も、二人の仲間を連れてきたことにも言及していた。

彼らはどんな感じなのだろうかと思った。そして、何を話しに来たのだろうか?


「あいつだ、わかった」。クラレンスはドイツの退役軍人の方に向かって歩き出した。ここに至るまでの思いを込めて、今は本能に従って行動していた。

バックとチャックは遠慮した。これで彼らの役目は完了したのだ。これはクラレンスの事業だ。

グスタフは、広場の大聖堂側からアメリカ人が近づいてくるのを見て、躊躇しながら彼の方向に進んだ。

アメリカ人は威圧的で、グスタフが予想していたよりもはるかに背の高い男だった。

クラレンスはグスタフに向かって一歩一歩、列車がスピードを上げていくように歩いて行った。クラレンスは喉に節ができているのを感じ、言葉が出てこないのではないかと心配になった。まだ何フィートも離れていないのに、クラレンスの顔には緊張した笑みが広がり、敵に手を差し伸べた。

グスタフの顔に微笑みが浮かび、クラレンスに合わせて手を伸ばした。

背の高いアメリカ人と小柄なドイツ人は挨拶し、お互いに挨拶をしながら握手し続けた。クラレンスは少年時代のドイツ語を十分に覚えていたし、グスタフは捕虜時代に英語を習っていた。

クラレンスは何か言おうとしてグスタフの耳元に顔を近づけた。「戦争は終わったんだから、もう友達になれるよ」。

グスタフは目に見えて安心したように頷いた。「Ja, ja, gute」と彼は答えた。

グスタフも全く同じことを考えていた。

近くのホテルのバーで、クラレンスとグスタフは並んで座り、ビールを飲みながら話をした。これからの二日間、グスタフと彼の息子はアメリカ人と同じホテルに泊まることになった。

バックとチャックは、クラレンスが雇った通訳を介してグスタフに戦後の生活について尋ねている間、近くをうろうろしていた。

グスタフは、捕虜収容所では藁を敷き詰めた板の上で寝ることに慣れていたので、帰ってきてからの最初の一週間は、ベッドの横の床で寝ていたと語った。

実家の農業が軌道に乗ると、グスタフは自分の好きな仕事に就き、ブルドーザーや、後にキャタピラーを操作して、湿地を農地に変えることに人生を費やした。

そして最近は？　グスタフの話では、少年時代に住んでいた家のすぐ近くの小さな牧場に住んでいるという。２００６年に妻のヘルガが亡くなってからは、新しい趣味に没頭していた。グーグルアースだ。グスタフはパソコンの前に座り、ほとんどの日は自宅にいながらにして、衛星画像プログラムを使って世界を旅していた。

彼はすでにクラレンスの家を調べ、疑問に思っていたことがあった。クラレンスは外にどんな車を停めているのだろうか？　家の中はどんなふうに装飾されているのか？

クラレンスはその質問に苦笑した。

打ち解けるにつれて、二人は共通のユーモアを発見した。「戦車の中にトイレはあったのか？」クラレンスはグスタフに尋ねた。「だって、俺たちの戦車はトイレを設置するのを忘れてたんだ」。

「なかったね」とグスタフは言った「だから空薬莢の中にしたよ」。

「パーシングには炭火焼きグリルがあった」とクラレンスが言った。「冷蔵庫も」。

グスタフはうなずいて調子を合わせた。「もちろん冷蔵庫もあったよ」、「でも冬の間だけなんだ！」と言った。

傍観者となっていたバックとチャックは笑い声を上げた。

バックとチャックが去り、数本のビールを飲んだ後、クラレンスとグスタフの会話は、一転して沈んだものになった。

クラレンスは、未だにケルンの悪夢で夜中に目が覚めてしまうことを明かした。「夢の中に彼女が出てくるんだ」と言った。「車の中にいた女の人だ」。

グスタフはクラレンスが誰のことを言っているのかがよくわかった。10年前、彼はテレビでケルンの戦いのドキュメンタリー映画を見ていた時に、クラレンスと同じ映像に偶然出くわしていた*。

グスタフは自分も悪夢が残っていたと認めたが、彼の悪夢は異なったものだった。夢の中では、彼は戦車の中に閉じ込められていて、外に見えるのは粉々に砕け散った車と、歩道で負傷して横たわっているカティ・エッサーだけだった。

クラレンスは近くに寄り添って、静かな口調で話した。「何があったか誰かに話したことはあるのですか？」

グスタフの顔は、深いしかめ面になった。「誰が分かってくれるというのでしょう？」と彼は尋ねた。

クラレンスはその気持ちをよく知っていた。

友人を待つしかないバックとチャックは、ちょっとした目的を果たすためホテルを出た。

二人とも襟を立てて寒さに耐えながら、タクシーを降りてケルン北部の重厚な街、アイヒェンドルフ通りに出た。バックは角にある家に向かって道を先導し、興味本位でついて来たチャックは後を追った。

「彼女は玄関のポーチに座って、あんたを待っているかもしれないな」と、チャックは冗談を言った。「歯もなくなってるのに」。

バックは笑った。

二人は28番地のクリーム色の石造りの家の向かいに立ち止まった。あれからいろんなことが起こった今でも、この家の窓には印象的な彫刻が施されていた。

バックの手には、アンネマリー・バーグホフからもらったセピア色の写真が握られていた。裏面に書かれた彼女の住所が、バックを導いてくれた。

バックはいつも、別のやり方をしていればよかったと思っていた。

パーダーボルンでブーム少尉を失った後、アンネマリーには帰ると約束していたのに、バックはケルンに戻ろうとはしなかった。当時まだ21歳だったバックは、家に帰りたかったのだ。

歳を取ってから考えると、アンネマリーは誰かがドアをノックするたび、バックが帰ってきたと思ってドアに駆け寄

＊この物語に添えられた迫力のある映像には今でも驚かされる。ベイツが撮ったケルンで戦ったクラレンスの戦時中の映像（パンターとの決闘を含む）や、クラレンスがグスタフと再会したときの映像など、これらはすべて、私（アダム・マコス）のウェブサイト AdamMakos.com に掲載されている。ぜひご覧下さい。

り、がっかりしたことだろう。彼は、せめて戻ってくると言う思惑の変更を彼女に知らせるために、手紙を書いておけばよかったと思っていた。

そして今、罪悪感を感じながら、疑問を感じている自分に気づいた。彼女は良い人生を送っていたのだろうか？

バックは妻のワンダに、ケルンにいる間にアンネマリーがどうなったか調査してよいだろうかと尋ねていた。ワンダはある程度まで理解してくれた。「彼女が太っているといいわね」。

ハンマーを打つ音とノコギリの音が家の開けっ放しのドアから聞こえてきた。請負業者は、大規模な一戸建ての家を別々のアパートに分割する作業を熱心に行なっていた。

今しかないだろう。

チャックが出入り口でじっと待つ間に、バックは中に入っていった。

工事現場に慣れているバックは、見慣れた石造りの階段の上にいる建築技術者を見つけた。技術者は英語を話すことができたが、守秘義務の関係で家の持ち主の名前を明かせないと言った。

バックはがっかりしたが、その理由は理解していた。バックは、彼が家主とあったときのために、技術者に自分の名刺を渡し、滞在しているホテルの名前を伝えた。

気を取り直して、バックは外の寒さの中に足を踏み出した。彼は待っている時間が長すぎたのだ。

翌朝、クラレンスとグスタフは冬服に身を包んで、まるで昔からの仲間がバス停に向かっているかのように街の歩道を歩いていた。

クラレンスは黄色いスピアヘッド師団の野球帽をかぶり、グスタフは黒いベレー帽をかぶっていた。二人の鼻は寒さで赤くなっていたが、気分は心機一転、高揚感に満ちていた。

右手の大通りは交通量が少なかった。仕事が始まったばかりで、ほとんどのケルン市民はすでに机に向かっていた。長いジャケットとニット帽をかぶった市民が、ぽつぽつと退役軍人たちの前を通り過ぎていった。信号待ちをしているメルセデスのタクシーからは、排気ガスが噴き出していた。

バックとチャックはホテルに残っていたので、クラレンスとグスタフは二人だけで旅を終えることができた。過去と向き合う時が来たのだ。

グスタフは通りの向かい側の建物を見て自分たちの位置を確認しながら、クラレンスと二人で光に満ちた見慣れた巨大な交差点に向かって進んでいった。

グスタフの調光レンズは再び暗くなった。その顔は集中力に満ちていた。この辺りを最後に通ったのは68年前のことだった。通りをもう一度見つけることはできるのか？

しばらく探した後、グスタフの顔は明るくなった。ここだ。

グスタフは足を止め、クラレンスの目をバールの向こう側に向けた。反対側の角に、地上階にパブがある建物が建っていた。アパートが立ち並ぶ静かな十字路に面していた。

グスタフは、クラレンスが建物を破壊し、レンガが崩れ落ちる前に、パーシングを発見した戦車が後退した場所だと説明した。

しかし、破壊された建物は数年前に再建されており、クラレンスはその新しい高さに驚嘆した。建物は再び高くそびえていた。まるで何事もなかったかのように。

記憶を呼び覚ますと、グスタフの背筋に戦慄が走った。「あの頃の私はそれほど怖いと思っていなかった」と彼は言った。「でも、今になって考えると、18歳の自分が怖くなってしまう」。

グスタフは、戦後の旅団の戦友会で、他の戦友たちから戦車を捨てて逃げ出したことをよく叱られたという。「瓦礫を片付ければよかったのに」と言われ、グスタフはこう答えた。「戦車を降りて、砲を修理している間、アメリカ兵に砲を撃つのをやめてもらうべきだったな！」

クラレンスは罪悪感に満ちた微笑みを浮かべた。「すなまかった」。

「いや、建物を撃ってくれてよかったよ」とグスタフは言った。「あのまま戦車の中にいたら死んでいただろう」。

歩道を進んでいくと、男たちは巨大な交差点の手前で立ち止まった。凍った木々が生い茂る中央分離帯の周りを小さな車がせわしなく走っていた。周囲のオフィスビルからの暖かい光が広場に降り注いでいる。

二人の戦車兵の上には、陰鬱な雰囲気が漂っていた。

ここは昔、彼らの人生がぶつかった場所だった。

クラレンスの前の街灯には、自転車がロックされていた。ここに銃弾にまみれた黒い車が悲鳴を上げて停車した。彼は歩道を見下ろした。

「ここが夢の中で彼女を見る場所なんだ」と彼は穏やかに言った。

グスタフは顔をしかめてうなずいた。レンズで目が隠れていたが、感情はそこにあり、彼のストイックなドイツ的振舞いの中にあらわれていた。

クラレンスは交差点の向こう側を見つめた。パーシングがそのとき停車していた場所には、車の列が止まっていた。

すべてが記憶よりもずっと近くにあった。

あの運命の日、大通りは空っぽだった。そこに立ち、現実の光景を見て、クラレンスは車が自分の射界に突っ込んできたときに何が起こったのかという疑問を払拭した。

大通りは射撃場だった。外すことは不可能だっただろう。最悪の悪夢が現実となったが、少なくとも彼はようやく真実を知ることができた。クラレンスはグスタフの方を向いた。

クラレンスは唇を震わせながら、すべてがあっという間に終わってしまったことを認め、標的を観察する時間がなかったことを告白した。クラレンスは、車がドイツ軍のものだと思って撃ったのだ。

それに対するグスタフの返答は、クラレンスを唖然とさせた。「ああ、だからわたしも撃ったんだ」

「あなたも撃ったのか?」クラレンスは信じられないという気持ちで声を震わせながら言った。

「ああ、そうだ」とグスタフは言った。「車が走ってきて目の前の右側に止まったんだ」とグスタフは言った。

グスタフは、その車が自分たちに向かってくるアメリカの戦車だと思って、引き金を引き、手遅れになるまで引き金を離さなかったと言った。

クラレンスはグスタフの戦車がいた場所を見て、次に自分の戦車がいた場所を見た。それは紛れもないものだった。両者の射線はまさにこの場所に集中していた。クラレンスはその驚くべき事実に目を潤ませた。二人ともやったんだ。

グスタフは何かに悩んでいたが口に出していなかった。しかしもう我慢できなかった。グスタフは、そもそもデリングが道路を走っていたのは無責任だったと言った。デリングとカティは戦場に車を走らせずに地下室に隠れるべきだった。あと2時間待っていればこんなことにはならなかった、と。

クラレンスはうなずいた。グスタフの言うことも一理ある。「戦争なんだ」グスタフは首を振って言った。「それは自然の摂理だ。元には戻せない」

自然の摂理だ。その言葉に、クラレンスは固まった。16年間の罪悪感と自己嫌悪の中で、自分もあの日の犠牲者になったかもしれないとは考えたことがなかった。

誰もがあの交差点にいるべきではなかったのだ。

クラレンスは故郷のリーハイトンのグレーバー・スケートリンクでローラースケートをしているべきだった。グスタフはハンブルク~ブレーメン線の列車を見ているべきだった。そしてカティは、荒れ狂う戦いの中を車で走るのではなく、公園で姪っ子や甥っ子と遊んでいるべきだった。

クラレンスは、このことに気がついて、重荷が下りたように感じた。

それは自然の摂理なのだ。

彼らのせいでも、彼女のせいでもない。

それが戦争だったのだ。

錬鉄製のフェンスがうなり声をあげて開いた。クラレンスとグスタフは、かつて戦った場所から200ヤード(約180m)ほど離れた古い教会、聖ゲレオン大聖堂の洞窟に足を踏み入れた。

日陰の洞窟は常緑樹と蔓の這った壁で閉ざされていた。ここは寒く、隣の通りよりも寒かった。そして不気味なほどに静かだった。

グスタフは黒いベレー帽をぴったりと被り、クラレンスはコートのジッパーを上げていた。それぞれが特別な目的のために持ってきた黄色い薔薇を一対ずつ持っていた。クラレンスはこの街の人脈から、ここがその場所だと確信していた。

男たちは葉の茂る低木の海の中にある踏み石の道を進んだ。薄暗い光の中、グスタフのレンズは明るくなり、自責の念に満ちた真剣な目が見えた。

周りの下草の中からは石の十字架が立っていた。洞窟は小さな墓地だった。

クラレンスとグスタフはとある石の十字架の前で立ち止まった。碑文は次のように読めた。

ミヒャエル・ヨハネス・デリング
1905-1945

クラレンスは悔しそうに見ていた。40歳。デリングがハンドルを握って亡くなったあの時、まだ40歳だった。クラレンスにとって、まだ若かった。

グスタフはデリングの墓にバラの花を供え、クラレンスも同じように供えた。

そこから二人は墓地を横切り、鉄製のキリストの受難像が取り付けられた膝の高さほどの木の十字架のところまで移動した。

十字架には「未知の死者」と書かれた銘板が貼られていた。クラレンスとグスタフは頭を下げた。カティの物語はここで終わりを迎えたのだ。

戦いの後、彼女の遺体は、理由はわからないがブリーフケースから切り離されてしまっていた。身分証明書のない彼女はこの共同墓地に埋葬された。

十字架の前には花を入れる小さな手桶が置かれていた。空だった。

クラレンスは首を振った。カティの人生の終わりを受け入れるだけでもつらいことなのに、まるで生きていなかったかのように忘れ去られた彼女を見るのは、さらにつらいことだった。

グスタフは身を乗り出して薔薇を手桶に入れてから、クラレンスのために一歩後ろに下がった。腰を曲げたクラレンスは、揺れる手で薔薇を握りしめたまま前に身を乗り出した。クラレンスは不安定な姿勢になって、バランスを崩しそうになった。倒れそうになる前に、グスタフがクラレンスの腕を掴んだ。クラレンスは、かつての敵に支えられながら、薔薇を手桶に入れ、体を起こした。

クラレンスとグスタフは何も言わずに並んで立っていた。風が木々や蔓、黄色い薔薇を揺らしていた。自分がどこにいて、何をしているのか、クラレンスにはまだ非現実的に思えた。

彼の足元には、そのときは何も知らず、今は少し親しみのある、罪のない女性が埋葬されていて、かつての敵が傍らに立っていた。

ケルンでは、これほどまでに悲劇的な真実が明確に示されている場所はなかった。

戦争は誰の身にも降りかかるのだ。


クラレンスは、グスタフと一緒に洞窟から出た後、門を閉めた。しかし、ここで終わりではなかった。クラレンスは洞窟の外でじっとしていた。フェンスに指をかけながら薄暗い周囲を見つめていた。たとえ彼女が無名の墓に横たわっていたとしても、彼は彼女がそこにいることを知っていた。

沈黙の中、クラレンスはカティ・エッサーに誓った。

彼女のことは絶対に忘れないと。

グスタフは、動かないクラレンスが木製の十字架を見つめているのを見て、心配になった。グスタフは通訳に友人の様子を確認するように促した。

「大丈夫ですか、クラレンス?」通訳が尋ねた。

クラレンスはフェンスから手を離し、一歩離れた。

彼は肩をすくめてうなずいた。「もう大丈夫だよ」。

クラレンスとグスタフは、聖ゲレオン大聖堂の拝廊に入ると、帽子を脱いだ。暗い控えの間には色あせた中世のフレスコ画が並んでいたが、頭上のドームは光に満ちていた。

男たちは朝のミサからまだ燃えている蝋燭の列に近づいた。クラレンスとグスタフは慈善箱に硬貨を入れてから奉納用の蝋燭2本に火をつけた。男たちはそれぞれ自分の蝋燭を、揺らめく炎の列に加えた。

静寂の中で、二人は、世界に聞こえることのない静かな言葉で冥福を祈った。


クラレンスの友人のドイツ人ジャーナリストが、クラレンスとグスタフが大聖堂を出た後に、思いがけない出会いを用意してくれていた。

冬用のコートを着た細身の青年が二人を待っていた。彼はケルン大学の歴史学の教授で、授業の合間を縫って、自分の故郷であるこの街で何十年も前に戦った退役軍人たちに会いに来たのだった。彼の名前はマルク・ヒエロニムス。39歳で、眼鏡をかけていて、細かく刈り上げた髭を生やしていたが、それよりも重要なのは、彼はカティ・エッサーの姉妹の孫であることだ。

クラレンスは固まった。

何しろこの男はカティの家族なのだ。グスタフはクラレンスの影に隠れて、大柄な友人に状況の整理を任せた。

マルクは笑顔で英語の挨拶をしながら緊張を和らげた。クラレンスがニヤリと笑うと、グスタフは隠れていた場所から出てきた。

マルクは彼らを裁くために来たのではない。むしろ、自分の力を貸すために来たのだ。叔母のカティの人生を知りたいのであれば、彼がガイド役になるだろう。


銀色のバンは無数にある路面電車の線路の上をゴロゴロと音を立てながら走り、運転手はケルンの街を走り抜けていた。マルクは助手席から解説をし、クラレンスとグスタフは彼の後ろに座り、窓の外の景色に少年のような畏敬の念を持って耳を傾けていた。

カティの家は赤レンガの長屋だった。

防空壕の入り口が残っている公園。

デリングの雑貨店に行くために毎日自転車で通っていた通り。

午前中の厳粛な時間を経て、一日の終わりに、クラレンスとグスタフは再び笑顔を取り戻した。マルクのツアーは、カティが生きてきた人生を思い起こさせてくれるような高揚感のあるものだった。

ツアーが終わり、バンはローマ時代の城壁にある門の近くで車を停めた。

マルクは座席の中で体を回転させた。大学に戻る前に、クラレンスとグスタフを「今度ケルンに来たら、一緒に夕食を食べませんか？」と招待したかったのだ。

これは彼との夕食だけではない。彼の招待は、友人として、カティの家族と一緒に食事をするということだった。

クラレンスはその振る舞いに気づかなかったわけではない。マルクは彼らに許しを与えようとしていたのだ。

クラレンスは微笑みを禁じ得なかった。


その日の朝、バックが残っていたのは正解だった。フロントデスクからの電話で、ホテルの部屋から呼び出された。お客が来ていた。

バックはロビーで彼を待っている女性を見つけた。

彼女は黒のロングジャケットを着ていて、タン色のスカーフがすっきりとしたアクセントになっていた。肩まであるブロンドの髪が、バックの記憶をかきたてる、忘れらがたい美しさを持った顔を縁取っていた。

彼女はアンネマリーに似ていた。

しかし、どうしてそうなったのだろう？　彼女は自分の年齢の半分にもなっていなかった。その女性は、バックが訪れた家の持ち主であると自己紹介した。建築技術者がバックの名刺を彼女に渡したのだ。彼女の名前はマリオン・プッツ。彼女はアンネマリーの娘だった。

バックはマリオンの手を取り、握ってみた。彼は彼女に似ていることに興奮してしまった。「お母さんにそっくりだ！」

マリオンは、バックとの出会いは彼女にとって特別なものだったと言った。彼女の母親は10年前に他界していたが、今回の出会いは、彼女が生きてきた人生について少しでも知ることで、彼女を偲ぶ機会となった。

二人はロビー脇の席に座った。

バックはマリオンに、アンネマリーとの出会いの経緯と、彼らの短い友情の物語を話した。バックは、戦後すぐに彼女を忘れてしまったことを悔やんでいたが、マリオンは罪悪感を感じないようにとバックに言った。

「あなたは彼女のために適切な時にそこにいたのよ」とマリオンは言った。「困難な状況にあったとき、あなたは彼女に希望を与えてくれた」。

バックは身を乗り出して、ケルンに来てからずっと自分の中で燃えていた質問をした。「彼女は良い人生を送ったのだろうか？」

マリオンは、母は歯科医学を学び、父親の医院で働き続けていたと言った。彼女はケルンで最初に運転免許を取得した女性の一人で、最初に車（フォルクスワーゲン・ビートル）を購入した女性の一人でもあった。

アンネマリーは裕福な工場のオーナーと結婚し、マリオンを出産した。結婚生活は長続きしなかったが、彼女はドイツとスイスの湖畔にある家を行き来し、モーターボートでクルージングするのが大好きだった。

バックはそれを聞いて喜び、感謝した。

帰り際、マリオンは立ち去ろうとするバックの手を握り、「母を幸せにしてくれたことに感謝したいの」と言った。

バックはその思いに声を詰まらせた。「そうだ、あなたの母さんは俺も幸せにしてくれたんだ」。

次の日の朝

グスタフの息子が車を取りに行っている間に、退役軍人たちはケルンの大聖堂に近づいた。短い時間の中で、彼らはチームとなっていた。敵同士の再会が友の集まりとなり、誰もが今回の訪問を終わらせたくないと思っていた。

しかし、グスタフの息子は次の日に仕事があった。アメリカ人の家族も家で待っていた。やるべきことがひとつだけ残っていた。

退役軍人たちは大聖堂の広場に立ち、デジタルカメラをあちこちに渡しながら、一緒に写真を撮るためにポーズをとった。

バックはグスタフと一緒に写真を撮り、身長が同じくらいだと冗談を言った。

チャックはグスタフの横に並んで写真を撮った。カメラを構えて「チーズ！」と叫ぶクラレンスを見て、チャックは旅をした甲斐があったと思った。友人はきっと大丈夫だろう。

最後に、クラレンスとグスタフは大聖堂の前で腕を組んでカメラに向かって微笑むことになった。カメラはピピッと音を立て、フラッシュが点滅した。バック、チャック、そして通訳も写真を撮り続けた。

その時、クラレンスは思いがけない行動に出た。手を伸ばしてグスタフを抱きしめたのだ。レンズの中で、彼は抱きしめたまま、グスタフから離れようとしなかった。グスタフも同じようにハグを返した。

通りすがりの10代の若者たちは、街の広場で抱き合う二人の老人（背の高いアメリカ人と小柄なドイツ人）の姿を見て笑っていたかもしれない。しかし、通りすがりの10代の若者たちは、この二人の老人が誰であるかを知るよしもなかった。

退役軍人たちは、グスタフの息子がホテルの前で、暖機運転中の車で待っているのを見つけた。彼は父親を家まで送る準備ができていた。

クラレンスはその意味を理解していた。グスタフと会うのはこれが最後になるだろう。

ドイツの小柄な退役軍人は、自分の健康状態が悪いことを打ち明けていた。このことは家族も含めて誰にも知らせていなかった。それでも彼は、クラレンスとはできるだけ長く連絡を取り合いたいと思っていた。

その日の朝、二人は納得して別れた。戦争の罪悪感が残っていたとしても、それを共有することにした。どんな悪夢が現れようとも、二人は一緒に立ち向かうのだ。

車に乗り込む前に、グスタフは通訳にクラレンスへの最後のメッセージを伝えた。

その言葉にクラレンスは目を伏せた。

「クラレンスに伝えてくれ、来世では戦友になるよ」

あとがき

冷戦時代のヨーロッパにおけるアメリカ最大の戦闘力として、〝スピアヘッド〟師団はソ連に対して戦線を維持し、来ることのなかった戦車対戦車の衝突に備えた。

師団の次の戦場は砂漠だった。ドイツから召集された第3機甲師団は、湾岸戦争では地上戦闘の先頭に立ち、第二次世界大戦以来の大規模な戦車戦を繰り広げた。イラク共和国防衛隊を打ちのめした後、〝スピアヘッド〟師団は戦争を100時間以内に停戦状態に持っていくのに貢献した。

これが最後の戦いとなった。

冷戦は終結し、テロリズムが自由陣営への新たな脅威となった。そのため、強大な機甲師団は退役し、その所属部隊は米軍の中でバラバラに再配置された。今、スピアヘッド師団は眠れる巨人となり、機械と機械が再び戦う日まで休んでいる。

2017年9月、第3機甲師団協会の第二次世界大戦の退役軍人たちがフィラデルフィアで最後の戦友会を開催した。参加できたのはわずか3人の戦車兵だけだった。2人はE中隊の男だった。クラレンス・スモイヤーとジョー・カゼルタだ。

クラレンスの乗員は、彼らが再び集まるずっと前に亡くなっていた。クラレンスは戦友会で、彼らの人生がどのようなものだったかを知った。

ホーマー・〝スモーキー〟・デイヴィスは電気技師となり、ケンタッキーの田舎の森の中で生涯を終えた。

ウィリアム・〝ウッディ〟・マクヴェイはデトロイト近郊の自動車修理工場で働き、彼の技術は車の試運転に活かされた。

ジョン・〝ジョニー・ボーイ〟・デリッジは、グリーンランドからバレー・フォージの陸軍病院で1年間過ごし、顔の傷が治った。後にペンシルベニア州レヴィタウンの鉄鋼労働者となった。

ボブ・アーリーは、ミネソタ州ファウンテンで念願の農場を手に入れ、戦車の砲塔の座席をトラクターの座席に交換した。結婚して息子を育て、戦友会に出席するためにバイクで国中を横断することで知られていた。

クラレンスはドイツで別れた後、アーリーに会うことはなかったが、長い握手と、一緒に乗り越えてきたことへの感謝の気持ちによって、友情の絆を結べたことに安らぎを感じていた。アーリーは1979年に亡くなった。ケルンでパンターの砲身を見つめた後は、人生の一日一日が贈り物であり、ボブ・アーリーは充実した日々を過ごした。

ポール・フェアクロスについての情報を求めて、クラレンスはフロリダの電話帳の無数の番号に電話をかけ、ポールの甥を見つけた。

その甥は、ポールの墓参りは難しいとクラレンスに伝えた。ポールは遠くフランスのエピナル・アメリカン墓地に埋葬されていたからだ。

故郷の地で友人の記憶に残る姿を見たいと決意したクラレンスは、ポールの名前で寄付をして、フォートノックスの公園に、シャーマン戦車が静かに見守る、彼の名を冠した第3機甲師団記念碑を建設した。


チャック・ミラーによると、クラレンスとのケルン旅行は「一生に一度のスリル」だったそうだ。

チャックはその翌年に亡くなった。葬儀の行進では孫のオートバイクラブが霊柩車を護衛し、装甲車のような轟音を轟かせたという。彼を知る者は「チャックも認めただろう」と皆同じことを言った。


フランク・"ゲイジャン・ボーイ"・オーディフレッドは、戦争から帰還して1カ月後、中隊の恋人であるリルと結婚した。ブラッツハイムでのあの日から両耳がほとんど聞こえなくなったにもかかわらず、オーディフレッドはルイジアナ州のスタンダード・オイル社で機械工としてのキャリアを積んだ。

96歳になった今も、彼の体にはドイツ軍の榴散弾が残っている。歯科衛生士が定期検診で口の中に鉄の破片が入っているのを見つけても、オーディフレッドはただ笑うだけだ。


1955年、バック・マーシュとボブ・ジャニツキはセントルイスで行なわれた師団最初の戦友会に初めて参加した。バックは、戦場の恩師が義足を履いていたにもかかわらず、一歩も動じていないことを知った。戦障補償を利用して、ジャニツキはイリノイ州フリーポートでオートバイの販売店を開業していた。この事業は後に3店舗に拡大し、自家用飛行機を購入して飛行させることができるようになった。

1960年代、バックはアトランタに住むバイロン・ミッチェルを見つけ、彼に電話をかけた。言葉少なげなバイロンの報告は簡潔なものだった。「コンクリートトラックを運転しているが、本当に気に入っているよ」。

最近では、バックは以前所属していた陸軍第36歩兵連隊の名誉曹長を務めており、学校に出向いて子供たちに第二次世界大戦について教えている。

例外なく、若者は必ずといっていいほど「何人のドイツ人を殺したんですか?」と聞いてくる。

バックは、若者の純真さを面白がって、いつも同じ答えを返した。「その数がゼロであればいいのにな」。

大西洋の反対側では、グスタフ・シェーファーは、ロルフ・ミリッツァーに会いたいと考えて、何十年もの間、第106装甲旅団の戦友会に参加していた。

旅団は全滅していたので、集まりはどこのレストランの奥の部屋にも入るような小さなものだったが、ロルフはそのドアを一度も通らなかった。

ロルフは捕虜となった後、ソ連の支配下にあった東ドイツの自宅に送還され、鉄のカーテンの向こう側に姿を消したと思われた。

クラレンスとグスタフの友情が根付くのは、「来世」になってからのことだった。

二人は手紙やクリスマスカードを交換する、ペンフレンドになった。クラレンスはグスタフに小型のダイキャスト製パンター戦車をプレゼントした。

二人はパソコンでスカイプをしたりもした。何千マイルも離れていたにもかかわらず、通訳を交えて顔を見ながら話をした。グスタフの後ろには振り子のついた時計、地図の詰まった本棚、パンター戦車の小さな模型があった。

彼が考えていたよりも4年も長く持ちこたえた後、グスタフは2017年4月に癌のために息を引き取った。彼の葬儀では、家族や友人からの花が飾られた。その中に、この言葉が書かれたリボン付きの花束が贈られていた。

クラレンス
あなたの戦友
私はあなたを決して忘れない！

聖ゲレオン大聖堂の洞窟に立ったとき、クラレンスはカティ・エッサーのことをけして忘れないと誓った。彼の訪問以来、毎年3月6日には、彼女の遺体が眠る無名の墓に黄色いバラがその姿を現している。

グスタフと出会ってから、クラレンスの悪夢は消えた。戦争の辛い記憶はこれからも残っているだろうが、彼はそれを受け入れることができる。

クラレンスが退役軍人病院を再訪するのには時間がかかったが、彼は実行した。

クラレンスは会議室の開いたドアに近づいた。聞き慣れた明るい声が聞こえてきた。別の集団治療が始まろうとしていた。

今は別人となったクラレンス・スモイヤーが無菌廊下を歩いていた。

生き延びた者だ。

彼はＰＴＳＤと向き合い、勝利を手にした。話を聞いて、理解してくれる人に相談したことが彼を救ったのだ。

そして、それは若い退役軍人が聞くべきことなのかもしれなかった。クラレンスは、彼らが話し続けるように励ますことができるかもしれないし、自分がそのような話を〝聞いてくれる人〟になれるかもしれない。

クラレンスは、開け放たれた戸口にたどり着いても、足を緩めたり、目前で立ち止まったりすることはなかった。自分がやってきたことから逃れることはできないのだ。

誰かが彼らを助けなきゃならない。

クラレンスは足を踏み入れた。

ARMY

ARMY

謝辞

「スピアヘッド」の制作に協力してくれた以下の方々に深く感謝したいと思います。

この物語の中心となる第二次世界大戦の退役軍人、クラレンス・スモイヤー、バック・マーシュ、グスタフ・シェーファー、チャック・ミラー、フランク・オーディフレッド。皆さんは、私たちが戦争における人的犠牲を見いだせるよう、皆さんの人生の中で最も困難な年月を追体験していただきました。私に物語を託して下さってありがとうございます。

また、技術的なアドバイスと補足的なインタビューによって、この本に痛快さと深みをもたらしてくれた戦車兵や歩兵の退役軍人たちにも。ジョー・カゼルタ、ハリー・チップ、ビル・ガスト、ジョン・アーウィン、ロバート・カウフマン、マービン・ミシュニック、レイ・スチュワート、ジョージ・スミラニッチ、ウォルター・スティット、ハーレー・スウェンソン、レス・アンダーウッド、そしてドイツの戦車指揮官ディーター・イェーン。あなた方は、それぞれが自分の本を書く価値があります。

ケルンのジャーナリスト、ヘルマン・ラインドルフに。最初にカティ・エッサーの正体を突き止め、グスタフとカティの家族をクラレンスの人生に引き込んだのは、あなたの調査のおかげです。あなたは、偉大な都市ケルンの比類なきドキュメンタリー作家です。

クラレンスの娘シンディ・ビューベニッチ。あなたは母メルバを見守り、父がグスタフに会うために海外旅行に行くことができるようにしました。この本はその旅から生まれました。

フランク・オーディフレッドの娘シェリー・ヘリングショーさん。あなたは戦時中の、あなたの父の貴重な手紙を発掘し、私たちの無数の質問に答えてくれました。

カティ・エッサーの孫の甥で歴史家のマーク・ヒエロニムス氏。あなたは、クラレンスとグスタフに忘れられない一日と、癒しの機会という最高の贈り物を与える為に教室を離れてくれました。

家族の歴史の扉を開いてくれたマリオン・プッツさん、あなたはアンネマリー・バーグホフの娘として想像する通りの人です。

ケルンの〝現場の男〟ディエルク・リュルブケ。大聖堂での戦車の決闘の研究は非常に科学的であり、クラレンスでさえいくつかのことを学びました。いつも電話で助け舟を出してくれてありがとう。

私たちの〝登場人物〟の家族と友人の皆さん。あなたの記憶、文書、および無数の貢献は、これらのページを豊かにしました。グレン・アーナー、ジョン・デリッジ、クレイグ・イーリー、ジョン・R・フェアクロス、パトリシア・フィッシャー、バーナード・マコス、ワンダ・マーシュ、ジム・ミラー、ギュンター・プレディガー博士、デボラ・ローズ、チャールズ・ローズ、ジョン・ローズ、ルーク・ソールズベリー、チャールズ・スティルマン、デボラ・スティルマン、キャロル・ウェストバーグ、ヘレネ・ウィンスコウスキー。

私の献身的なエージェント、バランタインブックスの手に巧みに「スピアヘッド」を導いたデビッド・ヴィリアーノに。そしてこの本に命を与えた私の前担当編集者、ライアン・ドハーティに。現在の編集者であり、文学者としての師匠でもあるトレイシー・デヴァインには、その非の打ちどころのない〝ストーリー〟のセンスで原稿を最終形に仕上げてくれました。ランダムハウスの社長であり出版人でもあるジーナ・セントレロ、そしてバランタイン・バンタムデルの出版チームの皆さん。カーラ・ウェルシュ、キム・ホービー、スーザン・コーコラン、グレッグ・キュービー、クインネ・ロジャース、レキシ・バツィデス、エヴァン・カムフィールド、サイモン・サリバン、デイヴィッド・スティーブンソン、そしてセールス＆マーケティングチームの皆様、「スピアヘッド」を世に送り出してくださった皆様、ありがとうございました。

私と私の研究チームを「戦場に連れ戻してくれた」パーダーボルンのガイドの皆さん。この地域の祖父の歴史家であるフリードリッヒ・ホーマン博士と、ドイツ連邦軍の戦車指揮官であるヴォルフガング・マン大佐。アルデンヌでの私たちをエスコートしてくれた、無類の専門家であるレジ・ジャンス、そしてゲストハウス・ボ・タンに私たちを歓迎してくれたボブ・コーニグスに感謝します。

機甲戦のアドバイザーの皆さん。戦車の第一人者であり、コリングス財団の理事でもあるビル・ボラー氏は、第二次世界大戦中の戦車の上でメジャーを片手に、私たちの最も困難な質問に答えてくれました。コリングス財団の最高経営責任者であるロブ・コリングス氏は、彼の所有する戦車を提供してくれ、私たちのシリーズの3冊目となるこの本のために歴史的な情報を提供してくれました。ドイツ軍の戦車に関する世界的な専門家であり、イギリスにある驚異的な戦車コレクションであるウィートクロフト・コレクションのオーナーであるケビン・ウィートクロフト氏には、相手国の戦車を正確に描写することを保証してくれたことに感謝します。そして最終的には、原稿の最終チェックをしてくれた〝族長〟ニコラス・モラン氏に感謝します。彼は、戦車に関するあらゆる知識を持ち、イラクでの戦車小隊長としての実戦経験を活かしてくれました。

スピアヘッド師団を生き生きとさせてくれた歴史家の皆さ

ん。3ad.comで第3機甲師団歴史財団を運営するヴィック・デイモンとダン・フォン、36air-ad.comで歩兵の記憶を留めているジャン・プローグ、A中隊の歴史家ダン・ラングハンス、そして「モーリス・ローズ少将〜第二次世界大戦の忘れられた偉大な司令将軍」の著者であるスティーブン・オサドとドン・マーシュ。

本書のために重要なデータ、写真、アートワークを提供してくださった献身的な著者、専門家、研究者の皆様。ケヴィン・ベイリー、ジャスティン・バット、デヴィッド・ボイド、リタ・カン、ラモント・エバート、ティム・フランク、ダニエル・グラウバー、ティム・ハスラー、デヴィッド・ハーパー、ガレス・ヘクター、ニック・ホプキンス、クレイグ・マッケイ、ダグラス・マッケイブ、ジャネット・マクドナルド、ラス・モーガン、ダレン・ニーリィ、ジャクリーン・オストロフスキ、デブラ・リチャードソン、ゴードン・リプキー、マット・スケールズ、スーザン・ストレンジ、ビル・トーマス、ビル・ワーノック、そしてスティーブン・ザロガ。そして、戦時中の鉄道旅行の入門書を刊行し、私を生涯鉄道ファンにしてくれたニコラス・トラジアンに。

第一章から最後まで私の文章を指導してくれたベテラン編集者のトーマス・フラナリーJr.。あなたの研ぎ澄まされた目が、この本をより良いものにしてくれました。

この原稿に鋭い目を向けてくれた初期の読者の皆さん。マット・カルリーニ、ジョエル・エング、ジェイミー・ハンナ、ローレン・ヘラー、マット・フーバー、トリシア・フーバー、ジョー・ゴールス、レイチェル・マンディク。

私の〝早期警告システム〟である姉のエリカ・マコスと母のカレン・マコスには、すべての初稿を読んでもらい、そのフィードバックがこの本の方向性を決めてくれました。祖父母のフランシスとジャンヌ・パンフィリには励ましの言葉を、妹のエリザベス・マコスにはエンターテイメントを、義理の姉のアガタ・マコスには美味しい食事を提供してもらいました。

友人のピート・セマノフへ。あなたはイーグル・スカウトのプロジェクトで退役軍人にインタビューしているときにクラレンスと初めて知り合いました。あなたは私に彼の話を紹介してくれて、大学時代、大学卒業後、さらにはイラクの砂漠で話をした時にも、彼と話をするように勧めてくれました。最終的に私はクラレンスに出会い、なぜ彼があなたのヒーローなのかを知ることができました。この本は、あなたのたゆまぬ努力の賜物です。

ドイツの研究者であり、同志でもあるフランツ・エングラムに。ケルンでクラレンスとグスタフのために通訳をした後、あなたは私たちのチームの一員になりました。グスタフにインタビューし、彼の部隊について調べるために数え切れないほどの外国の資料に目を通しました。戦争中、あなたの大叔父のジェラードは東部戦線で19歳で亡くなりましたが、あなたのスピアヘッド師団の退役軍人への繊細な接し方は、彼らの記憶に敬意を残したのです。

私の父、ロバート・マコスには、この本のために、インタビューと数え切れないほどの依頼電話の「先鋒」を努めてくれました。あなたの心理学分野での生涯にわたる経験は、あなたを偉大な研究者以上のものにしてくれました。

この本の調査主任であり、共同制作者でもある私の兄、ブライアン・マコスに、あなたが私たちをケルンまで3回、そして黒い森まで往復させてくれました。二つの大陸、五つの国、そして第二次世界大戦の両陣営にまたがって歴史の収集を行なうという、あなたの任務は崇高なものでした。クラレンスとグスタフ、彼らの話は百万にひとつの物語です。しかし、あなたの才能がこの本を百万にひとつの本にしたのです。

最後になりましたが、「スピアヘッド」のページを一緒に読んでくれた読者の皆様に感謝します。この本を閉じた後も、この物語があなたの心に残ることを願っています。もし、この経験を楽しんでいただけたなら、オンラインでレビューを残したり、あなたが知ることになった英雄の物語を他の人にも伝えて下さい。あなたのお墨付きほど強力なものはありません。

もっと詳しく知りたいという方には、私はこの物語に登場するヨーロッパの戦場を巡るツアーを企画していますので、ぜひご参加下さい。旅程の詳細や、戦時中のクラレンスの戦車同士の決闘の映像や、グスタフとの感動的な再会の映像など、たくさんのボーナスコンテンツが、私のウェブサイトに掲載されています。AdamMakos.comでご覧ください。

クラレンス、バック、そして「スピアヘッド」の生き残った最後の英雄たちを代表して、親愛なる読者の皆様にこの物語を手渡します。偉大な男たちと女性たちが遺した事物は、あなたの手の中にあります。

出典

この本は、歴史的資料の宝庫から生まれたものである。私たちは、戦闘詳報、戦時中のインタビュー、オリジナルの命令書、無線交信記録、日報、ヴィンテージの新聞、部隊史などの紙の痕跡を、次のようなアーカイブから発掘した。

連邦公文書館・軍事記録部門（ドイツ、フライブルク）
国立公文書館と国立記録局（ミズーリ州セントルイス、メリーランド州カレッジパーク）
国立公文書館（イギリス）
アメリカ陸軍遺産教育研究センター（ペンシルベニア州カーライル）
ドワイト・D・アイゼンハワー大統領図書館（カンザス州アビリーン）
第3機甲師団協会アーカイブ（イリノイ大学）
機動作戦中央機構・博物館部門（ジョージア州フォートベニング）

しかし、我々の最大の源泉は何だったのだろうか？　退役軍人だ。クラレンス、バック、グスタフ、チャック、オーディフレッド、カゼルタ。この本の執筆中に生きていた皆が、憶えている限りの記憶を詳細に語ってくれた。

あらゆる場所で、彼らにインタビューをした。グスタフはケルンの路上で。チャックはブラッツハイムの凍てつくような野原で。バックはコロラド州で私たちを訪ね、私たちはアラバマ州で彼を訪ねた。ジョー・カゼルタにはニュージャージーの彼のキッチンテーブルでインタビューした。そして私のチームは、ルイジアナを旅して、フランク・オーディフレッドと仕事をした。

ペンシルベニア州アーレンタウンには、クラレンスに会うために何度も立ち寄ったので、ホリデイ・インのスタッフとは顔見知りになった。クラレンスとは5年間、ほぼ毎週のように電話でも話をした。原稿が完成したとき、クラレンス、バック、そして他の主要な登場人物たちは、この本を隅から隅まで読んで、承認の印を押してくれた。

クラレンスや彼の仲間である退役軍人たちが語ってくれた話からすべての事実を引用すると、注釈欄が本よりも長くなってしまう。だから、直接引用されていない事実については、その出所（つまり彼ら自身）がわかるようになっている。

しかし、すべての歴史的事実が口頭で暗唱されたわけではなかった。退役軍人たちは私たちに文書資料を提供してくれた。今から33年前、クラレンスが1985年にやったような口伝もあった。オーディフレッドの家族は、退役軍人が家に送った手紙をすべて保存していた。また、バック・マーシュの200ページに及ぶ素晴らしい回顧録「第二次世界大戦の歩兵の回想」のように、自らの手で書かれた記録を提供してくれた人もいた。

このような机上の歴史の山で武装した私たちは、記録、記憶、文章、情報源から得た情報を組み合わせて、この物語を可能な限り正確に再構成した。

グスタフのインタビューはドイツ語から英語に翻訳され、勝手ながらドイツ軍の階級をアメリカ軍に相当するものに変換し、アメリカ版のためにメートル法の測定値をインペリアル・スタンダードのヤード・ポンド法に変換した。

しかし、それ以外のすべてのことは、私たちが見つけたままである。

Photo Credits

pp. 2–3, 14, 16, 63, 87, 303: Clarence Smoyer
pp. 16, 33: Steven Zaloga
pp. 21, 53, 109, 141, 170, 177, 188, 194, 196, 204, 306: National Archives
p. 32: Gustav Schaefer
p. 52: Craig Earley
p. 61: Luke Salisbury
p. 70: Thomas A. Rose Family Archive
pp. 75, 169: Chuck Miller
pp. 76, 116: National Archives, courtesy of Carol Westberg
pp. 4–5, 77, 102, 119, 197: Photograph by Jim Bates. Courtesy of Special Collections, Pikes Peak Library District, 161-3328, 161-3311, 161-3327, 161-3331-1, and 161-3331-2
pp. 93, 166, 172: Buck Marsh
pp. 101, 293: National Archives, courtesy of Darren Neely
p. 114: Frank Audiffred
p. 126: U.S. Army
p. 187: The Esser Family
p. 218: Chuck Miller via Jim Miller
pp. 327–328: Valor Studios

pp.145–160
Spearhead M4: National Archives via Darren Neely
Panther G: National Archives via Steven Zaloga
Fury: Steven Zaloga
Panzer IV H: Steven Zaloga
Sherman crosses bridge: National Archives via Darren Neely
Sherman in Stolberg: National Archives
Sherman parked between houses: Frank Audiffred
Tankers take a meal: Clarence Smoyer
View through the periscope: Photograph by Jim Bates, courtesy of Special Collections, Pikes Peak Library District, 161–8919
Audiffred and his M4A1: Frank Audiffred
Spearhead crews in the Ardennes: National Archives
Clarence and McVey with shell: Clarence Smoyer
M4 in Baneux: National Archives via Darren Neely
Sherman and vanquished Panther: National Archives via Steven Zaloga
Troops on the turret: Clarence Smoyer
Pershing with muzzle brake: Clarence Smoyer
Salisbury inspects the barrel of an M4: Chuck Miller
Caserta and Everlasting: Chuck Miller
Pershing and Sherman: Clarence Smoyer
Eleanor and crew: Chuck Miller
Foster and Sherman: Clarence Smoyer
Abandoned Sherman: National Archives
Easy Eight: National Archives via Darren Neely
Pershing idles by underpass: National Archives
Pershing and white flag: National Archives
Spearhead dough in Cologne: National Archives
Kathi Esser and her nephew: The Esser Family
Kathi Esser and her sisters: The Esser Family
Medics tend to Kathi: National Archives

pp.225–240
Pershing approaches Cologne cathedral: Photograph by Jim Bates, courtesy of Special Collections, Pikes Peak Library District, 161–3326
A second Sherman approaches cathedral: National Archives
Sherman absorbs a hit: National Archives
Pershing advances through Cologne: National Archives
Pershing fires at Panther: National Archives
Bartelborth and crew flee Panther (three photos): National Archives
Burning Panther: National Archives via Darren Neely
Bulldozer clears the street: U.S. Army photo by William B. Allen, courtesy of Dave Allen and Darren Neely
Hohenzollern Bridge: U.S. Army photo by William B. Allen, courtesy of Dave Allen and Darren Neely
Pershing stands guard: National Archives via Darren Neely
Gareth Hector's Spearhead: Courtesy of ValorStudios.com
Panther as seen from cathedral spire: U.S. Army photo by William B. Allen, courtesy of Dave Allen and Darren Neely
Infantrymen explore bomb damage: National Archives
Touring the defeated Panther: Photograph by Jim Bates, courtesy of Special Collections, Pikes Peak Library District, 161–3307
Inspecting the Panther: Photograph by Jim Bates, courtesy of Special Collections, Pikes Peak Library District, 161–3314
Cradling the K98 in front of the cathedral: Photograph by Jim Bates, courtesy of Special Collections, Pikes Peak Library District, 161–3328.
A-Company doughs relax after securing Cologne: Buck Marsh
Sherman passes a defeated Panzer: Steven Zaloga
Sketch of Clarence: Clarence Smoyer
Stan Richards stands atop half-track: Buck Marsh
Spearhead crew comes up for a breather: National Archives via Darren Neely
Gareth Hector's Unstoppable: Courtesy of ValorStudios.com
Easy Company commanders confer: Chuck Miller
Hauling a wagon of German prisoners: Clarence Smoyer
M4 at gas station: Chuck Miller
Cleaning the 76mm gun: Chuck Miller
McVey on the Pershing: Craig Earley
Clarence and his fellow tankers: Clarence Smoyer

スピアヘッド
あるアメリカ戦車兵とその敵、戦時下での生命の衝突

HOBBY JAPAN
軍事選書

訳者　竹内規矩夫（たけうちきくお）
1966年福岡県北九州市生まれ。立教大学文学部卒。訳書に『LEXINGTON’S FINAL BATTLE 日本語版 空母レキシントン最期の戦闘』『戦車模型斬新海外テクニック８選 欧州モデラー４人が見せる“そのとき”と“今”』（ホビージャパン）『AFV モデル塗装ガイド』『ジオラマ・ヴィネット製作ガイド』『ミリタリーフィギュア塗装ガイド』（新紀元社）、著書に『九五式軽戦車 レストアディテール写真集』（共著、イカロス出版）『連合艦隊 1941 - 1945』『日本海軍戦闘機 Part1 ／ Part2』（コーエー）がある。

スピアヘッド

アダム・マコス
竹内規矩夫訳

HJ 軍事選書　008

2022年2月17日　初版発行

編集人　星野孝太
発行人　松下大介
発行所　株式会社ホビージャパン
〒151-0053　東京都渋谷区代々木 2-15-8
Tel.03-5304-7601（編集）
Tel.03-5304-9112（営業）
https://www.hobbyjapan.co.jp
印刷所　大日本印刷株式会社

定価はカバーに記載されています。

乱丁・落丁（本のページの順序の間違いや抜け落ち）は購入された店舗名を明記して当社出版営業課までお送りください。送料は当社負担でお取り替えいたします。ただし、古書店で購入したものについてはお取り替えできません。

ISBN978-4-7986-2732-8 C0076

Publisher/Hobby Japan Co., Ltd.
Yoyogi 2-15-8, Shibuya-ku, Tokyo 151-0053 Japan
Phone +81-3-5304-7601　+81-3-5304-9112